Die Magd

ECON Historischer Kriminalroman

Zum Buch

»Lebendige Dialoge, eine unterhaltsame Geschichte, genaue historische Details und klug gezeichnete Charaktere tragen zu dem Vergnügen bei, das diese labyrinthische Erzählung bereitet.«
Publishers Weekly

Die Autorin

Margaret Frazer lebt in Minneapolis, Minnesota, zwischen überquellenden Bücherregalen, Notizbüchern, Karteikarten, Kladden und den verschiedensten Tieren. Sie verbringt den größten Teil ihrer Zeit im England des 15. Jahrhunderts.

Margaret Frazer

Die Magd

Ein Kriminalroman aus dem Mittelalter

Aus dem Amerikanischen von Anke Grube

ECON Taschenbuch Verlag

Ökologisch handeln:
Dieses Buch ist gedruckt auf 100% Recyclingpapier, chlorfrei gebleicht

Deutsche Erstausgabe

First published in the United States of America by The Berkley Publishing Group
Titel des amerikanischen Originals: The Servant's Tale
Aus dem Amerikanischen übersetzt von Anke Grube
Umschlaggestaltung: Molesch/Niedertubbesing
Titelabbildung: © Henning Wendland, 1987, AT Verlag Aarau, Stuttgart
Lektorat: Peter Klumbach
Gesetzt aus der Bodoni und Charlemagne
Satz: HEVO GmbH, Dortmund
Druck und Bindearbeiten: Ebner Ulm
Printed in Germany
ISBN 3-612-25057-4

Kapitel 1

Die Kate stand an dem schlammigen Pfad hinter der Dorfkirche, wie ihre beiden Nachbarn etwas entfernt von der einzigen breiten Straße von Prior Byfield. Wie die anderen Häuser des Dorfes war es ein strohgedecktes Fachwerkhaus, die Felder zwischen den schweren Vierkantbalken waren mit Lehm und Weidengeflecht ausgefüllt und dünn übertüncht. Die Schwelle der einzigen Tür erhob sich kaum über den Boden, und davor lag ein Steinblock, um sie vor Abnutzung und dem Schmutz zu schützen.

Jeden Morgen, seit sie als Barnabys Braut hierhergekommen war, war es Megs erste Aufgabe gewesen, die Türschwelle und den Stein zu schrubben oder zu fegen. Es tat weh, sie jetzt dreckverkrustet zu sehen und zu merken, daß sie einfach zu müde war, um sich darum zu scheren. Meg blieb am Eingang stehen, starrte in die Dunkelheit und wartete darauf, daß ihre Augen sich daran gewöhnten, froh über diese kleine Atempause von ihrer steten Fron.

Es war Weihnachtszeit und kalt, eine feuchte, verdorbene Schwärze, die einem bis in die Knochen drang. In ein paar Tagen war Neujahr, der erste Tag des Jahres 1434, obwohl manche Leute sagten, das Jahr würde erst im März beginnen, und andere, daß es zur Wintersonnenwende begann, die gerade gewesen war. Jedenfalls war es das dreizehnte Lebensjahr König Heinrichs des VI. Nicht, daß ihr das wirklich wichtig gewesen wäre. Ein Jahr und dann das nächste, und jedes Jahr schlimmer als das davor, ganz gleich, was sie tat oder wie sehr sie sich plagte, was für einen Sinn hatte es also, sich zu plagen?

Aber Verzweiflung war eine Sünde, hatte Vater Henry in seiner Predigt zu Erntedank gesagt. Damals hatten sie Grund genug gehabt, verzweifelt zu sein, wenn man bedachte, wie bitter schlecht die Ernte gewesen war, und daß ein Hungerwinter vor ihnen lag.

Nun stand sie auf der Türschwelle ihrer Kate und überließ sich trotz Vater Henry ein wenig der Verzweiflung, ungeachtet des Pennys, den sie in der Faust versteckt hielt.

Wann immer sie konnte, arbeitete sie im Kloster, und in den letzten beiden Tagen, als Priorin Edith krank zu Bett lag, war Meg einfach geblieben und hatte wie die anderen Mägde auf einem Strohsack auf dem Küchenfußboden geschlafen. Das war ihr leichter gefallen, weil Barnaby seit drei Tagen unterwegs war, und sie darauf vertraut hatte, daß Sym und Hewe zu Hause nach dem Rechten sehen würden. Schließlich waren sie sechzehn und dreizehn und erzählten ihr unablässig, daß sie fast schon erwachsen seien.

den eingetrockneten Haferbrei vom Tisch schrubbte. Der Tisch war das einzige gute Möbelstück, das sie besaß. Die massive, glatte Tischplatte ruhte auf einem Gestell mit schräg gestellten Beinen, in die ein zartes Muster aus Weinranken und Blättern eingeschnitzt war. Als Sym und dann Hewe noch klein gewesen waren, hatte sie immer mit ihnen auf dem gestampften Lehmboden gesessen, ihre Finger über das Muster geführt und ihnen erzählt, aus was für einem vornehmen Haus der Tisch gekommen sein mußte. Meg war nie in einem vornehmen Haus gewesen, aber sie kannte den Kirchenstuhl und den Kelch und das bestickte Chorhemd des Priesters in der Dorfkirche, und einmal waren die Lovels die Dorfstraße heruntergeritten, ihre Falken auf der Faust und die Gewänder bunt geschmückt mit Juwelen und Stickereien, und als Meg ein kleines Mädchen gewesen war, hatte der Mann ihrer Tante einmal einen Abend damit zugebracht, ihr Geschichten von Kronen, Pfauen und bunt gewebten Gobelins zu erzählen. Aus alldem hatte sie Geschichten für Sym und Hewe erfunden. Ihre anderen Babys, die kleinen Mädchen und der andere Junge hatten nicht lange genug gelebt, um Geschichten erzählt zu bekommen.

Aber der Tisch, wie das Haus und Meg selbst, hatte im Laufe der Jahre ziemlich gelitten. Was sie auch tun und wieviel sie auch nörgeln mochte, die Tischplatte war an all den Stellen zerkratzt, wo Barnaby und Sym und Hewe kurzerhand das Messer in den Tisch gerammt hatten, anstatt es wie anständige Leute neben ihre Schüssel zu legen. Meg konnte scheuern, wie sie wollte, der Schaden ließ sich nicht einmal mit Sand beseitigen. Aber dennoch schrubbte sie jetzt den Tisch. Ihr Eigensinn war es, der sie weitermachen ließ, schon ihr ganzes Leben lang und besonders in den letzten Jahren, wo Barnaby immer mehr trank und die Jungs anfingen, wild zu werden. Megs Eigensinn war es auch, der sie nach St. Frideswide gehen und versuchen ließ, genug Geld zusammenzubringen, um wenigstens den Ochsen zurückzukaufen. Und vielleicht – aber das war ihre geheime Hoffnung. Und wie als Antwort auf den Gedanken, den sie nicht zu Ende gedacht hatte, wurde es dunkler im Raum, denn jemand stand in der Tür, und Meg sah auf und entdeckte Hewe, der blinzelte, als sei er überrascht.

Nach ihm hatte es noch ein Baby gegeben, aber das war gestorben, und so war Hewe ihr letztes Küken, ihr Baby, derjenige, auf den sie am meisten achtgab. Es brachte sie etwas durcheinander, zu sehen, daß ein leichter Flaum seine Wange mit Gold überzog, wenn das Licht so auf seine Wange fiel. Hewe war hellhaarig und schlank und hatte einen feinen Knochenbau, aber ein kleiner Junge war er nicht mehr. Bald würde er ein Mann sein. Er war jetzt dreizehn, und sie hatte nicht mehr viel Zeit, wenn sie ihn davor bewahren wollte, so leben zu müssen wie sein Vater und sein Bruder.

Schroff sagte sie: »Da bist du ja endlich. Und wo ist dein Bruder? Doch sicher nicht bei der Arbeit.«

Hewe zuckte gleichmütig mit den Achseln und lümmelte sich auf der Bank hin. »Es ist Weihnachten, und Gott hat uns zwölf arbeitsfreie Tage geschenkt, also was soll das Getue, Ma.«

»Wir sind nur vom Frondienst freigestellt, den wir Lord Lovel schulden. Unsere eigene Arbeit muß getan werden, und du bist ein Faulpelz gewesen.« Sie wies scharf auf die Ziege und die Hühner.

Hewe schnüffelte und zuckte wieder die Achseln. »Riecht gut genug für meine Nase. Du bist zuviel bei den Nonnen, Ma, du bist etepetete geworden.«

ganz sicher, denn er war süß im Geschmack. Und dann konnte sie Hewe darauf hinweisen, daß er keinen Mangel an solchen Dingen hätte, wenn er sich nur vom Dorf losreißen und Priester werden würde. Aber als sie ihn beobachtete, bedeutete ihr das Staunen auf seinem Gesicht fast genauso viel, und sie sagte mit liebevollem Lachen: »Nun mach schon. Iß es. Deine Hafergrütze kann warten.« Wenn er den Kuchen jetzt aß, würde sie ihn nicht dazu bringen müssen, mit seinem Bruder zu teilen, und das würde ihr einen Streit ersparen.

Unerwartet sah Hewe zu ihr auf. Er hatte das Stück Kuchen in der Hand, bereit zum Probieren, aber statt dessen hielt er es ihr hin und fragte: »Willst du auch was, Ma?«

Eine Wärme, die ihr fast die Tränen ins Gesicht trieb, breitete sich in ihrer Brust aus. Daß er mitten in seinem Vergnügen an sie denken konnte. Gewiß, ganz gewiß, war er zu Höherem bestimmt. Sie schüttelte den Kopf. »Ich hab' im Kloster einen Bissen probiert. Sie haben eine Menge von diesen Kuchen und andere feine Sachen in der Küche dort, du würdest es nicht glauben. Der ist nur für dich. Nun iß schon.«

Er bot es ihr nicht noch einmal an. Er nahm zögernd einen ersten Bissen, aber beim zweiten zögerte er nicht länger, und danach wußte er nur zu offensichtlich nicht, ob er nun das Vergnügen verlängern oder die süße Köstlichkeit auf einmal herunterschlingen sollte.

Meg rührte den Haferbrei um, der langsam dick wurde. »Solche Sachen kann ein schlauer Priester so oft kriegen, wie er ...«

»Hör auf, Ma!«

Und weil sie ihm die Freude nicht vergällen wollte, sagte sie schnell: »Schön, ich hör auf.« Und um ihn von seinem es war keine bloße Schlauheit. Er tat es zwar nur, um den Priester zu ärgern, aber er hatte Vater Clement Fragen über seinen Katechismus gestellt, die den armen alten Mann in Verwirrung gestürzt hatten. Mehr noch, Hewe konnte Sachen ausrechnen, zum Beispiel, wieviel Fourpence drei Dutzend Pennies ergaben, ohne die Finger zu Hilfe zu nehmen. Alles, was Meg vom Addieren wußte, war der alte Witz, daß zwei Verwalter und ein Testamentsvollstrecker drei Diebe machten.

Ja, Hewe würde Priester werden, wenn sie das Geld verdienen konnte, um ihn von der Leibeigenschaft loszukaufen. Sie sagte scharf: »Mein Geld ist nicht für deinen Vater. Der macht sich sein eigenes Pech, der Barnaby, und dein Bruder gerät nach ihm. Aber es gibt keinen Grund, warum auch du wie ein Tier leben sollst, wenn ich dich loskaufen kann. Jetzt kümmer dich um den Mist, damit ich hier weitermachen kann.«

Er gab einen leisen, unhöflichen Laut von sich, ging aber zur anderen Seite des Hauses. Meg kümmerte es nicht, was er sagte, solange er gehorchte. Sie hockte sich vor dem Feuer hin, um die Schüsseln, die Löffel und den Topf in dem Wasser zu säubern, das sie heißgemacht hatte. Die Schüsseln und Löffel legte sie auf den Tisch. Den Topf leerte sie aus, füllte ihn mit frischem Wasser und setzte ihn zum Kochen auf. Neben den Herd stellte sie den Sack mit dem Hafermehl, das ihr Abendessen sein würde. Sie hätte ein Ei in den Brei gerührt, wenn eins dagewesen wäre, aber es gab keines.

Dennoch, mit einem Anflug von Stolz nahm sie ein kleines, in ein Mundtuch gewickeltes Bündel aus ihrer Schürzentasche und legte es auf den Tisch.

Hewe, der jederzeit eine Arbeit übersehen konnte, die

»Das ist der Mist von zwei Tagen unter ihren Füßen, und ich will, daß der hier rauskommt! Und du willst das auch, falls du vorhast, irgendwas zu essen, bevor du wieder gehst«, fügte sie hinzu, um der Erwiderung zuvorzukommen, die er eventuell parat hatte. »Entweder ich miste aus, oder ich koche«, fuhr sie fort. »Beides kann ich nicht, und ich koche nicht in einem Haus, das nach Mist stinkt.«

»Könnte es hier nicht zumindest etwas wärmer sein? Das Feuer ist so gut wie aus, und ich bin halb erfroren.«

»Was da brennt, ist das letzte Holz, das wir haben, und wenn du es wärmer haben willst, kannst du ja mehr holen.«

»Das ist Syms Sache, nicht meine!«

»Aber Sym ist nicht da, oder? Das meiste, was ich tue, ist eigentlich Sache von jemand anderem, oder sollte es sein. Los jetzt. Erst das Ausmisten. Ich will das getan sehen, bevor ich gehe.«

»Du gehst wieder? Was ist im Kloster denn so Dringendes zu tun, daß du uns hier hungrig im Dunkeln sitzenläßt?«

»Es geht nicht darum, was zu tun ist; es geht um den Halfpenny, den sie mir dafür bezahlen. Du weißt, wofür ich den brauche.«

»Nun hör mal, Ma! Ich bin nicht zum Priester berufen, das habe ich dir doch gesagt, wieder und wieder. Besser, du bleibst hier und machst uns glücklich. Und nimmst das, was du gespart hast und gibst es dem Verwalter, damit er Pa nicht mehr im Nacken sitzt. Das wär sinnvoller.«

Dieses Gejammer war ihr vertraut. Sie alle sagten das, aber Meg wußte, daß sie unrecht hatten. Vor Jahren hatte sie Hewe zu Vater Clement geschickt, um Buchstabieren zu lernen. Anfangs war er stolz gewesen, vor den anderen herausgehoben zu werden, hatte hart gearbeitet und mit einer Leichtigkeit gelernt, die ihren Instinkt nur bestätigte. Und getan werden mußte, selbst wenn sie direkt unter seiner Nase war, sah von dem letzten Hühnermist auf und sagte: »Was ist das denn, Ma?«

»Ein Etwas aus dem Kloster. Sie sagten, ich könnte es haben, weil Weihnachten ist, aber ich hab' es für dich mitgebracht. Mach deine Arbeit fertig und wasch dich, dann zeig' ich es dir, aber du mußt auf die Hafergrütze warten, bevor du es probierst.«

Ausnahmsweise wusch er sich, ohne sich zu beschweren. Sie hatte ihm oft von den feinen Sachen erzählt, die es im Kloster zu essen gab, aber es war das erste Mal, daß sie etwas mitgebracht hatte.

Als sie ihn zu Tisch rief, hatte sich die dicke Wolkenschicht zum Westen hin aufgelöst. Schwache, orangefarbene Strahlen fielen schräg durch das Holzgitter des Fensters. Streifen von Licht lagen auf dem Lehmboden. Es spendete kaum Wärme, aber die Helligkeit war willkommen. Und als Hewe sich vorbeugte, um das Mundtuch anzusehen, fiel das Sonnenlicht auf sein helles Haar und verwandelte es in Gold. Meg versteckte ihre rauhen Hände unter der Schürze, um ihm nicht übers Haar zu streichen, denn sie wußte, wie sehr er jede Geste der Zuneigung haßte. Er war zu alt, um die seiner Mutter zu wollen, und noch zu jung, um die einer anderen Frau zu suchen. »Also mach's auf«, sagte sie »Es ist alles für dich.«

Auf ihr Wort hin schlug er eifrig das Mundtuch auf, u sie lachte laut, als sie die staunende Vorsicht in seinem sicht sah, während er anstarrte, was vor ihm lag.

»Das ist Kümmelkuchen«, sagte sie triumphieren was findest du nur in der Halle eines Lehnsherrn od nem Kloster.« Sie beobachtete, wie er an dem schnupperte, und hielt den Atem an. Er würde ih

Stirnrunzeln abzulenken: »Ich frage mich, wo dein Vater ist.«

»Inzwischen irgendwo in der Nähe, wahrscheinlich. Vielleicht singt er aber auch sein Lieblingslied mitten in der großen Halle, wenn Lord Lovel ihm was zu bechern angeboten hat, als er ankam.«

Sie bedeutete ihm mit einer scharfen Geste, er solle still sein, aber ihre andere Hand rührte langsamer. Der Gedanke an einen zechenden Barnaby ließ all ihre Sorgen wieder erwachen. Ein betrunkener Barnaby war noch weniger fähig als ein nüchterner Barnaby, in diesen gesetzlosen Zeiten mit den Gefahren des Reisens fertig zu werden. Zum erstenmal kam ihr der Gedanke, daß Barnaby so weit gegangen sein könnte, das Weinfaß anzustechen, bevor er es ablieferte. Sich der Gnade eines bereits zornigen Lehnsherrn ausliefern zu müssen, war fast unvorstellbar. Vielleicht hatte Barnaby sich auch auf weniger unehrliche Weise betrunken und anhalten müssen, um seinen Rausch unter dem Karren auszuschlafen, und er erfror in dieser Minute irgendwo auf der Straße.

Was würde schlimmer sein, fragte sie sich. Einen Ehemann zu haben, der Gefahr lief, wegen Diebstahls von seinem Lehnsherrn gehängt zu werden, oder den Mann durch einen natürlichen Tod zu verlieren?

Es war eine harte Sache, seines Ehemanns beraubt zu werden, bevor die Söhne groß genug waren, um für seine Witwe zu sorgen – selbst wenn Meg nicht mehr daran glaubte, daß die nächste Geld- oder Prügelstrafe ihn endlich dazu bewegen würde, das Trinken bleiben zu lassen.

Sie betete schnell, er möge am Leben und durch irgendein Wunder nüchtern geblieben sein.

»Hewe, die Hafergrütze ist fast fertig. Lauf schnell und hol Feuerholz, bevor du ißt.«

Er stand mit einem Seufzer auf, blieb aber stehen, als er hörte, daß draußen der Name seiner Mutter gerufen wurde.

»Meg! Meg, bist du da? Schlechte Nachrichten! Es geht um Barnaby!«

Meg nahm schnell den Topf vom Feuer, obwohl ihr das Herz in der Brust flatterte. Angebranntes Essen war ein Unglück und eine Schande. Aber Barnaby – was hatte er getan? Sie eilte zur Tür, ihr mageres Gesicht verzerrt vor Sorge.

Hewe hatte die Tür vor ihr erreicht, aber er trat zurück, damit sie den Riegel zurückziehen und die Tür öffnen konnte, womit sie die mollige Annie Lauder erschreckte, die ihre Hand bereits zum Klopfen erhoben hatte. Ihr rundes Gesicht war rot vor Anstrengung und Aufregung.

»Ach, du arme Frau! Sie haben ihn schwer verletzt auf der Straße gefunden! Er ist gerade hergebracht worden, und ich bin gekommen, um dich zu holen, so schnell es geht.«

Meg sah zum Dorf hin, entdeckte aber keine Ansammlung von Dörflern, die mit Barnaby zwischen ihnen auf ihr Haus zukamen. »Wo?« fragte sie und rang die Hände unter ihrer Schürze. »Wo ist er?«

»Im Kloster«, sagte Annie, immer noch atemlos. »Reisende haben ihn gefunden. Sie kannten ihn nicht, also haben sie ihn nach St. Frideswide gebracht. Und das ist vielleicht am besten so. Schwester Claire versucht, ihn zu retten.«

Megs Kopf schwamm, als sie diese Menge von Informationen hörte: das Kloster, Schwester Claire, Barnaby, die Reisenden. Ihre Beine gaben nach, und sie lehnte sich gegen den Türrahmen und versuchte, all das zu begreifen. Aber es gelang ihr zu flüstern: »Wird er sterben?«

Hewe schnitt Annies Antwort ab. »Waren es Räuber? Haben sie den Wein gestohlen? Oder das Pferd? Ist der Karren heil geblieben?«

»Der Karren ist umgekippt und hat ihn unter sich begraben, haben sie gesagt«, entgegnete Annie. »Das ist alles, was ich weiß.« Sie sah, wie Megs Knie nachgaben, und hielt sie mit festem Griff am Arm fest. »Setz dich besser hin. Ich hol' deinen Umhang.«

»Der Karren!« stöhnte Meg und sank auf die Steinstufe nieder. »Und der Wein! Wenn der Wein verschüttet ist, wird der Herr ihn sicher hängen!«

»Nur wenn er durchkommt«, sagte Annie und legte ihr den Umhang um die Schultern. »Jetzt komm.«

KAPITEL 2

Die zwölf Tage zwischen Weihnachten und dem Dreikönigsfest waren die dunkelste Zeit des Jahres. Die Feiertage und die Kälte hielten die Menschen am eigenen Herd fest, und nur wenige Leute waren unterwegs. St. Frideswide besaß zwar zwei Gästehäuser, lag aber zu abgelegen und zu weit entfernt von den Hauptstraßen. Und es bot zuwenig Reichtum und Luxus, um den Adel zu verlocken, während der Festtage die Gastfreundschaft des Klosters zu suchen.

Also erwartete Schwester Frevisse, als Schwester Hospitalaria des Klosters verantwortlich für die Gästehäuser und Gäste, niemanden, als der Nachmittag fortschritt und der Einbruch der Nacht und die Vesper nahten. Aber wie es die Pflicht gebot, war alles bereit, und sie ging durch die Gästehäuser, um ganz sicher zu gehen, daß dem so war.

Ein kleiner Junge stürzte durch die Tür des bescheideneren Gästehauses, fast in ihre Röcke. Er fing sich wieder und machte eine tiefe Verbeugung, bevor er herausplatzte: »Ein Mann ist verletzt! Wir haben ihn auf der Straße gefunden, und sie bringen ihn her!«

Er war ein gutaussehender kleiner Junge, etwa acht Jahre alt, dem ein gründliches Abschrubben nicht geschadet hätte und der die Sache eher aufregend als erschreckend fand. Frevisse kannte ihn nicht; zum Kloster gehörte er ganz bestimmt nicht, und seine Redeweise, die Verbeugung und der Schnitt seiner abgetragenen Kleidung zeigten, daß er kein normaler Dorfbewohner war. Aber sie hatte keine Zeit, darüber nachzudenken.

»Wo ist der Mann? Was ist mit ihm passiert?« fragte sie. Und sagte im gleichen Atemzug zu einem Dienstboten, der in der Nähe stand: »Geh hinaus und sag ihnen, sie sollen ihn hierher bringen.«

»Wir haben ihn unter einem umgekippten Karren gefunden«, erklärte der Junge. »In einem Graben. Bassett sagt, es sieht aus, als hätte das Pferd den Wagen gezogen, während der Mann darunter lag. Er ist ganz voller Blut, und sie sind so vorsichtig, wie sie können. Sie sind direkt hinter mir.«

Er zeigte mit dem Finger, und Frevisse schickte den Knecht mit einem Nicken auf den Weg und wies dann auf eine der Mägde. »Bring einen der Strohsäcke her. Leg ihn hierhin, wo das Licht gut ist. Und Decken. Und jemand muß Schwester Claire holen.« Schwester Claire war die Krankenpflegerin des Klosters und kümmerte sich um die Verletzungen und Krankheiten der Nonnen, der Gäste und der Dorfbewohner.

Die gutgeschulten Mägde legten die Strohmatratze und die Decken aus, als warnende Stimmen – »Paßt doch auf«, »Vorsicht mit dem Bein«, »Achtung, Tür« – die Ankunft des Verletzten ankündigten. Im Gegensatz zu dem besseren Gästehaus auf der anderen Seite des Klosterhofes waren hier keine Treppen, die sie hätten hochsteigen müssen.

Frevisse erreichte die Tür gerade noch rechtzeitig, um sie zwei Männern, einem hochgewachsenen Jungen und einer Frau aufzuhalten, die alle in die schweren, groben Umhänge gehüllt waren, die Reisende im Winter trugen. Sie schoben sich an ihr vorbei. Jeder hielt eine Ecke eines langen, dicken gelben Tuches, in das der bewußtlose Körper des verletzten Mannes eingewickelt war. Sie gingen vorsichtig mit ihm um, trotz seines offensichtlichen Gewichts.

Knapp sagte Frevisse: »Dort drüben vor dem Feuer. Wer ist das?«

»Das wissen wir nicht, Mylady. Er ist uns fremd und ist noch nicht zu sich gekommen, seit wir ihn gefunden haben«, keuchte ein stämmiger älterer Mann, dem die Anstrengung offensichtlich zu schaffen machte.

»Wir werden uns jetzt um ihn kümmern«, sagte Frevisse. »Gott segne Euch für Eure Freundlichkeit, ihn hierherzubringen. Kommt, legt ihn hierher.«

Der jüngere Mann und der hochgewachsene Junge wechselten einen ironischen Blick, aber Frevisse blieb keine Zeit, sich darüber zu wundern, da Schwester Claire in den Raum geeilt kam. Die Krankenpflegerin, eine kleine Frau, schleppte ihren Arzneikasten und ein Bündel Verbandszeug, aber sie bewegte sich schnell, sie war an das Gewicht gewöhnt. Hinter ihr, etwas langsamer, kam die junge Schwester Amicia, die vorsichtig eine dampfende Schüssel Wasser in den Händen balancierte. Schwester Claire schob sich an dem versammelten Knäuel von Leuten vorbei und nahm die Sache in die Hand.

Sie musterte den Verletzten mitfühlend und sagte mit ihrer überraschend tiefen Stimme: »Macht hier drüben Feuer. Ich brauche ein großes. Wir wollen die Kälte aus den Wunden vertreiben und sie draußen halten.« Sie beugte sich über den Verletzten, blickte in sein erschlafftes Gesicht und schlug den Umhang zur Seite, mit dem man ihn zugedeckt hatte. Die Zuschauer schnappten nach Luft, als sie seine Kleider und seinen Körper sahen, beide zerrissen und blutig.

»Ich brauche mehr Wasser. Und mehr Tücher. Sofort«, sagte Schwester Claire knapp.

Zwei der Mägde eilten davon, die anderen blieben. Manche starrten unverhohlen, andere warfen zaghafte Blicke auf die Verletzungen des Mannes. Selbst Frevisse, die einen stärkeren Magen hatte als die meisten, krümmte sich innerlich, als sie den Schaden begutachtete. Seine rechte Hand sah am schlimmsten aus. Sie war so übel zugerichtet, daß sie kaum noch wie eine Hand aussah. Seine linke Schulter war seltsam schief, und sein Atem kam stoßweise. Unter der Maske von getrocknetem Blut war sein Gesicht totenbleich.

Eine der Mägde bekreuzigte sich. »Das ist der alte Barnaby aus dem Dorf. Sieht aus, als wäre er diesmal wirklich erledigt.«

»Er ist einer der unseren?« fragte Frevisse. Sie erkannte ihn nicht, aber sie hatte auch wenig mit den Leibeigenen im Dorf zu tun, nicht einmal mit denen, die dem Kloster gehörten.

»Er gehört Lord Lovel.« Annie Lauder, die grobknochige Wäscherin des Klosters, war meistens zur Stelle, wenn in St. Frideswide etwas Interessantes passierte. »Ich kenne ihn.«

»Hat er Familie?«

»Eine Frau und zwei Söhne, und das hier wird sie und sein Stück Land endgültig ruinieren, soviel steht fest.« In Annies Stimme klang die Gewißheit von jemandem mit, der oft gesagt hat, daß das passieren würde.

»Was er zweifellos ruiniert hat, ist seine Gesundheit.« Schwester Claire schnitt die Streifen des blutigen Tuches mit einem zierlichen Messer durch. Jetzt, wo sie die Verletzungen besser sehen konnte, sagte sie: »Himmel, seine Rippen! Am besten läuft jemand los und holt seine Frau.«

»Ich gehe«, erklärte Annie Lauder. »Ich weiß, wo sie wohnen.« Mit geschäftiger Wichtigkeit und harten Ellenbogen drängte sie sich durch die Gruppe von Leuten und verschwand.

»Was macht mein Feuer?« fragte Schwester Claire, ohne aufzusehen.

Frevisse, die wußte, daß Schwester Claire jetzt die alleinige Verantwortung übernommen hatte und ihre eigene Aufgabe schlicht die war, ihr zu dienen, sagte: »Hier kommt Jak mit mehr Feuerholz.« Frevisse winkte den Mann heran.

»Schwester Amicia, wenn Ihr Euch übergeben müßt, tut es draußen. Und wenn Ihr schon geht, könnt Ihr gleich mehr Verbandszeug holen.« Frevisse hatte wenig Mitgefühl für Schwester Amicias Magen. Da die junge Nonne eifrig jedes Wort und jede Einzelheit in sich aufgenommen hatte, schätzte Frevisse, daß die Übelkeit eher einer freien Entscheidung als der Notwendigkeit entsprang.

Die Reisenden, die den Mann hergebracht hatten, standen zusammengedrängt am anderen Ende der Halle vor dem zweiten Herd, wo ein Knecht des Klosters für sie Feuer machte. Als Frevisse näherkam, trat der gedrungene ältere Mann vor und verbeugte sich ebenso, wie der junge es getan hatte.

Frevisse neigte leicht den Kopf. »In Kürze werden wir ein Feuer und Essen für Euch haben. Es ist spät am Tag, zu spät, um noch weiterzureisen. Und ich hoffe, Ihr werdet die Gastfreundschaft von St. Frideswide annehmen, um Euer selbst willen und zum Dank für Eure Güte ...«

Sie hielt inne, als sie merkte, daß ein wortloser Austausch zwischen den Mitgliedern der Gruppe stattfand. Der Anführer hatte die Jugend lange hinter sich; sein Haar war grau und sein Gesicht zerfurcht von Alter und Lachen und vielen Jahren der Wanderschaft. Er war den offenen Himmel ebenso gewöhnt wie Wände und ein Dach über dem Kopf. Er war groß und hielt sich mit aufrechter Würde, und jetzt, als Antwort auf die Frage, die sie noch gar nicht recht gestellt hatte, zog er die Kapuze vom Kopf und machte erneut eine Verbeugung, tief und dramatisch.

»Euer Angebot ist uns willkommen, Mylady, und wir nehmen mit großer Freude an. In diesen grausamen Mittwinternächten sind ein prasselndes Feuer und ein gutes Obdach in guter Gesellschaft ein Segen des Herrn.«

Seine volltönende Stimme glitt wie Satin dahin, und Frevisse spürte einen Anfall von Bestürzung. »Ihr«, sagte sie, fast anklagend, »seid keine einfachen Reisenden.«

»Nein, gute Schwester. Wir sind Schauspieler, unterwegs von einem Ort zum anderen. Thomas Bassett ist mein Name, und dies ist meine Truppe. Und obwohl Ihr uns Eure Gastfreundschaft angeboten habt, werden wir uns auf den Weg machen, wenn Ihr es wünscht.«

Er wußte, weit besser als sie, wie unwillkommen Wanderschauspieler sein konnten. Sie waren fahrendes Volk, ohne festen Wohnsitz und ohne Lehnsherrn. Sie gehörten nirgendwohin und waren überall Fremde, stets wurde ihnen mit Mißtrauen begegnet. Nur zu oft mit Recht, da Leute, die abhängig von den Münzen waren, die andere ihnen zuwarfen, sich häufig der Dieberei zuwandten, um ihr Einkommen aufzubessern.

Frevisses Zögern war kaum wahrnehmbar, bevor sie sagte: »Ihr habt einem Mann einen Dienst erwiesen, der ihm vielleicht das Leben retten wird. Ich habe Euch die Gastfreundschaft von St. Frideswide angeboten, und, wie Ihr sagt, die Mittwinternächte sind grausam. Es wäre undankbar und unchristlich von mir, mein Angebot zurückzunehmen. Ich bitte Euch, macht es Euch bequem und nehmt die Behaglichkeiten an, die wir Euch in dieser Nacht geben können.«

Sie spürte, wie nach diesen Worten die Anspannung aus der kleinen Gruppe wich. Sie hatten sich darauf eingestellt, wieder fortgeschickt zu werden, und waren überaus dankbar dafür, bleiben zu dürfen. Frevisse bezweifelte, daß sie in der kurzen Zeit, die sie hier waren, irgendwelche Schwierigkeiten machen würden.

»Ihr habt einen Karren und ein Pferd, die versorgt werden müssen?« fragte sie.

»Tisbe, unser Pferd, geht bei Fuß wie ein Hund und sollte mittlerweile im Hof warten, und unser Karren hinter ihr. Wir sind nur zu vieren. Und Piers natürlich.«

Bei der Erwähnung seines Namens trat der kleine Junge, den sie bereits gesehen hatte, wie aufs Stichwort – und Frevisse hatte den Verdacht, daß es genau das war – von der Frau fort, die leicht die Hände auf seine Schultern gelegt hatte, und verbeugte sich sehr elegant. Frevisse neigte mit ernsthaftem Gruß den Kopf. Sein liebenswürdiger Charme hatte wahrscheinlich bei nicht wenigen Gelegenheiten ansehnliche Summen aus kindernärrischen Frauen herausgelockt, dachte Frevisse, und verbarg ihre Belustigung hinter einer ernsten Miene.

Der flachshaarige Schauspieler, den Frevisse für einen hochaufgeschossenen Jungen gehalten hatte, sagte: »Ich werde nach Tisbe und dem Karren sehen und hereinbringen, was wir für die Nacht brauchen.« Jetzt, wo er sprach und sie ihn direkt ansah, bemerkte sie, daß er gut zwanzig Jahre oder älter sein mußte. Nicht im geringsten ein Junge, trotz seines schlanken, schmalhüftigen Körperbaus und des glatten Gesichts. Da sein Haar so hell war, war sein Bart erst zu sehen, wenn man genau hinschaute.

»Der junge Joliffe«, sagte Thomas Bassett, »der unsere Frauenrollen spielt.«

Frevisse begegnete dem kecken, abschätzenden Blick des jungen Mannes und war sofort bereit zu glauben, daß es eine Begabung von ihm war, die Frau zu spielen, keine Veranlagung. Sie hatte den Verdacht, daß er wahrscheinlich mehr als nur Münzen aus Frauen herauslocken konnte, wenn er es darauf anlegte. Mit einiger Schärfe sagte sie: »Aber hier werdet Ihr den Gentleman spielen, hoffe ich.«

Joliffe machte eine elegante Verbeugung. »An solch einem heiligen Ort und demütig gemacht durch Eure Freundlichkeit, gewiß.«

Frevisse unterdrückte die Bemerkung, daß sie ernsthafte Zweifel an seiner Demut hatte. Ihr wurde die Notwendigkeit einer Entgegnung erspart, als sie ein durchdringendes, ersticktes Gellen hörte, als wäre eine Katze ins Feuer geworfen worden. Frevisse fuhr herum. Die Versammlung von Leuten, die immer noch um Schwester Claire und den Mann Barnaby herumstanden, hatte sich etwas zurückgezogen, um die Frau durchzulassen, die gerade hereingekommen war. Sie war klein, kaum mehr als eingesunkenes dürres Fleisch über zierlichen Knochen, von Jahren der Arbeit im Freien gebräunt und gealtert. Frevisse hatte sie in den letzten Monaten oft im Kloster gesehen, sie aber wegen ihrer Armut für eine Witwe gehalten. Jetzt stand die Frau zusammengesunken und wie versteinert da, die Hände gegen den Mund gepreßt und die Augen riesig vor Angst und Entsetzen. Sie starrte auf den Verletzten hinunter. Ihren Ehemann.

Schwester Claire hatte ihn auf die Strohmatratze legen lassen und weggeschnitten war, was noch von der Kleidung übrig war, um seine Verletzungen zu untersuchen. Außer einem sittsam über die Lenden drapierten Tuch gab es nichts, was den zerschundenen Körper hätte verbergen können.

Die Frau, unfähig, die Augen von ihm zu wenden, wiegte sich vor und zurück und begann zu wehklagen: »O Gott. O Gott, o Gott, o Gott, o Gott. Er wird nie wieder arbeiten können, er wird nie wieder arbeiten können. Sieh ihn dir an. Sieh ihn dir an.«

Ein Junge, das Gesicht so blaß wie Molke, stand neben ihr und versuchte sehr angestrengt, den Mann nicht anzusehen. Ungeschickt legte er den Arm um die Frau und sagte: »Ma. Ma, es wird alles wieder gut. Er wird schon wieder gesund, du wirst schon sehen.« Aber er glaubte nicht mehr daran als sie.

Annie Lauder, die auf Megs anderer Seite stand, machte keinen Versuch, ihre Neugier zu verbergen. »Wird er überhaupt überleben? Sieht aus, als würde er sterben, wenn ihr mich fragt.«

»Niemand hat dich gefragt«, sagte Schwester Claire bestimmt. »Soweit ich das beurteilen kann, ist innen, wo ich nicht hinkommen kann, nichts verletzt. Wenn ich den Wundbrand fernhalten kann, gibt es nichts, was ihn mit Sicherheit umbringen würde.«

»Wie schon Meister Bassett möchte auch ich Euch meinen Dank aussprechen, daß Ihr uns bleiben laßt, Mylady«, sagte er. Seine Dankbarkeit schien aufrichtig zu sein, weder gezwungen noch falsch. Aber seine Sprache war kühn für jemanden, der derartig abhängig war von den Launen Fremder.

Frevisse behielt ihre Meinung einstweilen für sich und erwiderte: »Es wäre armselige Höflichkeit gewesen, Euch wieder auf die Straße zu schicken, nach der Güte, die Ihr einem Fremden erwiesen habt. Wenn Ihr Euer Pferd in den Stall bringen wollt, geht wieder durch das Tor hinaus in den äußeren Hof und dann links. Dort wird Euch jemand zeigen, wo Ihr den Karren hinstellen könnt.«

Joliffe begann, Tisbe vorwärts zu führen, und sagte beiläufig: »Güte ist eine seltene Ware, das ist wahr. Es wäre eine Schande gewesen, eine so offensichtliche Gelegenheit, sie zu erweisen, ungenutzt vorübergehen zu lassen, wo sie dringlich gebraucht wurde. Und jetzt, seht Ihr, empfangen wir sie zurück.«

»Seid Ihr schon lange unterwegs?«

Joliffe stellte sicher, daß die Rückseite des Karrens beim Wendemanöver die Mauer verfehlen würde und antwortete: »Meint Ihr mich, oder uns alle zusammen?«

»Ich meine, wie lange ist es her, seit Eure Truppe zuletzt ein Dach für die Nacht über dem Kopf hatte?«

»Mit Ausnahme der beiden letzten Nächte ist uns das stets gelungen. Wir waren – komm, Tisbe, hier entlang – am Weihnachtstag waren wir in Fen Harcourt Manor, und wir haben vor, am Neujahrstag in Oxford zu sein und bis zum Dreikönigsabend zu bleiben. Meister Bassett kennt einen der Wirte dort.«

»Also braucht Ihr von uns nichts weiter als Unterkunft für eine Nacht?«

Joliffe hielt Tisbe an und wandte seine volle Aufmerksamkeit Frevisse zu. »Warum diese Besorgnis?« fragte er scharf. »Wir sind keine von Euren Leuten, und Ihr schuldet uns keine besondere Fürsorge. Ihr habt Eure Pflicht erfüllt, indem Ihr uns Unterkunft gegeben und ein Feuer und Essen versprochen habt.«

Frevisse erwiderte seinen Blick und antwortete ebenso scharf, wie er gefragt hatte: »Ich weiß, wie hart die Straße im Winter sein kann, und Ihr habt eine Frau und ein Kind bei Euch.«

Er hatte den Anstand, fast verlegen dreinzusehen, aber bevor er etwas erwidern konnte, begann die Klosterglocke zu läuten und zur Vesper zu rufen. Frevisse neigte den Kopf und wandte sich zum Gehen. Sie sagte: »Bitte entschuldigt mich. Ich komme vor der Komplet noch einmal vorbei, um zu sehen, wie Ihr zurecht kommt.«

Die Vesper ging ihren starken, anmutigen Gang, kündete von des Tages Fülle und brachte die Hoffnung zum Ausdruck, daß die Segnungen, die er gebracht hatte, endlos sein mochten. *»Et exsultavit spiritus meus in Deo, salutari meo.«* Meine Seele erhebet den Herrn, und mein Geist freut sich Gottes, meines Heilandes, denn er hat die Niedrigkeit seiner Magd angesehen.

Aber der Fluß und die Schönheit des Gottesdienstes wurden in St. Frideswide ernsthaft beeinträchtigt durch ein allgemeines krächzendes Geschniefe unter den Nonnen.

Die Krankheit war vor Weihnachten unter den Dienstleuten ausgebrochen, hatte sich unter den Nonnen verbreitet und noch nicht ihren natürlichen Verlauf genommen, obwohl Schwester Claire – voll beschäftigt mit Wickeln und Heilkräutertees – ihnen versicherte, daß es nur eine Frage der Zeit sei. Frevisses Halsschmerzen waren schon viel besser geworden, aber sie machte noch ständig Gebrauch von ihrem Taschentuch, und es mangelte ihr an ihrer üblichen Energie. Wie die meisten anderen Nonnen mußte sie beim Singen vorsichtig sein, damit es nicht zu einem plötzlichen Krächzen wurde. Und wie den meisten anderen gelang ihr das oft nicht.

Und heute war Schwester Claire, die von ihrer eigenen Erkältung fast genesen war, unglücklicherweise noch bei dem Verletzten, und ihre tiefe, volle Stimme war nicht da, um die anderen mitzutragen. Ohne sie war Schwester Thomasine, deren dünner, heller Sopran sich jetzt über die gebrochenen Anstrengungen aller anderen erhob, die kraftvollste Sängerin.

Trotz ihrer scheinbaren Zerbrechlichkeit war Thomasine in dem Jahr, seit sie freudig ihre endgültigen Gelübde abgelegt hatte, prächtig gediehen. Ihre Demut und Glaubensinbrunst wurden im Kloster ebenso selbstverständlich hingenommen wie die sieben Gottesdienste des Tages. Frevisse hatte gehört, wie unter den Nonnen geflüstert wurde, Thomasines Frömmigkeit sei der Grund, warum Gott ihr die Gnade erwiesen hatte, sie allein vor der gegenwärtigen Pest des Schnupfens und Niesens zu bewahren.

Frevisse gab sich alle Mühe, darüber keine Meinung zu haben. Denn wenn sie sich gestattet hätte, eine zu haben, wäre es vielleicht die gewesen, daß Schwester Thomasine vor der Krankheit bewahrt wurde, um Frevisses Geduld auf die Probe zu stellen.

Nach der Vesper hatten die meisten Nonnen ihre Zeit der Ruhe und der Meditation vor dem Abendessen. Aber Frevisse, die das Gefühl hatte, daß ihre Pflichten gegenüber den Gästen des Klosters noch nicht erfüllt waren, kehrte zum Gästehaus zurück. Dort stellte sie fest, daß sich die

Schauspieler um den hinteren Herd versammelt und sich zwischen ihren Besitztümern häuslich eingerichtet hatten. Die Frau rührte einen Topf um, der auf dem Feuer stand. Das flackernde orangefarbene Licht schmeichelte ihren hageren Zügen, so daß sie fast schön ausah. Der Junge, Piers, hatte sich dicht neben ihr zusammengerollt und schlief auf irgend jemandes Mantel. Im Schlaf wirkte sein Gesicht sogar noch liebenswerter als im Wachzustand. Die drei Männer saßen ihnen gegenüber in ein Gespräch vertieft, das oft von Lachen unterbrochen wurde. Ellis warf die Stücke des Stocks, den er mit den Händen durchgebrochen hatte, mit einer beiläufigen, entspannten Geste ins Feuer.

Es war nichts Entspanntes an der Versammlung um den anderen Herd. Nur Schwester Claire, der verletzte Mann, Meg und ihr Sohn sowie ein älterer Junge waren geblieben. Noch ein Sohn, dachte Frevisse. Das war gut; selbst wenn ihr Mann starb, hatte die arme Meg immer noch ihre Söhne, und der Ältere wirkte alt genug, um zu erben. Lord Lovels Verwalter war ein gerechter Mann. Wenn sie ihren Lehnspflichten weiter nachkommen und die Abgaben leisten konnten, würden sie ihr Land behalten können, selbst wenn Barnaby starb.

Frevisse störte Schwester Claire nicht, sondern stellte sich an eine Stelle, wo sie wußte, daß Schwester Claire sie sehen würde. Sie wollte warten, bis die Krankenpflegerin Gelegenheit hatte, ihr zu sagen, ob es irgend etwas gab, das sie tun konnte. Die Verletzungen des Mannes waren gesäubert und die schlimmsten Wunden verbunden worden, auch die Schnittwunde am Kopf. Jetzt, wo er sorgsam in Decken eingehüllt und die Schulter eingerenkt war, sah die Sache nicht mehr so hoffnungslos aus wie zu Beginn. Er war immer noch bewußtlos oder schlief. Sein Kopf rollte hin und her und sein Mund stand offen, obwohl er schwer und angestrengt durch die Nase atmete. Wahrscheinlich war sie ebenfalls gebrochen.

Schwester Claire hob behutsam seine verletzte Hand hoch. Barnaby drehte den Kopf zu ihr, aber seine Augen blieben geschlossen, bis sie vorsichtig seinen Zeigefinger berührte. Da stieß er einen wortlosen Schrei aus und öffnete die Augen weit. Sie waren glasig und blutunterlaufen und schienen nichts zu sehen. Schwester Claire ließ den Finger los, und er verfiel wieder in Schweigen. Seine Augen schlossen sich wieder.

»Bitte tut das nicht!« flüsterte Meg heiser. »Es hat keinen Sinn. Seine Hand ist hin und wird nie wieder werden.«

Das erste Entsetzen war vorbei, aber der Schock war geblieben. Meg war neben ihrem Mann auf dem Fußboden niedergesunken, die eine Hand zur Faust geballt und gegen die mageren Brüste gepreßt, die andere umklammerte den Arm ihres jüngeren Sohnes, der gegen sie gelehnt dasaß. Ihr angespannter, gehetzter Blick hing an der zerstörten Hand ihres Mannes, die Schwester Claire sanft niederlegte. Den älteren Sohn, der sich hinter ihr auf den Fersen niedergekauert und eine Hand auf ihre Schulter gelegt hatte, schien sie nicht zu bemerken.

Wie so oft bei Brüdern waren die beiden Jungen sich nicht sehr ähnlich. Der Jüngere hatte den schmalen Knochenbau seiner Mutter, die helle Haut und das blonde Haar, das sie vielleicht gehabt hatte, als sie jung gewesen war, obwohl davon nichts übriggeblieben war. Der Ältere, groß und grobknochig, mit dickem, dunklem Haar, kam mehr nach dem Vater. Sein junges Gesicht begann bereits voller zu werden und den wuchtigen Unterkiefer auszubilden, den er als erwachsener Mann haben würde. Und jetzt würde er noch früher erwachsen werden müssen, selbst wenn sein Vater durchkam.

»Komm, Ma«, sagte er. »Laß sie. Vielleicht kann sie es heilen.«

»Nichts kann ihn heilen, Sym. Still jetzt«, sagte Meg emotionslos. Sie drehte sich nicht zu ihm um.

Schwester Claire berührte die ersten beiden Finger der angeschwollenen Hand, die sie auf Barnabys Leib gelegt hatte. »Durch irgendein Wunder«, sagte sie, »scheinen diese Knochen hier die einzigen zu sein, die gebrochen sind. Aber sie sind bis ganz zum Handgelenk gebrochen. Und ich kann diese Knochen nicht schienen, sie sind zu klein und haben zu viele Gelenke. Alles, was ich tun kann, ist, seine Hand zu bandagieren. Und hoffentlich wird sie dann so zusammenheilen, daß er sie wieder gebrauchen kann.«

»Wird er leben?« fragte der jüngere Sohn.

»Ich weiß es nicht. Wenn er innere Verletzungen hat, wenn irgendwo etwas gerissen ist, wo ich nicht hinkann, oder er blutet, wo ich es nicht sehen kann ...« Sie holte tief Luft und sagte mit festerer Stimme, wobei sie Meg ansah: »Wir werden es noch eine ganze Weile nicht wissen. Wenn er die Nacht übersteht und wieder zu sich kommt, besteht Hoffnung. Willst du hier bleiben oder lieber nach Hause gehen? Schwester Frevisse oder ich werden die ganze Nacht bei ihm wachen, wenn du lieber nach Hause gehen und dich ausruhen willst.«

»Wir werden bei ihm wachen«, sagte Meg ohne Zögern. »Er gehört zu uns, und wir werden bei ihm wachen. Besser, er sieht Gesichter, die er kennt, wenn er aufwacht. Oder wenn er stirbt«, fügte sie mit gesenkter Stimme hinzu. Ihr Blick kehrte zu seinem Gesicht zurück.

»Ich sorge dafür, daß sie Bettzeug bekommen«, erklärte

Frevisse. »Sagt mir, worauf ich achten soll, und dann geht zum Essen und zur Komplet. Ich komme hier schon zurecht.«

»Ihr habt auch noch nicht gegessen«, sagte Schwester Claire. »Ich bringe Euch Euer Nachtmahl vorbei, zusammen mit der Arznei, die er brauchen wird, um die Schmerzen zu betäuben, wenn er zu sich kommt.«

Meg stand auf. »Ich kann der Dame ihr Essen holen, mit Eurer Erlaubnis«, sagte sie. »Ich arbeite in der Küche und kenne den Weg.«

»*Daher* kenne ich dich«, sagte Schwester Claire. »Du hast die heiße Milch mit Wein und Gewürzen gebracht, die ich für Priorin Edith haben wollte, als ihre Erkältung vor zwei Tagen so schlimm war.«

»Und ich habe sie selbst zubereitet«, sagte Meg ein wenig stolz.

»Sie war exzellent und hat ihr gutgetan. Ja, bring Schwester Frevisse das Nachtmahl. Ich kümmere mich um die Arznei.«

Kapitel 4

Meg knickste tief, warf den beiden Jungen einen Blick zu, eine stillschweigende Warnung, zu bleiben, wo sie waren, keinen Lärm zu machen und keinen Unfug anzustellen. Sie hastete davon und verließ das Gästehaus, trat in die kalte Dunkelheit des Klosterhofes, überquerte ihn schnell und betrat durch die Pforte, die die Nonnen benutzten, das Kloster. Gewöhnlich benutzte sie diesen Eingang nicht, der Gang dahinter aber war ihr vertraut. Sie ging in Richtung Küche und stellte sich mutig der Notwendigkeit, Schwester Alys Jähzorn zu begegnen.

Aber Schwester Alys war gegangen, um mit den anderen Nonnen im Refektorium zu essen. Nur die Laienschwestern waren in der Küche. Erfreut über die günstige Gelegenheit, Meg mit Fragen über die Geschehnisse und das

Befinden ihres Mannes zu überschütten, füllten sie eine Schüssel mit Brotpudding und Käse. Eifrig redend drückten sie ihr die Schüssel, einen Becher und einen Krug heißen, gewürzten Apfelweins in die Hand.

Die Küche war warm und hell, erleuchtet von Herdfeuer und Lampenlicht. Das gehörte zu den Dingen, die Meg genoß, wenn sie im Kloster arbeitete: Ein Feuer in der Küche, eins im Gemeinschaftsraum, eins im Wohnzimmer der Priorin und sogar eins in ihrem Schlafgemach, damit sie es warm hatte, wenn sie sich abends vorm Zubettgehen auszog. Ein Luxus, den Meg sich nie hatte träumen lassen, bevor sie es hier mit eigenen Augen gesehen hatte. Und Lampen und Kerzen, die schon angezündet wurden, wenn der Tag nur leicht bedeckt war, so daß die Düsternis in die Ecken zurückgedrängt wurde, anstatt schwer auf allem zu lasten. Das, und wie sauber alles gehalten wurde. Die Steinböden wurden geschrubbt, wenn das Wetter warm war, und jeden Tag gefegt, egal was kam. Und es gab nichts, was die Reinheit der Luft hätte verderben können, keine Binsen, kein Essen, das mehr als ein paar Tage alt war, keine Tiere. Ja, die Nonnen wären entsetzt gewesen bei dem Gedanken, mit Hühnern und Ziegen in einem Raum schlafen zu müssen!

Als sie hinausging, war es, als müsse sie sich gewaltsam von einer Ecke des Himmels losreißen. Sie ließ die Wärme und den freundlichen Klatsch hinter sich, trat in die feuchtkalte Nacht des Hofes und dann in die geringere Behaglichkeit des alten Gästehauses. Schwester Claire war gegangen, aber die andere Nonne – Schwester Frevisse hieß sie, eine barsche Person, obwohl sie doch für die hauptsächliche Wohltätigkeit des Klosters, die Unterbringung der Gäste, zuständig war – hatte das Feuer geschürt.

Sein Schein beleuchtete Hewe und Sym, die neben ihrem Vater saßen, die Gesichter unähnlich selbst in ihrem Ausdruck. Sym brütete, und Hewe war anscheinend ins Gebet vertieft. Meg lächelte die beiden an, als sie bei ihrem Kommen aufblickten, ging aber direkt zu Schwester Frevisse und hielt ihr hin, was sie gebracht hatte.

»Das ist gewiß mehr als ich brauche«, sagte Schwester Frevisse.

Meg suchte verzweifelt nach einer Entschuldigung, aber die Nonne fuhr fort, als spiele es weiter keine Rolle: »Ich nehme ein wenig davon und ein wenig von dem Apfelwein. Den Rest könnt ihr unter euch aufteilen. Ihr werdet etwas zu essen brauchen, wenn ihr die ganze Nacht bei ihm wachen wollt. Ich stelle den Krug vors Feuer, damit er warm bleibt.«

Meg wußte nicht, was sie sagen sollte, aber Schwester Frevisse wartete ihre Antwort nicht ab, sondern ging, um mit der Schauspielertruppe zu sprechen.

Meg brachte Essen und Trinken zum Feuer. Der Brotpudding war voller Rosinen und Zucker, Köstlichkeiten, die sie seit Jahren nicht mehr auf den Tisch hatte bringen können. Sogar das Brot war zum größten Teil aus Weizen, nicht aus Kleie, und das weißeste, das sie je gegessen hatte. Die Jungen drängten sich eifrig um sie, und sie teilte gern mit ihnen, behielt sie aber wachsam im Auge und hieß sie aufhören, lange bevor alles aufgegessen war. »Wir werden ein bißchen für später aufheben. Wenn euer Vater aufwacht, wird der Apfelwein helfen, ihn zu wärmen«, sagte sie, und ausnahmsweise widersprach nicht einmal Sym.

Als sie sich aufrichtete, nachdem sie den Krug wieder vor das Feuer gestellt hatte, drang kalte Zugluft in die Halle. Die Außentür war geöffnet und geschlossen worden, und

Vater Henry, der Priester des Klosters, hastete aus dem Schatten auf sie zu. Er war in einen Umhang gehüllt und hatte gerötete Wangen, als wäre er eine Weile draußen in der Kälte gewesen, und die zerzausten Locken um die Tonsur herum waren mehr in Unordnung denn je. Meg knickste, und die Jungen verbeugten sich, obwohl sie sie erst anstoßen mußte, um sie daran zu erinnern. Vater Henry nickte ihnen zu, aber sein besorgter Blick ruhte schon auf Barnaby. »Ich war auf Hamlins Hof, um das Baby zu taufen, bevor es starb. Ich bin gerade zurückgekommen und habe es gehört. Werde ich gebraucht, Schwester Frevisse?«

Schwester Frevisse kam zu ihnen herüber. »Laut Schwester Claire ist er schlimm verletzt, aber sein Zustand scheint stabil zu sein. Er ist noch nicht wieder zu sich gekommen, aber wenn er es tut und die Wunden nicht zu schwären beginnen, wird er vielleicht leben. Ganz gewiß braucht er Eure Gebete, aber was die letzte Ölung angeht, das sollte seine Frau entscheiden.«

Sie und Vater Henry sahen Meg an und stürzten sie mit dieser unerwarteten Verantwortung in Angst und Verzweiflung, obwohl die Stimme des Priesters freundlich war, als er jetzt fragte: »Was denkst du? Sollte er die Sakramente jetzt bekommen, um sicherzugehen?«

Meg preßte die Lippen zusammen und starrte auf den Fußboden. Sie versuchte nachzudenken. Es brachte sie immer in Verwirrung, wenn jemand Wichtiges sie beachtete. Von Vater Henry angesprochen zu werden, war ebenso schlimm, wie vom Verwalter ausgefragt zu werden. Sie wäre nicht so durcheinander gewesen, wenn es der alte Vater Clement gewesen wäre, der Dorfpriester, ein einfacher Mensch wie sie selbst. Aber er war im letzten Jahr gestorben, und sie hatten noch keinen neuen Priester bekommen – eine

Schande! Aber das war nicht Vater Henrys Schuld. Er wartete auf ihre Antwort, und sie war mit Worten nicht so schnell bei der Hand.

Schwester Claire schien zu denken, daß Barnaby eine Überlebenschance hatte, aber vielleicht war es besser, sicherzugehen und ihm die letzte Ölung zu geben. Aber es war immer ein Penny zu bezahlen, wenn die Sakramente nötig wurden. Wenn Barnaby starb, ohne die Sterbesakramente empfangen zu haben, konnte ihn das seine Seele kosten, denn er hatte viele Todsünden auf dem Gewissen. Andererseits, sie hatten nur wenige Pennies, und jetzt noch weniger, wenn Barnaby starb oder auch nur nicht mehr arbeiten konnte.

Und wenn er starb, würde es noch mehr Kosten geben. Der Lehnsherr würde ihr bestes Tier als Sterbeabgabe fordern. Und dann war da das Gersum, eine Abgabe, die Sym leisten mußte, um das Pachtland seines Vaters übernehmen zu können, und die Kosten der Totenwache für Barnaby, und dann der Messepenny für sein Begräbnis und der Preis für das Totenhemd und das Ausheben seines Grabes. Und all das mußte von dem wenigen bezahlt werden, das Meg erspart hatte. Wenn Barnaby durchkam, fiel all das weg. Aber Vater Henry hatte angeboten, auf jeden Fall für ihn zu beten, und sicher würde Gott die Gebete eines Benediktinerpaters nicht überhören. Also, da Barnaby vielleicht leben würde …

»Besser, er ist dann wach«, sagte sie. »Besser, er weiß davon.«

»Also werde ich für ihn beten«, sagte Vater Henry. »Schickt jederzeit jemanden zu mir, wenn ihr mich heute nacht brauchen solltet. Mein Haus liegt zwischen der Mauer des Innenhofes und der Kirche.«

Er wandte sich zum Gehen, aber Meg, der plötzlich ein Gedanke gekommen war, sagte mit ungewohnter Kühnheit: »Vater, könntet Ihr Hewe, meinen Jüngsten hier, mitnehmen –«

Sie schob Hewe vorwärts, eine Hand auf seinem widerstrebenden Rücken. »Und ihm zeigen, wo er für seinen Vater beten kann, einen guten Ort?«

»Mama …« begann Hewe.

Meg schnitt seinen Protest ab. »Vater Clement hat ihm Lesen und Schreiben beigebracht und gemeint, er könnte vielleicht Priester werden, wenn er sich ranhält. Das ist meine größte Hoffnung, meinen Hewe irgendwann mal als Priester zu sehen. Wenn Ihr mit ihm sprechen, ihm ein paar Eurer Gebete beibringen könntet?«

Sie wußte nicht, wo sie die Kühnheit hernahm, so dreist um einen Gefallen zu bitten. Aber wenn Hewe zu sehen bekam, wie es im Haus eines Klosterpriesters aussah, würde er merken, wie anders das Leben sein konnte, wie anders als die tägliche Schufterei der Dörfler. Um seinetwillen konnte sie kühn sein. Um seinetwillen – und um Syms willen – hatte sie allen Mut zusammengerafft und im Kloster nach Arbeit gefragt, damit sie der Katastrophe, die Barnaby aus ihrer aller Leben machte, nicht völlig hilflos ausgeliefert war.

Sie preßte die Handfläche hart gegen Hewes Rücken, eine Warnung an ihn, sich ihrer Bitte nicht zu widersetzen.

Und, Gott sei Dank, Vater Henry schien überhaupt nicht gekränkt zu sein. »Sicher. Und er heißt Hewe? Gewiß benannt nach unserem Heiligen Hugh von Lincoln.« Meg, die sich überhaupt nicht sicher war, nickte eifrig. Hewe war der Name ihres Vaters gewesen. Aber Vater Henry fuhr heiter fort: »Auf seinen Pilgerwanderungen ist der Heilige Hugh oft Jungen begegnet, die zur Priesterschaft berufen waren, und er hat ihnen geholfen. Wie also sollte ein Priester nein sagen zu einem Jungen, der Hewe heißt? In der Kirche ist es zu dieser Jahreszeit sehr kalt, aber es gibt ein Betpult in meiner Kammer, und ein Feuer. Dort können wir für deinen Vater beten.«

Hewe warf Meg einen vorwurfsvollen Blick zu. Er hatte das letzte Jahr seit Vater Clements Tod damit zugebracht, glücklich alles zu vergessen, was der alte Priester ihn gelehrt hatte. Aber dann sah er seinen bewußtlosen Vater an, hielt den Mund und ging mit Vater Henry, wenn auch mit schlurfenden Füßen und gesenktem Kopf.

Meg nickte hinter Hewe her. Es war ihr egal, was er davon hielt, denn sie wußte, was am besten für ihn war. Die Notwendigkeit, die Dinge anzupacken, irgendwie zurechtzukommen, hatte ihr geholfen, den Schock zu überwinden. Die Entscheidung über die Sterbesakramente hatte ihr Denken wieder in Gang gesetzt, und sie sagte zu Sym: »Wir wissen überhaupt nicht, was mit dem Pferd und dem Karren passiert ist. Am besten fragst du diese Leute, die ihn hergebracht haben, wo es passiert ist und wie der Karren aussieht. Das Pferd muß sich losgerissen haben, sonst hätten diese Leute es mitgebracht, als sie Barnaby herbrachten. Wahrscheinlich ist es zu Gilbey Dunn zurückgelaufen, aber wir werden besser schlafen, wenn wir Bescheid wissen. Geh zurück zum Dorf und frag ihn. Gebe Gott, daß zumindest dem Pferd nichts passiert ist, dann haben wir eine Sache weniger, über die wir uns Gedanken machen müssen. Wenn doch, werden wir nie Ruhe vor Gilbey haben.«

Sym schnitt eine Grimasse. Diese Gefahr bestand. Ihre Beziehung zu Gilbey war einmal so gut gewesen, daß die Rede davon gewesen war, seine Tochter, sein einziges Kind, mit Sym zu verheiraten. Aber das Mädchen und ihre Mutter waren im vorletzten Jahr an einem Fieber gestorben, und das war das Ende der Sache gewesen.

Sym stand auf und starrte die Schauspieler an. Er war nicht so redselig wie Hewe, aber sehr viel weniger arbeitsscheu als sein Vater. Es tat Meg weh zu sehen, wie er unter der Last, die er tragen mußte, immer derber und ungehobelter wurde. Er versuchte schon jetzt, die Arbeit eines Mannes zu tun. Das Schlimmste daran war, daß er sich ebenso wie sein Vater ins Wirtshaus flüchtete. Sie sah zu, wie er mit großen Schritten auf die Leute am anderen Ende der Halle zustiefelte, und nachträglich fiel ihr ein, hinter ihm herzurufen: »Vergiß nicht, ihnen für das zu danken, was sie getan haben.«

Schwester Frevisse ging, um noch etwas Holz aufs Feuer zu legen, und blieb da. Meg, mit ihren Gedanken alleingelassen, sah wieder auf Barnaby nieder, beobachtete, wie er atmete, hörte zu, wie gebrochen es klang, und sorgte sich. Gilbey Dunn hatte Barnaby nur erlaubt, sein Pferd und seinen Karren zu nehmen, weil der Verwalter ihn dazu gebracht hatte und ihm als Gegenleistung einen Tag Feldarbeit im Frühling erlassen hatte. So war es immer gewesen: Andere Leute hatten den Vorteil und Barnaby das Nachsehen.

Sie blickte in sein schlaffes Gesicht, unfähig, eine Spur des muskulösen, angenehmen jungen Mannes zu finden, mit dem ihre Eltern sie verheiratet hatten. Meg schüttelte den Kopf. »Barnaby nicht-sehr-helle«, flüsterte sie. »Hast dich diesmal selbst fertiggemacht, oder?«

Egal, was Schwester Claire sagte, seine Hand war unheilbar verkrüppelt. Und was war, wenn er auch im Innern so verkrüppelt war, daß sie ihn den Rest ihres Lebens pflegen mußte, selbst wenn er durchkam? Dann würde sie die Arbeit im Kloster aufgeben müssen, die sie so dringend brauchte. Und sie würden den beschädigten Karren reparieren und Geld für das Pferd aufbringen müssen, wenn es verletzt war oder gestohlen worden war. Und wo sollte sie das Silber hernehmen, um einen Priester aus Hewe zu machen? Wenn nur der Heilige Hugh noch am Leben wäre, der die gesegnete Gewohnheit hatte, vielversprechende Jungen aufzunehmen und für ihre Ausbildung zu sorgen! Meg hatte noch nicht einmal genug Geld für eine Kerze, die sie dem Heiligen für seine Hilfe stiften konnte. Sie hatte nichts als ihre Gebete, und die sagte sie bereits her. Für Hewe, für Barnaby, dafür, daß das Pferd in Ordnung war, daß der Karren nur ein bißchen kaputt war.

Beim flackernden Licht des Feuers sah sie weiter in das Gesicht ihres Mannes, betete, wartete auf eine Veränderung, welche auch immer, und merkte es kaum, als Schwester Frevisse ihr sanft eine Decke um die Schultern legte.

Kapitel 5

Die schwarze Winterkälte hatte ungefähr am Tag der Heiligen Katharina eingesetzt. Seitdem war es schneelos und düster unter bewölktem Himmel gewesen, bis sich jetzt, Ende Dezember, das ganze feuchtkalte Grau der Welt ebenso gründlich in den Knochen der Nonnen festgesetzt zu haben schien wie der Husten in ihrer Brust und die kleinliche Streitsucht, die sich überall eingeschlichen hatte.

Frevisse war eng eingehüllt in die verschiedenen Woll- und Leinenschichten ihrer Ordenstracht und stellte fest, daß diese nur einen sehr unzureichenden Schutz gegen die Kälte boten. Sie wartete vor der Tür des Gemeinschaftsraumes auf ihre Schwestern, die zitternd und mit hochgezogenen Schultern den Kreuzgang entlanghasteten, um sich ihr zur morgendlichen Kapitelversammlung anzuschließen. Die Gesichter der Ankommenden waren ebenso rotnasig und trübe wie ihr eigenes. Die Morgenmesse war vorbei, und es war Zeit für die tägliche Kapitelversammlung, zu der die Nonnen sich zusammenfanden, um über die Geschäfte des Klosters und eventuelle Klagen zu beraten.

St. Frideswide war klein genug, und arm genug, um keinen eigenen Kapitelsaal für diese Versammlungen zu besitzen. Das Kapitel fand im selben rechteckigen Raum statt, der im Winter als Gemeinschaftsraum diente und im Sommer für die Stunde der Erholung genutzt wurde, wenn das Wetter zu regnerisch war, um im Garten spazierenzugehen. In dem Raum befand sich eine der wenigen Feuerstellen des Klosters, und in diesem bitterkalten Winter hatte Priorin Edith die Erlaubnis gegeben, täglich ein Feuer zu entzünden.

Frevisse öffnete die Tür zu dem warmen Raum, als die Nonnen bei ihr angelangt waren. Sie eilten geschäftig und hastig hinein, anstatt im Gleichschritt einzuziehen. Ein gutes Stück hinter ihnen kam Priorin Edith in ihrem eigenen, im Alter langsam gewordenen Tempo. Vater Henry und Schwester Juliana, die in diesem Monat Kaplanin war, stützten sie.

Die Priorin war alt, und sie war krank gewesen. Frevisse wußte, daß es nicht in Frage kam, sie zur Eile anzutreiben. Sie wartete geduldig, bis Priorin Edith aufsah, ihre Anwesenheit zur Kenntnis nahm und sie mit einem Nicken entließ. Frevisse trat dankbar in den Raum und schloß die Tür, damit die Wärme des prasselnden Feuers, das im Kamin brannte, nicht entwich.

Die anderen Nonnen hatten sich bereits vor dem Feuer versammelt. Sie wärmten ihre Hände und – mittels eines verstohlenen Lüftens der schwarzen Röcke – ihre Beine, anstatt ihre Plätze auf den elf Schemeln einzunehmen, die in einem doppelten Halbkreis vor dem Sessel der Priorin standen, der gegenüber dem Feuer aufgestellt war.

Frevisse mischte sich unter sie, bis sie eine Hand am Türgriff hörten und schnell zu ihren Schemeln eilten, vor denen sie sich aufstellten, wie es sich gehörte.

Frevisse war aufgefallen, daß die Hand, die sich sonst nie ungeschickt anstellte, an kalten Wintermorgen oft an diesem Türgriff herumhantierte, gerade lange genug, um ihnen die Gelegenheit zu geben, auf ihre Plätze zu gehen.

Vater Henry kam mit Priorin Edith, die sich immer noch auf seinen Arm stützte, herein, Schwester Juliana hinter ihnen. Er geleitete die Priorin zu ihrem Sessel und half ihr, sich zu setzen.

Die Nonnen knicksten mit etwas mehr als dem gewöhnlichen tiefen Respekt. Priorin Edith nahm nach zwei Wochen zum ersten Mal wieder an der Kapitelversammlung teil. So lange war sie in den dreißig Jahren, die sie ihr Amt schon innehatte, dem Kapitel noch nie ferngeblieben. Der Husten, der für die anderen nur eine schwere Plage war, hatte sich in ihrer Lunge festgesetzt und sie fast umgebracht. Schwester Claire hatte mit all ihrem Wissen über Heilkräuter und wohlriechende Packungen, aromatische Dämpfe und kräftigende Brühen dagegen angekämpft und gewonnen. Und jetzt war Priorin Edith wieder da und saß auf ihrem gewohnten Platz, blasser und schmaler, als sie zu Anfang des Winters gewesen war, aber ihre Augen spiegelten ihre lebhafte Freude wider, wieder bei ihnen sein zu können. Sie war in eine warme, gefütterte Robe gehüllt.

Frevisses Freude war ebenso intensiv. Schwester Alys hatte Priorin Edith vertreten, was als Cellerarin ihr Recht und ihre Pflicht war. Aber Schwester Alys war selbst zu ihren besten Zeiten übellaunig. Und gegenwärtig, durch Husten, Niesen und Schnupfen verärgert und an die Grenze ihrer begrenzten Geduld gebracht, war sie es noch weit mehr.

In dem kurzen Moment, den die Nonnen brauchten, um sich auf eine Geste von Priorin Edith hin unter dem Geraschel von Schleiern und Röcken hinzusetzen, sah Frevisse ihre Priorin also mit erleichterter Zuneigung an und folgte dann deren Blick zu Schwester Thomasine, der jüngsten und am entschlossensten demütigen der Nonnen. Sie saß auf ihrem selbstgewählten Platz am äußeren Ende der aus der Mauer herausgehauenen Steinbank, am weitesten vom Feuer entfernt.

Die scheue Demut, die Schwester Thomasine in der Novizenzeit an den Tag gelegt hatte, um ihre Würdigkeit zu beweisen, war etwas geringer geworden, nachdem sie sicher und für immer die Braut Christi geworden war. Aber dann und wann fand Priorin Edith es notwendig, sie daran zu erinnern, daß Demut und Bequemlichkeit sich nicht gegenseitig ausschlossen. Sie winkte das Mädchen zu sich heran. Gehorsam erhob Schwester Thomasine sich, kam zu ihr und machte einen tiefen Knicks. Priorin Edith beugte sich vor, um ihre Stimme zu schonen, und sagte: »Du hast dir diese Winterkrankheit noch nicht geholt, oder?«

»Nein, Ehrwürdige Mutter«, wisperte Thomasine.

»Und es war so gut wie allein deine Stimme, die uns heute morgen durch den Gottesdienst gebracht hat, nicht wahr?«

Schwester Thomasine wagte nicht zu lügen, nicht einmal aus Demut. »Ja, Ehrwürdige Mutter.«

»Dann wirst du dich auf den Platz setzen, der für dich bestimmt ist, auf deinen Schemel, in die Wärme. Wir wollen doch, daß du gesund bleibst und weiterhin deine Stimme erheben kannst, um den Herrn zu preisen, solange er es zuläßt.«

Schwester Thomasine knickste wieder, diesmal noch tiefer, wisperte: »Ja, Ehrwürdige Mutter«, und ging mit gesenktem Kopf zu ihrem Stuhl.

Frevisse fühlte einen Anflug von Verdruß. So viel penetrante Bescheidenheit ging ihr auf die Nerven.

»Und jetzt«, murmelte Priorin Edith. »*In nomine Patris, et Filii, et Spiritus Sancti. Amen.*«

Die Nonnen bekreuzigten sich mit ihr und senkten die Köpfe, um den Heiligen Geist um Führung und Segen für diese Versammlung zu bitten. Dann las Vater Henry das für den heutigen Tag bestimmte Kapitel der Regel des Heiligen Benedikt vor, erst in seinem holperigen Latein und dann noch einmal auf englisch. Die Regel war kurz, sie bestand nur aus dreiundsiebzig Kapiteln, und die meisten waren nur ein, zwei Absätze lang. Es wurde ein Kapitel pro Tag gelesen, und so hörten sie die Regel des Heiligen Benedikt dreimal im Jahr in voller Länge. Kapitel 72, zu lesen am 30. April, dem 30. August und am 30. Dezember, behandelte den »guten Eifer«, den die Nonnen zeigen sollten. »›Sie sollen also einander in Ehrerbietung zuvorkommen‹«, las Vater Henry, »›die Gebrechen, seien sie körperlich oder geistig, mit größter Geduld aneinander tragen, im Wetteifer einander gehorchen. Keiner strebe nach dem, was er für sich, vielmehr nach dem, was er für andere nützlich erachtet ...‹«

Am Ende unterließ er es, seinen üblichen Kommentar vorzubringen. Sein Husten war fast weg, aber während er las, war sein Gesicht immer röter geworden, was zeigte, daß der Hustenreiz noch da war. Schließlich gab er sich damit zufrieden, ihnen schnell mit der Hand und lautlosen Lippen den Segen zu erteilen, bevor er hinausging. Als er gegangen war, sah Priorin Edith ihre Nonnen an, bemerkte, daß Schwester Emma die Hand erhoben hatte, und nickte ihr zu.

Schwester Emma stand auf, und Frevisse setzte sich resigniert bequemer hin. Schwester Emma war von dem Charme ihrer Stimme überzeugt. Sie näherte sich dem, was sie sagen wollte, stets nur auf Umwegen. Und selbst heute, mit vor Erkältung heiserer Stimme, hatte sie offensichtlich nicht vor, sich kürzer zu fassen.

»Wir alle ...« Schwester Emma warf einen Blick auf Schwester Thomasine, die gelassen ohne Taschentuch dasaß, »... fast alle – haben gemeinsam die höchst bittere Last unserer Schmerzen und unseres Hustens zu tragen. Aber das mindert unsere Verpflichtung, aufeinander zu achten und behutsam miteinander umzugehen, keineswegs. Vielmehr erhöht unsere gemeinsame Prüfung nur die Notwendigkeit der Rücksichtnahme aufeinander. Wieder und wieder bin ich in den letzten Tagen im Kreuzgang an einer Stelle vorbeigekommen, wo jemand es unterlassen hatte, seinen Speichel auf dem Pflaster zu zertreten. Das Zertreten von Speichel ist etwas, das der Heilige Benedikt selbst in unserer Regel erwähnt, und daher ist das gewiß eine Sache, die hier zur Sprache kommen sollte, damit wir alle in Anstand und gehörigem Respekt füreinander zusammenleben können. Denn schließlich, ›Die Sünder sollen vom Angesicht der Erde vertilgt und die Übeltäter ausgelöscht werden‹.«

Nur ein Bibelspruch und nicht mehr als dreimal so viele Worte, wie nötig waren, um ihr Anliegen deutlich zu machen, dachte Frevisse. Schwester Emmas Erkältung mußte sie wirklich arg plagen, daß sie sich so kurz faßte.

Mit großer Ernsthaftigkeit stimmte Priorin Edith ihr zu. Gute Manieren seien notwendig, ganz gleich, wie schmerzlich ihre körperlichen Beschwerden sie plagen würden. Sie verkündete, daß gute Manieren im Kloster vorherrschen sollten. Speichel sollte augenblicklich von dem Verursacher zertreten werden, wie die Regel es vorsah. »Gibt es sonst noch etwas?« fragte sie.

Und zwangsläufig war das der Fall. Dies war die Zeit, wo die Nonnen Anschuldigungen vorbrachten und Fehlverhalten beichteten und die Priorin Disziplinarmaßnahmen und Bußen verteilte. Es kamen die üblichen Erwähnungen kleiner Unhöflichkeiten, die vergeben werden mußten. Geringfügige Verstöße, die das Gewissen belasteten, wurden gebeichtet, unterbrochen von Husten und Niesen. Gelassen, ohne zu gestatten, daß kleine Probleme durch zuviel Gerede aufgebläht wurden, urteilte Priorin Edith, legte Konflikte bei und regelte alles. Frevisse, deren Rücken vom Feuer gewärmt wurde, verfiel in eine schläfrige Lethargie. Nur zu bald würde sie sich aufraffen und wieder ihren Pflichten in der kalten Welt zuwenden müssen, also genoß sie es für den Augenblick, stillzusitzen und nicht zu frieren, während die Kapitelversammlung ihren Lauf nahm.

In der Versammlung wurden jetzt die Berichte über allgemeine Klosterangelegenheiten gehört.

Schwester Alys stand auf, schnaufte, hustete trocken und sagte: »Das Schwein, das wir für das Dreikönigsfest der Leibeigenen gemästet haben, ist gestern geschlachtet und zerlegt worden. Es wog fast fünfzig Pfund, mehr als wir gedacht hatten. Ob wir genug Apfelwein haben werden, ist eine andere Frage. Schwester Frevisse hat es gestern für notwendig befunden, Apfelwein an Leute im Gästehaus auszugeben, ohne mich in der Sache um Erlaubnis zu fragen, und wenn das so weitergeht, weiß ich nicht, wie wir zurechtkommen sollen.«

Frevisse, aufgeschreckt aus ihrer Behaglichkeit, überlegte schnell, und ihr wurde klar, daß Schwester Alys von gestern sprach, als Meg ihr etwas Apfelwein aus der Küche gebracht hatte. Daraus könnte sie eine Art Verteidigung machen, aber im großen und ganzen war es besser, daß Schwester Alys Mißfallen Frevisse traf anstatt Meg, die sowieso schon genug Kummer hatte.

Priorin Edith fragte: »Habt Ihr eine Antwort darauf, Schwester Frevisse?«

Frevisse erhob sich. »Nein, Ehrwürdige Mutter.«

Priorin Edith seufzte und sagte: »Wir müssen uns an die Regeln halten, die zu unser aller Besten aufgestellt wurden, besonders was die Küche angeht, da Nahrungsmittel in diesem Winter knapp und teuer sind. Sie dürfen nicht einmal an Gäste des Klosters verteilt werden, wenn nicht Schwester Alys zuvor gefragt wurde und ihr Einverständnis gegeben hat. Zur Buße werdet Ihr drei Tage lang auf Eure Portion Apfelwein beim Abendessen verzichten und Euch bei Schwester Alys für Euren Mangel an Höflichkeit ihr gegenüber entschuldigen.«

Etwas steif sagte Frevisse: »Ich bitte wegen meines Säumnisses um Vergebung, Schwester Alys.«

Schwester Alys putzte sich die Nase, nahm die Entschuldigung mit einem ungnädigen Nicken entgegen und sagte, an alle Anwesenden gerichtet: »Wenn es genug Apfelwein für das Festgelage der Bauern am Dreikönigsabend im Obstgarten geben soll, müssen wir uns bessern. Und vielleicht werden wir nicht einmal dann genug haben, um bis zur Fastenzeit durchzukommen.« Sie sah Frevisse bedeutungsvoll mit hochgezogenen Augenbrauen an.

Schwester Perpetua gab wie immer ihrem Bedauern Ausdruck, daß das Kloster die Leibeigenen immer noch zu derartigen Frivolitäten wie dem Festgelage ermutigte. Egal, wie alt der Brauch sein mochte, er schien nach Ansicht aller christlichen Autoren, die sie je gelesen hatte, wenig mit dem christlichen Weihnachtsfest zu tun zu haben. Priorin Edith stimmte ihr wie immer zu, ohne Abhilfe zu schaffen, und bat den Rest ihrer Amtsträgerinnen um ihren Bericht.

Eine nach der anderen sagten sie *omnia bene*, alles ist gut, außer Schwester Claire, die Sorge hatte, ob ihr Vorrat an Salbei gegen Halsschmerzen für den Winter ausreichen würde.

Schließlich war Frevisse an der Reihe, denn ihr Amt der Schwester Hospitalaria war das geringste unter den Klosterämtern. Sehr kurz berichtete sie, daß sich im neuen Gästehaus niemand aufhielt, während sich im alten Gästehaus neun Leute befänden: ein Leibeigener von Lord Lovel, Barnaby Shene, der schwer verletzt sei, seine Frau und seine beiden Söhne, die ihn pflegten, und fünf Reisende, unter ihnen ein krankes Kind.

»Der Junge ist nachts mit Halsschmerzen aufgewacht, und heute morgen hatte er Husten und Fieber. Sie werden bleiben, bis er gesund genug zum Reisen ist, mit Eurer Erlaubnis, Ehrwürdige Mutter.«

Priorin Edith nickte zustimmend und sah ihre Nonnen an. »Gibt es noch etwas, das jetzt gesagt werden müßte?« fragte sie. Sie tauschten schnelle Blicke untereinander aus und schüttelten dann alle den Kopf. Priorin Edith lächelte. »Dann laßt mich Euch nur noch eins in Erinnerung rufen. Ganz gleich, wie krank oder wie gesund wir uns fühlen oder uns anhören mögen – unsere Gebete und unser Gesang in den täglichen Gottesdiensten sind wichtiger als unsere Gefühle, besonders in dieser heiligen Zeit des Jahres. Daran müssen wir vor allem anderen denken. Wir wollen Gott preisen und Gnade für unsere Seelen erbitten. Es ist unser innerstes Wesen, das vor Gott zählt, nicht der äußere Anschein. Daran wollen wir denken, anstatt uns ausführlich mit unseren Unvollkommenheiten zu befassen.«

Sie war blasser als vorhin, als sie hereingekommen war. Ihre gealterte Haut spannte sich dünn über die Knochen ihres Gesichtes, ihr Leib war tief in ihrem Umhang versunken. Frevisse wußte, daß Schwester Claire auf dem Sprung saß und sofort zur Priorin eilen würde, wenn diese die Nonnen an ihr Tagewerk entlassen hatte.

Aber ein diskretes Klopfen an der Tür ließ alle den Kopf wenden, und Priorin Edith sagte: »Herein.« Ihre Stimme hatte kaum Kraft, und sie bedeutete Schwester Alys mit einer Geste, nochmals zu rufen.

Auf ihr dröhnendes Krächzen hin steckte die Laienschwester, deren Aufgabe es war, an der Klosterpforte Wache zu halten, den Kopf in den Raum und sagte: »Es ist Roger Naylor, Ehrwürdige Mutter. Er bittet darum, Euch sobald als möglich sprechen zu dürfen.«

Neugier breitete sich unter den Nonnen aus. Naylor war der Verwalter der Priorei, zuständig für ihren Besitz und die anderen weltlichen Angelegenheiten, die notwendig waren, um St. Frideswides spirituelles Leben zu erhalten. Gelegentlich, wenn seine Pflichten es erforderten, kam er ins Kloster, um sich mit Priorin Edith zu beraten. Jetzt betrat er auf ihr Nicken hin den Raum.

Er war ein mürrischer Mann, den Frevisse ein wenig besser kennengelernt hatte, seit ihre Pflichten sie mehr aus dem inneren Klosterbereich herausführten. Sie war sich nicht sicher, ob sie ihn mochte, aber sie wußte, daß sein langes, zerfurchtes, selten lächelndes Gesicht zu einem hellen Kopf gehörte, der nicht nur stets auf St. Frideswides Vorteil bedacht war, sondern beim Verfolgen dieses Vorteils auch meistens fair blieb.

Er durchquerte den Raum und fiel vor Priorin Edith auf ein Knie nieder. Sie ließ ihn dort verharren und fragte mit ihrer leisen Stimme: »Es müssen schwerwiegende Probleme sein, Meister Naylor, daß Ihr Euch erlaubt, hierher zu kommen. Was ist geschehen?«

»Noch gibt es keine Schwierigkeiten, Ehrwürdige Mutter, aber wir werden welche bekommen, wenn wir nicht sofort handeln. Wißt Ihr, wer sich zur Zeit in Eurem Gästehaus aufhält?«

Priorin Edith runzelte die Stirn, sowohl wegen seiner Worte als auch wegen der allgemeinen Unruhe unter ihren Nonnen. »Ja, wir wissen, wer sich in unserem Gästehaus aufhält. Ein vielleicht tödlich verletzter Mann, obwohl er noch lebt, seine Familie, die ihn versorgt, und fünf Reisende, die bleiben, weil ein krankes Kind unter ihnen ist.«

»Das sind keine einfachen Reisenden, obwohl sie Euch sicher gern glauben lassen würden, daß sie das sind. Aber ich habe gehört, wie zwei der Männer sich im Stall unterhielten. Es sind fahrende Gaukler. Auch wenn sie uns glauben machen wollen, daß sie ehrliche Leute seien, das ist alles, was sie sind, und nichts Besseres.«

Priorin Edith sagte: »Ihr mögt Euch erheben, Meister Naylor«, und blickte Frevisse milde fragend an. »Wußtet Ihr das, Schwester?«

»Daß sie Komödianten sind? Das wußte ich. Sie haben nicht versucht, es vor mir zu verheimlichen, Ehrwürdige Mutter.«

»Aber davon habt Ihr nichts gesagt!« Der schockierte

Ausruf von Schwester Fiacre kam unerwartet, denn sie ließ selten ihre Stimme hören. Schwester Fiacre hatte immer zu Nervenkrisen und nervöser Unruhe geneigt, was sich zumeist durch Händeringen oder, wenn sie ganz besonders betrübt war, in Tränenausbrüchen äußerte. In den vergangenen Monaten hatte eine Krankheit so an ihren Kräften gezehrt, daß ihr viel vergeben wurde. Jetzt vergaß sie sich so weit, daß sie ausrief: »Wenn Ihr gewußt habt, was sie sind, hättet Ihr das sagen müssen, Schwester Frevisse!«

Frevisse erwiderte scharf: »Es ist nicht meine Gewohnheit, mehr zu sagen, als wie viele Gäste wir haben und warum sie hier sind. Die Kapitelversammlung ist nicht zum Klatschen gedacht.«

»Aber fahrende Gaukler!« krächzte Schwester Alys. »Das sind keine anständigen Leute. Die sind es nicht wert, sich in unseren ehrlichen Mauern aufzuhalten, das ist sicher.«

Wütend forderte sie Meister Naylor mit einem Blick auf, ihre Worte zu bestätigen. Frevisse beobachtete amüsiert, wie er hin- und hergerissen war zwischen der Zustimmung für ihre Worte und der Abneigung, sie zu unterstützen. Als Cellerarin hatte Schwester Alys das Recht, sich in sein Amt einzumischen, was sie auch oft tat.

Er blickte auf einen Punkt irgendwo hinter Priorin Ediths linker Schulter und sagte lediglich: »Ich würd' gern wissen, ob der Junge wirklich kränkelt oder nur krank spielt, damit sie lange genug bleiben können, um sich zu überlegen, was sie klauen sollen.«

»Schwester Frevisse?« Priorin Ediths neutraler Ton gab Frevisse die Erlaubnis, darauf zu antworten und warnte sie gleichzeitig, ihre scharfe Zunge im Zaum zu halten.

»Der Junge ist wirklich krank. Er hat Husten, einen entzündeten Hals und Fieber. Wenn er warm und ruhig gehalten wird, sollte es ihm bald bessergehen, aber das naßkalte Wetter wäre jetzt gefährlich für ihn.«

»Und Ihr seid sicher, daß er nicht simuliert?« beharrte Naylor.

Schwester Claire stand auf. Auf Priorin Ediths Nicken hin erklärte sie voller Autorität: »Ich habe ihn mir heute morgen angesehen. Es besteht kein Zweifel daran, daß er krank ist.«

»Und außerdem«, sagte Frevisse, unfähig, sich zurückzuhalten, »tut Ihr Unrecht, wenn Ihr Menschen verdächtigt, die einem Verletzten einen Dienst erwiesen und, soweit wir wissen, niemandem geschadet haben.«

»Es sind Leute, die keinen Herren haben«, entgegnete Naylor. »Sie sind niemandem verantwortlich und gehören nirgends hin. Und wie sagt man doch: Gaukler und Lumpen wachsen auf einem Stumpen.«

»Manche Schauspieler haben einen Patron«, sagte Priorin Edith mit einem fragenden Blick auf Frevisse.

Frevisse schüttelte den Kopf. »Mir gegenüber haben sie niemanden erwähnt.«

»Und das hätten sie sicher getan, wenn sie jemandem gehören würden«, warf Schwester Alys ein.

Schwester Fiacre erhob sich und rief mit ungewohnter Schärfe und Heftigkeit: »Und selbst das ist keine Garantie. Mein adliger Vater war Patron einer Schauspielertruppe, aber als mein Bruder den Titel erbte, jagte er sie fort, weil er herausfand, daß sie unseren Namen zu üblen Zwecken mißbrauchten. All diese Leute sind gleich, und keiner von ihnen ist ehrlich!«

Die lange Rede hatte sie atemlos gemacht. Ebenso aus Notwendigkeit wie aus Verlegenheit preßte sie ihren Ärmel an den Mund und setzte sich hustend wieder hin.

»Das ist nicht gerechter, als zu sagen, daß alle Verwalter Diebe seien, weil einige es sind«, erwiderte Frevisse scharf. Der Seitenhieb war ebenso für Naylor bestimmt wie für Schwester Fiacre. »Alles, was wir von diesen Leuten wissen, ist, daß sie einem verletzten Mann einen ehrlichen Dienst erwiesen und uns um die Unterkunft gebeten haben, die unsere Regel uns zu geben verpflichtet, und daß sie wegen eines kranken Kindes hier festgehalten werden. Es ist nicht recht, anzunehmen, daß sie anders sind als sie sich uns gegenüber gezeigt haben.«

»Wenn sie bewiesen haben, was sie sind, wird es zu spät sein«, erwiderte Naylor. »Gebt ihnen Arznei für das Kind und vielleicht eine Extradecke und schickt sie weg.«

Beide hatten Priorin Edith vergessen und sprachen direkt miteinander. Frevisse sagte, schärfer als sie beabsichtigt hatte: »Besser, sie fügen uns ein Unrecht zu, als daß wir ihnen grundlos ein Unrecht antun.«

»Sie sind Herumtreiber.«

»Sie haben keinen Herrn, ja, aber sie verdienen ihren Lebensunterhalt. Über Weihnachten waren sie auf Fen Harcourt, und sie haben Arbeit in Oxford, wenn sie dort eintreffen.«

Priorin Edith hob die Hand. »Genug.«

Naylor schluckte herunter, was er hatte sagen wollen. Frevisse wurde sich erschreckt bewußt, wie sehr sie sich erhitzt hatte, senkte den Kopf, schob die Hände in ihre Ärmel und verfiel in Schweigen. Schwester Alys trompetete in ihr Taschentuch und ließ ihren rotgesichtigen wütenden Blick anstelle von Worten sprechen, während Schwester Fiacre stumm die Hände rang.

»Es ist nicht an uns, diese Menschen zu verurteilen«, sagte Priorin Edith. »Es kann nicht schaden, sie unter Beobachtung zu halten, was Ihr tun mögt, wenn Ihr es wünscht, Meister Naylor, solange es getan wird, ohne sie zu beleidigen. Aber wir haben ihnen Unterkunft und Zuflucht gewährt, und die Regel verpflichtet uns, sie ihnen zu geben, solange es angemessen ist und sie uns keinen Schaden zufügen. Tatsächlich können sie uns sogar etwas Gutes tun. Die Heilige Kirche fordert uns auf, in der Weihnachtszeit fröhlich zu sein. Haltet Ihr es für denkbar, Schwester Frevisse, daß sie für uns spielen würden? Ein diesem Ort und der Weihnachtszeit angemessenes Stück, vielleicht morgen oder übermorgen, wenn sie so lange bleiben?«

»O ja, bitte!« rief Schwester Amicia aus und klatschte in die Hände. Dann bedeckte sie den Mund mit der Hand, schockiert über ihren Verstoß gegen die guten Sitten.

»Drei Vaterunser auf den Knien vor dem Altar, Schwester Amicia, heute abend vor der Komplet«, sagte Priorin Edith, ohne sie auch nur anzusehen. Schwester Amicias Anfälle frivoler Begeisterung waren ihnen allen vertraut. »Schwester Frevisse?«

»Ja«, sagte Frevisse. »Ich denke, das würden sie sehr gern tun. Ich werde sie fragen und Euch berichten, was sie sagen.«

»Tut das. Und damit, denke ich, sind wir für heute fertig.« Priorin Edith hob ihre zitternde Hand zu einem Segen, der sie alle einschloß. »Geht mit Gottes Segen für euch und eure Pflichten durch den Tag.«

Kapitel 6

Im Kreuzgang wurde Frevisse von Naylor überholt. Er war kein hochgewachsener Mann, er war kaum so groß wie sie. Aber er hatte sich zu seiner vollen Größe aufgerichtet und begegnete ihrem Blick, als sie sich überrascht umwandte, um ihn anzusehen. »Ihr habt Euch sehr beredt für diese Gaukler ausgesprochen, Schwester. Warum wollt Ihr unbedingt, daß sie bleiben?«

Frevisse zog in bewußtem Staunen die Augenbrauen hoch. Er wußte ebensogut wie sie, daß die Regel zwanglose Gespräche im Kreuzgang verbot. Aber da Naylor nie ein zwangloser Mann gewesen war, mußte es einen Grund geben, wenn er mit ihr reden wollte. Sie wies mit dem Kopf auf die Pforte, die in den Klosterhof führte, um ihm zu bedeuten, daß sie draußen mit ihm sprechen würde. Während sie ihren Weg fortsetzten, beharrte er: »Menschen, die herrenlos und landlos durch die Gegend ziehen – Schauspieler, Bettler, Jongleure, alle von dieser Sorte –, sind bestenfalls Spitzbuben, und noch wahrscheinlicher schlicht Schurken. Warum geht Ihr so bereitwillig das Risiko ein, diesen üblen Haufen länger hierzubehalten, anstatt ihnen einfach die Tür zu weisen, Schwester?«

Frevisse ging schneller und langte nach dem Griff der Klosterpforte, aber Naylor war schneller. Er öffnete die Tür für sie. Frevisse neigte den Kopf, teilweise dankend, aber mehr, um ihr Gesicht für den Moment, den sie brauchte, an ihm vorüberzugehen, vor ihm zu verbergen. Sie war halb auf seine Frage oder eine ähnliche vorbereitet gewesen, aber nicht auf den Schwall von Erinnerungen, den sie ausgelöst hatte.

Aber als er die Pforte wieder verschlossen und sich ihr zugewandt hatte, hatte sie sowohl Antwort als auch Gesichtsausdruck parat. »Ich bin nicht im Nonnenkloster aufgewachsen, Meister Naylor. Meine Eltern lebten in der Welt. Und waren sehr weltlich eingestellt. Ich habe gelernt, nie etwas nur deshalb zu glauben, weil es behauptet wird. Und ich bin auch nicht so unwissend, daß ich denke, man könne einen Menschen kurzerhand verurteilen, nur weil er ist, was er ist, und nicht etwas anderes. Wenn ich einen Menschen verurteile, weil er Schauspieler ist, ohne mehr von ihm zu wissen als die Geschichten, die über Schauspieler erzählt werden, dann könnte ich ebensogut einen Mann verurteilen, weil er Verwalter ist, nach den Geschichten zu urteilen, die über Verwalter erzählt werden.«

Roger Naylors Augen verengten sich. Verwalter waren in so vielen Geschichten die Standardbeispiele für Korruption und Gnadenlosigkeit, daß er Frevisse unmöglich mißverstehen konnte. Er sah aus, als wolle er etwas sagen, überlegte es sich anders, drehte sich auf dem Absatz um und ging stumm und mit großen Schritten davon. Frevisse blickte hinter seinem beredten, steifen Rücken her. Ihre Befriedigung darüber, ihn in die Flucht geschlagen zu haben, war stärker als jedes Bedauern, das sie wegen ihrer dreisten Rede hätte verspüren sollen. Und so warm war ihr seit Stunden nicht mehr gewesen.

»Das war eine kluge Spitze für eine so sanfte Nonne«, sagte jemand spöttisch.

Verblüfft wandte Frevisse sich um und sah Joliffe, der auf der Stufe am Fuß des Brunnens saß. Eingehüllt in einen Mantel, der so grau war wie die Schatten, das Haar so bleich wie die Steinmauer des Brunnens, war es leicht, ihn zu übersehen, solange er sich nicht bewegte oder sprach.

»Und das ist ein seltsamer Ort zum Ausruhen«, erwiderte Frevisse. Zu dieser Stunde des Wintermorgens lag der Brunnen noch im Schatten des Weißdorns, der neben ihm wuchs. Der Rauhreif, der den Brunnenrand und die Stufe bedeckte, verriet, wie kalt dieser Sitzplatz war.

Joliffe erhob sich und kam auf sie zu. »Oder auch nicht. Das hängt von diesem oder jenem ab. Habe ich eben das Wort ›Schauspieler‹ in Eurer Unterhaltung vernommen? Ich nehme an, Euer Verwalter hat sich über unsere Existenz beklagt.«

»Über Eure Existenz an diesem Ort gewiß. Es würde ihn wahrscheinlich nicht im mindesten stören, wenn Ihr woanders existieren würdet.«

»Also müssen wir gehen?« Er sprach leichthin, als wäre es ihm gleich, wenn sie ihre Sachen packen und innerhalb einer Stunde das Kloster verlassen müßten. Aber Frevisse hatte seit langem gelernt, die Haltung und den Gesichtsausdruck eines Menschen ebenso zu deuten wie den Klang seiner Stimme. Und sie sah, daß Joliffe zwar gelernt hatte, mit dem Fortgeschicktwerden zu leben, er aber nicht gelernt hatte, es zu mögen. »Nein. Ihr könnt bleiben, solange es um Piers willen nötig ist, und Ihr seid willkommen.«

Eine kaum wahrnehmbare Steifheit löste sich, und er fragte irritierenderweise: »Und darf ich annehmen, daß Ihr für uns eingetreten seid? Daß Ihr Eure Priorin, trotz Meister Naylors Protesten, dazu überredet habt? Daß Ihr um unsertwillen beredt gewesen seid?«

Bemüht, schroff zu klingen, sagte Frevisse: »Beredt genug, scheint's.«

Joliffes Lächeln, das sich durch all die Spitzbüberei auszeichnete, die Naylor bei Menschen seiner Art vermutete, zeichnete Lachfalten in sein Gesicht. »Dann möge Sankt Genesius Euch segnen, Mylady, für Eure Freundlichkeit und für Eure goldene Zunge.«

Unwillkürlich fühlte sich Frevisse durch seine Belustigung erheitert. Im gleichen Ton sagte sie: »Ich nehme an, Sankt Genesius hat mit der Sorge um Euch schon genug zu tun, ohne auch noch mich in Betracht zu ziehen. Ich bin ganz zufrieden mit dem Segen von Sankt Frideswide, besten Dank. Aber bald werdet Ihr Schwester Claire brauchen, wenn Ihr weiter hier draußen in der Kälte sitzt. Solltet Ihr nicht gescheiter sein?«

Joliffe machte eine kurze, respektvolle Verbeugung. »Leider eine Frage, die oft diskutiert worden ist. Aber sicher müßt Ihr doch recht gut wissen, wie öde es sein kann, mit anderen Leuten zusammengesperrt zu sein, stundenlang, tagelang, wochenlang, ununterbrochen? Wie groß die gemeinsamen Interessen auch sein mögen, die Langeweile wird immer größer.« Frevisse hob das Kinn, als sie diese Unverschämtheit hörte. Aber Joliffe grinste sie an, freundlich und wissend zugleich, und unwillkürlich zuckte ein antwortendes Lächeln um ihre Mundwinkel. Wie so oft lag die Wahrheit in einem Scherz verborgen. Sie wußte genau, was er meinte, insbesondere, da sie gerade von der Kapitelversammlung kam. Aber Joliffe ritt nicht auf dem Vorteil herum, den ihr stillschweigendes Eingeständnis ihm brachte. Statt dessen bemerkte er in ebenso scherzhaftem Ton: »Ich sollte Euch warnen. Ellis ist in einer üblen Stimmung. Piers' Krankheit hat den Vater in ihm geweckt, was den Umgang mit ihm gefährlich macht. Oder doch zumindest äußerst unangenehm.«

Frevisse unterdrückte den Drang zu lächeln und sagte: »Ich bezweifle, daß Piers in großer Gefahr ist. Wenn er warmgehalten wird und im Bett bleibt, sollte er wieder genesen. Ich wußte gar nicht, daß er Ellis' Sohn ist.« Sie warf einen Blick zum Torweg, durch den ein Mann, der wie der Dienstmann eines Edelmannes gekleidet war, hereingeritten kam.

Joliffe folgte ihrem Blick, fuhr aber mit seinem spöttischen Geplänkel fort. »Vielleicht ist er es, vielleicht auch nicht. Ellis denkt gern, daß es so ist. Aber vielleicht ist er Bassetts Sohn. Oder meiner. Rose, das kluge Mädel, will es nicht verraten.« Er seufzte und legte dramatisch eine Hand mehr oder weniger auf sein Herz. »Wir wären alle glücklicher, wenn Ellis nur so wäre wie ich, ganz niedergedrückt, das Herz zerrissen, weil ein kleiner Junge in Gefahr schwebt, und doch von einem Naturell, so sanft und fließend wie ein Seidenband.«

»Aber dann und wann nimmt Ellis die Verantwortung der Vaterschaft allzu ernst?«

»Das kommt von zuviel Nüchternheit. Wenn dieser Zustand zu lange anhält, fängt er an, jähzornig und launisch zu werden.«

»Er neigt zum Trinken?« Sie hoffte nicht. Wenn es so war, würde der Aufenthalt der Schauspieler hier im Kloster weniger einfach werden, als sie gehofft hatte.

»Nicht Bier oder Wein. Es sind Gefühle, nach denen er sich sehnt. Ein paar Tage ohne Vorstellung, und ungenutzte Gefühle stauen sich in ihm auf und machen ihn angespannt und sehr … ermüdend.«

Frevisse dachte über diesen Gedanken nach. Ungenutzte Gefühle, zu lange aufgestaut, waren in einem Kloster kein unbekanntes Problem. Sie könnte sogar einräumen, daß ihre eigene Toleranzgrenze für Langeweile niedriger war, als sie sein sollte; und ein launischer Mann konnte tatsächlich eine Belastung für seine Umgebung sein. »Dann habe ich vielleicht die Lösung für Euch. Unsere Ehrwürdige Mutter läßt fragen, ob Ihr eventuell eine Vorstellung für uns geben würdet.«

Sie fing das Glitzern frivolen Übermuts in seinen Augen auf und fügte hinzu: »Etwas Passendes für die Weihnachtszeit und diesen Ort, Ihr versteht.«

Joliffes Gesichtsausdruck zeigte jetzt Überraschung über den Gedanken, er könnte je etwas anderes in Erwägung gezogen haben. »Mylady, die Ehrwürdige Mutter ehrt uns mit ihrer Bitte. Wir werden sicher etwas finden, das für das Weihnachtsfest und diesen Ort angemessen ist.«

Sie warf einen Blick zum Tor und sah, daß ein Knecht sich um den neuen Besucher kümmerte. Wahrscheinlich irgend jemandes Bote, der kurz Schutz vor der Kälte suchte. Irgendeiner der Dienstleute im Gästehaus konnte sich um ihn kümmern; es brauchte sie nichts anzugehen.

Joliffe stand auf und ging in Richtung Gästehaus. Frevisse, deren ausgreifender Schritt dem seinen ebenbürtig war, fiel in Gleichschritt mit ihm. Sie sagte mit gebührendem Nachdruck: »Wenn die Möglichkeit besteht, daß Piers Euer Sohn ist, habt Ihr sehr früh angefangen.« Joliffe warf ihr einen schrägen Seitenblick zu. Sie erwiderte ihn und fügte hinzu, eine Augenbraue in fragendem Spott hochgezogen: »Oder versucht Ihr vielleicht, mich zu schockieren?«

Joliffe lachte entzückt heraus, laut und wohltönend, und blieb stehen, um sich schwungvoll vor ihr zu verbeugen. »Ihr seid ein echter Salomo!« Ernsthafter fügte er hinzu: »Das ist Roses Art, uns zusammenzuhalten. Sie teilt die Vaterschaft unter uns auf, und weil niemand von uns sein Anrecht auf Piers verlieren will, bleibt unsere Truppe zusammen. Und wir sind mittlerweile so lange zusammen, daß wir zu etwas Besserem geworden sind als die übliche bunte Mischung aus Krethi und Plethi, die nur für eine Saison oder ein, zwei Jahre zusammenbleiben.«

Der Knecht, der mit dem Neuankömmling gesprochen hatte, überquerte den Hof, um sie abzufangen. Er verneigte sich. »Mit Eurer Erlaubnis, Mylady, hier ist ein Mann mit einem Brief für Euch.«

Frevisse drehte sich um und sah, daß der Bote wartete, während ein weiterer Knecht sein Pferd in den Stall führte. Jetzt, als sie genauer hinsah, kam ihr irgend etwas an ihm bekannt vor. Sie zögerte einen Augenblick und ging dann auf ihn zu, woraufhin er eifrig auf sie zueilte. Er verbeugte sich tief vor ihr, und als er sich aufrichtete, rief sie aus: »Hobden! Bist du es?«

»Ja, Lady. Ich bin es.« Er grinste über das ganze breite Gesicht. »Und ich habe mir gedacht, daß Ihr es seid. Selbst so angezogen, Ihr seid immer noch Ihr, aber wirklich. Wann habt Ihr zum letztenmal auf einem Pferd gesessen, frage ich mich?«

»Es ist eine ganze Weile her, das kann ich dir sagen. Aber ich habe es nicht verlernt. Ich könnte dir immer noch ein gutes Rennen liefern, wenn es dazu käme.«

»Das glaube ich gern. So wie Ihr im Sattel gesessen habt, das vergißt man nicht.«

»Geht es May gut? Und den Mädchen?«

»May geht es gut, danke der Nachfrage. Und die Mädchen haben mich jetzt schon zum drittenmal zum Großvater gemacht.«

»Bin ich schon so lange weg?« Hobdens Töchter hatten gerade erst angefangen, sich nach den Jungen umzuschauen, als sie die Obhut ihres Onkels verlassen hatte und ins Kloster gegangen war. »Ja«, fügte sie hinzu, bevor er antworten konnte. »Ich nehme an, das bin ich.«

»Eine lange Zeit, Lady«, stimmte Hobden zu.

Tatsächlich, jetzt, wo sie ihn ansah, merkte sie es. Sein Gesicht sah viel älter aus als damals, als er einer der Stallknechte ihres Onkels gewesen war. Und bei ihr dürfte es nicht viel anders sein, dachte sie, obwohl der Mangel an Spiegeln in St. Frideswide ihr ein allzu detailliertes Wissen darüber ersparte.

»Aber so ist das nun mal.« Er sagte es munter genug. »Wenn man nicht älter wird, ist man tot, und dazu bin ich noch nicht bereit.«

»Und mein Onkel. Wie geht es ihm?« fragte sie eifrig und fügte etwas verspätet hinzu: »Und meiner Frau Tante?« Tante Mathilda war die Schwester ihrer Mutter und Thomas Chaucer nur ein angeheirateter Onkel. Aber als Frevisse in ihrem Haushalt aufgewachsen war, hatte sie zu ihm die weitaus engere Beziehung gehabt. Ihre Freundschaft, die begonnen hatte, als sie elf war, hatte die Jahre überdauert, obwohl sie sich jetzt nur noch sehr selten sahen.

»Gut, Lady. Beiden geht es sehr gut. Und hier« – Hobden zog ein Päckchen aus seiner Gürteltasche – »ist ein Brief von ihm für Euch.«

Frevisse, die die klare Handschrift ihres Onkels und sein Siegel erkannte, nahm den Brief freudig entgegen. »Hobden, vielen Dank. Kannst du eine Weile hierbleiben, damit ich Zeit habe, eine Antwort zu schreiben?«

»Gewiß. Meister Chaucer hat mir die Erlaubnis dazu gegeben, wenn Ihr es wünschen solltet. Und an diesem bitterkalten Tag sitze ich lieber vor einem schönen Feuer, als über die Straßen zu reiten.«

»Dann werde ich dich zum Gästehaus bringen und den Mägden sagen, daß sie sich besonders gut um dich kümmern sollen.«

Sie führte ihn zum größeren Gästehaus und übergab ihn der Obhut einer der Küchenmägde dort, mit dem Befehl, es ihm bequem zu machen und ihm gut zu essen zu geben. Sie sah den Brief an, dachte aber, daß sie ihn gern in aller Ruhe lesen würde, und steckte ihn in ihren Ärmel, anstatt ihn zu öffnen.

Als sie die Treppe hinunterging und sich dem kleineren Gästehaus zuwandte, wurde ihr klar, daß ihre Freude über das Wiedersehen mit dem alten Hobden der Freude sehr ähnlich gewesen war, die sie bei dem Geplänkel mit Joliffe empfunden hatte. Und das war seltsam, weil sie Hobden Jahre ihres Lebens gekannt hatte und Joliffe kaum ein paar Stunden, und dennoch fühlte sie dieselbe Verbundenheit mit ihm.

Und zwar nicht nur mit Joliffe, sondern mit der ganzen Schauspielertruppe. Sie mochte sie, sie vertraute ihnen, sie erhellten ihr den Tag durch ihre Gegenwart. Warum nur?

Wegen der Art, wie sie miteinander umgingen. Das war es,

was dazu führte, daß Frevisse sie über das gewöhnliche Maß hinaus mochte und ihnen vertraute. Sie waren miteinander verbunden, nicht nur durch die Notwendigkeiten ihrer Arbeit, sondern durch ein starkes Band der Zuneigung. Ein Band, das Rose durch ihren Sohn bewußt geknüpft hatte und bewahrte. Frevisse wußte sehr gut, wie stark dieses Band sein und was für ein Schutz und Schirm es gegen die Gefahren der Straße bilden konnte, ganz gleich, wie wenig es von der Kirche sanktioniert sein mochte.

Erhobene Stimmen schreckten sie auf, als sie das andere Gästehaus betrat. Ihr erster Gedanke war, daß dieser Barnaby zu sich gekommen war und sich lautstark beklagte. Aber als sie das dachte, sah sie, daß Meg, die an der Seite ihres Mannes saß, nicht ihn ansah, sondern, angespannt und mit trockenen Augen, zum anderen Ende der Halle blickte, wo ihre Söhne in eine intensive und offensichtlich zornige Unterredung mit Bassett, Ellis und Joliffe verwickelt waren. Oder vielmehr redete Sym wütend auf Bassett ein, während Hewe wie ein heller Schatten sprungbereit hinter ihm stand, ganz offensichtlich auf alles gefaßt. Frevisse ging auf die Gruppe zu, aber bevor sie sie erreicht hatte, sagte Ellis etwas, das Sym zu ihm herumwirbeln ließ. Seine Stimme wurde so laut, daß Frevisse ihn deutlich verstehen konnte.

»Und ich sage, daß mein Vater sein Lebtag noch nicht so betrunken war, daß er mit seinem Karren vom Weg abgekommen wär'!«

Mit verletzend tiefer Gleichgültigkeit entgegnete Ellis: »Dann war er gestern betrunkener, als er es je zuvor gewesen ist. Als er an uns vorbeifuhr, prügelte er diese Schindmähre zu einer Farce von einem Galopp, stand aufrecht auf dem Karren, wedelte mit der Peitsche und sang ...« Er wandte sich an Bassett. »Was hat er gesungen, Thomas?«

Statt einer Antwort begann Bassett in einem weichen Bariton zu singen: »Ich bin der Herr von Geilenhof, mein Schwert ist lang und mächtig. Und zieh ich in den Kampf damit, so steht es mir gar prächtig.«

Joliffe grinste und stimmte ein: »Ich bin der Herr von Geilenhof und bin gar wohl gerüstet. Manch Maid, der ich zu Diensten war, hat's nach dem Schwert gelüstet.« Ellis wollte gerade den Mund öffnen, um auch noch mitzusingen, als Bassett Frevisse erblickte und ihn und Joliffe mit einer scharfen, verlegenen Geste zum Schweigen brachte. »Und das ist die Wahrheit, Junge«, sagte er etwas höflicher. »Es war ein Gram für uns, aber keine Überraschung, als wir eine Weile später ihn und den zertrümmerten Karren fanden.«

»Das sagst du. Aber außer euch war keiner da, der das gesehen hätte, oder? Ich sage, es ist wahrscheinlicher, daß ihr ihn von der Straße abgedrängt habt, um ihm in die Taschen zu langen!«

»Junge, ein Blick hätte gereicht, und der größte Einfaltspinsel hätte gewußt, daß weder an dem Mann noch auf dem Karren etwas war, das des Mitnehmens wert war«, sagte Joliffe. Bevor Sym etwas entgegnen konnte, schob Frevisse sich zwischen die streitenden Parteien und sagte, wobei sie ihre Stimme ruhig hielt: »Das haben sie uns bereits berichtet. Was hat dich dazu gebracht, ihr Wort jetzt in Frage zu stellen?«

Aus seiner Wut herausgerissen, suchte Sym nach der Demut, mit der er Höhergestellten zu begegnen hatte. Seine Augen flackerten zornig zwischen ihr und den Schauspielern hin und her. Schließlich platzte er grollend heraus: »Ich habe gefragt, ob ich ihre Stute borgen kann. Ich brauche sie, um zu holen, was von Gilbey Dunns Karren übrig ist, aber sie denken, ihr Pferd ist zu gut für Leute wie mich.«

»Und so versuchst du, anderen Schwierigkeiten zu machen«, sagte Frevisse kalt. »Stellst Behauptungen auf, die weder zu beweisen noch wahrscheinlich sind. Es wäre besser, du würdest deine Leidenschaft dafür aufsparen, für deinen Vater zu beten, anstatt die Männer anzuklagen, die ihm geholfen haben.«

»Ihm in den Graben geholfen, sehr wahrscheinlich!« platzte Sym los.

»Sie haben ihn hierher gebracht, anstatt ihn in dem Graben zu lassen, in den er gefahren ist«, schnappte Frevisse. Sym hatte seine Grenzen weit überschritten, als er ihr derartig widersprochen hatte, und sie schnitt ihm das Wort ab. »Genug! Sie sind Gäste des Klosters, und dies ist kein Ort zum Streiten.«

Sym starrte sie wütend an. Seine zuckenden Hände ballten sich halb zu Fäusten, während er darum kämpfte, seine Selbstbeherrschung wiederzugewinnen. Schließlich senkte er die Augen und schob die Hände hinter den Rücken.

Um die Wogen ein wenig zu glätten, sagte Bassett: »Tisbe ist erschöpft, wie wir alle. Und wir brauchen sie zu dringend. Wir können es nicht riskieren, sie einem Fremden anzuvertrauen. Es muß doch Pferde in deinem Dorf geben, die du dir leihen kannst.«

Mißmutig und nicht überzeugt vermied Sym es, Frevisse anzusehen. Aber er sah drohend von einem Schauspieler zum anderen. Er hätte am liebsten zugeschlagen und wußte, daß er es nicht konnte. »Pah! Vielleicht will ich eure Mähre ja gar nicht. Sie ist nichts als Straßendreck, genauso wie ihr!« Unfähig, seiner Wut freien Lauf zu lassen, drehte er sich ruckartig um, prallte fast gegen Hewe und rächte sich, indem er zum Schlag ausholte. Aber Hewe war offensichtlich daran gewöhnt, wich dem Schlag mühelos aus und bewegte sich rückwärts auf seine Mutter zu, die immer noch neben Barnaby saß. Die Qual, die sie empfand, war ihr deutlich ins Gesicht geschrieben. Als er Meg sah, duckte Sym sich, wandte sich ab, trampelte schwerfällig zur Tür und knallte sie hinter sich zu. Hewe blieb stehen, wo er war, er war nicht sicher, was er tun sollte. Seine Mutter, die sonst niemanden ansah, winkte ihn zu sich heran und zog ihn neben sich nieder, um die Wache am Bett seines Vaters fortzusetzen.

Bassett packte Ellis hart am Arm, um ihn daran zu hindern, Sym zu folgen, und sagte: »Schwester Frevisse, ich bitte Euch, bezeugt, daß wir nichts getan haben, was seinen Zorn auf uns rechtfertigen würde.«

Frevisse nickte. »Ich bezweifle, daß seine Wut lange anhält. Wahrscheinlich wird er Euch damit nicht wieder belästigen, aber ich werde die Knechte bitten, ein Auge auf ihn zu haben. Inzwischen überbringe ich Euch eine Bitte unserer Ehrwürdigen Mutter.«

Augenblicklich machte Bassett seine tiefste Verbeugung. »Mylady, es ist uns ein Vergnügen, Euch und Eurer Herrin zu dienen.«

»Sie läßt fragen, ob Ihr etwas für uns aufführen würdet …«

»Etwas so Süßes, Sanftes, Zartes und Mildes, wie die verehrungswürdigen Nonnen selbst«, warf Joliffe mit süßer, sanftmütiger, milder Stimme ein.

Frevisse warf ihm einen scharfen Blick zu. Nach ihrem Zusammenstoß mit Sym war sie nicht in der Stimmung, sich Scherze von irgend jemandem anzuhören. »Ein Stück, das in die Weihnachtszeit und in ein Gotteshaus paßt«, ergänzte sie und verlieh ihrer Stimme dieselbe Schärfe, mit der sie Sym zurechtgewiesen hatte. »Vielleicht ein Mysterienspiel?«

»Sicher, Mylady«, sagte Bassett. »Wir haben mehrere im Repertoire. Ihr könnt unser Buch durchsehen und uns sagen, welches Euch am meisten zusagt. Oder laßt das die Ehrwürdige Mutter tun. Ich habe es gleich zur Hand. Piers, hol mir die Truhe dort, die kleine.« Er zeigte auf ihre aufgestapelten Besitztümer jenseits des Herdkreises, und Piers, der vor dem Feuer lag, begann gehorsam, aus seinen Dekken zu kriechen.

»Piers, bleib liegen«, befahl Ellis und hielt das Kind mit einer Geste auf. Er war sogar noch schneller als Rose, die protestierend die Hand nach ihm ausstreckte. »Du tust, was man dir gesagt hat, und bleibst warm und zugedeckt liegen. Ich hole es.«

Als er ging, dankte Rose ihm mit einem Blick, und Ellis warf einen herausfordernden Blick auf Bassett, aber dem war das egal, solange die schäbige Sammlung gebundener Blätter in seine Hände kam. Er begann Frevisse auszufragen, wo die Aufführung am besten stattfinden könne und wie viele Leute kommen würden. Die beiden erörterten in einem befriedigenden Gespräch Einzelheiten und verschiedene Möglichkeiten. Sie entschieden, daß die Kirche am geeignetsten sei und wahrscheinlich *Die Heiligen Drei Könige* zur Aufführung gelangen würden, übermorgen oder am Tag danach, falls Piers so lange brauchen sollte, um wieder gesund zu werden. Denn seine Stimme sollte im Chor der Engel ertönen.

Kapitel 7

Frevisse suchte sich eine ruhige Ecke im Kreuzgang, die von der Sonne etwas erwärmt wurde und wo der Wind nicht hinkam. Sie zog das dicke Papier aus dem Ärmel und faltete es auseinander. Allein die charakteristische Handschrift ihres Onkels zu sehen, gab ihr ein noch wärmeres Gefühl. Einen Moment lang fühlte sie sich nach Hause versetzt. Bevor sie nach St. Frideswide gekommen war, hatte sie bei den Chaucers den ersten festen Platz ihres Lebens gefunden. Das große Haus war gerade neu erbaut worden, als sie ankam. Der honigfarbene, noch nicht vom Alter nachgedunkelte Sandstein der Cotswolds machte es außen hell, innen wurde es erhellt durch die vielen großen Fenster. Sie lächelte, als in ihr die Erinnerung aufstieg, wie stolz ihr Onkel immer gewesen war, wenn er Besucher in seinem prächtigen Haus empfing.

Sie öffnete den Brief und begann zu lesen. Thomas Chaucer hatte die Begabung seines Vaters für hochfliegenden Metaphern nicht geerbt, aber sein Stil war klar und flüssig und verriet mehr als einen Anflug des Sinns für das Lächerliche, durch den sich sein Vater ausgezeichnet hatte.

An meine liebe und vielgeliebte Nichte Schwester Frevisse in der Priorei St. Frideswide: Ich grüße Dich so herzlich, wie ich kann, ebenso wie Deine Tante Mathilda, die mich bittet, Dich in ihrem Namen zu grüßen.

Da dieser Winter sich als so streng erwiesen hat und mein Alter auf mir zu lasten beginnt, bin ich über die Weihnachtszeit zu Hause geblieben. Wir haben keine Gäste – ein schieres Wunder – und sind so alles in allem mehr als reichlich mit Lebensmitteln versorgt. Daher schreibe ich, um Dich zu fragen, ob Du vielleicht den geheimen Wunsch nach irgendeiner Leckerei verspürst, die in St. Frideswide nicht zu haben ist. Zuckermandeln, vielleicht, oder drei Apfelsinen, die Du essen und mit Schwester Claire und Priorin Edith teilen kannst?

Der König war mit dem Parlament und dem Rat in Westminster sehr beschäftigt und hat sich über die Feiertage nach Bury St. Edmunds begeben. Es hat hier große Aufregungen gegeben, jetzt, wo Bedford aus Frankreich gekommen ist, um einmal wieder zwischen Gloucester und Beaufort zu vermitteln, und vorläufig bin ich glücklich aus allem heraus. Ich würde Dir dazu gern etwas aus den Sprüchen Salomos zitieren, aber meinen Lieblingsvers kennst Du ja bereits.

Ich habe meinen Boten gebeten, auf Antwort zu warten, also halt Dich nicht mit Förmlichkeiten auf, sondern schreib auf, was Du haben willst. Er wird Deinen Brief mit Freuden entgegennehmen, und ich empfehle Dir, die Dinge, die er Dir vielleicht erzählen wird, cum grano salis, also nicht ganz wörtlich, zu nehmen. Möge die gesegnete Weihnachtszeit Dein Herz mit Freude erfüllen.

Frevisse lächelte über den Brief, las ihn noch zweimal und steckte ihn dann wieder in ihren Ärmel. Sie würde ihn später Priorin Edith zeigen, da es gegen die Klosterregel war, einen Brief in Besitz zu haben, dessen Inhalt der Priorin nicht bekannt war. Sie hatte tatsächlich eine besondere Bitte, die sie kurz niederschreiben und per Kurier zu ihrem Onkel schicken würde.

Meg hatte letzte Nacht kaum geschlafen und heute noch gar nicht. Jetzt, am späten Nachmittag, saß sie weiterhin zusammengesunken neben dem bewußtlosen Barnaby, beobachtete sein schlaffes Gesicht und lauschte dem unveränderten Rhythmus seines geräuschvollen Atems. Wieder und wieder ging ihr durch den übermüdeten Kopf, was jetzt wohl aus ihnen werden würde. Vor Erschöpfung tat ihr alles weh.

Selbst wenn Barnaby den Unfall überlebte, konnte er nicht mehr arbeiten. Und wenn er nicht arbeiten konnte, hatte er kein Recht auf das Haus und das Land, von dem sie lebten. Vielleicht würde der Verwalter Lord Lovel empfehlen, Sym zu erlauben, die Rechte und Pflichten seines Vaters zu übernehmen. Dann könnten sie das bißchen behalten, das ihnen geblieben war. Sym hatte das Recht zu erben, und dieses Recht konnte nicht so ohne weiteres außer Kraft gesetzt werden, so daß ein wenig Hoffnung bestand.

Aber Sym war erst sechzehn. Oder vielleicht siebzehn; die Jahre verschwammen so ineinander. Er war ziemlich erwachsen und stark, aber noch kein Mann. Und er hatte sich bereits zweimal, mit Hilfe seines Vaters, mit dem Verwalter gestritten. Und selbst wenn er Barnabys Stelle einnehmen konnte, war immer noch Barnaby da, und das bißchen, was Meg bis jetzt gespart hatte, würde für seinen Unfall draufgehen, wenn für nichts anderes. Nur war es kein Unfall gewesen, und das würde sie noch mehr kosten. Er war betrunken gewesen und hatte gesungen. Die Schauspieler hatten ihn gesehen und wußten sogar, welches Lied Barnaby gesungen hatte, eins der beiden Lieder, die Barnaby kannte. Jeder im Dorf hatte oft genug gehört, wie Barnaby betrunken nach Hause torkelte und dieses Lied grölte. Sie würden die Geschichte der Schauspieler glauben.

Zumindest hatte Sym Gilbeys altes Pferd gefunden, als es gestern abend im Dunkeln auf dem Dorfanger gegrast hatte. »Zu blöde, um nach Hause zu gehen«, hatte er gesagt. »Oder zu schlau, wenn Gilbey Dunn genauso knickerig mit dem Futter ist wie mit allem anderen. Dem Burschen fehlt nichts bis auf ein paar Kratzer an den Sprung- und Kniegelenken. Nichts Ernstes, sie sind nicht tief. Gilbey hat kein Recht, die Klappe aufzureißen.«

Aber Gilbey würde die Klappe aufreißen, und zwar lautstark. Obwohl Meg so etwas ungern über irgendeinen Menschen sagte, und erst recht nicht über einen Nachbarn – Gilbey war ein geiziger und berechnender Mann. Außerdem war das Pferd vielleicht gar nicht so gesund, wie Sym sagte. Wie sein Vater wünschte er oft, daß etwas so sei, wie er es gerne hätte, und glaubte dann selbst daran. Und sie vermutete, daß das, was von dem Geschirr übrig war, nur schwer zu flicken sein würde, wenn es überhaupt geflickt werden konnte. Ganz abgesehen davon, daß der Karren nicht mehr zu retten war.

Das hatten die Schauspieler gesagt, und das hatte Sym so wütend gemacht. Er hatte sie gefragt, ob er ihr Pferd ausleihen könnte. Es fiel ihm leichter, Fremde zu bitten als Leute, die ihn gut kannten. Aber der Dunkelhaarige hatte abgelehnt und gesagt: »Das Ding wird nie wieder auf Rädern laufen. Du holst besser einen anderen Karren und liest das Feuerholz auf«, und da hatte Sym die Beherrschung verloren. Es war nie schwer, Sym wütend zu machen, und noch einfacher war es, wenn es Arbeit zu tun gab, mit der er sich nicht abgeben wollte.

Mit Hewe konnte man leichter fertig werden. Er hatte auch ein hitziges Gemüt, das wohl, aber er schmollte eher, anstatt in Wut zu geraten. Jetzt schlief er neben ihr, auf einer der dünnen Strohmatratzen des Gästehauses, in Dekken eingewickelt. Sein Kopf lag auf ihrer Hüfte. Mit der Zuneigung, die sie selten zeigen konnte, streichelte Meg sanft über sein goldblondes Haar und ließ ihre Hand dann wieder auf seiner Schulter ruhen, während sie weiterhin Barnaby beobachtete. Sie machte sich immer noch Sorgen um Hewe. Er war nicht so kräftig und muskulös wie Barnaby und Sym. Man mußte sich stärker um ihn kümmern. Meg hatte dafür gesorgt, daß Hewe sich hinlegte, um sich aufzuwärmen, anstatt mit Sym nach dem Karren zu sehen. Und sie hegte die leise Hoffnung, daß die letzte Nacht ihn irgendwie verändert hatte. Er war still und gedankenverloren gewesen, als er von Vater Henry zurückkam.

Vater Henrys Leben war sauber und einfach. Er hatte eine Magd, die für ihn sorgte, wohnte in einem eigenen kleinen Haus, in dem es wahrscheinlich eine Feuerstelle gab, so, wie es im Kloster üblich war. Hewe hatte den Unterschied einfach erkennen müssen; er hatte endlich begreifen müssen, was sie ihm all diese Jahre erzählt hatte. Daß er nicht im Dreck des Dorfes steckenbleiben mußte wie sein Vater und sein Bruder. Daß er besser leben konnte, wenn er es nur versuchen wollte.

Bei Sym war das anders. Wenn alles mit rechten Dingen zuging, würde er das Haus, die Felder und die Rechte und Pflichten seines Vaters übernehmen, wenn Barnaby starb. Gott in seiner Weisheit hatte Sym kräftig gemacht wie seinen Vater, damit er die Arbeit tun konnte, für die er geschaffen war. Und anders als Barnaby würde Sym vielleicht fest zupacken, sobald das Land seins war, und alles in Ordnung bringen. Falls er die Chance bekam.

Megs Hände krampften sich zusammen. Barnaby hatte sie in diese Lage gebracht. Er hatte immer behauptet, er werde sein Glück schon machen. Lautstark und großspurig hatte er das behauptet, damals, als Megs Eltern sie bekniet hatten, ihn zu heiraten. Dann, als es viel zu spät war, hatte sie sich oft gefragt, warum sie es getan hatte. Aber sie hatte die Nörgelei ihrer Mutter und die harten Schläge ihres Vaters satt gehabt, und Barnabys Behauptungen hatte sie aufregend gefunden.

Aber heute kümmerte sie fast nichts mehr außer einer letzten Sehnsucht, wenigstens etwas aus all dem zu retten, Hewe davor zu retten, so zu werden wie sein Vater und sein Bruder.

Aber was, wenn das irgendwie gegen Gottes Willen war? Nein, das konnte nicht sein, sie versuchte ja, ihn Gott zu schenken und wollte ihn nicht für sich selbst behalten, auch wenn er ihr noch so teuer war. Sicher, wenn sie ihn dazu bringen konnte, Priester zu werden …

Hewe machte eine abrupte Bewegung, setzte sich auf, um

seinen Vater genauer anzusehen, und flüsterte dann: »Er wacht auf.«

Meg, deren Gedanken sie weit fortgetragen hatten, kehrte in die Gegenwart zurück. Sie blickte Barnaby ins Gesicht und sah, daß Hewe recht hatte. Es gab erste Anzeichen von Bewußtsein: Die Augenlider, die diese ganzen letzten Stunden schlaff gewesen waren, flackerten.

Meg packte Hewe am Handgelenk, ohne zu bemerken, daß ihr kräftiger Griff ihn zusammenzucken ließ, und flüsterte: »Geh und such jemanden, der Schwester Claire herholt. Jetzt sofort.«

Hewe strampelte sich aus seinen Decken und ging. Meg beugte sich über Barnaby. Sein Atem ging anders, er war kräftiger und ungleichmäßiger. Mit einem leisen Stöhnen öffnete Barnaby die Augen. Er blinzelte mit leerem Blick und schien dann zu bemerken, daß die Decke ihm nicht vertraut war. Er runzelte die Stirn und ließ den Blick wandern, ohne den Kopf zu bewegen, bis er Meg sah, die sich über ihn beugte. Seine Lippen bewegten sich leicht, lautlos. Die Lippen waren trocken und aufgesprungen. Meg langte nach dem sauberen Lappen in der Schale Wasser, die Schwester Claire ihr hingestellt hatte. Sie hatte ihr erklärt, was sie damit tun sollte. Vorsichtig drückte Meg das Tuch aus, bis es nicht mehr tropfte, hielt es Barnaby an die Lippen und drückte wieder, ließ vorsichtig einige Tropfen Wasser in seinen Mund fließen.

Er leckte sich über die Lippen und wollte mehr. Sie gab es ihm, und schließlich gelang es ihm, heiser zu krächzen: »Ich bin verletzt.«

Meg nickte.

»Schlimm?« fragte er.

Meg zögerte, dann nickte sie wieder. »Deine Rippen sind

gebrochen und deine Hand auch, und wir wissen nicht, was sonst noch. Du liegst besser still. Schwester Claire wird kommen. Sie hat dich gepflegt.«

Barnaby schloß die Augen und wimmerte: »Ich bin böse verletzt. Ich hab' Schmerzen …« Er riß die Augen weit auf. Angst leuchtete in ihnen. »Ich will den Priester. Du holst den Priester, Frau.«

»Er wird kommen«, sagte Meg. »Wir werden ihn holen.«

Sie spürte, daß jemand hinter ihr stand, blickte über die Schulter zurück und sah die Frau, die mit den Schauspielern reiste, und den hellhaarigen jungen Mann, der geholfen hatte, Sym zu verspotten, dicht hinter sich. Unsicher, leicht beunruhigt, stand Meg auf, um ihnen gegenüberzutreten, aber bevor ihr etwas eingefallen war, das sie hätte sagen können, fragte die Frau freundlich: »Brauchst du Hilfe? Können wir etwas für dich tun?«

Meg sah Barnaby an. Er hatte die Augen wieder geschlossen, und sein Atem ging unregelmäßig. »Er hat Schmerzen. Mein Junge sucht jemanden, der Schwester Claire holt, aber jetzt will er den Priester.«

Die Frau warf einen Blick auf den blonden jungen Mann, der sagte: »Ich hole ihn«, und ging.

Meg wollte, daß auch die Frau wegging, aber sie tat es nicht. Sie setzte sich auf der anderen Seite der Matratze hin und musterte Barnaby prüfend, nicht, als würde sie sich einmischen, sondern um zu sehen, ob es noch etwas gäbe, das sie tun könne. Meg war unsicher, wie sie sich der Frau gegenüber verhalten sollte. Sie war schließlich eine fahrende Gauklerin, ohne Lehnsherrn, ohne einen festen Platz in der Gesellschaft und ohne Anrecht auf irgend etwas außer Mildtätigkeit und Verachtung. Meg sagte nichts. Die Frau war geringer als Meg; geringer als jeder im Dorf; geringer als jede Magd im Kloster. Aber verwirrenderweise schien sie das nicht zu wissen. Sie war schlank und trug ein einfach geschnittenes, braunes Kleid, das seit langem nicht mehr neu war und dennoch elegant an ihr aussah. Ihre Haltung erinnerte mehr an die Frau eines Adeligen als an jemanden, der geringer war als ein Bauer. Und ihr Alter war schwer zu schätzen. Sie ist nicht mehr jung, dachte Meg. Ihr braunes Haar, das sie zu einem Zopf geflochten hatte und wie eine Krone um den Kopf gewickelt trug, hatte graue Strähnen. Und ihr Gesicht zeigte die Spuren zu vieler Jahre des Wissens, um für das eines Mädchens gehalten zu werden. Aber es war auch nicht verhärmt, faltig und verhärtet wie das aller Frauen im Dorf. Die Frau sah nicht so aus, wie sie hätte aussehen sollen. Meg fühlte sich unbehaglich und setzte sich wieder neben Barnaby auf den Boden. Um ihr Unbehagen zu überspielen, griff sie nach seiner unverletzten Hand. Sie fühlte sich kühl an. Er regte sich nicht, und sie sagte: »Ihm ist kalt.«

»Er sollte warmgehalten werden.« Die Frau erhob sich und nahm, ohne um Erlaubnis zu fragen, die Decken von Hewes Matratze und breitete sie über Barnaby aus.

Hastig half Meg ihr, und als die Frau zurücktrat, zog Meg Barnaby die Decken bis zum Kinn hoch und strich sie über seinen Schultern glatt, um zu zeigen, daß es ihre Aufgabe war, ihn zu pflegen, nicht die der anderen Frau.

Nach einigen Augenblicken sagte die Frau: »Ich glaube, er ist wieder bewußtlos geworden.«

»Oder schläft«, sagte Meg abwehrend.

»Oder schläft«, stimmte die Frau zu. Sie hielt inne, und dann sagte sie: »Ich heiße Rose.«

Meg musterte sie unsicher. »Ich bin Meg.«

»Die beiden Jungen sind deine Söhne?«

Meg wurde klar, daß die Frau versuchte, freundlich zu sein. Gern bereit, sich ablenken zu lassen, sagte sie etwas ungezwungener: »Unsere Söhne. Sym und Hewe.«

»Sym ist der Ältere?«

Meg, die sich an Syms Streit mit Roses Begleiter erinnerte, versteifte sich und nickte.

Rose schien das nicht zu bemerken. Sie sagte nur: »Es wird mal ein starker Mann aus ihm werden. Es steckt viel Kraft in ihm.«

Erfreut, daß jemand eine von Syms wenigen guten Seiten bemerkt hatte, nickte Meg. »Er kommt nach seinem Vater.«

»Und der andere ist ein gutaussehender Junge.«

Meg begann, sich für die Frau zu erwärmen. »Und er ist klug«, sagte sie. »Er kann lesen und schreiben.« Es half, das laut zu sagen. Dadurch wurde es wirklicher.

»Es ist gut, zwei Söhne zu haben. Sie können sich gegenseitig eine Hilfe sein, und dir auch.«

Die Vorstellung von Sym und Hewe, die sich gegenseitig eine Hilfe waren, ließ Meg einen Augenblick lang verwirrt schweigen. Aber sie kannte ihre Pflicht, wenn es um ein Gespräch ging, und sagte: »Du hast auch einen Sohn.«

Roses warmes Lächeln verriet, was für eine tiefe Bedeutung diese Tatsache für sie hatte. »Piers«, sagte sie.

»Geht es ihm besser?« fragte Meg.

»Ja, vielen Dank. Er hat immer noch hohes Fieber, aber er liegt warm im Bett, und Schwester Claire sagt, es würde wahrscheinlich nicht schlimmer werden.«

Bei der Erwähnung von Schwester Claire drehte Meg mit einem Ruck den Kopf zur Tür und fragte sich, wie lange es dauern würde, bis Hilfe kam. Rose fragte: »Arbeitest du hier im Kloster?«

Meg wollte nicht über ihre Arbeit im Kloster nachdenken

und darüber, wie nahe sie dran sein könnte, sie zu verlieren. »Manchmal«, sagte sie. »Du und die anderen, ihr seid Schauspieler?«

»Ich nicht«, sagte Rose mit leisem Lachen. »Ich schlage Purzelbäume, um die Menge anzulocken und sie so lange festzuhalten, bis wir ihre Pennies eingesammelt haben, als Bezahlung für unsere Stücke.«

»Purzelbäume?« fragte Meg. Das war etwas, was Kinder an einem Sommertag taten, einen grasbewachsenen Hang herunterpurzeln.

»So.« Rose erhob sich mit schneller Anmut und hob die Arme über den Kopf, und dann, als wäre es die natürlichste Sache der Welt, beugte sie sich nach hinten über. Es war die falsche Richtung, kein Körper sollte sich so biegen können. So schnell, daß Meg gar nicht ganz begriff, was sie sah, berührten Roses Hände hinter ihr den Boden, sie machte einen Überschlag in der Luft, und dann hatte sie sich gedreht und stand wieder aufrecht.

»Gott sei uns gnädig!« hauchte Meg und bekreuzigte sich, um sich vor solchen Seltsamkeiten zu schützen.

Rose lächelte. »Ich habe es gelernt, als ich klein war.« Sie drehte sich zur Seite, um mehr Platz zu haben, trat vor, landete mit Schwung auf ihren Händen, als sie die Füße hoch, über sich und wieder auf den Boden schwang. Nach einem leichten Wippen stand sie wieder aufrecht. »Siehst du?«

Meg legte eine schützende Hand auf Barnabys Brustkorb und wedelte mit der anderen Hand, damit Rose aufhörte. Was Rose da machte, sah aus wie etwas, das vielleicht Dämonen taten, um die gottgewollte Ordnung zu verhöhnen. »Hör auf«, bettelte sie.

»In der Tat, das reicht«, sagte Schwester Frevisse von der Tür her.

Kapitel 8

Frevisse trat zur Seite und ließ Vater Henry und Schwester Claire an ihr vorbei ins Gästehaus. Der Anblick von Roses Salto vorwärts hatte sie verblüfft, und dann hatte sie ihre Belustigung über Megs Entsetzen unterdrücken müssen.

Unwissenheit, nicht Dummheit, war die Ursache dafür, daß Meg so leicht in Angst und Schrecken zu versetzen war. Außerdem war der Grund ihres Hierseins nicht amüsant.

Vater Henry, der nichts bemerkt hatte, ging an ihr vorbei, bekreuzigte sich und sagte: »*Pax hic domui.*« Friede sei mit diesem Haus.

Frevisse und Schwester Claire, die ihm Seite an Seite folgten, erwiderten: »*Et omnibus habitantibus in ea.*« Und mit allen, die in ihm leben.

Rose und Meg antworteten gemeinsam: »Amen.« Meg, die aufgestanden war, machte mit gesenktem Kopf einen hastigen kleinen Knicks des Respekts vor dem Priester und warf Rose einen verblüfften Blick zu, als sei sie überrascht, von so einer wie ihr ein Amen zu hören. Rose, die nichts davon bemerkt hatte, knickste anmutig vor dem Priester und zog sich zu ihrer eigenen Feuerstelle zurück.

Barnaby öffnete die schmerzerfüllten Augen. Ein Ausdruck von Hoffnung und Furcht glitt über sein stoppelbärtiges Gesicht, als er den Priester vor sich stehen sah, und er keuchte: »Vater, Euren Segen. Es tut so weh, als würde ich sterben. Ich möchte Gottes Hilfe.«

»Die hast du«, sagte Vater Henry beruhigend. Um den Hals trug er eine schwarze Seidenstola, die ihm fast bis zu den Knien reichte und mit Kreuzen, Blumen und Weintrauben in verschiedenen Schattierungen der Bußfarbe Violett bestickt war. In den Händen hielt er vorsichtig die vergoldete, mit den heiligen Symbolen verzierte Schatulle, in der sich die Hostie befand. Er stellte sich zu Barnabys Füßen auf. Frevisse hob einen Strohhalm vom Herd auf, hielt ihn ins Feuer und zündete die Kerzen an, die sie und Schwester Claire trugen. Dann stellte sie sich neben Vater Henry. Er begann mit dem Sakrament, das das Heil der Seele nach dem Tode sicherstellen sollte. Er sprach sein fehlerhaftes Latein tröstlich laut, und Frevisse sah, wie sowohl Barnabys als auch Megs Gesicht sich entspannten, während er sich durch Psalm 31 kämpfte.

Als er den Psalm beendet hatte, stellten sie und Schwester Claire die Kerzen zu beiden Seiten von Barnabys Kopf ab, und Vater Henry beugte sich nieder, damit Barnaby das Kruzifix küssen konnte, das der Priester ihm hinhielt. Meg begann leise zu weinen. Schwester Claire legte ihr die Hand auf die Schulter.

»Dominus vobiscum«, intonierte Vater Henry und öffnete sein Brevier.

»Et cum spiritu tuo«, erwiderten Frevisse und Schwester Claire gemeinsam. Meg folgte einen halben Augenblick später.

Vater Henry begann zu beten. Immer, wenn der Priester eine Pause machte oder zögerte, stöhnte Barnaby »Amen«, und da Vater Henrys gelesenes Latein nur um weniges besser war als sein frei gesprochenes, kamen die »Amen« häufig und oft an unpassender Stelle. Das war für Vater Henry einigermaßen verwirrend, aber schließlich kam er zum Schluß, sagte sein Amen und bedeutete den drei Frauen mit einer Geste, sich zurückzuziehen, während er Barnabys Beichte hörte.

Sobald sie außerhalb der Reichweite des Feuers waren, schlich sich die Dezemberkälte unter ihre Kleidung und legte sich eisig auf Schienbeine und Unterarme. Meg begann heftig zu zittern, vor Schock ebenso wie vor Kälte. Schwester Claire drückte Frevisse ihren Arzneikasten in die Hände, legte den Arm um Meg und zog sie tröstend dicht an sich heran, auch, um ihr ein bißchen Wärme zu spenden. »Wir könnten zum Feuer gehen«, bot sie an. Aber Meg schüttelte den Kopf, und Schwester Claire drängte sie nicht. So streng sie mit jammernden Patienten oder säumigen Bediensteten sein konnte, ihre grundlegendste Eigenschaft war die Freundlichkeit.

Barnabys Beichte dauerte lange, was nicht überraschend war. Als er fertig war, sprach Vater Henry die Absolution und begann mit der rituellen Salbung von Augenlidern, Ohren, Nasenlöchern, Lippen, Händen und Füßen. Er bat den Herrn, alle Sünden zu vergeben, die mit diesen Körperteilen begangen worden waren. Frevisse beobachtete Meg, nicht den Priester, und sah, wie sie vor Staunen über die Magie, die einen bekannten Sünder von aller Schuld reinigte und neu machte, bis er würdig war, die ewige Glückseligkeit mit Gott zu teilen, die Kälte ihres Körpers vergaß. Auf Megs Wangen glänzten frische Tränen. Sie löste sich ohne Zögern aus Schwester Claires Umarmung, als Vater Henry sie heranwinkte, und es schwang so etwas wie Begeisterung in ihrer Stimme mit, als sie gemeinsam das Vaterunser beteten.

Der Priester beendete das Sakrament, indem er Barnaby das Viatikum – die Wegzehrung – reichte, eine dünne Waffel geweihten Brotes. Sie hätte auf der Zunge schmelzen müssen, aber Barnaby kämpfte mit hervorquellenden Augen darum, sie herunterzubekommen. Als er fertig war, packte Vater Henry die Utensilien seines heiligen Werkes zusammen und segnete alle Anwesenden.

Als er gegangen war, nahm Schwester Claire seinen Platz ein. Jetzt, wo für die Seele gesorgt war, würde sie sich um den Körper kümmern. Schwester Frevisse blieb, falls ihre Hilfe gebraucht wurde. Sie bezweifelte, daß Meg von großem Nutzen sein würde, falls ihr Mann die Schmerzen nicht aushalten konnte. Aber Barnaby ertrug die Untersuchung der Krankenpflegerin geduldig und mit zusammengebissenen Zähnen. Er grunzte vor Schmerz, als sie seine verletzte Seite und seinen Brustkorb abtastete. Als sie seine Hand berührte, wurde er weiß um den Mund, aber er stöhnte weder, noch fluchte er.

Als Schwester Claire fertig war und Barnaby matt und mit geschlossenen Augen dalag, mischte sie ein starkes Schlafpulver in den Wein, den sie mitgebracht hatte. Meg schlich sich zu Frevisse herüber und flüsterte: »Was der Priester gemacht hat – Barnaby ist jetzt gesegnet, all seine Sünden sind ihm vergeben? Der Himmel ist ihm gewiß?«

»Ganz bestimmt«, versicherte Frevisse ihr. »Bis er wieder sündigt.«

Eine leichte Röte überzog Megs Wangen, und sie senkte die Augen. »Das ist wirklich ein Segen«, murmelte sie.

Schwester Claire, die die Arznei in Barnabys willigen Mund geschüttet hatte, stand auf. »Bald wirst du kaum noch etwas von dem Schmerz merken, und dann wirst du einschlafen«, sagte sie zu ihm. »Schlaf ist jetzt das Beste für dich. Ich werde etwas Brühe aus der Küche für dich kommen lassen, für den Fall, daß du aufwachst.« Sie wandte sich an Meg. »Halt ihn warm. Falls er noch wach ist, wenn die Brühe kommt, flöß ihm ein wenig davon in kleinen Schlucken ein. Ich bezweifle, daß es schwierig sein wird, ihn ruhig zu halten.«

Sie entfernte sich, um ihre Sachen wieder in den Arzneikasten zu packen. Meg kniete sich fast zaghaft neben ihrem Mann hin, wischte sich die letzten Tränen ab und sagte: »Du bist jetzt gesegnet. Die Schwester hat es gesagt. Du bist ohne Sünde, mehr noch als bei deiner Geburt. Alle deine Sünden sind weg.«

Mit geschlossenen Augen, grau im Gesicht, sagte Barnaby: »Es tut immer noch weh. Sie hat gesagt, es würd' bald aufhören, aber es tut immer noch weh.«

»Sie hat gesagt, es würde eine kleine Weile dauern, Barnaby. Nur eine kleine Weile noch.«

Er grunzte, ohne sich zu bewegen, und fragte: »Ich kann mich nicht erinnern. Was ist passiert? Hab' ich mich wieder geprügelt? Was war los?«

Zögernd sagte Meg: »Du hast Gilbey Dunns Karren in den Graben gefahren. Er ist kaputt. Ein paar Reisende haben dich gefunden und hierhergebracht.«

Barnaby stöhnte leise. Er öffnete die Augen und sah mit verschwommenem Blick zur Decke hoch. »Wo bin ich?«

»Das Kloster, erinnerst du dich? St. Frideswide. Sie haben dich hergebracht und die Nonnen lassen dich bleiben, bis es dir gut genug geht und wir dich nach Hause bringen können.«

Er zeigte mit einem Grunzen, daß er verstand, und schloß wieder die Augen.

Sehr behutsam beugte Meg sich über ihn und fragte, was sie, wie Frevisse vermutete, einigen Mut kostete: »Kannst du dich erinnern, was passiert ist? Wieso du den Unfall hattest? Kannst du dich daran erinnern?«

Erst dachte Frevisse, er würde nicht antworten, daß Schwester Claires Schlaftrunk schneller wirkte als üblich. Aber schließlich sagte er: »Ich wollte nach Hause. Ich kam von Lord Lovel ...«

Seine Stimme wurde schwächer, und er verstummte, aber sein Atem zeigte, daß er noch bei Bewußtsein war. Meg wartete, aber als er nicht weitersprach, fragte sie: »Hast du den Wein abgeliefert?«

Barnaby grunzte, holte probeweise tief Luft und stellte wahrscheinlich fest, daß es nicht weh tat. Schwester Claires Trank hatte angefangen, den Schmerz zu betäuben, und ein wenig klarer sagte er: »Genauso wie mir gesagt wurde. Ich habe keinen Tropfen verschüttet, von Oxford bis zur Halle des Herrn. Keine Daube beschädigt, kein einziger Tropfen verschüttet.« Er schnitt eine Grimasse – oder vielleicht sollte es ein Lächeln sein, um den Schmerz zu verbergen –, öffnete die Augen und sah in Megs ängstliches Gesicht. »Aber im Schloß hatten sie Wein. Kein selbstgebrautes Bier, richtigen Wein. Solchen hab' ich noch nie getrunken. Ich kriegte eine große Schale Wein in der Halle, wegen Weihnachten und allem. Ich habe für sie gesungen, für Lord Lovel und seine Frau ...«

»Nicht dieses Lied«, sagte Meg, die vor Angst und Scham errötete.

Sein derber Humor ließ Barnabys Mundwinkel zucken. »Nee, nicht das. Das andere. Über König Henry selig, Gott erhalte ihn, und die Schlacht bei Agincourt ...«

Seine Stimme brach, und er kämpfte gegen den Hustenreiz an.

Meg berührte vorsichtig seine Schulter. »Du sollst nicht reden.«

»Nee«, sagte er. »Sie wirkt, die Arznei. Es tut nicht mehr so weh. Und bevor ich es vergesse ...« Er schob die unverletzte Hand unter die Decken und tastete nach etwas an seiner Hüfte, das nicht da war.

Frevisse war in der Nähe geblieben, da sie wußte, daß jemand bei ihm wachen sollte, bis er eingeschlafen war. Sie erriet, was er wollte, sagte: »Hier«, und langte nach dem zerlumpten Häufchen Besitztümer, das sie ihm ausgezogen und worum sie sich bislang nicht weiter gekümmert hatten. »Dein Beutel?« fragte sie und hielt ihm den Beutel hin. Er war überraschend schwer.

Barnaby wedelte mit der Hand und bedeutete ihr, sie solle ihn seiner Frau geben. »Für dich«, krächzte er. »Ich hab' doch gesagt, ich würd' dir was mitbringen. Siehst du?«

Seine Stimme klang triumphierend wie die eines kleinen Jungen, und die Andeutung eines Lächelns erhellte sein vor Schmerzen graues Gesicht. Aber Meg nahm den Beutel mit mehr Wachsamkeit als Freude entgegen, öffnete das Durchziehband, fühlte mit der Hand und zog vorsichtig das heraus, was so schwer gewesen war.

In der düsteren Halle glänzte das runde Ding, das Meg in der Hand hielt, so satt wie ein Sonnenuntergang. Aber niemand konnte einen Sonnenuntergang in der Hand halten, und Frevisse sah, wie Megs Wachsamkeit zu Staunen wurde. Ganz offensichtlich hatte sie so etwas noch nie gesehen, und mit einer zarten Anmut, die Frevisse überraschte, senkte sie den Kopf und schnupperte daran. Dann sah sie Barnaby an, das Staunen immer noch im Gesicht, und fragte: »Was ist das?«

»Ein Apfelsin«, sagte Barnaby, stolz auf sein Wissen. »Sie hatten eine ganz große Schale voll davon, so groß wie die Punschschale, fast, da auf Lord Lovels Tafel, genau vor ihm und seiner Lady. Am Weihnachtstag war die Halle offen für alle Dienstleute und Gäste und Reisende, die gerade zufällig vorbeikamen. Und das Essen! So was hast du noch nie gesehen. Mehr, als ich von einem Winteranfang zum nächsten zu Gesicht kriege. Und die Getränke!« Die Arznei wirkte mittlerweile, oder er hatte über der Aufregung seiner Erzählung seine Schmerzen vergessen.

»Guter Wein, mit Gewürzen drin, und jeder durfte mal probieren, ganz ungehindert. Der Verwalter sah, wie ich zulangte, und nickte und lächelte, als wär' ich ein richtiger Gast. Ich würd' bis ans hinterste Ende von England fahren, wenn dieser Verwalter mich darum bittet, und ich würd' nicht einmal murren. Ich hab' gekostet, und dann noch mal, und dann hab' ich mein Lied gesungen, das, was passend ist für Edelleute. Und es hat ihnen gefallen, Meg. Es hat ihnen gefallen, und Lady Lovel selbst hat gesagt, das wär' was wert, und hat mir den Apfelsin zugeworfen, und ich hab' ihn für dich mitgenommen. Ich hab' ihn dir nach Hause gebracht, als Weihnachtsgeschenk. So was hast du noch nie gehabt, stimmt's?«

Meg, die die Orange immer noch in der hohlen Hand hielt und sie eng an die Brust drückte, lächelte, ein Lächeln, das langsam immer breiter wurde und so klar und ganz vor Freude war, daß sie um Jahre jünger aussah. Und zum ersten Mal fragte Frevisse sich, wie alt Meg wirklich sein mochte.

»Barnaby hell, Barnaby sacht«, sang sie leise. »Längster Tag und kürzeste Nacht.« Der alte Reim für den Sankt-Barnabas-Tag kurz vor Mittsommer. Ein Reim mit einer besonderen Bedeutung, vermutete Frevisse, denn ein Lächeln, so ganz und gar unversehrt wie das Megs, breitete sich über Barnabys faltigem, wettergegerbtem Gesicht aus.

Er nickte und sagte: »Man ißt es. Ich hab' gesehen, wie sie das mit ihnen machten. Sie haben sie gegessen.«

Meg blickte zweifelnd auf die dicke zähe Schale und dann auf Barnaby.

»So«, bot Frevisse an und streckte die Hand aus.

Gelegentlich hatte es Apfelsinen im Haus ihres Onkels gegeben, und sie wußte, wie man sie schälte, um an das süße Innere zu kommen.

Zögernd reichte Meg ihr ihren Schatz, aber sie schrie auf, als Frevisse oben am Kamm einen Fingernagel in die Schale bohrte, und machte eine ruckartige Bewegung, als wolle sie ihr die Frucht entreißen. Sie konnte sich gerade noch bremsen und preßte die Hände zusammen, nackte Verzweiflung im Gesicht.

Frevisse sah sie erstaunt an. »Man muß sie schälen. Die Schale geht ab, und dann ißt man das, was drinnen ist.«

Meg schüttelte stumm den Kopf, den Mund fest zusammengepreßt, daß ihr ja kein Protestlaut entschlüpfte, aber ihre Hände verrieten, wie sehr sie wünschte, die Orange wieder in ihrer Obhut zu haben. Verständnisvoll hielt Frevisse ihr die Frucht hin.

Meg nahm die Apfelsine zurück und drückte sie wieder mit beiden Händen gegen die Brust.

»Sie hält sich nicht allzu lange«, warnte Frevisse. »Nicht wie ein Apfel.«

»Nichts hält sich lange«, antwortete Meg. »Aber eine kleine Weile doch?«

Es war eine inständige Bitte, und Frevisse beantwortete sie sanft mit einem Nicken. »Eine kleine Weile. Eine Woche oder zwei. Und wenn du die Schale aufbewahrst und sie trocknest, behält sie ihren Duft für eine lange Zeit.«

Meg antwortete nicht, sondern senkte den Kopf, um wieder den süßen Duft einzusaugen.

Barnaby war ruhiger geworden, als der Abend kam. Tatsächlich war Schwester Claire, die nach der Komplet nach ihm gesehen hatte, erfreut gewesen. »Er ist kräftig. Sein Körper scheint sich von dem Schock erholt zu haben. Morgen werde ich mehr sagen können, aber seine Chancen werden von Stunde zu Stunde besser.« Sie wies mit dem Kopf auf eine der Mägde. »Ela weiß, wo ich schlafe, wenn du mich heute nacht brauchen solltest.« Meg, die zusammengekauert dahockte, kurz vor dem Einnicken, sah die Frau an und nickte. Frevisse hatte gedacht, daß eine starke Dosis von Schwester Claires Schlaftrunk für Meg und danach eine langer Schlaf nicht geschadet hätte. Aber das war nicht möglich, und sie und Schwester Claire waren ins Kloster zurück und ins Bett gegangen, um selbst etwas zu schlafen.

Aber jetzt war sie wach. Die Nacht war fortgeschritten, es war die kalte, totenstille Zeit zwischen Matutin und der Morgendämmerung. Im Dormitorium war es schon lange still. Die Ruhelosigkeit, die immer nach den Mitternachtsgebeten herrschte, hatte nachgelassen. Nach dem zu erwartenden Husten, Schniefen und unterdrücktem Niesen war es bis auf die üblichen Schlafgeräusche still geworden. Aber

Frevisse war immer noch hellwach und lag aufgestützt da, so gut das mit dem dünnen Kissen möglich war.

Sie wußte, daß ihre Schlaflosigkeit teilweise daher kam, daß ihr so jämmerlich kalt war, aber da war noch etwas. Die Gebete und Meditationen, die gewöhnlich beruhigend auf sie wirkten und ihr Gesellschaft leisteten, wenn diese schlaflosen Stunden über sie kamen, hatten diesmal versagt. Sie hatten ihr auch nicht geholfen, herauszufinden, warum ihr so unbehaglich zumute war. Die nackte Wahrheit hieß: Sie war hellwach, und irgend etwas stimmte nicht. Und sie wußte nicht was.

Sie hatte versucht, es in der Stille des Dormitoriums zu erspüren, hatte gelauscht, ob irgend etwas zu hören war, das nicht hätte dasein sollen. Aber alles war so, wie es immer war, von Schwester Alys' unregelmäßigem Schnarchen ein Stück den Mittelgang hinunter bis zum Gurgeln des Wassers durch die Latrinenanlage. Auch konnte sie sich nicht erinnern, etwas unerledigt gelassen zu haben, das ihr jetzt Sorgen machte. Das einzige, was unruhig und falsch war, schienen ihre eigenen Gedanken zu sein. Frevisse ließ bewußt los. Sie hörte auf, das Problem aufspüren zu wollen, und ließ ihre Gedanken in der tiefen Kälte und Dunkelheit der Nacht frei wandern. Wenn es sonst nichts bewirkte, würde sie das vielleicht wieder einschlafen lassen.

Sie stellte fest, daß sie an Megs Apfelsine dachte.

Etwas aus der Fassung gebracht, umkreiste sie den Gedanken. Megs Apfelsine. Frevisse hatte sie nur kurz in der Hand gehalten, aber sie konnte sie immer noch fühlen. Konnte sich an den Duft erinnern und an ihr Wissen, wie süß sie innen war. An die Freude, die Frucht in der Hand zu halten.

Apfelsinen.

Apfelsinen an einem Baum. Du konntest hochlangen und sie pflücken, wenn du groß genug warst.

Sie war zu klein gewesen, zu jung. Es war ihr Vater gewesen, der sie hochgehoben hatte, damit sie sich eine Apfelsine pflücken konnte, ihre ureigene Apfelsine. Frevisse konnte immer noch seine starken Hände um ihre Rippen fühlen, sein Lachen hören, die blauen Augen in seinem gebräunten Gesicht sehen. Er lächelte zu ihr hoch, als sie ihm die Apfelsine hinhielt, um sie ihm zu zeigen, bevor er Frevisse wieder absetzte.

Das war in Spanien gewesen.

Sie hatte Spanien vergessen.

Na ja, nicht direkt vergessen. Wenn jemand sie gefragt hätte, hätte sie gesagt, sie sei dort gewesen, ja. In der Truhe, die am Fußende ihres Bettes stand, lag sogar eine Jacobsmuschel, die bewies, daß sie die große Pilgerreise nach Santiago de Compostela gemacht hatte.

Sie dachte an den Besuch dort nicht als Pilgerreise; ihre Erinnerungen an Compostela waren die Erinnerungen eines kleinen Kindes. Die Kirche war brütend heiß und gedrängt voll gewesen, und es hatte so nach Weihrauch gestunken, daß sie zu niesen begonnen hatte und nicht aufhören konnte. Schließlich hatten ihre Eltern sie nach draußen ins glühende Sonnenlicht bringen müssen, wo sie weitergeniest hatte, bis sich alle drei vor hilflosem Lachen bogen.

Sie hatte diesen Sonnenschein vergessen. Und das Lachen. Und den Ritt im Korb.

Wie hatte sie das vergessen können? Die Tagesmärsche waren so lang gewesen, daß sie nicht mit den anderen zu Fuß gehen konnte, sondern in einem Korb ritt, der an der Seite eines im Paßgang gehenden Esels festgezurrt war. Ein breitkrempiger Strohhut schützte sie vor der Sonne, und das Schaukeln des Esels ließ sie träumen und lullte sie manchmal in den Schlaf, während sie Stunden um Stunden über staubige Straßen zogen … wohin? Dorthin, wo es Apfelsinen gegeben hatte, die ihr Vater für sie pflücken konnte.

Seit langer Zeit war sie nicht mehr gereist. Und das, ja, das war es, was sie wollte, mehr als eine Apfelsine. Vielleicht konnte sie, wenn der Frühling kam, um die Erlaubnis bitten, eine Pilgerfahrt zu machen.

Wohin?

Die Möglichkeiten stiegen wie Erinnerungen in ihr hoch.

Canterbury mit seinen Feuersteinmauern und die hohen Wunder des Mittelschiffs der Kathedrale. Walsingham wartete grün und ruhig am Ende von Kilometern gemächlichen Reitens. St. Denis und das aufregende, geschäftige Treiben von Paris. Noch einmal Compostela, Compostela jenseits der Berge und nahe den Orangenhainen, das sie jetzt mit echtem Verständnis für die Gnade besuchen könnte, die eine Pilgerfahrt dorthin zu verleihen vermochte …

Die Wirklichkeit drängte sich zwischen Frevisse und ihre Träume. Keine Nonne aus St. Frideswide würde jemals so weit kommen. Nicht einmal bis nach St. Denis. Nach Oxford vielleicht, zum Grab von St. Frideswide; das wäre vielleicht möglich. Oder nach Canterbury, wenn Priorin Edith das Gefühl hatte, daß der Heilige Thomas ein besonders verzweifeltes Gebet erhört hatte. Aber Frevisse hatte kein verzweifeltes Gebetsanliegen – außer daß sie wollte … wollte …

Unzufriedenheit, nicht in Worte gefaßt, zerrte an ihr, während sie darum kämpfte, den Gedanken nicht zu Ende zu denken. Sie wollte … Schlaf, sagte sie entschieden zu sich selbst. Einen guten, tiefen Schlaf und keine Erkältung mehr, wenn sie aufwachte.

»Schwester Frevisse?«

Frevisse merkte, daß sie in Gedanken weiter fortgewesen war, als ihr bewußt gewesen war. Die leise Stimme und das Klappern der Ringe, als der Vorhang vor ihrer Zelle zur Seite gezogen wurde, hatten sie so erschreckt, daß sie sich abrupt aufsetzte. Sie hatte niemanden kommen hören und flüsterte, etwas scharf: »Wer ist da?«

»Ela, Schwester. Es ist der Mann, Barnaby. Er stirbt, wie's aussieht. Ich war bei Schwester Claire, und sie sagte, ich soll Euch fragen, ob Ihr kommt.«

Warum, überlegte Frevisse mißmutig, mußten die Leute unbedingt immer mitten in der Nacht sterben? Aber sie drängte den Gedanken sofort zur Seite. Es stand ihr nicht zu, Fragen zu stellen; ihre Aufgabe war es, den Menschen zu dienen, die zum Kloster kamen, ob sie nun weiterreisten oder hier starben. Und wenn sie sich das oft genug vorsagte, würde es vielleicht eines Tages ihr erster Gedanke sein, nicht der zweite.

»Ich komme sofort«, sagte sie in ebenso demütigem Ton wie Ela.

Kapitel 9

Frevisse erzitterte vor Kälte und schlang die Arme enger um sich. Es gab nichts, was sie tun konnte, um Barnaby zu helfen. Die Halle war so kalt, wie die Nacht hinter den schwach erleuchteten Fenstern schwarz war, schwarz wie die Ecken der Halle, wo das Licht der kleinen Lampe nicht hinreichte, die Schwester Claire neben den Toten gestellt hatte, während sie ihn untersuchte.

Die Magd Ela, bestrebt, nicht müßig zu erscheinen, hob die Lampe in dem Versuch hoch, Schwester Claire mehr Licht zu geben, aber sie zitterte so sehr, daß Schwester Claire ihr mit einer ungeduldigen Geste bedeutete, die Lampe wieder hinzustellen. Sie gehorchte und trat um Barnabys Leichnam herum, um beide Arme um Meg zu legen. Die beiden standen zitternd da und sahen überall hin, nur nicht auf Schwester Claire. Frevisse wünschte, sie hätte daran gedacht, auf die Würde ihres Amtes zu verzichten und Meg zu trösten. Jetzt konnte sie statt dessen allein zittern.

Schwester Claire seufzte mit einer Müdigkeit, die nichts mit dem Aufstehen vor Sonnenaufgang zu tun hatte.

»Vielleicht war innen etwas gerissen. Oder etwas war gebrochen, das ich nicht gefunden habe. Der Schaum an seinen Mundwinkeln deutet darauf hin, daß es wahrscheinlich eine Verletzung der Lunge war.« Sie zog eine der Decken über Barnabys Gesicht.

Meg stöhnte und preßte ihr Gesicht gegen Elas Schulter.

Schwester Claire nahm noch eine Decke, ging und legte sie um Megs Schulter. Sie fragte: »Was ist geschehen? Wann ist dir klargeworden, daß er im Sterben lag?«

»Gar nicht«, wisperte Meg, ohne den Kopf zu heben. »Er hat geschlafen. Ich bin eingeschlafen, und als ich aufwachte, war er so still ...«

»Er hat nicht um sich geschlagen oder sich etwa bewegt oder ...?« drängte Schwester Claire.

»Nein.« Meg schüttelte den Kopf.

»Aber irgend etwas muß es gewesen sein. Was hat dich aufgeweckt? Hat er einen Laut von sich gegeben?«

Frevisse streckte eine Hand aus, um sie zum Schweigen zu bringen. Sie wußte, wie tapfer Schwester Claire gegen den Tod all ihrer Schützlinge ankämpfte und wie streng sie nach Gründen suchte, wenn sie verlor. Aber dies war weder die Zeit noch der Ort, Barnabys Witwe noch unglücklicher zu machen, als sie ohnehin schon war. »Ela«, sagte Frevisse, »nimm sie mit. Laß sie neben dir schlafen. Es ist nicht gut für sie, den Rest der Nacht allein zu sein.«

»Sicher, Schwester. Das macht überhaupt keine Mühe.

Komm, wir finden einen Platz für dich.« Ela wollte Meg wegführen. Aber Meg sträubte sich. Sie wies auf Barnabys Leiche. »Ich kann ihn nicht verlassen. Jemand muß die Totenwache halten. Er kann nicht alleingelassen werden. Können wir ihn nicht in die Kirche bringen?«

»Morgen früh«, entgegnete Frevisse. »Wir werden Leute finden, die ihn am Morgen in die Dorfkirche bringen. Und jemand wird heute nacht bei ihm wachen, aber das mußt nicht du sein. Geh mit Ela.«

Da ließ Meg sich von Ela fortführen. Sie ging schlurfend, als hätte sie nicht die Kraft, die Füße zu heben.

Als sie gegangen waren, fragte Schwester Claire: »Wo sind ihre Söhne? Warum hat sie allein bei ihm gewacht?«

»Sie hat sie nach Hause geschickt, um sich um alles zu kümmern. Wahrscheinlich rechnete sie nicht damit, daß Gefahr bestünde; es schien ihm besserzugehen.«

»Das dachte ich auch«, sagte Schwester Claire bedauernd. »Ich dachte wirklich, es ginge ihm besser. Wenn ich das nicht geglaubt hätte, hätte ich jemanden beauftragt, mit ihr zu wachen. Wahrscheinlich hat sie geschlafen. Sie war so erschöpft, daß sie nicht hörte, wie er starb. Arme Frau.«

»Wahrhaftig arm. Das Begräbnis wird sie wahrscheinlich die paar Pennies kosten, die sie mit der Arbeit hier zusammengespart hat, und dann bekommt Lord Lovel die Erbschaftssteuer und die Sterbeabgabe, die der älteste Sohn zahlen muß, um das Land behalten zu können.«

»Die Abgabe kann nicht hoch sein. Ihr Pachtgut ist so klein«, sagte Schwester Claire.

»Trotzdem, sie wird keinen roten Heller mehr haben, wenn das alles bezahlt ist. Und dazu kommt noch der Schadensersatz für den Karren und vielleicht das Pferd und weiß der Himmel was sonst noch. Bestenfalls wird die Familie sich verschulden, und schlimmstenfalls kommen sie an den Bettelstab. Der ältere Sohn ist ein übellauniger, ungehorsamer Trottel, der wahrscheinlich seine Arbeit nicht tun wird, selbst wenn er das Land bekommt. Er wird kein großer Trost für Meg sein, und nützen wird er ihr auch nicht viel. Und der andere Junge ist nicht für harte Arbeit geschaffen.«

»Das mag sich ändern«, sagte Schwester Claire. »Er ist jung.«

Sie hörten Schritte hinter sich und wandten sich der dunklen Gestalt zu, die auf sie zukam, gesichtslos vor der Glut des heruntergebrannten Feuers der Schauspieler hinter ihm. Dann war er nahe genug an ihr eigenes Feuer herangekommen, und sie konnten sein Gesicht ausmachen.

Aber Frevisse hatte Ellis bereits an seiner Größe und den breiten Schultern erkannt. »Ist er tot?« fragte der Mann.

»Ja.«

»Eine Schande. Rose fragt, ob Ihr kommen würdet, um nach Piers zu sehen.« Seine Bitte klang halbherzig. Die unnötige Aufregung einer Frau über die leichte Erkrankung ihres Kindes schien angesichts des Todes eines Mannes zutiefst unwichtig zu sein.

Aber Schwester Claire sagte: »Sicher.« Nach allem, was sie über Fieber wußte, konnte es in der Nacht leicht schlimmer geworden sein. Oder so scheinen; jeder Schmerz schien in der Nacht schlimmer zu sein, und das galt noch mehr, wenn es um ein Kind ging. Kein Wunder, daß der Mann es gewagt hatte, sie zu fragen, trotz Barnabys Tod. Sie bückte sich, um ihren Kasten und die Lampe aufzuheben.

»Ich bleibe hier«, sagte Frevisse. »Wir haben gesagt, jemand würde bei ihm wachen.«

Schwester Claire hielt inne und sah sie an. »Seid Ihr sicher? Wir können einen der Dienstleute beauftragen.«

Frevisse schüttelte den Kopf. »Ich würde heute nacht sowieso nicht mehr schlafen. Geht nur.«

Ellis wies mit dem Kopf auf die mit einer Decke verhüllte Gestalt, die Barnaby gewesen war. »Wir haben keinen Laut gehört, bis Meg uns mit ihrem Weinen aufweckte.«

Frevisse meinte: »Er muß friedlich dahingegangen sein, im Schlaf.«

»Ein Segen, daß ihm die Absolution erteilt worden ist.«

»Wahrlich ein Segen«, stimmte Schwester Claire zu. »Kommt. Wir wollen uns Euren kleinen Jungen ansehen.«

Sie gingen auf das andere Feuer zu. Frevisse kniete neben Barnabys Leichnam nieder und sammelte sich für Gebet und Meditation. Zumindest gab ihr etwas so Endgültiges wie der Tod einen Brennpunkt, auf den sie ihre Gedanken richten konnte. Da war eine Seele, für die gebetet werden mußte, und sie wußte, wie man das machte.

Aber trotz aller Anstrengungen wollte ihr Geist nicht bei den eingeübten Worten bleiben. Die Rezitation vertrauter Gebete konnte sie manchmal durch die kalten und dunklen Gefühle des Augenblicks hindurch in die Harmonie der sieben höheren Sphären versetzen, die die Welt umgaben, und durch Schritte der Gnade in das Licht und die Freude führen, die um den Thron Gottes im Himmel waren.

Als sie noch ziemlich klein gewesen war, hatte sie gelernt, daß sie das gelegentlich tun konnte – die Welt zumindest im Geiste verlassen und auf eine größere, tiefere, höhere Ebene gelangen. Das war einer der Gründe, die zu ihrem Entschluß geführt hatten, Nonne zu werden: die Sehnsucht, diesen hohen Ort leichter und öfter erreichen zu können.

Schwester Thomasine kostete das nur einen Gedanken, vermutete Frevisse. Für Schwester Thomasine war das ganz natürlich; für Frevisse war es eine gewollte Anstrengung, was kaum fair zu sein schien. Frevisse schüttelte diesen üblen Gedanken ab. Kleinliche Eifersucht würde nur ihren Geist niederdrücken, ihn von der Freiheit fernhalten, die sie erstrebte. Bewußt löste sie ihre Gedanken vom Irdischen und begann wieder, sich nach Gott auszustrecken, weg von sich selbst.

»*Requiem aeternam dona ei, Domine. Et lux perpetua luceat ei.*« Gewähre ihm ewigen Frieden, o Herr. Und laß dein ewiges Licht auf ihn scheinen. *Kyrie eleison. Christe eleison. Kyrie eleison.*« Herr, erbarme dich. Christus, erbarme dich. Herr, erbarme dich.

Die Befreiung kam nicht. Ihre Gedanken, die nach oben, nach draußen fliegen sollten, huschten beharrlich zur Seite, auf die weltlichen Dinge zurück. Sie beschäftigten sich mit der Empörung von Schwester Alys in der Kapitelversammlung. Mit Roger Naylors rüder Infragestellung der Art, wie sie ihre Pflichten erfüllte. Mit Syms Trotz und Joliffes Lachen. Mit der Kälte in der Halle, jetzt, wo das Feuer fast niedergebrannt war.

Ihre Undiszipliniertheit ärgerte sie mehr als ihre erdgebundenen Gebete für den Seelenfrieden des toten Mannes, der unter der Decke direkt vor ihr lag.

Sie ertappte sich dabei, daß sie angestrengt lauschte, um das gedämpfte Gespräch am anderen Ende der Halle verstehen zu können. Dann verfolgte sie, wie Schwester Claire zur Tür ging. Sie zitterte in der eisigen Zugluft, als die Tür geöffnet und geschlossen wurde, entdeckte, daß sie nicht mehr wußte, bis zu welcher Stelle von Psalm 129 sie gekommen war, und fing mit mehr Ungeduld als Andacht noch mal von vorne an.

Was schlimmer war, als gar nicht zu beten.

Frevisse hielt inne, und eine Weile kniete sie einfach

dort, gestattete sich, die Dunkelheit und die Kälte und die ruhigen Stimmen am anderen Feuer wahrzunehmen. Dann, weniger entschieden, machte sie sich wieder daran, zu beten. Sie versuchte nicht, das Gebet als Weg irgendwohin zu benutzen, sondern bemühte sich, jedes Wort vor sich zu sehen, während sie es aussprach, ein simples Vorwärtsschreiten auf ihr Ziel zu.

Eine unbestimmte Weile später fühlte sie eisige Zugluft im Rücken, die die Enden ihres Schleiers flattern ließ und ihr Gewand gegen den Rücken preßte. Jemand war hereingekommen.

Aus ihrer Konzentration gerissen, drehte sie sich um, um zu sehen, wer es war. Ellis, dachte sie. Als sich der Umriß seiner Gestalt kurz vor dem Feuer der Schauspieler abzeichnete, war sie sich sicher. Er reichte Rose einen kleinen Kelch. Arznei für den Jungen. Mit einem Laut der Verärgerung über ihn und über sich selbst versuchte Frevisse, sich wieder auf das Gebet zu konzentrieren.

Aber jetzt war sie sich wieder bewußt, daß unter der gefalteten Decke ein harter Steinfußboden war, und daß sie sich die Nase putzen mußte, und daß ihre Finger vor Kälte schmerzten.

Erbost rutschte sie zur Seite, so daß sie auf der Decke saß. Einen kurzen Augenblick später stand sie auf. Es nützte niemandem, wenn sie hier einfach nur herumsaß. Es würde eine ganze Menge Gebete erfordern, Barnabys Seele vor dem Fegefeuer zu retten, einfaches Mitgefühl würde kaum langen. Andererseits, so lang, wie seine Strafe wahrscheinlich sein würde, fiel es kaum ins Gewicht, wenn die Gebete um ein paar Stunden verschoben wurden. Frevisse machte das Zeichen des Kreuzes über seinem Körper. Wenn das Gebet sie im Stich ließ – oder sie das Gebet – und alles, was sie tun konnte, war, bei ihm zu wachen, konnte sie das ebensogut vor dem prasselnden Feuer der Schauspieler tun wie vor der fast erloschenen Glut, die von diesem hier allein übriggeblieben war.

Die Schauspieler waren alle wach. Rose saß neben Piers und stützte ihn, den Arm um seine Schultern gelegt, während sie ihn sanft dazu brachte, aus dem Kelch zu trinken, den Ellis gebracht hatte. Eine trockene, dunkle Röte überzog das Gesicht des Jungen und zeigte, daß das Fieber noch nicht gebrochen war. Er war rastlos, aber seine Mutter hielt ihn entschieden fest und bestand darauf, daß er trank. Die drei Männer saßen auf der anderen Seite des Feuers und taten so, als würden sie nicht hinsehen, während sie sich unterhielten. Frevisse war jetzt nahe genug, um hören zu können, was sie sagten.

»Wir werden irgendwo das Geld auftreiben müssen«, sagte Joliffe gerade. »Seit Fen Harcourt hat Tisbe kein Hufeisen mehr an diesem Vorderhuf. Wenn das so weitergeht, wird sie uns noch lahm.«

»Wenn die Nonnen uns für das Stück bezahlen – « begann Ellis.

Bassett grollte: »Nein. Was wir für sie tun, ist die Gegenleistung für ihre Freundlichkeit uns gegenüber und gegenüber Piers.«

»Ich frage mich, warum sie so nett zu uns sind.« Das war Joliffe. Er sah in die Dunkelheit, wo Frevisse stand. »Wer ist dort?«

Frevisse hatte nicht versucht, ihr Kommen zu verbergen, und jetzt trat sie vor, ins Licht. Die Männer machten Anstalten, sich zu erheben, aber sie bedeutete ihnen mit einer Geste, sitzen zu bleiben, und sagte mit einem Lächeln, das die ganze Truppe einschloß: »Ich habe dort drüben eine kalte

Totenwache gehalten und frage mich, ob ich mich für eine Weile an Eurem Feuer aufwärmen darf.«

»Aber gewiß, Mylady«, sagte Bassett und wies mit der Hand auf den einzigen leeren Hocker im Kreis.

Frevisse zögerte und sah Rose an. Die Frau bedeutete ihr mit einem Nicken, sich hinzusetzen.

»Piers ist ruhiger, wenn ich bei ihm bin«, sagte sie.

Sie hatte Piers wieder hingelegt, und er bewegte rastlos den Kopf hin und her, die fiebrigen Augen halb geschlossen. Sie sahen ihn alle an, als würde bereits ihre gesammelte Aufmerksamkeit ausreichen, ihn gesund werden zu lassen.

Nach einer Weile fragte Ellis: »Wirkt die Arznei?«

Rose wartete und sagte dann leise: »Er schläft ein. Genau wie die Dame gesagt hat.«

Sie warteten weiter, bis ganz klar war, daß Piers in tiefen Schlaf gefallen war. Rose berührte seine Stirn. »Ich glaube, er ist ein bißchen kühler.« Ellis seufzte, und seine Schultern entspannten sich. Joliffe löste die zusammengekrampften Hände, als sei er erstaunt, sie so ineinander verschlungen zu finden. Bassett straffte die Schultern und legte die Hände auf die gespreizten Knie. Aber niemand machte Anstalten, sich wieder auf den Strohsack zu legen, und niemand sprach.

Es war kein gänzlich entspanntes Schweigen. Frevisse spürte, daß sich die Schauspieler ihrer Anwesenheit bewußt waren und dachte, daß sie vielleicht gehen sollte, aber sie wußte nicht, wie sie das auf eine elegante Art bewerkstelligen sollte. Um das Schweigen zu brechen, wies sie mit dem Kopf auf Piers und sagte: »Ein vielversprechender Junge, und klug, nach allem, was ich von ihm gesehen habe. Wie alt ist er?«

»Mariä Lichtmeß wird er neun Jahre«, antwortete Rose, ohne die Augen vom Gesicht ihres Sohnes abzuwenden.

Wieder Schweigen. Frevisse wollte gerade vorschlagen zu gehen, damit sie weiterschlafen konnten, als Bassett sagte: »Das mit dem Leibeigenen ist ein Jammer. Seine Verletzungen waren zu schwer, nehme ich an?«

Frevisse antwortete: »Es war ein Riß in der Lunge, denkt Schwester Claire. Nichts, wogegen etwas zu machen gewesen wäre. Wir hatten gehofft, er würde durchkommen, weil wir nichts davon wußten. Seine Witwe wird es schwer haben«, fügte sie hinzu, damit das Gespräch nicht wieder versiegte. »Mit all den Abgaben, die sie jetzt dem Lehnsherrn schuldet. Und ihre Söhne sind noch nicht erwachsen.«

Bassett nickte. »Wenn du das Land bebaust, hält es dich fest.«

Joliffe, ernsthafter, als Frevisse es je von ihm gehört hatte, sagte: »›Und nun werde ich alt, krank, traurig und kalt; wie Dung auf dem Feld verdorre ich.‹«

Ellis stieß mißgestimmt mit dem Fuß das unverbrannte Ende eines Scheites tiefer in die Flammen. »Das gilt für uns ebenso wie für sie, obwohl sie es nie so sehen.«

Die Stimmung wurde düsterer. Um sie zu heben, sagte Frevisse zu Joliffe: »Das Zitat stammt aus dem Noah-Stück, nicht wahr? Von Wakefield?«

Das Glitzern kehrte in Joliffes Augen zurück. Er grinste und fragte: »Wie kann eine in klösterlicher Abgeschiedenheit lebende Nonne so weltliche Dinge wie du Stücke von Wakefield kennen?«

»Ihr könnt *The Play of Noah* kaum ein weltliches Ding nennen«, erwiderte Frevisse.

»Ich kann mich nicht erinnern, daß die Kirche uns erzählt, Noahs Frau hätte gewaltsam in die Arche gezerrt werden müssen und ihm eins über den Kopf gegeben, sobald sie an Bord war.«

»›Willkommen, Frau, auf dieser Arche‹«, zitierte Frevisse. »Und dann schlägt sie ihn. Nein, ich kann mich nicht daran erinnern, daß das in der Bibel vorkommt.«

»Ah!« Ellis wies anklagend mit dem Finger auf sie. »Das ist aus den Stücken von Chester. Ihr bringt Eure Quellen durcheinander, gelehrte Dame!«

»Nur, nachdem einer von Euch es tat!« entgegnete Frevisse. Sie lachten alle. Der freundschaftliche Wortwechsel hatte die letzte Gezwungenheit hinweggefegt.

»Eine weitgereiste Dame«, bemerkte Bassett interessiert. »Es sei denn, Ihr seid irgendwie an Abschriften der Stücke gekommen?«

»Keine Abschrift, nur mein Gedächtnis, fürchte ich«, antwortete Frevisse.

»Und wie seid Ihr zu solchen Erinnerungen gekommen, wenn ich mal fragen darf?« erkundigte sich Joliffe.

»Ich bin nicht als Nonne geboren worden. Es hat eine Zeit gegeben, wo der Heilige Christopherus mir von größerem Nutzen war als St. Simon Stylites.« Frevisse hatte es unbekümmert sagen wollen, um sich Joliffes Ton anzupassen, und geriet etwas aus der Fassung, als sie den traurigen Unterton ihrer Stimme hörte.

»Was also hat Euch schließlich ins Kloster gebracht?« fragte Joliffe.

»Es gibt weniger Flöhe hier als an anderen Orten, die ich nennen könnte.« Eine leichtfertige Antwort, weil eine ernste nicht angemessen zu sein schien.

Sie lachten wieder, und Bassett sagte: »Ihr müßt in Gasthäusern übernachtet haben, die wir auch kennen.«

»Da war ein Gasthaus«, meinte Ellis, »wo so viele Gäste in

einem Bett zusammengedrängt lagen, daß die Flöhe gezwungen waren, auf dem Fußboden zu schlafen.«

»Und da das nicht sehr bequem für sie war, blieben sie die ganze Nacht auf und bissen uns«, fügte Joliffe hinzu. Er hatte einen Apfel aus einem Sack geholt, der neben seinem Hocker stand, und schnitt ein Stück davon ab, das er Frevisse hinhielt. »Aber derartiges Gerede kann nicht schicklich für eine Nonne sein, wie weit gereist sie auch sein mag.«

»Vielleicht ging die Dame ins Kloster, um den Straßen zu entrinnen«, schlug Bassett vor. »Die englischen Straßen sind eine Schande für ein christliches Land.«

»Die schlimmste Straße, über die ich je geritten bin«, sagte Frevisse, die sich plötzlich erinnerte, »war in Yorkshire, glaube ich. Oder da in der Nähe. Es hatte geregnet ...«

»Es ist eher das Wetter als die Gasthäuser, das uns fahrendem Volk Kummer macht«, sagte Ellis.

Aber Frevisse ließ sich nicht von ihren Erinnerungen abbringen. »Es hatte so viel geregnet, daß die Straße stellenweise von einer Seite zur anderen eine einzige Pfütze war. Und als wir die Straße entlanggeritten kamen, war vor uns eine Pfütze, die noch größer war als die anderen. In der Mitte der Pfütze war ein großer Buckel, der wie eine Insel aussah, und ein Mann hockte davor, der völlig entmutigt wirkte. Erst als wir bei ihm ankamen, wurde uns klar, daß der Buckel in der Pfütze sein Pferd war. Sie waren in ein Loch gefallen, das so tief war, daß das Pferd nicht stehen konnte. Es mußte bis zur Erschöpfung schwimmen, und die Ränder waren so schlüpfrig, daß es nicht herauskam, und so fanden wir sie, den untröstlichen Reiter und das ertrunkene Pferd.«

»Ziegelmacher«, sagte Bassett. »Die ihren Ton aus der Straße graben.« Frevisse nickte. »War Eure Straße vielleicht in Lincolnshire? Da ist es im Augenblick ganz schlimm, da Lord Cromwell zu fest entschlossen ist, sein Haus ganz aus Ziegeln zu bauen.«

»Und niemand kann Beschwerde einreichen, denn wer in der Gegend würde Lord Cromwell gegen sich aufbringen«, sagte Ellis.

»Niemand zwischen Lincolnshire und dem königlichen Hof«, meinte Bassett. »Und wahrscheinlich wird sich nicht einmal dort jemand finden.«

»*Wenn selbst Gold rostet, was wird dann Eisen tun?*« zitierte Joliffe seufzend. »Ach, die guten alten Tage, als das Gesetz noch Gesetz war und jeder ihm gehorchte.«

»Nach allem, was ich von den alten Zeiten gehört habe, gab es bis zurück zu Adam und Eva viele Leute«, meinte Bassett gemütlich, »die es wagten, das Gesetz zu mißachten.«

»Also sing, soviel du magst, zu dieser Melodie spiel' ich die Fiedel nicht.«

Joliffe machte eine rüde Geste. Bassett beachtete ihn nicht.

Ellis fragte: »Ist es so lange her, daß Ihr gereist seid, Mylady? Würdet Ihr immer noch wissen, ob Ihr das Londoner Bier trinkt, wenn Ihr es probiertet?«

»Es gab eine Zeit, da konnte ich es von dem Bier des King Arthur's Inn in Bristol unterscheiden, wenn beide frisch waren. Aber jetzt denke ich, das Bier, das wir hier brauen, bekommt mir sehr gut.«

»Bristol liegt nicht auf unserer Rundreiseroute, also weiß ich nichts von König Arthurs Bier«, meinte Bassett, »aber es gibt da ein Gasthaus in der Nähe von Nottingham ...«

Und weiter ging's. Gasthäuser, Abteien, Prioreien, Städte. Die Zeit mochte einige Dinge ändern – es gab eine kurze

Diskussion, bevor sie übereinkamen, daß das Gasthaus zwischen Northampton und Stony Stratfort, das Frevisse als The Archer in Erinnerung hatte, jetzt The Green Man hieß. Das Essen war immer noch das beste in der Grafschaft, selbst wenn der fette Mann, der der Wirt gewesen war, als Frevisse dort war, der Vater des fetten Mannes sein mußte, der jetzt der Gastwirt war. Aber es schien, daß das Unterwegssein auf den alten Straßen sich nicht allzusehr geändert hatte. Und auch nicht die Geschichten, die die Reisenden sich erzählten.

Sie erinnerten sich an das Unterwegssein an guten Tagen. »Es war so warm, und die Straße war so gut, daß ich einschlief, als ich hinter dem Wagen herging, und mit der Nase dagegenprallte, als er anhielt«, erzählte Rose.

»Und den Rest des Tages weigerte sie sich, mit uns zu sprechen, weil wir alle lachen mußten«, sagte Joliffe und begann wieder zu lachen.

»Leise, du weckst Piers«, sagte Rose und unterdrückte ihr Lachen.

Sie senkten die Stimmen, aber redeten weiter, von anderen Straßen, anderen Gasthäusern, anderen Städten.

»Unter einem Baum wären wir auch nicht nasser geworden als in dieser Scheune.«

»Und da hätte es keine Ratten gegeben.«

»Der Besitzer von diesem Schloß ist so geizig, daß er dir die Nutzung des Staubes mißgönnt, auf den du trittst, wenn du sein Tor durchschritten hast.«

»Ich erinnere mich, wie wir einmal eine Abkürzung durch ein Weizenfeld genommen haben. Und der Aufseher hat uns erwischt und uns unsere Kapuzen abgenommen, zur Strafe, wegen unbefugten Betretens – «

Rose beteiligte sich am wenigsten an der Unterhaltung,

und ihre Kommentare waren kurz. Doch Frevisse bemerkte, daß sie die ganze Zeit aufmerksam zuhörte und das tiefe, private Lächeln eines Menschen lächelte, der dort glücklich ist, wo er ist, obwohl sie nie die Hand von der Brust ihres Sohnes nahm. Sie ließ sie leicht dort ruhen, als würde sie seine Atemzüge zählen. Die anderen waren gerade darin vertieft, die Wallfahrer ins Heilige Land zu vergleichen, die ihnen begegnet waren – die guten, die schlechten, die absurden –, als Rose ruhig sagte: »Ich glaube, das Fieber ist überwunden.«

Sofort hatte sie die Aufmerksamkeit der Männer. Frevisse, die die Hand ausstreckte, um die Stirn des Jungen zu fühlen, war nur um eine Sekunde schneller als Bassett. Die Haut des Jungen war feucht, das dunkle Haar über der Stirn war schweißgetränkt, und Schweißtropfen standen auf seiner Oberlippe. »Ja«, stimmte Frevisse zu. »Das Fieber ist zurückgegangen. Gott sei gedankt.«

Und plötzlich sackte Rose, die die ganze Zeit aufrecht gesessen hatte, zusammen, bleich vor Erschöpfung, da sie um ihres Jungen willen wach geblieben war. Bevor selbst Frevisse begriff, war Ellis neben Rose, legte ihr den Arm um die Schultern und sagte: »Na, also. Bist du jetzt zufrieden? Wenn du nicht aufpaßt, wirst du uns auch noch krank, und du willst doch bestimmt nicht, daß wir versuchen, dich zu pflegen. Komm, leg dich hin und überlaß uns das Wachen bei dem Jungen. Du wirst es hören, wenn er aufwacht. Komm.«

Rose gab ohne Protest nach, ließ zu, daß er ihr halbwegs auf die Füße half und sie zu ihrem Bett führte, das aus einer Strohmatratze und Decken bestand. Er legte sie sanft hin und deckte sie zu. Frevisse dachte, daß Rose schon schlief, noch bevor er damit fertig war.

Plötzlich war sie selbst sehr müde. Wie lange hatten sie hier gesessen und geredet?

Wie in Antwort darauf begann die Klosterglocke zu läuten, entfernt, aber deutlich. Es war Zeit, die Morgendämmerung mit den Gebeten der Prim zu begrüßen. Der Leichnam bei der erloschenen Feuerstelle am anderen Ende des Raums war allein kalt geworden. Niemand hatte die Totenwache gehalten, niemand hatte gebetet.

»Ich muß gehen«, sagte sie.

»Wir danken Euch, daß Ihr uns Gesellschaft geleistet habt. Es hat uns unsere Krankenwache leichter gemacht«, sagte Bassett.

Frevisse erhob sich und schob die Hände in ihre Ärmel. Sie würde vor diesen Leute ihre Sünde der Pflichtvergessenheit nicht eingestehen. »Gottes Segen für Euch. Ich werde später wiederkommen.«

Als sie die Halle durchquerte, öffnete sich die Außentür. Im grauen Licht der Morgendämmerung, das mit dem kalten Zug hereinkam, erkannte Frevisse den jungen Hewe. Ihm sagen zu müssen, daß sein Vater tot war, war eine Aufgabe, mit der sie nicht gerechnet hatte. Aber das ließ sich jetzt nicht vermeiden. Sie ging auf ihn zu, als er die Tür schloß, und erreichte ihn, bevor er den Leichnam seines Vaters gesehen hatte.

Er neigte respektvoll den Kopf vor ihr, aber dann reckte er den Hals, um an ihr vorbeizusehen, und fragte: »Wo ist meine Ma? Ist sie nicht hier? Wo ist Pa hin?«

Frevisse wollte es ihm sagen, aber ihm wurde klar, was er sah, bevor sie die Worte ausgesprochen hatte.

»Pa?« fragte er. Seine Stimme klang zweifelnd, aber als Frevisse seine Hand nahm, wußte sie, daß er es wußte.

»Er ist tot«, sagte sie sanft. »Er ist friedlich gestorben, im Schlaf, vor ein paar Stunden.«

Hewe starrte auf den von Decken verhüllten Körper. »Wo ist Ma?«

»Ich habe sie weggeschickt, damit sie etwas Schlaf bekommt. Ich bin froh, daß du hier bist. Ich muß zur Prim. Du bleibst hier bei ihm, bis ich zurückkommen kann, oder bis deine Mutter kommt.«

Hewe nickte.

»Und bete für ihn. Du kennst deine Gebete?«

Hewe nickte wieder. Tränen begannen ihm in die Augen zu steigen, und er wandte den Kopf ab, damit sie ihn nicht weinen sah. Frevisse klopfte ihm auf die Schulter, um ihn zu trösten, und ging.

Kapitel 10

Für Meg hatte der Tag etwas von dickflüssiger Bewegung durch graue Unwirklichkeit. Sie wußte, was vor der Totenwache am Abend getan werden mußte, und tat es oder sorgte dafür, daß andere Leute es taten. Es war eine Tüchtigkeit, an der ihr Verstand und ihre Gefühle nur sehr wenig Anteil hatten. Ganz zu Beginn hatte sie Hewe ins Dorf geschickt, um es seinem Bruder zu sagen und einige Männer zu bitten, ihnen zu helfen, Barnabys Leichnam nach Hause zu bringen. Sie hatte gewußt, daß sich die Nachricht danach von selbst verbreiten würde, ohne daß sie etwas dazu tun mußte. Und als sie und Hewe und Sym in einer langsamen Prozession mit Barnabys Leichnam bei ihrem Haus anlangten, war sie bereit für die wartenden Frauen, die ihr bei der Aufbahrung helfen würden. Sie hatte oft genug bei anderen Todesfällen geholfen – denen ihrer Eltern und ihrer Kinder und ihrer Nachbarn –, um zu wissen, daß sie nicht allein gelassen werden würde, wenn sie Barnaby wusch und für das Begräbnis vorbereitete.

Nur bei der Überlegung, was sein Bahrtuch sein sollte, hatte sie gezögert und dann entschieden, daß die alte Decke reichen würde. Ada Bychurch hatte bereitwillig die beiden Löcher geflickt. Und dann wickelten sie Barnaby hinein, bevor sie ihn auf dem Bett aufbahrten, zum letzten Ruhen in seinem Heim, bevor er ins Grab gelegt wurde. Sie ließen sein Gesicht unbedeckt und stellten ihm das übliche kleine Schälchen Salz auf die Brust.

Die Frauen halfen ihr, das Haus sauberzumachen. Sie hätten darauf bestanden, daß Meg einfach nur dasaß und sie machen ließ, aber Meg wußte, daß Sitzen und Nachdenken im Augenblick nicht das Beste für sie war.

Sie übernahm die Aufgabe, den Tisch zu schrubben und zu scheuern. Das Essen und die Getränke für die Totenwache würden auf dem Tisch aufgebaut werden, und er mußte sauber sein, damit sie sich nicht vor den Nachbarn zu schämen brauchte.

Außerdem hatte sie Beileid entgegenzunehmen und jedem, der fragte, von dem Unfall zu erzählen, von Barnabys Verletzungen und seinem friedlichen Sterben, wieder und wieder.

»Und das ist ein Segen«, sagte mehr als eine Frau und nickte wissend.

Das Essen kam. Meg hatte gewußt, daß etwas kommen würde. Um diese Jahreszeit hatte niemand viel übrig, und nach der schlechten Ernte im Herbst gab es noch weniger als sonst, aber sie brachten etwas. Ein paar verschrumpelte

Äpfel. Zwei halbe Brotlaibe. Ein paar kleine Käse. Eine Pfanne gebratene Rüben. Die Gaben kamen, eine nach der anderen, bis zum Schluß genug da war.

Während das Tageslicht anhielt, waren die Männer damit beschäftigt gewesen, das Grab zu schaufeln. Die Kälte des Winters hatte sich seit so langer Zeit im Boden festgesetzt, daß es schwer war, die gefrorene Erde aufzubrechen. Und als sie bis unter die Frostgrenze gekommen waren, standen die Männer zwischen den Knochen früherer Begräbnisse, die aufgesammelt und aufbewahrt werden mußten, um in den halbverfallenen Schuppen geschafft zu werden, der als Beinhaus des Kirchhofs diente. Die Arbeit machte warm, aber sie war hart, und Sym kam herein und fluchte über seine schmerzenden Schultern und die Kälte, bis er die Versammlung von Frauen um das Feuer sah und ging, um zu schmollen und Nankin den harten Kopf zu rubbeln.

Die Männer kamen bald darauf und versammelten sich um Sym. Sie sprachen von Abgaben an den Lehnsherrn, die bei Todesfällen fällig wurden, die schlechte Ernte, und darüber, wie der alte Austin sich vorgestern abend bis zur Bewußtlosigkeit betrunken hatte und es nicht bis nach Hause geschafft hatte. Er konnte von Glück sagen, daß er nicht im Graben erfroren war.

»Er war so unter den Blättern verbuddelt, daß sein Junge Thad ihn am nächsten Morgen fast nicht gefunden hätte, nicht mal bei hellem Tageslicht.«

»Sein Schnarchen hat mir gesagt, wo er steckt«, grunzte Thad. »Hab' mir fast das Kreuz gebrochen, als ich ihn nach Hause gezerrt hab', so voller Bier war er immer noch.«

Darüber mußten sie lachen. Thad, der Schmied, war so muskulös, wie ein Mann nur sein konnte. Die Frauen machten Pst, um die Männer daran zu erinnern, warum sie hier waren, und die Unterhaltung sank wieder zu einem Gemurmel herab.

Abwechselnd kamen die Frauen, setzten sich neben Meg auf die Bank, tätschelten ihr die Hand und murmelten abgenutzte, vertraute Worte. Aber es gab keine Tränen, weder von Meg noch von sonst jemandem. Dann sagten vier oder fünf Männer ein paar Worte über Barnaby, ebenso freundliche wie verlogene Worte, um seiner Witwe willen.

Und schließlich war es vorbei. Erst eine Frau und dann die nächste kam, um Meg ein letztes tröstendes Wort zu sagen, sammelte ihren Mann ein und blieb einen Augenblick respektvoll neben dem Bett stehen, bevor sie ging. Die qualmenden Kerzen, die am Kopfende und Fußende des Bettes aufgestellt waren, zuckten und flackerten, wenn die Tür der Hütte aufging und wieder geschlossen wurde. Meg beobachtete, wie sich in dem Spiel von Licht und Schatten, das über Barnabys Gesicht huschte, seine stumpfen Züge zu bewegen schienen. Es war ein beunruhigender Anblick, so als hätte er irgendwie wieder zu atmen begonnen. Als der letzte Gast gegangen war, erhob sie sich steif von der Bank und ging, um die Kerzen auszublasen. Jetzt war nur noch das Licht des heruntergebrannten Feuers übrig, das sein Gesicht nicht erreichte.

Morgen würde sie das Bett für sich haben, aber heute gehörte es Barnaby, und einen verstörten Moment lang wußte sie nicht, wo sie schlafen sollte. Aber dann kam Hewe zu ihr, die zusammengerollten Decken unter dem Arm, griff nach ihren Schultern und sagte mit unsicherer Sanftheit: »Komm, Ma. Es ist spät, und morgen wird auch ein harter Tag. Komm mit uns rauf auf den Heuboden.«

Fast hätte sie gesagt, nein, sie würde auf dem Fußboden vor dem Feuer schlafen. Aber auf dem Heuboden würde es wärmer sein, dort im Stroh, und ihre Jungs wären dicht bei ihr.

»Ja«, sagte sie. »Ja.«

Der Himmel war von einem finsteren Dunkelgrau. Ein scharfer Wind rüttelte an den kahlen Zweigen der Esche, die nahe dem offenen Grab über die Friedhofsmauer hingen. Barnaby wurde in seinem Holzsarg von sechs der Männer um den Kirchhof getragen. Das eintönige Läuten der Kirchenglocke klang, als würde eine müde Hausfrau auf einen Topfdeckel hämmern, als die Trauergesellschaft sich in großem Bogen vom Friedhofstor aus auf das frische Grab zubewegte, im Uhrzeigersinn, wie es sich gehörte. Vater Henry begann zitternd und hastig mit den passenden Worten für das Niederlassen des Sarges.

All das war zum Trost für diejenigen gedacht, die in den grauen Schmerzen und der Kälte der Erde zurückbleiben mußten, aber Meg fühlte sich überhaupt nicht getröstet, nur so müde, daß sie Sym dazu gebracht hatte, von der Hütte an neben ihr zu gehen, damit sie sich auf seinen Arm stützen konnte. Das hatte ihm gefallen, daß seine neue Stellung als Familienoberhaupt so deutlich vorgeführt wurde. Aber sie hatte auch Hewe dazu gebracht, an ihrer anderen Seite zu gehen, und sie hatte den ganzen Weg über seine Hand gehalten.

Soweit Meg wußte, hatte Hewe nicht mehr geweint, seit er die ersten Tränen neben dem Leichnam seines Vaters vergossen hatte, aber sie war sicher, daß er um ihn trauerte. Letzte Nacht hatte er sich im Schlaf an ihrer Schulter vergraben, und heute war er den ganzen Tag in ihrer Nähe geblieben, schweigsam und anscheinend tief in Gedanken versunken. Er sieht jetzt, wie es in der Welt zugeht, dachte sie. Der Tod seines Vaters mochte eine gute Sache sein, es mochte das sein, was er gebraucht hatte, um ihn erkennen zu lassen, daß er Priester werden sollte. Vielleicht würde er jetzt aufhören, sich dagegen zu sträuben.

Sie wurde von ihren Gedanken abgelenkt, als Sym sich plötzlich versteifte. Sie sah zu ihm auf und stellte fest, daß er auf eine Stelle am Rande der kleinen Gruppe von Trauergästen starrte, weg vom Grab und Vater Henry. Meg blickte ebenfalls hin und sah ihren Nachbarn Gilbey Dunn dort stehen, nicht anders als die anderen, die Kapuze in der Hand, den Kopf bloß und respektvoll gesenkt.

»Verdammter Sauhund!« knurrte Sym leise.

Er machte eine Bewegung, als wolle er auf Gilbey losgehen, aber Megs Finger gruben sich wie eine Schraubzwinge in seinen Arm. »Du bleibst hier!« zischte sie. »Das ist die Beerdigung deines Vaters, keine Schlägerei!«

»Daß der es wagt, hier aufzukreuzen! Nach all dem Ärger, den er Pa gemacht hat, und überhaupt!«

Sym wollte ruckartig seinen Arm wegziehen, aber Megs Griff hatte eine verzweifelte Kraft. Die Leute begannen, die Köpfe zu heben und sich nach ihnen umzudrehen, und Meg sagte mit aller Schärfe, die sie aufbringen konnte: »Du bleibst stehen und bist ruhig! Laß die Sünde auf ihn fallen und geh nicht hin und lade noch mehr auf dich! Steh still! Denk an deinen Vater, nicht an Gilbey Dunn!«

Sym schwieg, aber Meg spürte, wie angespannt sein Arm blieb und wußte, daß er weiterhin Gilbey anstarrte, anstatt auf das zu hören, was Vater Henry zu sagen hatte.

Danach fand der Leichenschmaus in ihrem Haus statt. Es war ein wenig mehr zu essen da als gestern abend: Priorin Edith hatte eine Fleischpastete aus dem Kloster geschickt, und Bess aus dem Wirtshaus brachte einen Eimer ihres frischgebrauten Bieres mit, um die Versammlung aufzuwärmen. Da Barnaby sicher unter der Erde war, wurde die Unterhaltung bald etwas munterer.

Aber es ging bald genug zu Ende, und als alle Abschied nahmen und fortgingen, stellte Meg fest, daß sie ebenso froh darüber war, wie die anderen es wahrscheinlich auch waren. Es machte ihr nicht einmal etwas aus, daß Sym und Hewe mit ein paar Freunden weggingen. »Ich bleibe nicht lange«, sagte Hewe ängstlich, aber Meg nickte nur und ließ ihn gehen, ohne Klagen und ohne ihn zu heißen, bald zurückzukommen.

Dann war niemand mehr da. Meg sah sich in ihrem Haus um. Sie war etwas verwirrt, als sie feststellte, daß es nichts gab, was getan werden mußte. Es war sogar so viel Essen übriggeblieben, daß sie sich nicht damit abgeben mußte, Abendbrot zu machen. Sie brauchte überhaupt nichts zu tun, außer auszuruhen.

Sie ließ sich auf einen der Schemel sinken, stützte die Ellbogen auf den Tisch, preßte die Stirn gegen die Hände und schloß die Augen. Da Winter war und der Verwalter anderswo auf Lord Lovels Besitz seinen Pflichten nachging, konnte es Wochen dauern, bevor sie wußten, ob Sym das Erbe seines Vaters antreten durfte. Meg nahm an, daß sie es ihm erlauben würden. Sym konnte nichts für die Fehler seines Vaters, und ganz gleich, was sie selbst von Sym halten mochte, er hatte auf dem Feld gearbeitet, seit er zwölf war, und seinen Anteil am Dorfzehnten bezahlt. Er war groß für sein Alter. Mit ihrer Hilfe, und Hewes –

Meg schüttelte den Kopf. Es ging nicht anders, Hewe würde von jetzt an Männerarbeit tun müssen, auch wenn er zu jung dafür war. Sie würde ihre Arbeit in St. Frideswide nicht aufgeben. Sie mußte diese Pennies haben, um Hewe freizukaufen, damit er Priester werden konnte. Er und Sym würden das beide einsehen und ihr dabei helfen müssen. Wenn Hewe Priester war, würde er dann seinerseits ihnen helfen können. Geld für neues Tuch, vielleicht, um ein gutes Wollkleid oder einen Umhang zu nähen. Ein Paar Stiefel für Sym. Ein neuer Ochse.

Aber erst war da der kaputte Karren. Meg sah nur eine einzige Möglichkeit, Gilbey Dunn den Schaden zu bezahlen. Sie würde ihn überreden müssen, einen der Jungen oder beide bei sich arbeiten zu lassen, bis der Karren abgegolten war. Und das würde hart sein. Sie mußte nicht nur Gilbey überreden, sondern auch Sym und Hewe. Besonders Sym würde sich mächtig sträuben, egal, wie sinnvoll es sein mochte. Warum mußte er seinem Vater so ähnlich sein? Warum war er so blind für das, was notwendig war? Warum war sogar Hewe so unnötig eigensinnig?

Ein selbstsicheres Räuspern ließ sie aufblicken. Gilbey Dunn stand in der Tür, wie herbeigerufen von ihrem Grübeln. Er hatte den Anstand gehabt, nicht zum Leichenschmaus zu kommen. Wahrscheinlich hatte er Syms Gesicht im Kirchhof gesehen. Aber Sym war weg, und da stand er, eine stämmige Gestalt, die fast den ganzen Türrahmen einnahm. Er war kaum größer als sie, aber er war ein massiger Mann und sah in seinem gelbbraunen Kittel größer aus. Sein kahler Kopf glänzte ein wenig in dem Licht, das von draußen hereinfiel, aber die Fenster waren geschlossen, und die Dunkelheit in der Kate verbarg den Ausdruck seines stumpfen Gesichts.

Meg war zornig, weil er die Tür geöffnet hatte, ohne anzuklopfen, als hätte er irgendein Recht, hier zu sein. Sie sagte: »Alle sind weg. Der Leichenschmaus und das Begräbnis sind vorbei, und du hast hier nichts zu suchen. Wir werden

den Karren bezahlen, aber du wirst uns wohl noch einen Tag Zeit lassen können, bevor wir darüber sprechen.«

Als ob das eine Einladung wäre, kam er herein, schloß die Tür, um die Kälte draußen zu halten, und sagte: »Warum sitzt du hier im Dunkeln? Hast du nicht mal eine Kerze, die du anmachen kannst? Leg doch zumindest etwas Holz aufs Feuer.«

»Die extra Kerzen sind für die Totenwache gestern draufgegangen. Sym holt mehr Feuerholz, und es geht mir gut genug, bis er zurückkommt. Was willst du, Gilbey?« Er wäre nicht hier, wenn er nicht etwas wollte. Er beschwerte sich, damit sie sich klein vorkam und er sie unterkriegen konnte. Seine Frau war ihre Freundin gewesen, und sie hatten gehofft, daß Sym seine Tochter heiraten würde, aber Meg hatte Gilbey nie leiden können.

Er setzte sich ihr gegenüber an den Tisch. »Du bist in Schwierigkeiten, mein Mädchen.«

Meg runzelte die Stirn. Sein vertraulicher Ton gefiel ihr nicht. »Du hättest keinen so weiten Umweg machen müssen, um mir das zu sagen. Und wir werden mit unseren Schwierigkeiten schon fertig, mach dir keine Gedanken deswegen, vielen Dank.«

»Es is' kein Umweg«, sagte er. »Ganz im Gegenteil. Ich bin aus gutem Grund hier.«

Meg richtete sich auf und sah ihn zum ersten Mal direkt an. Er war nicht hier, um über den Karren zu reden. Es war etwas Ernsteres.

»Geh weg, Gilbey Dunn. Hab Erbarmen. Ich hab' Kummer genug. Heut' kann ich keinen Streit verkraften.«

»Ich bin gekommen, um den Streit zu beenden. Und obendrein werden wir beide besser dastehen.«

Megs müdes Hirn konnte nicht erkennen, worauf er hinauswollte. »Es hat keinen Sinn, mit mir über die Felder zu reden. Ich würd' sie nicht hergeben, selbst wenn ich könnte. Sie gehören Sym.«

»Das mag sein, wie es will. Darüber wird noch mehr gesagt werden müssen, bevor alles entschieden ist. Aber nein. Du bist es, die Antwort auf das geben muß, was ich fragen will, Meg.«

»Und was könnte das sein?«

»Ob du mich heiratest.«

Meg starrte ihn an.

Gilbey beugte sich über den Tisch. »Denk drüber nach, Meg. Du mußt dann nicht mehr in dieser halben Scheune leben. Denk an mein Haus und wie du dort leben würdest. Ich behalte die Frau, die ich angestellt hab'. Sie würd' dir helfen, dich ums Haus zu kümmern. Du würdest dich nicht mehr bis auf die Knochen abschinden müssen, wie du es jetzt tust.«

Meg starrte ihn weiter an und fragte sich, ob sich ihr Geist verwirrt hatte. Er konnte unmöglich gesagt haben, was sie zu hören geglaubt hatte.

Gilbey streckte die Hand nach ihr aus, aber sie zog ihre Hand zurück. Mit warmer, überredender Stimme fuhr er fort: »Schau, uns beiden wär' gut damit gedient. Vielleicht mehr, als du denkst. Wie kannst du hoffen, ganz allein zurechtzukommen, wo ihr es noch nicht mal konntet, als Barnaby noch gelebt hat?«

»Meine Söhne ...«

Gilbey tat das mit einer Handbewegung ab. »Komm, du kennst sie doch besser. Selbst wenn Sym das Land übernehmen darf – und das ist noch längst nicht entschieden, glaub' mir. Der Vogt und der Verwalter wissen beide genug über ihn und haben ihre eigene Meinung über die Angelegenheit. Und sehr wahrscheinlich würd' er eh alles verlieren, schneller noch, als sein Vater es getan hätt'. Heirate mich, und du wirst jemanden haben, der sich um dich und das Land kümmert.«

»Das Land gehört mir nicht«, beharrte Meg.

»Kein Gesetz sagt, daß eine Witwe nicht den Besitz ihres Mannes erben kann. Ein Wort von mir an den Verwalter würde reichen. Er wär' bereit.«

Er war sich so sicher, daß Meg argwöhnte, daß Gilbey den Verwalter längst gefragt hatte. Sie verteidigte Syms Rechte. »Es geht an den ältesten Sohn, wenn einer da ist. Dahin geht es.«

»Und Sym wird alles verlieren. Du mußt ihn doch gut genug kennen, um das zu wissen. Die beiden Jungen werden besser dran sein, wenn sie eine feste Hand haben, die sie leitet. Barnaby hat das nie geschafft. Ich schwöre, ich werd' für beide eine gute Ehe arrangieren, wenn du das willst.«

»Hewe –« begann Meg schwach.

»Ich werd' ihm helfen, Priester zu werden, wenn es das ist, was du willst. Wenn du mich heiratest, würde für dich alles in Ordnung kommen, und für deine beiden Jungs auch.«

»Redest von Heirat, was?« knurrte Sym von der Tür her. »Sie ist gerade Witwe geworden und bestimmt nicht für Leute wie dich da!« Er stieß die Tür so heftig auf, daß sie gegen die Wand knallte, und kam mit großen Schritten auf den Tisch zu. »Schaff deine durchtriebene, geizige Person hier raus, Gilbey Dunn. Laß meine Mutter in Ruhe, und verschwinde aus meinem Haus!«

Gilbey erhob sich, nicht sichtbar gekränkt oder ängstlich. »Dein Haus? Ich denke nicht, Junge. Du bist nicht volljährig. Selbst wenn der Verwalter dir Haus und Land zuspricht, wird noch ein paar Jahre jemand anderes die Verantwortung dafür tragen – und für dich, Gott helfe ihm. Vielleicht wird es deine Mutter sein. Vielleicht jemand anders. Aber du noch nicht. Und du stinkst nach Bier, und der Tag, wo du das Haus und die Felder in Besitz nimmst, wird der schlimmste Tag für das Land sein, seit dein Vater es übernommen hat.«

»Besser das, als daß du es bekommst!«

»Wenn Meg mich heiratet, kannst du zumindest das Haus halten. Laß dir das für eine Weile genügen, Junge. Laß deine Mutter in einem Haus wohnen, wo das Vieh in der Scheune gehalten wird, nicht in der Küche!«

»Sie lebt lieber mit dem Vieh zusammen als mit dir!«

»Sym!« Meg erhob sich und stellte sich zwischen sie. Sie wollte nicht, daß der Streit neu aufflammte, nicht, wo sie Gilbey soviel schuldig waren, nicht, bis das geklärt war und der Streit offen ausgetragen werden konnte, ohne unbezahlte oder unbezahlbare Schulden. Und nicht, solange Sym angetrunken war und nicht darüber nachdachte, was er sagte. Gilbey war die Art Mensch, der seine Wut lange und tief gären ließ.

Aber Sym scherte das alles nicht. »Meine Mutter heiratet niemanden. Und dich schon überhaupt nicht, ganz gleich, was passiert! Lieber verhungern wir, als daß wir von dir was annehmen. Versuch ja nicht, deine Hand auf irgendwas zu legen, was uns gehört, oder du wirst sehen, daß ich Manns genug bin, dir zu zeigen, wo du hingehörst!«

»Sym!« Meg kam hinter dem Tisch hervor, packte ihn am Arm und schüttelte ihn. »Sym, paß auf, was du sagst! Es gibt überhaupt keinen Grund für solche Worte! Hör sofort auf!« Ohne ihn loszulassen, sagte sie zu Gilbey: »Du gehst besser. Es ist zu früh für solche Dinge. Du gehst jetzt besser.«

Gilbey nickte. Er sah Sym nachdenklich an. »Ja«, stimmte

er zu. Als er zur Tür ging, machte er einen weiten Bogen um Sym, obwohl er es leicht mit dem Jungen aufnehmen konnte. »Ich geh'. Aber du denkst darüber nach. Du bist doch ein kluges Mädchen, Meg. Du kannst doch sehen, welche Vorteile es hätte, wenn wir zusammengehn.«

»Eine Teufelei ist das, das ist es!« brüllte Sym hinter Gilbeys Rücken und der sich schließenden Tür her. Dann ließ er seine Wut an seiner Mutter aus. »Was denkst du dir dabei, dir so was anzuhören? Wo Pa noch nicht mal ganz kalt in seinem Grab ist!«

»Barnaby ist kalt genug«, sagte Meg. »Es ist ein Wintergrab.« Sie seufzte. »Sym, es war nicht nötig, diese Dinge zu sagen. Zuhören schadet nichts. Wir müssen wissen, was er vorhat. Es schadet nichts, ihn anzuhören.«

»Aber du denkst nicht daran, es zu tun!« Das war keine Frage, das war ein glatter Befehl, und er hörte sich genauso an wie sein Vater, als er das sagte.

Meg sah ihn nur kühl an, bis er die Augen abwandte, wie sie es bei Barnaby immer getan hatte. Dann sagte sie: »Ich bin müde. Du kannst gehen und Hewe helfen, Feuerholz zu suchen, oder es wird morgen kein Feuer geben. Ich geh' ins Bett.«

Es kümmerte sie nicht einmal, ob er ihr gehorchte. Sie ließ ihn stehen und krabbelte unter die ausgefransten Dekken ihres kalten Bettes.

Kapitel 11

Meg schlief wie eine Tote. Einmal wachte sie im Dunkeln auf und hörte, wie Schneeregen gegen die Mauer und die nach Osten zeigenden Fensterläden prasselte, aber sie schlief wieder ein, und als sie das nächste Mal aufwachte, sagte ihr der schräge Strahl blassen Lichts, der durch die Fensterritzen und unter der Tür durchlugte, daß der Morgen schon fortgeschritten und der Tag sonnig war.

Es war mehr der Gedanke an Sonnenschein als alles andere, der sie aus dem Bett zog. Im Herd brannte ein schönes Feuer, und schmutziges Geschirr bewies, daß sowohl Sym als auch Hewe es zustande gebracht hatten, sich etwas zu essen zu machen. Sie stellte sich dicht vor das Feuer und kaute an einem Brotkanten, den sie vom Tisch genommen hatte. Der grobgewebte Stoff ihres Kleides hing sich von selbst wieder glatt, und sie mußte nur ihre Schuhe zum Schutz vor dem kalten Boden mit frischem Stroh auspolstern, bevor sie sie anzog, um für den Tag gewappnet zu sein. Sie sah nach den Hühnern und stellte fest, daß sie gefüttert worden waren und der Boden unter der Hühnerstange sauber war. Das mußte Hewe gewesen sein, denn Sym lehnte es ab, irgend etwas mit den »gackernden Dingern« zu tun zu haben. Er meinte, das sei Frauensache – obwohl er die Eier bereitwillig genug aß, wenn welche da waren. Und die Ziege war fort, wahrscheinlich draußen festgepflockt, um das bißchen Wintergras zu fressen, das hinter der Kate wuchs. Vielleicht hatte Sym das getan, dachte Meg.

Sie sagte ein stillschweigendes Dankgebet für soviel Hilfe von ihren Jungen – oder von Hewe, wenn das der Fall war – und griff nach ihrem Umhang. Im Kloster hatten sie ihr gesagt, daß sie an dem Tag nach dem Begräbnis ihres Mannes nicht zu kommen bräuchte, aber während der Feiertage gab es in der Küche immer besonders viel zu tun. Sie würde dort gebraucht werden, und im Kloster war es angenehmer als hier.

Vom Schneeregen der letzten Nacht war nichts mehr zu sehen. Schwaches, kaum wärmendes Sonnenlicht ließ die gefrorene Straße und das Dorf leuchten, aber Meg achtete kaum darauf. Dort begann der Feldweg, der sich von diesem Ende des Dorfes an den Hecken entlang durch die Felder schlängelte und kurz vor der Klosterpforte wieder auf die Straße mündete. Das war der Weg, den sie gewöhnlich nahm, wenn sie zum Kloster wollte, aber als sie die Straße überquerte, warf sie einen Blick auf den Dorfanger hinter der Kirche. Zu dieser Jahreszeit gab es selten größere Versammlungen im Freien, aber nach allem, was sie sehen konnte, war ein guter Teil der Dorfbevölkerung auf dem Anger zusammengekommen. Was immer es sein mochte, das ihre Aufmerksamkeit erregte, wurde von der Kirche verdeckt. Schlicht neugierig und ein wenig ängstlich machte Meg sich auf den Weg dorthin.

Aber es war nichts Schreckliches. Das fahrende Volk aus dem Kloster hatte eine Art hölzernes Gerüst auf dem Dorfanger aufgebaut, ein wenig höher als ein großer Mann, doppelt so breit wie hoch, mit dicken roten Vorhängen davor. Im Sonnenlicht konnte man erkennen, daß sie verblaßt und geflickt waren. Die Dorfleute hatten sich davor versammelt, und der ältere Mann unter den Komödianten stand vor dem Vorhang und sagte mit kräftiger, klarer Stimme: »... also, mit Erlaubnis Eurer Herrin, der Priorin, werden wir Euch an diesem Tag das Stück *Die Statue des Heiligen Nikolaus* zeigen. Möge es Euch guten Leuten von Prior Byfield gefallen.«

Schwungvoll machte er die eleganteste Verbeugung, die Meg je gesehen hatte, und verschwand durch den Vorhang hinter das Gerüst. Meg hatte schon einmal Schauspieler gesehen; sie waren ins Dorf gekommen, als sie noch ein Mädchen gewesen war. Es war lustig gewesen, erinnerte sie sich. Und am Ende der Vorstellung hatten sie Geld haben wollen. Das würden diese auch, nahm sie an, und sie wäre nicht stehengeblieben, um zuzusehen, wenn sie nicht Hewe am Rand der Menge entdeckt hätte. Nach einem Augenblick des Zögerns ging sie zu ihm.

Er lächelte sie kurz an, wandte seine Aufmerksamkeit aber wieder dem Vorhang zu, als ein Mann dahinter zum Vorschein kam. Er trug einen scharlachroten Talar mit einem hohen Kragen, der ihm bis auf die Füße fiel und überall mit goldenen Kreuzen und Lämmern bemalt war. In einer Hand hielt er einen reich verzierten, oben gekrümmten Stab, und er trug eine hohe Mitra, um zu zeigen, daß er ein Bischof war. Seine Miene war ganz unbewegt vor Feierlichkeit, und seine Augen waren auf einen Punkt irgendwo über jedermanns Kopf gerichtet, als würde er zum Himmel aufschauen. Ein bewunderndes Gemurmel lief durch die Menge.

Er ignorierte es, stieg auf eine niedrige Kiste, die vor dem Vorhang stand, nahm eine Pose ein, die freie Hand zum Segen erhoben, und erstarrte. Augenblicklich kam eine gertenschlanke, hellhaarige Dame hinter dem Vorhang hervor. Ihr langes blaues Gewand schleifte auf dem Gras. Sie trug eine kleine Schatulle. Mit gemessener, leichtfüßiger Anmut schritt sie auf den wartenden Mann zu, kniete nieder und stellte die Schatulle vor ihm auf den Boden. Dann faltete sie die Hände wie zum Gebet, hob flehentlich die Augen zu ihm auf und sagte mit gekünstelter, hoher Stimme: »Eine Reise muß ich tun, o Nikolaus, du Freund der Armen. Meine Schätze hüte du, ich bitte dich in Jesu Namen. Nur dir kann ich vertrauen, hilf mir, wie du halfst den drei Jungfrauen. Auf ewig wirst du meine Gunst erlangen, wenn ich nicht muß um meinen Reichtum bangen.«

Der Mann rührte sich nicht und antwortete nicht, aber die Dame schien zufrieden zu sein. Sie erhob sich und wandte sich mit einem anmutigen Wirbeln des Gewandes ab. Meg, die zum ersten Mal ihr Gesicht deutlich sehen konnte, erkannte erschreckt, daß die Dame der hellhaarige junge Mann namens Joliffe war. Sie beugte sich zu Hewe hinüber, um einen Kommentar darüber zu machen, aber als die »Dame« hinter einem Ende des Vorhangs verschwand, kam prompt ein anderer Schauspieler am anderen Ende hervor. Dunkel und lauernd, in einen schwarzen Umhang gehüllt, blickte er um sich und sah offenbar niemanden, obwohl die Nächsten in der Menge kaum zehn Schritte entfernt waren und einige bereits der Dame Warnungen zuriefen, damit sie zurückkam. Er lachte böse in sich hinein, schlich auf den reglosen Mann zu, sah sich wieder um und schnappte sich die Schatulle.

»Nein, nein«, beschwerte sich Meg in leisem Ton. »Warum sieht der Heilige Nikolaus ihn nicht und hält ihn davon ab? Die Dame hat doch gesagt, er soll auf ihren Schatz aufpassen.«

Hewe, ohne die Augen von den Schauspielern zu wenden, neigte sich zu ihrem Ohr und flüsterte: »Er ist eine Statue des Heiligen Nikolaus, darum. Er kann sich nicht bewegen. Alles, was er tun kann, ist, da stehen. Ist er nicht großartig? Er steht so still wie eine Statue.«

Der Dieb drückte die Schatulle an die Brust und schlich sich davon, auf demselben Weg, den er gekommen war. Als er hinter dem Vorhang verschwand, erschien Rose am anderen Ende. Sie trug ein safrangelbes Kleid, das um die Hüften eng anlag und einen weiten, ausgestellten Rock hatte, der am Saum grün bestickt war. Ohne Pause schlug sie drei Saltos rückwärts vor dem Vorhang, machte einen flinken, raffinierten Knicks vor der Menge und folgte dem Dieb.

Die »Dame« erschien wieder, bekleidet mit einem Reisemantel. Sie kam auf die Statue zu, entdeckte, daß die Schatulle verschwunden war, suchte überall wild danach, warf verzweifelt die Hände in die Luft und rief aus: »O Schicksal, grausam und schwer! Dahin sind Geld und Gut. Bittre Not ist nun mein Los, o Kummer, Zorn und Wut. Meine Schätze vertraute ich dir an, aber du hieltest sie nicht in deinem Bann. Zu dir habe ich gebetet, mein Vertrauen setzte ich in dich. Nun muß ich Rache nehmen, das verstehet sich.« Sie langte unter den Vorhang und zog eine kurze Reitpeitsche hervor. »Schlagen werd' ich dich, Tag und Nacht, bis meine Schätze mir zurückgebracht.«

Die Frauen jubelten und die Männer buhten, als sie vorgab, die Statue auf Rücken und Schultern zu schlagen. Aber Meg sah schnell, daß keiner der Schläge die Statue tatsächlich traf, und die Männer begannen zu lachen, und von den Frauen kamen Buhrufe. Aber der Heilige Nikolaus zuckte nicht einmal mit der Wimper, und schließlich warf die Dame mit einem lauten Schluchzer die Peitsche hin und fiel auf die Knie, das Gesicht in den Händen vergraben, die Schultern zuckend vor Kummer. Als sie das tat, erschien der Dieb, der immer noch die Schatulle an die Brust gedrückt hatte, am anderen Ende des Vorhangs. Er blickte sich um, schien niemanden zu sehen, kam ins Freie hinaus und setzte die Truhe auf dem Boden ab. Er öffnete sie und weidete sich an seinen Reichtümern. Meg reckte den Hals, aber sie konnte nicht erkennen, was darin war, und dann wurde sie abgelenkt, als der Heilige Nikolaus, der die ganze Zeit so bewegungslos gewesen war, sich rührte. Mit schrecklicher Majestät senkte er die erhobene Hand, bis sie auf den Dieb wies, und mit tiefer und zorniger Stimme donnerte er: »Elender, deine Schandtat ward gesehen.« Der Dieb zuckte vor Schreck zusammen und richtete sich auf. Die Menge lachte. Der Heilige Nikolaus fuhr fort: »Ich weiß, was hier geschehen. Um Deinetwillen schlug man mir den Rücken wund wie einem Hund. Gib zurück das gestohlene Gut, dessen Verlust brachte solches Leid und solche Wut –« Die Dame gab ein lautes, zitterndes Schluchzen von sich. »– sonst wirst morgen du am Galgen hängen in der Sonnenglut.«

Der Dieb hatte den Heiligen voller Entsetzen angesehen, während er sprach, und bestürzt und reumütig war er langsam unter den drohenden Worten und der drohenden Stimme in sich zusammengesunken. Jetzt, in großer Hast, rappelte er sich auf, packte die Truhe, sprang auf die Füße und setzte sie eilends zwischen der weinenden Dame und dem Heiligen Nikolaus ab, der, nach einem langsamen, gebieterischen Nicken, wieder seine Pose als Statue einnahm. Der Dieb schlich sich eilig davon, und die Dame, nach ein paar letzten Schluchzern, hob den Kopf und sah die Truhe, die er vor ihr auf den Boden gestellt hatte. Voll Entzücken rief sie aus: »Mein Schatz ist wieder da. Freude meines Lebens, wo bist du nur gewesen? Wunderbarer Heiliger, unser aller Schutzpatron, was verloren war, ist zur Gänze wieder da! Ich werd' dir dankbar sein noch viele Jahr.«

Der Heilige neigte den Kopf, und er sagte in derselben feierlichen Stimme, mit der er sich an den Dieb gewandt hatte: »Nicht zu mir bete, gute Frau, bete nur zu Gott. Er hat den Himmel gemacht, er hat die Erde gemacht, und seine Macht hat dies zurückgebracht. Laß ab von deinem weltlichen Leben und versuch, alle Liebe Gott zu geben.«

Während er sprach, war die Dame in staunender Verblüffung zurückgewichen. Als er zu Ende gesprochen hatte, stand sie auf, faltete inbrünstig die Hände und rief freudig aus: »Hier kann es kein Zögern geben. Entsagen werde ich dem Leben. Meine Schätze werde ich an die Armen verteilen und in Jesu Arme eilen. Mit seinem Segen werde ich Gutes tun und dann selig im Himmel ruhn.«

Hinter dem Vorhang begann jemand, ein fröhliches Weihnachtslied auf der Blockflöte zu spielen. Die Dame streckte die Hand nach dem Heiligen Nikolaus aus, und er ergriff sie und stieg von seiner Kiste herunter. Gemeinsam drehten sie sich der Menge zu, und der Dieb kam hinter dem Vorhang hervor, stellte sich zu ihnen und grinste, als Rose flötespielend auf der anderen Seite des Vorhangs hervorkam. Die drei Männer verbeugten sich, und die Dorfleute klatschten zögernd, aber vergnügt, und Meg wurde klar, daß das Stück zu Ende war. Rose stimmte eine andere muntere Melodie an, und der Heilige, die Dame und der Dieb gingen durch das Publikum. Der frühere Dieb hielt seine Kappe hin, der Heilige und die Dame ihre zusammengerafften Gewänder, um die paar Münzen einzusammeln, die es regnen mochte. Die meisten Leute traten nur einen Schritt zurück, schüttelten den Kopf und hielten die leeren Hände hoch, aber manche suchten in ihren Geldbeuteln nach Kleingeld. Ein kleines Häufchen Halfpennies sammelte sich in Kappe und Röcken. Nicht viele – Münzen waren rar im Dorf –, aber einige. Und Constance, die in einer Kate direkt am Dorfanger lebte, eilte nach Hause und kam mit einem ansehnlichen halben Laib Brot zurückgeeilt. Sie gab es dem Heiligen, der ihr mit einem so eleganten Handkuß dankte, daß sie kicherte. Jenet aus der Schmiede, der das gefiel, hastete davon und kam mit einem Stück Speck zurück. Sie reichte es dem Dieb und bekam ebenfalls einen galanten Kuß.

Die Schauspieler nahmen fröhlich alles entgegen, was ihnen angeboten wurde, obwohl Meg auffiel, daß der Heilige dazu neigte, die älteren Frauen ausfindig zu machen; der Dieb schien hauptsächlich zu den jungen Mädchen zu gehen und kassierte Küsse, wenn kein Geld zu bekommen war; und Joliffe, der immer noch die Dame spielte, schäkerte mit den Männern, bis sie ihm einen Halfpenny gaben. Gilbey Dunn lachte ausgelassen und lautstark über »ihr« Flirten, warf einen ganzen Penny in seinen Schoß und klopfte Joliffe in so glänzender Laune auf die Schulter, daß der beinahe zu Boden gegangen wäre.

»Ho, Gilbey«, rief Thad der Schmied. »Gefällt dir nun ihr holdes Gesicht besser oder ihre winzigen Füßchen?«

Gilbeys Grinsen wurde breiter. »Paß auf, was du sagst, oder dein Gesicht wird nicht mehr lange so hold sein, mein Junge«, antwortete er.

Dafür erntete er allgemeines Gelächter, weil Thad seit langen Jahren kein Junge mehr war und sein Gesicht so knorrig und knotig war wie ein alter Baumstumpf.

Inzwischen war Ellis bei der hübschen Tibby angelangt, der Tochter der Brauerin, und gab ihr noch einen Kuß – nicht auf die Hand –, den sie bereitwillig entgegennahm.

Meg hatte Sym vorher nicht gesehen; aber jetzt war er da, von irgendwoher gekommen, um sich hinter das Mädchen zu stellen, ein wenig zu nahe, ein wenig zu besitzergreifend. Die Röte, die ihm die Kühnheit des Schauspielers ins Gesicht trieb, war dunkler als Tibbys erfreutes, lachendes Erröten. Und Meg, der es einen plötzlichen Stich versetzte, wußte, weil er mehr denn je dreinschaute wie sein Vater, was er als nächstes tun würde. Sie rief: »Nicht, Sym!«, aber es war bereits zu spät.

Er langte über Tibbys Schulter, versetzte Ellis einen harten Stoß und knurrte: »Das langt. Geh und küß deine eigene ›Dame‹ und laß meine in Ruhe.«

Die umstehenden Dorfleute lachten, und jemand rief Joliffe zu, er solle kommen und jenen »gutaussehenden Dieb« küssen. Tibby, an die Dorfgepflogenheiten gewöhnt, trat schnell zur Seite, so daß Sym und Ellis sich allein gegenüberstanden. Ellis streckte seine Kappe aus, ohne den Blick von Sym zu wenden, und Joliffe, der plötzlich neben ihm stand, nahm sie und tauchte unauffällig wieder in der Menge unter. Tibby hatte er untergehakt und zog sie außer Reichweite.

Ellis stand allein auf dem freien Platz, den die Dörfler plötzlich für ihn geöffnet hatten, und machte keine drohende Bewegung, sondern sagte nur in friedfertigem Ton: »Ich habe nur ein liebreizendes Gesicht bewundert, nicht danach getrachtet, sie dir wegzunehmen. Es war ganz harmlos.«

»Vielleicht harmlos, vielleicht auch nicht«, sagte Sym mürrisch. Er sprach undeutlich, und Meg erkannte, daß er an diesem Morgen schon im Wirtshaus gewesen war. »Und was ist mit meinem Vater, Dieb? Was hast du dem angetan?«

»Gar nichts, außer ihn aus einem zugefrorenen Graben zu ziehen und ihn an einen Ort zu bringen, wo man ihm geholfen hat.«

»Aber wer hat ihn in den Graben gebracht, eh? Was weißt du darüber? Was verschweigst du uns? Wer hat ihn denn in den Graben gedrängt, das frage ich mich.«

»Ich nehme an, er ist auf dieselbe Art dort hineingeraten, wie du hierher gekommen bist«, entgegnete Ellis kühl. »Auf dem Umweg über ein Wirtshaus und ein paar zuviel geleerte Becher.«

Hewe befreite sich aus dem Griff von Megs Fingern, die sich in seine Schulter bohrten. Sie ließ ihn gehen und drängte sich an ihm vorbei, auf Sym zu. Wenn sie ihn in die Finger bekommen könnte, ihn ablenken – es war zu spät. Sym, getroffen und sprachlos, stürzte sich auf Ellis. Der Schauspieler trat zurück, offenbar ohne Hast oder Angst, und plötzlich saß Sym auf dem Boden und blickte erstaunt drein.

Meg blieb stehen, eingeschüchtert und ängstlich. Sie begriff nicht, was passiert war. Sie wußte nur, daß es nicht mit rechten Dingen zugegangen war. Aber die Dorfbewohner lachten, besonders die Männer. Sogar Hewe lachte. Es war alles zu plötzlich gekommen, und bevor Sym aufstehen konnte, hatte der Schauspieler-Heilige die Hand auf Ellis' Schulter gelegt und zog ihn fort. Joliffe war bereits in sicherer Entfernung. Er stand mit Tibby am Rande der Menge und flüsterte ihr etwas ins Ohr, das sie lächeln und ihm schöne Augen machen ließ, ohne Ellis – oder Sym – weiter zu beachten. Rose hatte die Kiste und die Schatulle eingesammelt und ging hinter den Vorhang. Es war vorbei, bis auf das Lachen.

Aber Sym stieß ein kehliges Grunzen aus und begann, auf die Füße zu kraxeln, offensichtlich fest entschlossen, den Kampf fortzusetzen. Meg drängte sich zwischen den nutzlosen Dorfleuten durch und warf sich auf ihn. Sie hatte vor, ihn wieder zu Boden zu werfen, wenn sie konnte. »Hör auf!« rief sie. »Du wirst dich nicht mit solchen Leuten prügeln, wie ein Rüpel! Und schon gar nicht auf dem Dorfanger, vor aller Augen! Hör auf!«

Sym schob sie zurück, zu wütend, um auf sie zu hören. »Diebespack!« brüllte er. »Diebe und Mörder! Pa wäre noch am Leben, wenn sie nicht gewesen wär'n, und du läßt sie einfach machen, sie und ihre Dirne und ihren Bastardbalg, während Pa tot in seinem Grab liegt!«

Meg umklammerte seinen Arm und wurde mitgezerrt, als er versuchte, sich an ihr vorbeizudrängen. Was Meg zuerst sah, war Roses weißes, starres Gesicht. Sie stand ganz hinten, neben dem Vorhang. Und dann sah sie Ellis, der sich mit einem Ruck von Thomas Bassett losgerissen hatte und auf Sym losging – Mord in den wutentbrannten Augen.

KAPITEL 12

Thomas Bassett bewegte sich schneller, als man es bei einem Mann seines Alters und Gewichts für möglich gehalten hätte. Er kam zwischen den Dorfleuten hervorgeschossen, baute sich vor Ellis auf, schob ihn mit einer Hand zurück und donnerte mit der volltönenden Stimme des Heiligen Nikolaus: »Das reicht! Zurück, alle beide! Ellis, das Gerüst muß abgebaut werden, und Piers wartet im Kloster auf uns. Komm jetzt.«

Meg, die sich immer noch an Sym klammerte, während Hewe jetzt seinen anderen Arm gepackt hielt, sah, wie die wilde Wut Ellis verließ. Sein Gesicht entspannte sich, und seine Fäuste sanken herab. Ohne Sym aus den Augen zu lassen, zog er sich zurück. Dann wandte er sich ab und schnauzte Joliffe an, er solle ihm helfen. Und jetzt drängten sich einige Männer des Dorfes um Sym, klopften ihm auf den Rücken, zogen ihn freundschaftlich auf und versuchten, auch ihn vom Streit abzubringen. Sym sträubte sich stärker als Ellis, er stieß ihre Hände weg und fluchte, aber Meg wußte, daß der Kampfgeist ihn verlassen hatte, und ließ ihn los. Er war betrunken genug, sich leicht ablenken zu lassen, und in einer Minute würden sie ihn dazu gebracht haben, die Sache ganz zu vergessen.

Hamon und Peter wollten ihn wegziehen, aber er torkelte zur Seite und stand direkt vor Gilbey Dunn, der nicht von der Stelle wich und grinsend sagte: »Auf dem Weg nach Hause, Sym? Machst wohl früh Schluß heute?«

Sym erkannte einen alten Feind, wenn er mit der Nase auf ihn gestoßen wurde. Er riß sich von seinen beiden Freunden los. »Du kennst dich aus mit früh Schluß machen, was? Und spät abends schleichst du dich raus, um Sachen an dich zu raffen, die dir nich' gehören. Und machst dich bei jeder Gelegenheit an den Verwalter ran und erzählst ihm, wieviel mehr unsere Felder bringen würden, wenn du sie in deine dreckigen Finger bekommst. Und jetzt, wo Pa tot ist, machst du dich an seine Witwe ran, weil du denkst, das wäre 'ne leichtere Art, an das Land zu kommen. Nur wirst du mein Land so nicht kriegen. Lieber sehe ich dich tot, Gilbey Dunn. Merk dir das! Du liegst wie Pa in einem kalten Grab, ehe du irgendwas in die Finger kriegst, das ihm gehört!«

»Sym!« rief Meg aus. Es war eine verzweifelte Warnung. Die Aufmerksamkeit aller hatte sich Sym und Gilbey zugewandt, und offensichtlich stieg jetzt eine Wut in Gilbey hoch, die sich mit der Syms durchaus messen konnte. Sein Gesicht war dunkel vor Zorn, die Augen waren klein und hart und die Lippen zusammengepreßt. Aber alles, was er sagte, war: »Du hast eine dreckige Schnauze, wenn sie naß von Bier ist. Hamon, Peter, schafft ihn nach Hause oder sonstwo hin, bis er wieder klar im Kopf ist.«

Peter, ein kräftiger Bursche mit etwas mehr Grips als Hamon, verstand. Als wäre alles nur ein Witz, sagte er: »Hey, Sym, hier ist nichts mehr los. Laß uns verschwinden.«

Sym ließ sich ablenken und sah Peter an. Peter legte einen Arm um seine Schultern. »Also los, komm schon«, sagte er herzlich. »Wir woll'n sehen, was bei mir so los ist.« Er beugte sich zu Sym hinüber. »Letztes Mal, als ich geguckt hab', war noch 'n bißchen von der Honigwabe da. Na, wie klingt das? Hamon, kannst du 'n bißchen Brot besorgen?«

Hamon, der nicht viel mehr im Kopf hatte als Sym, blinzelte und wurde munter. »Klar, kann ich, Peter. Warum hast du das von der Honigwabe nich' früher gesagt?« Er eilte davon.

Zu Megs Erleichterung ließ Sym sich von Peter wegziehen. »Mach zu!« brüllte er hinter Hamon her und torkelte davon, auf Peters Schulter gestützt. Hewe zögerte, warf einen Blick auf seine Mutter und trottete dann hinterher. Alle anderen trollten sich ebenfalls, jetzt, da die Unterhaltung endgültig vorbei war.

Aber Gilbey Dunn blieb noch einen Augenblick stehen und sagte leise zu Meg: »Er wird dir Ärger machen, hör auf meine Worte. Denk über mein Angebot nach. Du wärst gut aufgehoben und hättest jemanden, der ein Auge auf ihn hat. Er braucht die starke Hand eines Mannes.«

»Er mag dich nicht.«

»Er wird jeden nicht mögen, der versucht, ihn auf den rechten Weg zu bringen. Er ist ein echter Sohn von Barnaby, wenn es darum geht, das Falsche zu tun, und das weißt du ebenso gut wie ich.«

»Du solltest nicht so über Barnaby reden, jetzt, wo er tot ist.«

Gilbey zuckte die Achseln. »Ich hab' nicht schlecht über ihn geredet. Ich hab' nur die Wahrheit gesagt. Und das weißt du. Ganz auf dich allein gestellt, wirst du es nie schaffen, Sym zu bändigen. Und du weißt, ich würd' dich fair behandeln. Niemand hat je von mir behaupten können, ich wär' nicht fair.«

Aber genau das hatte Sym eben gesagt. Und Barnaby hatte es oft gesagt in diesen letzten Monaten, während er versuchte, sich gegen Gilbeys Bestrebungen zu behaupten, seinen Anteil der Felder an sich zu reißen. Aber Sym hatte im Suff geredet, und Barnaby hatte das meiste Übel selbst über sich gebracht. Meg wußte nicht, wo die Wahrheit lag, also schwieg sie und blickte zu Boden, bis Gilbey mit einem Achselzucken sagte: »Denk darüber nach, Meg«, und ging.

Meg blieb stehen, sah auf das tote, steife Gras zu ihren Füßen nieder und versuchte nachzudenken. Gilbey könnte recht haben, was die Heirat anging. Es würde alles einfacher machen. Und es spielte keine große Rolle, daß sie ihn nicht mochte. Aber Sym würde es nicht passen. So sinnvoll es auch sein mochte, er würde sich nie damit abfinden. Da war Meg sich sicher, und sie war auch sicher, daß Gilbey das ebenfalls wußte. Aber vielleicht war das für ihn nicht so wichtig. Nicht so wichtig, wie es für sie sein mußte.

Unvermittelt wurde ihr bewußt, daß ihr kalt war. Und das wenige Essen, das sie gehabt hatte, war alle und sie hatte wieder Hunger, und sie mußte zur Arbeit gehen, sonst würde sie für heute kein Geld bekommen. Es wäre schön gewesen, wenn sie sich zu jemanden an den Herd setzen und hätte reden können. Aber irgendwann in den letzten Jahren hatte sie die Frauen verloren, die ihre Freundinnen gewesen waren. Die anderen Frauen aus dem Dorf schienen es ihr übelzunehmen, daß sie so angestrengt versuchte, ihre Lage zu verbessern. Sie nickten und sagten ein paar Worte, wenn sie sich trafen, aber mit keiner konnte sie reden, und keine kam, um mit Meg zu reden.

Ohne nachzudenken hatte sie die Kirche passiert und durchquerte den Friedhof, um zu dem Feldweg zu gelangen, der zwischen den Hecken hindurch zu St. Frideswide führte. An Barnabys Grab blieb sie stehen. Der dunkle Mutterboden war zu Schollen aufgehäuft, zu fest gefroren, um sich mit der Schaufel aufbrechen zu lassen. Wenn der Frühling und der Regen kam, würden sie weich werden und zu einem ordentlichen Grabhügel zusammensinken, und Gras würde wachsen, und nächstes Jahr würde eine Bodenvertiefung die Stelle kennzeichnen, nicht mehr die nackte, aufgebrochene Erde. Meg versuchte, ein Gebet zu sagen, aber ihr fiel keins ein. Barnaby hatte gebeichtet und die Letzte Ölung empfangen. Dann war er eingeschlafen und war gestorben. Keines Menschen Seele hätte reiner und geläuterter in Abrahams Schoß gelangen können, und gewiß war er jetzt dort. Dort war es hell und warm, die Engelschöre sangen, und er wurde unterhalten vom Anblick der Sünder, die in der Hölle unten gemartert wurden. Und eines Tages, mit Gottes Hilfe, würden sie und ihre Jungs ihn dort treffen, ebenso rein und geläutert von Sünde wie er.

Meg versank in der Vorstellung, wie es wäre, es immer warm zu haben und nie Hunger zu leiden, anstatt immer frieren und hungern zu müssen. Dann erschrak sie, als ihr bewußt wurde, daß sie ihre Zeit vergeudete, und eilte weiter in Richtung Kloster.

Frevisse war gekommen, um zu sehen, wie die Dinge im Gästehaus standen. Da es nur so wenige Gäste gab und nur das alte Gästehaus über die Feiertage belegt war, waren ihre Pflichten einfach und schnell erledigt. Erst überprüfte sie, ob die Bediensteten ihre paar Aufgaben nicht etwa nachlässig ausführten, und dann sah sie nach Piers, der sich selbst überlassen geblieben war, während der Rest der Schauspieler im Dorf ihre Vorstellung gab.

Er hatte sich in seinem Nest aus Decken zusammengerollt, war gehorsam liegengeblieben und sah zu, wie das kleine Feuer im Herd tanzte. Als er sie kommen hörte, verrenkte er den Hals und war enttäuscht, als er sah, daß nicht seine Mutter oder die anderen zurückgekommen waren. Frevisse lächelte ihn an und beugte sich herunter, um ihm die Stirn zu fühlen. Sie war nur wenig wärmer, als sie sein sollte, und das fiebrige Glänzen war aus seinen Augen verschwunden.

»Wie fühlst du dich?« fragte sie.

»Hungrig, Mylady«, sagte er mit nur leicht krächzender Stimme. Er sah Frevisse erwartungsvoll an. Vielleicht hatte sie ja etwas Eßbares im Ärmel oder in einer Tasche versteckt.

Es tat Frevisse leid, daß sie nichts hatte, aber sie sagte nur: »Das ist ein gutes Zeichen. Möchtest du etwas trinken?«

»Milch?« fragte Piers hoffnungsvoll.

Frevisse schüttelte den Kopf. »Wasser.«

Piers seufzte und nickte. Frevisse ging zum Wassereimer und füllte einen Becher. Als er trank, fragte sie: »Solltest du nicht noch ein bißchen länger versuchen, so zu tun, als wärest du noch krank, damit ihr alle noch eine Weile hierbleiben könnt?«

Piers sah sie verachtungsvoll an und gab ihr den Becher zurück. »Was sollte das nützen?« fragte er. »In Oxford ist gutes Geld zu verdienen, und im Rose und Crown kann man viel Spaß haben. Hier gibt es von beidem nicht viel. Ich kann mir bessere Plätze vorstellen, und es hat wenig Sinn, allzu lange an einem Ort zu bleiben.«

Ehe Frevisse eine Entgegnung darauf einfiel, kehrte die Schauspieltruppe mit viel Getöse aus dem Dorf zurück. Als sie die Türschwelle überschritten, senkten sie die lauten Stimmen etwas, aber die erregte und vielleicht nicht gänzlich gutgelaunte Debatte ging weiter. Bassett sagte gerade: »Hättest du nicht vielleicht jemand anderem schöne Augen machen können? Zum Beispiel einem Mädchen, das nicht gerade ihren Schatz auf der Pelle hatte, ganz besonders, wo er sowieso schon wütend auf uns war?«

»Soll ich mich etwa darum scheren, was dieser trottelhafte Flegel tut?« fragte Ellis. »Sie war die Beste in dem Haufen. Ein so hübsches Ding habe ich seit Michaelis nicht mehr zu Gesicht bekommen.«

»Und ebenso willig wie reizend«, fügte Joliffe hinzu.

Ellis grinste. »Ja, das hast du schnell entdeckt, das ist mir auch aufgefallen. Und mir hast du es überlassen, mit ihrem wütenden Tölpel fertig zu werden, während du eine Chance gesucht hast, sie zu betatschen.«

»Na, keiner von uns beiden hat es geschafft, oder? Also Schluß damit.«

»Das reicht jetzt«, sagte Rose. »Hier ist Schwester Frevisse, die sich euren Unfug nicht anhören muß.«

Piers hob den Kopf aus seinem Nest und fragte: »Hat Ellis sich wieder geprügelt?«

»Still, Bärchen«, sagte Rose. Sie beugte sich hinab, strich ihm die blonde Mähne aus dem Gesicht und fühlte ihm die Stirn.

»Ich bin fast wieder gesund«, sagte Piers und wich ihrer

Hand aus. »Das hat Schwester Frevisse auch gesagt. Ellis, hast du –«

»Sieh mal hier, Piers«, unterbrach Bassett flink und hielt ihm den halben Laib Brot und das Stück Speck hin.

»Ah!« Piers Enthusiasmus wechselte schnell die Richtung. »Essen wir das jetzt?«

»Es gibt keinen besseren Zeitpunkt«, sagte Bassett und brach ein großzügig bemessenes Stück Brot ab, um es dem Jungen in den Mund zu schieben. Dann streckte er seine Kappe aus und ließ sie unter Piers' Nase klimpern. »Unsere Reise nach Oxford ist auch gesichert. Wir können Tisbe beschlagen lassen.«

Piers nahm den Brotpfropfen aus dem Mund. »Dann können wir jetzt also fahren? Ich bin fast gesund. So gut wie. Ich hätte mit euch kommen und zusehen können, wie Ellis diese Schlägerei im Dorf angezettelt hat.«

»Ich fange nie Schlägereien an«, sagte Ellis. Er hockte sich auf den Fersen neben den Jungen nieder und schob ihm das Haar aus der Stirn. Er wollte nachsehen, ob Piers noch Fieber hatte, aber er machte eine spielerische Geste daraus.

Piers, den es mittlerweise ganz klar langweilte, krank zu sein, schob Ellis' Hand weg. Er nagte an dem Brotbrocken. »Ich habe Durst.« Er schlug auf seine Decken ein und brachte sie in heillose Unordnung. »War es ein guter Kampf? Mit wem hast du gekämpft?«

Rose reichte ihm einen Becher Wasser, während Ellis geduldig die Decken entwirrte und sagte: »Mit niemandem. Ich habe nur diesen Leibeigenen auf den Boden gesetzt, damit er lernt, den rechten Weg zu finden. Aber mit Joliffe werde ich kämpfen, wenn er nicht aufhört, mir meine Mädchen zu stehlen.«

»Ich kann dir nichts stehlen, das dir nicht gehört«, erwiderte Joliffe. Er hatte Bassett das Brot abgenommen und schnitt es in fünf gleich große Teile. Sein Dolch glitt mühelos durch die dicke Kruste des groben Schwarzbrots, bemerkte Frevisse. Und als Ellis seinen eigenen Dolch zog, herüberlangte und seinen Anteil aufspießte, meinte Frevisse überrascht: »Ihr habt die gleichen Messer, Ihr und Joliffe.«

Bassett zog seins und hielt es ihr hin. »Und ich auch«, sagte er.

Die Form der Klingen war identisch, und die mit Kupferdraht verzierten Holzgriffe ebenfalls.

»Und meine Mutter auch«, fügte Piers hinzu, den Mund voller Brot. »Und ich auch. Nur lassen sie mich meins noch nicht benutzen. Sie sagen, ich bin zu klein.« Sein Ton verriet, was er davon hielt.

»Wir haben bei einer Hochzeit oben in Sheffield gespielt«, erklärte Bassett. »Unsere Truppe war damals noch ein wenig größer, und wir haben eins unserer besseren Stücke aufgeführt –«

»Nicht«, sagte Joliffe, bedeckte das Gesicht mit einer Hand und schüttelte in gespielter Scham den Kopf, *»Die Statue des Heiligen Nikolaus.«*

»Beschwer dich nicht«, meinte Rose. »Der Heilige Nikolaus hat uns hübsch was eingebracht.« Sie schüttete die Münzen in ihren Schoß und warf Ellis die Kappe zu. »Ich hätte nicht gedacht, daß in diesem Dorf soviel zu holen ist. Ein ganzer Penny«, fügte sie bewundernd hinzu. Sie betrachtete ihn näher. »Heinrich der V. Hat wahrscheinlich seit zwölf Jahren oder so im Beutel dieses Bauern gelegen, seit dem Tod des Königs. Oder noch länger, würde mich nicht überraschen.«

»Sie hatten schon eine ganze Weile keine Schauspieler mehr im Dorf. Und da Weihnachtszeit ist, wollten sie sich gerne ein bißchen vergnügen«, sagte Bassett. Er hatte sich müde auf eine Bank fallen lassen und musterte befriedigt seine Truppe. »Alles in allem gute Arbeit für einen einzigen Morgen.« Er sah Frevisse an. »Ich nehme nicht an, daß noch mehr Dörfer in der Nähe liegen?«

»Zu Fuß braucht man zwei Stunden ins nächste Dorf«, antwortete Frevisse.

»Und zwei Stunden für den Rückweg. Zu weit für einen kurzen Wintertag«, sagte Bassett bedauernd. »Aber um noch einmal auf die Hochzeit zurückzukommen, die uns unsere Dolche einbrachte: Wir haben so gut gespielt, daß uns der Bräutigam – er hat sein Vermögen mit dem Schmieden von Stahl gemacht – sie uns schenkte, zusätzlich zur vereinbarten Bezahlung. Diese Dolche waren seine Spezialität. Ein echter Gentleman, und großzügig. Irgendwo in der Welt treiben sich noch drei Leute herum, die solche Dolche besitzen. Unsere Truppe hat sich getrennt.« Er verfiel ins Brüten. Seine Miene war grimmig. »Aber das ist eine andere Geschichte.«

»Und nicht hier und jetzt zu erzählen«, fügte Rose hinzu. »Hat jemand vor, diesen Speck zu braten, oder wollen wir hier sitzen und ihn anstarren, bis er vergammelt?«

»In dieser Kälte wird er schon nicht gammeln«, sagte Joliffe. »Gab es nicht früher so schöne milde Winter? Könnte nicht jemand arrangieren, daß der Frühling nächste Woche kommt und die Welt für eine Weile erwärmt?«

»Du könntest wohl nicht arrangieren, daß ich das Mädchen wärme, das du mir heute abspenstig gemacht hast?« gab Ellis zurück.

»Es ist nicht meine Schuld, daß sie meinen Charme deinen Muskeln vorzieht.«

Frevisse lächelte innerlich, überließ sie ihren Kabbeleien und ging ihrer Wege.

Ihre Pflichten hielten Meg im Kloster fest, bis die Sonne unterging. Es war Silvesterabend, und heute mußten besondere kleine Gerichte gekocht werden, nicht nur für morgen, sondern auch für den Tag danach. Denn Priorin Edith hatte bestimmt, daß es am Dreikönigstag im Kloster Pasteten geben sollte. Und am Tag nach Neujahr sollten hierfür die Hühner geschlachtet und ausgenommen werden.

»Also werden wir mehr als genug zu tun haben. Morgen ist Feiertag, und übermorgen wird alles voller toter Hühner sein«, hatte Schwester Alys verkündet. »Eine scheußliche, dreckige Angelegenheit, und ich hoffe nur, daß genug Salbei da ist – irgend jemand ist mal wieder viel zu großzügig damit umgegangen –, sonst werden die Pasteten ungenießbar sein. Knall den Topf nicht so hin, sonst ist der Pudding hin, und ich knall' dir eine.« Schwester Alys hatte die Augen feindselig zusammengekniffen, aber sie war immer noch erschöpft von ihrer Erkältung. Also erhob sie sich nicht von ihrem Schemel, sondern gab sich damit zufrieden, ihren Löffel wie ein Schwert auf die Missetäterin zu richten, die sich aus Gewohnheit duckte. Alle, die in der Küche arbeiteten, lernten schnell, sich von Schwester Alys fernzuhalten, so gut es ging. Aber vor ihrer miesen Laune gab es kein Entrinnen, und als der Tag zu Ende war, schleppte Meg sich aus der Küche in den ruhigen Gang, der zum Kloster führte, und ihre Müdigkeit war so tief, daß sie nicht einmal Dankbarkeit empfinden konnte.

In der Küche mit ihren Herden und Backöfen war es heiß gewesen, und jetzt biß die Kälte scharf in Megs mageres Fleisch. Aus Gewohnheit, nicht weil sie hoffte, daß es irgend etwas nützen würde, hüllte Meg sich enger in ihren Umhang. Sie verließ das Kloster durch die Hinterpforte, die in den Seitenhof führte, der sich zwischen dem Kloster und der Außenmauer erstreckte. Eine weitere Pforte führte in den vorderen Hof, von wo aus sie die Straße nehmen konnte, bis sie wieder auf den Feldweg stieß.

Die Sonne hing tiefgolden und geschwollen am wolkenleeren Himmel. Gleich würde sie untergehen. Auf der anderen Seite des Feldes hatte sich die Dunkelheit bereits im Gras und unter den Hecken zusammengezogen und wartete darauf, die Welt zu übernehmen, sobald der letzte Strahl der Sonne verschwunden war. Und Meg beeilte sich, vorwärtsgetrieben von der drohenden Dunkelheit und der Kälte. Sie wollte nach Hause und vor ihrem eigenen Feuer sitzen.

Falls jemand sich die Mühe gemacht hatte, Feuerholz zu holen. Falls jemand sich die Mühe gemacht hatte, ein Feuer anzuzünden.

Niemand war in Sicht, als Meg an der Kirche vorbei auf ihr Haus zuging. Die Spurrillen auf der Straße waren gefroren. Die Sonne war verschwunden, und alles lag im Zwielicht. Gelbes Licht schien hier und dort aus den Häusern, wo ein Fensterladen nicht dicht genug abschloß. Aber in ihrem eigenen Haus sah sie nichts als Dunkelheit, als sie näherkam, und ihre schwache Hoffnung auf ein Feuer und Wärme sank noch weiter.

Aber dann, als sie die Tür öffnete, war noch Glut auf der Feuerstelle. Das Holz war zu Kohlen heruntergebrannt, doch das Feuer war nicht ausgegangen. Wärme und der vertraute Geruch nach Holzrauch und Vieh hüllte sie ein, als sie die Tür hinter sich schloß. Hewe war da. Er hatte gerade Heu vor der Ziege abgeladen und drehte sich jetzt um. Im

Halbdunkel konnte sie sein Gesicht nicht erkennen, aber seine Stimme klang fröhlich. »Ich hab' Feuer gemacht, Ma. Nur hab' ich gewartet und nicht mehr Holz aufgelegt, damit es nicht runtergebrannt ist, bevor du kommst.«

»Und du hast Nankin reingeholt«, sagte Meg und ließ Anerkennung in ihrer Stimme mitschwingen. »Du bist ein guter Junge, Hewe. Und die Hühner?«

»Sind getränkt und gefüttert.« Seine Stimme wurde leiser, und er wartete auf ihren Zorn, als er hinzufügte: »Aber ich hab' noch nicht ausgemistet.«

Meg war zu froh über das Feuer, um sich darum zu scheren. »Das kann warten. Komm jetzt ins Warme.«

»Und eins ist tot«, fügte Hewe fast flüsternd hinzu.

Meg seufzte und ließ sich auf einen der dreibeinigen Schemel sinken, die vor der Feuerstelle standen, öffnete ihren Umhang, damit ihr schneller warm wurde, und hielt die Hände über die Kohlen. »Läßt sich nicht ändern«, sagte sie müde. »Vielleicht tu' ich es heute abend in den Kochtopf, und wir haben ein Neujahrsfestmahl. Komm, leg für mich Holz aufs Feuer. Meine Hände sind so steifgefroren, ich weiß nicht, ob ich es könnte.«

Hewe kam und schürte mit großer Sorgfalt das Feuer, bis die Flammen tanzten, Licht und Schatten durch den Raum und auf sein Gesicht warfen. Meg betrachtete ihn liebevoll, während er in die Flammen sah, und nach einer Weile fragte sie: »Wo ist dein Bruder? Warum ist er nicht hier und hilft dir?«

Hewe wandte den Blick nicht vom Feuer. »Er ist im Wirtshaus, oder in seiner Nähe, würd' ich mal annehmen.« Sym war bereit, für andere die Arbeit zu tun, die er zu Hause vernachlässigte, um sich ein paar Münzen zu verdienen und sie im Wirtshaus zu vertrinken. »Er wird wahrscheinlich eine Weile wegbleiben.«

Die schäbige Kate, die als Versammlungsort für faule Männer und lose Frauenzimmer diente, war seines Vaters bevorzugter Ort gewesen. Und jetzt sah es so aus, als würde Sym es ebenso halten. Dann sollte er auch, wie sein Vater, die Konsequenzen tragen. »Ich habe etwas in der Mehlkiste«, sagte Meg. »Bring es mir her.«

»Etwas außer Mehl?« fragte Hewe erstaunt.

»Etwas außer Mehl.« Obwohl herzlich wenig davon drin war. Sie mußte irgendeinen Handel mit dem Müller abschließen oder versuchen, etwas Mehl von Schwester Alys zu kaufen oder einzutauschen.

»Was ist das?« fragte Hewe verblüfft. In der Hand hielt er die Apfelsine, die Barnaby von Lord Lovels Fest mitgebracht hatte.

»Ein Weihnachtsgeschenk für uns«, sagte Meg. Sie hatte die Apfelsine in ihrer Schürzentasche gelassen, bis sie wieder zu Hause war, und sie dann zur sicheren Verwahrung in die Mehlkiste getan. »Sieh her.« Sie wischte mit ihrem Mantel das Mehl ab und hielt die Apfelsine ins Licht des Feuers, wo ihre Farbe leuchtete und ihre Fremdartigkeit deutlich zu sehen war.

Zögernd streckte Hewe den Zeigefinger aus, um die Frucht zu berühren. Er streichelte sie behutsam und zog den Finger zurück. »Was ist das? Wo hast du es gefunden?«

»Nimm sie«, sagte Meg. »Sie ist nicht empfindlich. Nur zu.«

Hewe griff nach der Apfelsine und drehte sie wieder und wieder in den Händen herum, während Meg ihm erzählte, wo sie hergekommen war, wie sein Vater sie verdient hatte.

»Er hat sie bekommen, weil er für den Herrn gesungen hat?« fragte Hewe.

»Edelleute wollen unterhalten sein, wenn sie tafeln«, sagte Meg. »Und weißt du, was wir jetzt damit anfangen werden?« Hewe schüttelte den Kopf. »Wir werden sie essen!« sagte sie triumphierend.

Hewe stupste zweifelnd mit dem Finger gegen die harte Schale, wie Meg es getan hatte, als sie die Frucht zuerst in der Hand gehabt hatte. Aber sie hatte gesehen, wie Schwester Frevisse es angestellt hatte, und streckte die Hand aus. »Gib her. Ich zeig's dir.«

Die Sache erwies sich als schwieriger, als Meg gedacht hatte. Unter der Schale war das Ding einem Apfel nicht ähnlicher als von außen, aber endlich schafften sie es. Sie zogen die bereits vorgeformten Scheiben auseinander, sobald sie verstanden hatten, wie die Apfelsine zusammengesetzt war. Sie teilten die Scheiben untereinander auf, lachend und entzückt von der sauren Süße und dem Saft und der Überraschung des Ganzen, bis von der Apfelsine nur noch die Schale übrig war und sie selbst wohlriechend verschmiert waren, sowohl an den Händen als auch im Gesicht.

Als sie den klebrigen Saft abgewaschen hatten und Meg wieder auf ihrem Schemel hockte, Hewe neben ihr, den Kopf gegen ihr Knie gelehnt, seufzte er. »Das war herrlich. All das, und nur für das Singen vor Lord Lovel.«

»Umm.« Meg hörte nicht richtig zu. Wärme und Müdigkeit hatten sie eingeholt. Sie hatte vorgehabt, heute abend über Gilbeys Angebot nachzudenken, aber die Gedanken schienen nicht kommen zu wollen.

»Ich könnte das auch«, sagte Hewe.

»Was?«

»Singen für Lord Lovel. Oder tanzen vielleicht. Ich kann gut tanzen, du hast mich gesehen. Dann würden sie mir zur Belohnung etwas geben. Oder mich bezahlen. Wie die

Schauspieler heute. Sie haben ihr Stück aufgeführt, und die Leute haben ihnen Geld gegeben.«

Meg hatte kaum einen Gedanken auf diesen Unfug heute morgen auf dem Dorfanger verschwendet, nachdem es vorbei gewesen war. Ein wenig scharf sagte sie: »Das ist doch keine Arbeit für einen Mann! Sich verkleiden und irgendeine törichte Geschichte vorführen. Und sieh dir an, was für Leute das sind. Fahrendes Volk. Sie ziehen durchs Land und gehören nirgendwohin. Anständige Leute tun so etwas nicht.«

»Ich fand diese Art Arbeit ebenso gut wie jede andere, die ich je gesehen hab'«, sagte Hewe hitzig, richtete sich auf und rückte von ihr ab. Sein Gesicht zeigte all die Widerspenstigkeit, die er sonst dafür aufsparte, ihm zu sagen, daß er kein Priester werden wolle.

Meg öffnete den Mund zu einer scharfen Erwiderung, um ihm etwas Verstand einzubleuen, als die Tür aufsprang. Jemand hatte ihr einen heftigen Stoß versetzt, und begleitet von einem Schwall kalter Luft und nächtlicher Dunkelheit torkelte Sym in den Raum.

Er war betrunken. Soviel zumindest war augenblicklich klar. Er taumelte gegen den Türpfosten und blieb da stehen, wobei er Meg angaffte, als wüßte er nicht mehr, wo er war oder was er hier sollte. Und irgendwann war er gestürzt, seine Hose war an einem Knie zerrissen. Der Flicken war durch, und Meg wußte wirklich nicht, wo sie das Stück Stoff hernehmen sollte, um die Hose noch mal zu flicken. Das machte sie wütend, ebenso wie Hewes törichte Ideen. All die Zufriedenheit, die sie eben noch verspürt hatte, war verschwunden, und sie verspürte den frustrierten Drang, Sym ebenso wehzutun, wie er ihr wehtat.

»Wenn du derart betrunken bist, Sym, scher dich zu irgendeinem Schweinestall und schlaf dich da aus«, schnappte sie. »Du wirst nicht hier reinkommen, um dich zu übergeben.«

»Ma ...« sagte er undeutlich und taumelte von der Tür weg, in den Raum hinein. Die Tür ließ er offen.

»Er stinkt«, sagte Hewe angewidert und rückte von ihm ab. »Er stinkt genau wie Pa.«

»Du stinkst, Bengel!« knurrte Sym. »Nach Muttermilch nämlich, du Säugling. Ich werd' dir mit den Knöcheln den Kopf polieren, bis er blutet. Laß dich ja nicht erwischen!«

»Hewe, mach die Tür zu. Wir brauchen nicht zu erfrieren, nur weil er besoffen ist.«

Hewe machte einen Bogen um seinen Bruder und gehorchte. Sym stürzte sich auf ihn, aber Hewe hatte das zu oft erlebt, um sich erwischen zu lassen. Er wich geschickt aus, und an der Tür sagte er über die Schulter hinweg zu Meg: »Ich bleib' über Nacht bei Peter. Wenn ich merk', daß Sym wieder nüchtern ist, komm' ich zurück.«

»Hewe!« schrie Meg, aber er war schon weg. Er hatte die Tür hinter sich zugezogen und ließ sie allein mit Sym, der zur Seite torkelte und gegen den Tisch prallte. Er blieb stehen, das Gewicht auf einen Arm gestützt, den Kopf gesenkt. Den anderen Arm hielt er gegen den Bauch gepreßt. Er lockerte seinen Griff, streckte die Hand aus und runzelte die Stirn, als er sah, daß sie im Licht des Feuers dunkel glänzte. »Ma.« Seine Stimme klang verwirrt. »Ich blute.«

Kapitel 13

Bei den letzten Gebeten des Tages, der Komplet, wurden den Nonnen von St. Frideswide die Unbilden der kalten Kirche erspart. Sie blieben im Gemeinschaftsraum, und als die Glocke die Stunde schlug, legten sie Bücher und Handarbeiten zur Seite, Schwester Alys löschte die Kerzen, und im sanften Schein des Feuers leitete Priorin Edith sie durch ihre Gebete.

Frevisse genoß diese kurze Zeit zwischen dem Ende der Pflichten, die jeder Tag brachte, und der Nachtruhe. Im Sommer gingen sie in der Abenddämmerung ins Bett, im Winter im Dunkeln. Wenn die Gebete heute abend auch durch Husten und Schniefen beeinträchtigt waren, vermittelten sie ihr doch wie immer ein Gefühl des Friedens nach dem vollendeten Tag und versprachen eine friedliche

Nachtruhe. Die Komplet endete, wie sie es immer tat, mit dem Satz: »Gott der Allmächtige geleite uns zur Ruhe der Nacht und dereinst zur ewigen Vollendung. Amen.«

Als sie fertig waren, nieste Schwester Lucy heftig, Schwester Perpetua hustete, bis es schien, daß sie ersticken müsse, Schwester Alys trompetete in ihr Taschentuch, und Frevisse dachte mit einem privaten Seufzer, daß eine ruhige Nacht eher unwahrscheinlich war. Aber zwei Frauen aus der Küche drängten sich geschäftig herein, mit einem Krug heißen, gewürzten Weins und Bechern und dem Brot, das vom Abendessen übriggeblieben war. Frevisse vergaß das ihr bevorstehende Leid über dem Vergnügen dieser Wärme vor dem kalten Weg durch den Kreuzgang.

Als die Zeit kam und sie sich auf leisen Sohlen und mit raschelnden Röcken zum dunklen Kreuzgang aufmachten, hätte von Rechts wegen Priorin Edith sie anführen sollen, um sie am Fuße der Treppe zum Dormitorium zu verlassen. Dann wäre sie zusammen mit ihrer Dienerin weiter den Kreuzgang entlang zu ihren eigenen Gemächern gegangen. Aber die Priorin wußte sehr gut, wie langsam sie sich dieser Tage bewegte und wie kalt die Nächte waren. Also gab sie heute ihren Nonnen die Erlaubnis, schon vorzugehen. Sie lächelte sanft und neigte den Kopf, als sie vor ihr knicksten, bevor sie zur Tür hinaus eilten, in die Dunkelheit hinein, die zwischen dem Gemeinschaftsraum und der Laterne herrschte, die am Fuß der Treppe zum Dormitorium brannte.

Sie waren bereits auf der Treppe, als sie die lärmende Menge im Hof hörten. Wo nur die dichte schwarze Stille der Nacht hätte sein sollen, waren wütende, erhobene Stimmen zu hören. Die Nonnen, die die Treppe hinaufgehastet waren, blieben stehen und wandten sich erschreckt der Quelle des Lärms zu.

»Banditen!« flüsterte Schwester Amicia. »Sie brechen ins Kloster ein! Wir werden alle vergewaltigt werden!«

Das hätte eine Panik unter den Nonnen auslösen können, aber Schwester Alys brach ebenfalls das Schweigegebot. *»Stehenbleiben!«* bellte sie, und so groß war ihre Autorität – und ihr Stimmvolumen –, daß die Nonnen wie erstarrt stehenblieben.

Schwester Fiacre machte das Zeichen für Kirche und begann sich schwach durch die Nonnen hindurchzudrängen, die ihr im Weg standen. Aber eine von ihnen war Schwester Alys, und die ließ sich nicht zur Seite drängen. Ihre große, standhafte Gestalt war wie ein Felsen, an dem sich die Flut verängstigter Frauen kraftlos brach.

Schwester Claire hob die Hand und machte Frevisse ein Zeichen. Die nickte, und die beiden gingen den Kreuzgang hinunter, auf die Pforte zu, die zum Hof führte. Schwester Alys verfolgte ihre Schritte mit solcher Konzentration, daß den anderen aufzufallen begann, in welche Richtung sie blickte. Und als sie zwei Nonnen sahen, die keine Angst hatten – die sich auf die Gefahr zubewegten –, faßten sie selber wieder Mut. Erst dann führte Schwester Alys sie in einer schweigenden, geordneten Prozession zur Kirche.

Als Frevisse und Schwester Claire bei der Klosterpforte anlangten, machte der Lärm deutlich, daß die Wut der Menge gegen das alte Gästehaus gerichtet war, nicht gegen das Kloster. Als Frevisse nach dem Riegel griff, erhoben sich die Stimmen in einer Art tierischem Triumph. Schwester Claire bekreuzigte sich. So wie das klang, würde es Verletzte geben. Frevisse hob den Riegel hoch und ging in den Hof.

Sie hielt inne, für einen Moment verwirrt vom Fackellicht, das ihr so plötzlich in die Augen schien. Da waren vielleicht ein Dutzend Männer, die in einem wirren Haufen die Tür zum alten Gästehaus belagerten. Einige trugen Fackeln, deren fieberhaftes Licht zuckte und aufflammte und fast so viel verbarg, wie es zeigte, während die Männer rangen und auf etwas in ihrer Mitte einschlugen. Mit Sicherheit erkannte Frevisse nur einen der Männer – Roger Naylor, den Verwalter. Er befand sich am Rande des Handgemenges, versuchte, die Männer zurückzuzerren und brüllte, sie sollten aufhören.

Frevisse raffte die Röcke und lief auf flinken Füßen über den Hof, wobei sie Naylors Rufe unterstützte. »Aufhören! Ihr habt kein Recht, hierzusein! Aufhören!«

Niemand achtete auf sie, aber wie angefeuert durch ihr Erscheinen drängte Naylor sich zwischen die Meute; zerrte erst einen und dann den nächsten der prügelnden Männer zurück, bis er zwischen ihnen eingekeilt war, immer noch brüllend, sie sollten aufhören. Frevisse versuchte, ihm zu folgen. Das waren Leute aus dem Dorf. Sobald ihnen klar wurde, daß Frevisse und Naylor hier waren, würden sie aufhören. Aber sie waren so wütend, daß sie auf nichts anderes achteten als auf ihr Ziel. Sie bekämpften sich gegenseitig, um zur Mitte des Kreises zu gelangen, wo weitere Männer jemanden unter sich festhielten und gebückt auf ihn einschlugen.

Naylor donnerte seine harte Faust in die Rippen eines Mannes zu seiner Linken. Der Mann umklammerte seine Fackel und taumelte nach hinten. Frevisse packte ihn am Ellenbogen, drückte seinen Arm hoch, um die Flammen von ihrem Gesicht fernzuhalten, schüttelte ihn und fragte scharf: »Wie könnt ihr es wagen, hierherzukommen und unsere Gäste anzugreifen?« Der Mann gaffte sie an, sah mit einem einzigen Blick, wer und was sie war, riß sich los und zog sich zurück. Er warf die Fackel auf das Kopfsteinpflaster, bevor er sich umwandte und tapsig in die Dunkelheit hineinrannte.

»Naylor!« rief Frevisse. »Alles in Ordnung?«

Naylor war zu beschäftigt, um zu antworten. Er packte einen anderen Mann am Kragen, zerrte ihn zurück und griff nach einem dritten. Der erste Mann versuchte taumelnd, sein Gleichgewicht wiederzufinden, und ging dann knurrend auf Naylors Rücken los. Frevisse machte einen Schritt nach vorn und trat ihm hart ins Knie. Ihre Röcke behinderten sie, und der Tritt ließ ihn taumeln, ohne ihn zu Fall zu bringen. Er fuhr herum und ging, rasend vor Wut, mit geballter Faust auf sie los. Frevisse riß den Arm hoch, aber Furcht ließ seinen Zorn erlöschen, bevor er zuschlagen konnte. Er drängte sich zurück und murmelte: »Vergebung, Mylady, Vergebung.« Beim Davonlaufen brüllte er: »Vorsicht, Männer! Die Nonnen sind da!«

»Und Meister Naylor hättet ihr auch zur Kenntnis nehmen können«, sagte Frevisse beißend. Der Mann hörte sie nicht.

Die abgelenkten Männer begannen von ihrem Opfer abzulassen und zogen sich zurück, unterstützt von einigen letzten Stößen und Flüchen von Naylor. »Das reicht, verdammt sollt ihr sein«, knurrte er. »Zurück. Ihr habt genug angerichtet.«

»Mehr als genug«, sagte Schwester Claire. Frevisse wurde sich plötzlich bewußt, daß Schwester Claire direkt hinter ihr stand. Jetzt schob sie sich durch die Menge, mit gezügeltem Zorn und unerschütterten Nerven. Sie wurde bereitwillig durchgelassen und kniete neben dem Mann nieder, auf den sie eingeschlagen hatten.

Er hatte sich zu einer Kugel zusammengerollt, und als er Schwester Claires Stimme hörte, richtete er sich wachsam auf. Naylor riß jemandem eine Fackel aus der Hand und hielt sie für Schwester Claire, damit sie den Mann besser sehen konnte.

Mit Bestürzung erkannte Frevisse, daß es Ellis war. Aber er schien kaum verletzt zu sein. Seine Wange war blutverschmiert, und aus einer unter seinem Haar verborgenen Schnittwunde rann Blut. Er preßte eine Hand auf den Hinterkopf und die andere Hand auf seine Rippen, aber er sah mit einer Grimasse zu Schwester Claire auf und sagte: »Gott sei Dank waren es so viele. Sonst hätten sie ihr Ziel vielleicht erreicht.«

»Laß mal sehen«, befahl Schwester Claire und zog die Hand weg, die er auf seine Seite gedrückt hielt.

Frevisse ließ sie ihre Arbeit machen und fuhr die Männer, die um sie herumstanden, schonungslos an: »Also, was sollte das? Wieso kommt ihr hierher und legt Hand an einen Gast des Klosters?«

Der Mann, der sie fast geschlagen hätte, ein stämmiger Kerl mit stumpfem Gesicht und unverblümtem Benehmen, antwortete: »Er ist mit dem Messer auf den jungen Sym losgegangen. Wir wollten ihn erwischen, bevor er abhaut.«

»Ihr habt ihn bis ins Kloster verfolgt?«

»Verfolgt, ich will verdammt sein«, sagte Ellis. Er zuckte zusammen, als Schwester Claire seine Rippen abtastete. »Sie haben mich aus dem Gästehaus gezerrt. Wo ich lange vor Sonnenuntergang war. Ich war nicht einmal in der Nähe von diesem Sym.«

»Ein Schauspieler hat es getan, hat seine Mutter gesagt. Sym hätt' das gesagt, meinte sie. Und mit dir hatte er heute morgen Streit«, sagte der Mann.

»Das bedeutet noch lange nicht, daß ich es getan habe.« Ellis verzog das Gesicht, als Schwester Claire sein Haar zur

Seite strich, um sich die Wunde anzusehen. »Ich habe das Gästehaus heute abend nicht verlassen, und ich habe niemanden mit dem Messer verletzt.«

»Nein«, sagte Joliffe mit leidenschaftsloser Arroganz. »Aber ich wahrscheinlich.«

Er stand in der Tür des Gästehauses, Dunkelheit hinter sich und das rote Flackern des Fackelscheins vor sich. Es beleuchtete seine feingeschnittenen Züge und ließ sie wieder ins Dunkel zurückfallen. Er fügte hinzu, als wäre er leicht amüsiert: »Aber ihr kamt so plötzlich herein und habt so schnell zugepackt, ohne uns einen Grund zu nennen, daß ich kaum Gelegenheit hatte, das zu sagen, nicht wahr?«

»Bastard! Du Schwein –« sagte der stumpfgesichtige Mann und machte Anstalten, auf ihn loszugehen.

Roger Naylor trat vor den Mann, sah Joliffe an und sagte das, was Frevisse auch durch den Kopf gegangen war. »Also, was soll das bedeuten? Wieso sagst du so eine närrische Sache wie, du wärst es ›wahrscheinlich‹ gewesen? Du siehst nicht so betrunken aus, als wüßtest du nicht, ob du mit dem Messer auf jemanden losgegangen bist oder nicht.«

»Ich bin überhaupt nicht betrunken«, antwortete Joliffe. Frevisse hatte gesehen, wie er den Mund zusammengepreßt hatte, als er die Beleidigung des Bauern hörte, aber sein Ton war ebenso beiläufig wie zuvor. Nur das gefährliche Glitzern in seinen Augen sagte ihr, daß er genau wußte, was er tat, wenn er den Zorn der Männer von Ellis ab und auf sich lenkte. »Ich bin in dieses kleine Rattenloch von einer Bierschenke gegangen, aber ich hatte mich kaum hingesetzt, als dieser euer Sym beschloß, daß er mich nicht dort haben wollte. Ich hatte gar keine Gelegenheit zum Trinken.«

»Und warum sollte er etwas gegen deine Anwesenheit haben, wo er sich doch heute morgen mit dem da gestritten hat?« verlangte Naylor zu wissen und wies auf Ellis.

»Vielleicht wegen des Mädchens, an dessen Tisch ich saß. Sie hatte nichts dagegen. Er schon.«

Ellis wich Schwester Claires tastenden Händen aus und fragte indigniert: »Darum warst du also so versessen darauf, hinzugehen? Das hast du gemacht, während ich ihn heute morgen auf den Topf gesetzt habe? Du hast dich mit ihr verabredet?«

Joliffe zuckte die Achseln. »Sie sagte, sie würde heute abend dort sein. Sie meinte, es würde ihr nichts ausmachen, wenn ich auch käme. Also ging ich.«

»Aber Sym hatte etwas dagegen«, sagte Frevisse.

»Durchaus.« Joliffes Ton war ebenso trocken. »Und er hatte genug Bier intus, um das aufzuwiegen, was ich nicht trinken konnte. Er ließ sich nichts sagen, weder von mir noch von dem Mädchen, und als ich aufstand, um zu gehen, ging er auf mich los.«

»Also hast du deinen Dolch gezogen, um dich zu verteidigen«, sagte Naylor.

»Ich habe meinen Dolch überhaupt nicht gezogen. Dazu war keine Zeit. Er hatte sein Messer gezückt, als er auf mich losging, und ich packte ihn am Handgelenk und hielt ihn fest, das ist alles. Wir torkelten umher, stolperten über eine Bank und drehten uns beim Fallen, so daß er unten zu liegen kam. Ich sprang hoch, sagte seinen Freunden, sie sollten ihn am besten festhalten, bis ich weg wäre, und dann bin ich gegangen.«

»Und kamst hierher zurück«, sagte Naylor.

Joliffe zögerte und bestätigte dann: »Und kam hierher zurück.«

»Oder hast ihm im Dunkeln aufgelauert und auf ihn eingestochen!« brüllte jemand aus der Menge.

»Das hätte ich tun können«, erwiderte Joliffe ebenso lautstark. »Aber ich habe es nicht getan.«

»Leicht gesagt!« schrie ein anderer. Von Ellis waren sie abgebracht worden, aber sie lechzten immer noch nach Vergeltung, und Joliffe war ihnen ebenso recht wie jeder andere Fremde. Frevisse schob sich unauffällig seitlich an jemandem vorbei, in der Absicht, sich zwischen Joliffe und die Männer zu stellen. Aber Naylor ging offener vor und stellte sich direkt in den freien Raum zwischen Joliffe und den Dörflern. Mit vor Zorn erhobener Stimme sagte er ebenso laut wie die Männer: »Und ihr begreift besser, daß außer Reden absolut nichts passieren wird, bis wir die Gelegenheit gehabt haben, Sym selbst zu befragen. Wer von euch war in der Schenke und kann bezeugen, ob es stimmt, was der Mann hier bis jetzt gesagt hat?«

Durch Grummeln und Treten von einem Fuß auf den anderen bezeugten sechs der Männer, daß sie dort gewesen waren.

»Also?« verlangte Naylor zu wissen. »War es so, wie er gesagt hat? Sym ist auf ihn losgegangen, es gab einen Kampf, sie fielen hin, und dann ist er gegangen?«

Die Männer rückten nervös hin und her, sahen einander an und stießen sich gegenseitig die Ellenbogen in die Rippen, bis endlich einer von ihnen sagte: »Ja. So war's. Genau wie er gesagt hat.«

Frevisse stand jetzt an Naylors Seite, zwischen der aufgebrachten Menge und Joliffe. Es war ein ungeschützter Ort, dieser kleine, von Fackeln erleuchtete Raum zwischen einem Mann und den herandrängenden, vor Wut harten Gesichtern, aber sie ließ ihre Stimme ebenso kräftig und furchtlos klingen wie Naylor, als sie fragte: »Also hatte Sym das Messer immer noch in der Hand, als er aufstand?«

Einer der Männer erriet, worauf sie hinauswollte. »Das stimmt. Er hatte es immer noch. Er hat es in die Scheide zurückgesteckt, das weiß ich noch.«

Allgemeines Nicken bestätigte seine Worte.

»Also, was immer auch geschehen sein mag, wenn er zu dem Zeitpunkt verletzt wurde, war es ein Unfall«, sagte Frevisse, »den Sym selbst verursacht hat.«

Auch darauf gab es ein Nicken, und zwar von der ganzen Gruppe. Aber dann sagte der stumpfgesichtige Mann: »Also hat er es vielleicht später getan, draußen, im Dunkeln.«

Die Menge ließ sich nur zu gern überzeugen. Ein neues Grollen der Wut war zu hören. Schnell drehte sich Frevisse zu Joliffe um und sagte: »So sagt uns denn, wo Ihr wirklich wart, nachdem Ihr die Schenke verlassen habt. Ihr seid nicht sofort ins Kloster zurückgekommen.«

Sie hatte nur geraten, doch sie kannte Joliffes Gesicht bereits gut genug, um trotz seiner Selbstbeherrschung erkennen zu können, daß sie richtig geraten hatte. Sie wußte nur, daß er ihr Gesicht sehen konnte und versuchte, ihm durch pure Willenskraft begreiflich zu machen, daß sein Leben davon abhängen konnte, ihre Frage wahrheitsgemäß zu beantworten; und möglicherweise auch das Leben von Naylor und Ellis. Sie selbst und Schwester Claire waren fast mit Sicherheit nicht in Gefahr, sie würden nur zur Seite gestoßen werden, wenn der Kampf wieder losging. Aber sie hielt Naylor nicht für einen Mann, der Joliffe kampflos der Menge überlassen würde. Und Ellis war bereits mittendrin.

Joliffe begegnete ihrem Blick und verstand. Oder er wußte ebensogut wie sie, was auf dem Spiel stand. Mit einem Hang zum Überleben und einer Vorliebe für trockenen Humor antwortete er: »Als ich die Schenke verließ, eilte ich in die Arme des hübschen Mädchens. Sie war gegangen, als Sym unangenehm wurde, und wartete unter der Kirchentür auf mich. Wir sahen ihn vorbeitorkeln. Er war auf dem Weg nach Hause, nehme ich an. Unglücklicherweise«, fügte er unbekümmert hinzu, scheinbar ohne die Unruhe der Männer und ihr drohendes Gemurmel wahrzunehmen, »konnte ich dem Mädchen außer Küssen und süßen Worten nichts entlocken, aber wir standen so lange dort, daß sogar Sym es inzwischen geschafft haben müßte, zu Hause anzukommen.«

»Und das kann Meister Naylor morgen nachprüfen«, warf Schwester Claire ein, bevor irgend jemand noch etwas vorbringen konnte. »Heute nacht kann er den Mann einschließen und fertig, aber wenn ein Verletzter im Dorf ist, brauchen Schwester Frevisse und ich eine Eskorte dorthin. Wie schlimm ist die Wunde?«

Die Männer sahen sich unsicher an und traten von einem Bein aufs andere. Schwester Claire erhob sich mit angeekelter Miene, aber es war Naylor, der mit deutlich erkennbarer Verärgerung sagte: »Ihr kommt hier angestürmt, stört unseren Frieden und schlagt unsren Gast zusammen, ohne auch nur zu wissen, wie schlimm die Verletzung ist? Ihr habt keine Ahnung, wie schwer verletzt er ist?«

Einer der Männer zuckte die Achseln und murmelte: »Meg is' in die Schenke gekomm'n und hat gesagt, Sym wär' von einem dieser Gaukler angestochen wor'n. Und wir –« er sah seine Kumpel an. »Wir hab'n noch 'n paar Leute zusamm'ngetrommelt und sind hierher, um sicherzugeh'n, daß der Mann nich' abhaut, ohne die Zeche bezahlt zu hab'n.«

»Nur, daß ihr euch nicht die Mühe gemacht habt, den Richtigen zu erwischen, und selbst wenn, der hatte es auch nicht getan«, schnappte Naylor. »Schöne Trottel habt ihr aus euch gemacht, das muß ich schon sagen.«

Ihre Blicke verrieten, daß sie ihm zustimmten. Ellis war auf die Beine gekommen und stellte sich jetzt neben Joliffe, der immer noch in der Tür stand. Schwester Claire sagte: »Also, das wäre geklärt. Aber wir müssen immer noch ins Dorf. Wer ist be …«

Aber sie wurde unterbrochen. Vom Klostertor her kamen Fackellicht und Stimmen. Alle Blicke wandten sich dorthin, als weitere vier Männer aus dem Dorf schwerfällig hereingetrampelt kamen. Sie trugen ein Stück Zaun, auf dem ein mit einer Decke bedeckter Körper lag. Meg ging nebenher. Sie war unsicher auf den Beinen, klammerte sich an Hewe und stützte sich auf ihn. Sein von Tränen gezeichnetes Gesicht war schneeweiß und wie betäubt. Hinter der traurigen kleinen Gruppe kam Vater Henry, den Kopf im Gebet gesenkt. Es war klar, wer unter der Decke lag, und so fragte auch niemand.

Kapitel 14

Naylor, geschäftsmäßig im Angesicht des Todes, sagte: »Wir können ihn in den hinteren Kuhstall bringen. Der ist leer, und dort wird er sich halten, bis der Crowner kommt.«

Es war Sache des Königs, wenn einer seiner Untertanen auf unerklärliche oder gewaltsame Art zu Tode gekommen war. Sein Stellvertreter in solchen Angelegenheiten, der Crowner, mußte gerufen werden, sich umsehen, Fragen stellen und Beweise sammeln, bis er überzeugt war, die Fakten zu kennen. Wenn es einen Schuldigen gab, verhaftete er ihn. Wenn es ein Unfall gewesen war oder eine natürliche Todesursache vorlag, wurden die Zeugen entlassen, um weiter ihren eigenen Angelegenheiten nachzugehen. Sym konnte erst begraben werden, wenn der Crowner seine Leiche begutachtet hatte.

Es war eigentlich Brauch, daß der Leichnam in der Dorfkirche aufgebahrt wurde, aber zur Zeit gab es im Dorf keinen Priester, und einer von Lord Lovels Bauern gehörte nicht in die Klosterkirche. Im Grunde wäre sowieso Lord Lovels Verwalter für die ganze Sache zuständig gewesen, aber der Besitz war groß, und niemand wußte, wo der Verwalter sich gerade aufhielt. Es würde Zeit kosten, ihn zu benachrichtigen, und er und Naylor hatten seit langer Zeit die Gewohnheit, sich gegenseitig auszuhelfen, wenn einer von beiden Hilfe brauchte oder unterwegs war.

Also war zur Zeit das Kloster der richtige Ort für Syms Leichnam. Aber Frevisse sagte mit ruhiger Autorität, die der von Naylor nicht nachstand: »Legt ihn lieber ins neue Gästehaus. Dort können wir besser tun, was getan werden muß.« Und besser das Gästehaus als ein Kuhstall.

Schwester Claire war zu Meg gegangen und murmelte ihr etwas ins Ohr, mit dem tiefen, bereitwilligen Mitgefühl, das sie jedem Menschen schenkte, der irgendwie Schmerzen litt. Aber der stumpfgesichtige Mann war noch nicht zufrieden und rief laut, immer noch gewillt, Unruhe zu stiften: »Also ist es jetzt vielleicht Mord.«

»Ach, Jankyn, laß gut sein für heute«, sagte jemand. Aber andere grölten.

Ellis und Joliffe standen immer noch gemeinsam im Türrahmen. Frevisse betete, daß sie genug Verstand haben würden, ins Gästehaus zu gehen und die Tür zu verriegeln, falls sie Lage wieder anfing, bedrohlich zu werden.

Aber die gewalttätige Stimmung war vorbei. Da war nur noch das grollende Bewußtsein von erlittenem Unrecht und der Wunsch, eine Erklärung zu bekommen. Frevisse ging zu

Meg hinüber, sorgsam bemüht, es gemächlich zu tun, nahm ihre Hand – die trocken, schwielig und schlaff war – und fragte: »Was hat dein Sohn über seine Verletzung gesagt? Hat er gesagt, wer es getan hat?«

Meg hob nicht den Kopf. In einem fernen, müden Ton antwortete sie: »Er hat gesagt, der Schauspieler hätte ihn mit dem Messer verletzt. In der Schenke. Das war alles, was er gesagt hat. Wieder so eine unsinnige Schlägerei. Barnaby ist auch immer in so was geraten. Sym hat immer Schlägereien angefangen, wie sein Vater.«

Ihre Stimme erstarb, aber sie hatte genug gesagt. Naylor erhob die Stimme und rief: »Da. Ihr habt es gehört. Es ist in der Schenke passiert, bei dem Kampf, und einige von euch waren dabei und haben gesehen, was geschah. Sie wissen, daß niemanden eine Schuld daran trifft, außer Sym selbst. Ihr könnt nichts mehr tun. Wartet, bis der Crowner kommt. Geht nach Hause. Es ist eine kalte Nacht, zu kalt zum Herumstehen.«

Die Männer, die ihre Entschlossenheit verloren hatten und sich der späten Stunde und der Kälte bewußt wurden, verschwanden einer nach dem anderen durch das Klostertor. Die vier Männer, die Syms Leichnam trugen, warteten darauf, daß Vater Henry ihnen ins neue Gästehaus voranging. Meg sah Schwester Claire an, die sagte: »Du kommst mit mir, Meg. Du kannst heute nacht hierbleiben. Du brauchst heute nacht nicht in dein Haus zurückzukehren, nicht ganz allein.«

»Aber Hewe«, fragte Meg vage und sah sich um.

»Ich kümmere mich um ihn«, versprach Frevisse. Der Junge stand immer noch auf derselben Stelle, wo er stehengeblieben war, wie betäubt, zur Zeit über Tränen hinaus. Meg sah ihn nicht an, nickte nur und ließ sich von Schwester Claire wegführen, auf die Klosterpforte zu, aus der vorsichtige Köpfe hinausspähten, jetzt, nachdem der Aufruhr vorüber war.

»Am besten erzählt ihr Priorin Edith, was geschehen ist«, sagte Frevisse.

Schwester Claire nickte. Die neugierigen Gesichter verschwanden mit ihr und Meg im Kloster, und jetzt wurde der Hof nur noch von dem Licht beleuchtet, das aus der offenen Tür der Gästehalle in den Hof fiel, und von einer Laterne, die neben dem Aufsteigeblock stand. Naylor griff nach der Laterne und hielt sie so, daß der gelbe Lichtschein auf die Gesichter von Joliffe und Ellis fiel, die immer noch in der Tür standen.

»Ihr habt mehr Glück gehabt, als ich für möglich gehalten hätte«, sagte er. »Aber ihr dürft diesen Ort nicht verlassen. Meister Montfort wird mit euch reden wollen, wenn er kommt.«

»Sie werden bleiben«, sagte Frevisse. »Sie haben ein krankes Kind, und sie sollen morgen oder übermorgen ein Stück für uns aufführen.«

Naylor bezeugte mit einem Nicken seine Zustimmung und wandte seine Aufmerksamkeit ihr zu. »Ihr wart allzu kühn, als Ihr es gemeinsam mit mir mit diesen Männern aufnahmt. Aber ich danke Euch für Eure Hilfe.«

Seine Ehrlichkeit überraschte Frevisse so, daß sie offen antwortete. »Ihr wart selbst recht kühn. Ich konnte Euch nicht allein dort stehen lassen. Außerdem war es noch nicht die blinde Wut eines Mobs, der ohne Nachdenken tötet. Ihr Zorn richtete sich gegen einen bestimmten Mann, und sie waren noch fähig, eine Nonne zu erkennen, wenn sie eine sahen. Ich hielt es für ungefährlich genug.«

»Eure Vorstellung von ungefährlich ist etwas großzügiger

als die der meisten anderen Leute«, meinte Naylor. »Gut, ich mach' jetzt meine Runde zu Ende und gehe nach Hause, wenn Ihr nichts dagegen habt, Mylady.«

Frevisse nickte, und er machte sich auf den Weg. Die Laterne nahm er mit. Frevisse ging zu Hewe hinüber und ergriff seinen Arm. »Dir ist kalt«, sagte sie. »Komm jetzt mit hinein. Du mußt uns nicht auch noch krank werden, nach allem, was passiert ist.«

Er kam mit, weniger weil ihre Worte ihm einleuchteten, sondern weil er im Augenblick alles getan hätte, was ihm gesagt wurde. Joliffe und Ellis warteten immer noch in der Tür, und Bassett stand jetzt neben ihnen. Sie alle zogen sich zurück, als Frevisse Hewe hereinbrachte, und folgten ihnen, als sie ihn durch die Halle zur hinteren Feuerstelle führte, wo Rose gerade Holz aufs Feuer legte. Piers, der offenkundig den Befehl erhalten hatte, sich nicht von der Stelle zu rühren, was auch immer geschah, spähte hellwach und mit mißtrauischer Neugier unter seinen Decken hervor. Aber sie wußten, daß die unmittelbare Gefahr vorüber war. Nur Roses Bewegungen verrieten etwas von ihrer Anspannung. Sie sah Hewe an und warf dann einen fragenden Blick auf Frevisse.

Es war reiner Instinkt gewesen, ihn zu Rose zu bringen. Als Barnaby verletzt hier lag, hatte niemand ihn besucht. Frevisse hatte keine Ahnung, wer von den Dörflern ihn heute nacht aufnehmen könnte. Vater Henry hatte genug damit zu tun, sich um Syms Körper und seine Seele zu kümmern, und wenn sie Hewe den Klosterbediensteten übergab, würden sie ihm keine Ruhe lassen und ihn ausfragen. Nur Rose schien übrigzubleiben. Frevisse erklärte: »Sein Vater ist gestern begraben worden. Nun ist sein Bruder tot. Schwester Claire kümmert sich um seine Mutter, und ich glaube nicht, daß es irgend jemanden gibt, zu dem er gehen könnte.«

Rose sah Hewe einen Augenblick lang prüfend an, dann nickte sie. »Er ist hier willkommen. Setzt ihn dicht vors Feuer. Er sieht aus, als könnte er etwas Wärme gebrauchen.«

Über ihre Köpfe hinweg antwortete Joliffe auf eine Bemerkung von Bassett. »Du wärst ein Dummkopf gewesen, wenn du mir gefolgt wärst. Es war meine Angelegenheit. Und wenn ich die Sache mit den Stoffeln nicht hätte klären können, wenn es für mich und Ellis daneben gegangen wäre, hätten Rose und Piers dich wahrlich gebraucht.« Laut fragte er: »Also was ist im Topf, Rose? Ist das mein Abendessen?«

»Du hast für heute schon genug gehabt, mein Junge«, sagte sie und reichte Hewe die Schüssel.

Er blinzelte Rose unsicher an, ohne die Schüssel zu nehmen. »Mein Bruder ist tot«, sagte er.

All die Sanftmut, die sie ihren eigenen Männern nicht gezeigt hatte, war in Roses Stimme, als sie antwortete: »Ich weiß.« Sie hockte sich vor ihm hin. »Und das ist eine über alle Maßen traurige Geschichte. Aber deine Mutter wird dich brauchen, und du mußt mit dem Zittern aufhören, sonst wirst du noch krank, und das wäre auch schade. Hier, nimm.«

Sie hielt ihm den Löffel vor den Mund. Und er öffnete ihn gehorsam, als wäre er nicht älter als Piers. Rose warf über seine Schulter hinweg einen Blick auf Ellis, der nach einem Umhang griff und ihn über die zusammengekauerte Gestalt des Jungen breitete, während Rose ihm einen weiteren Löffel einflößte.

Frevisse zog sich zurück. Für Hewe war gesorgt; jetzt wollte sie nachsehen, ob Schwester Claire Hilfe brauchte.

Sie stellte fest, daß Schwester Claire noch in der Krankenstation war und neben Meg auf der Kante eines der Betten saß. Schwester Claire erhob sich, als Frevisse hereinkam, aber Meg sah nicht einmal auf. Sie saß nur weiterhin zusammengesunken dort, mit trockenen Augen, die Hände in ihrem angespannten Schoß eng zusammengepreßt.

»Sie wird heute nacht hierbleiben«, sagte Schwester Claire und ging zu Frevisse hinüber. »Es hat wenig Sinn, sie allein nach Hause zurückkehren zu lassen.«

Frevisse nickte zustimmend, aber Meg rappelte sich auf und fragte: »Hewe?«

»Er ist bei Freunden«, sagte Frevisse. »Er hat es warm und bekommt zu essen. Es geht ihm gut.« Fast wäre sie hingegangen, um die Hände der Frau in die ihren zu nehmen, irgendeine Art von Kontakt herzustellen und sicherzugehen, daß sie genug bei sich war, um sie zu verstehen. Aber stattdessen fragte sie Schwester Claire: »Sie braucht Ruhe. Werdet Ihr ihr etwas geben?«

»Den stärksten Schlaftrunk, den ich brauen kann. Dann werde ich bei ihr bleiben, bis sie fest eingeschlafen ist.«

Meg sah nicht einmal auf, als diese Unterhaltung über ihren Kopf hinweg stattfand. Sie hatte innerhalb von kaum drei Tagen ihren Mann und ihren Sohn verloren. Und es hatte nicht einmal eine Krankheit gegeben, die sie hätte vorwarnen können. Schlaf würde helfen, aber das würde die volle Wucht der Trauer nicht aufhalten, die kommen würde, wenn die erste Betäubung des Schocks nachließ.

Megs starrer Blick wanderte von ihren Händen zu Schwester Claire. Sie sagte hoffnungsvoll: »Er hatte Angst. Sym, mein' ich. Er sagte, er hätte Angst zu sterben. Also half ich ihm, zu sagen: ›O Herr, mein Gott, ich bereue aus tiefstem Herzen, daß ich gesündigt habe‹, wie vor der Beichte.

Er hat es langsam und gut gesagt, unter Tränen. Und er hat die Heilige Jungfrau um Hilfe gebeten. Er wollte in den Himmel kommen, bevor er starb, genau wie er sollte. Ich hab ihn im Namen Gottes gesegnet, bevor ich Hilfe holen ging. War das genug? Wird es in Ordnung sein?«

»Wenn es so war, wie du es mir gerade erzählt hast, ist seine Seele gerettet«, versicherte Schwester Claire. »Alle, die um Gottes Gnade bitten, erhalten sie. Du hast gut getan, ihn daran zu erinnern und mit ihm zu beten. Er ist jetzt in Sicherheit.«

Meg nickte und sah wieder auf ihre Hände hinunter. »Er ist jetzt in Sicherheit«, murmelte sie.

Mit gesenkter Stimme sagte Schwester Claire zu Frevisse: »Bitte rede mit ihr, während ich den Schlaftrunk mische.«

»Ja«, sagte Frevisse, die das lieber vermieden hätte. Meg sah sie an und fragte wieder, in unsicherem, besorgten Ton: »Es war doch genug? Es wird ihm wirklich gutgehen? Vater Clement hat mal gesagt, als die Pest umging und er nicht überall gleichzeitig sein konnte, daß das unter bestimmten Umständen genug sei. Sym wird es doch gutgehen?«

»Es geht ihm gut«, versicherte Frevisse. »Er ist glücklich und ruht in Frieden.« Syms Leichnam lag leer unter einer Decke, aber Schwester Claire hatte recht. Wenn seine Mutter getan hatte, was sie gesagt hatte, war seine Seele gerettet. Zumindest von diesem Kummer konnte sie die Frau befreien. »Du hast getan, was du konntest. Vater Henry wird eine richtige Messe für seine Seele lesen, und das kann nur helfen. Also mach dir keine Sorgen. Wie ist das passiert?«

Meg regte sich ein wenig. »Es war eine Schlägerei. Wieder eine seiner Prügeleien. In der Schenke, hat er gesagt. Mit einem der Schauspieler. Er hat nicht einmal gewußt, daß er verletzt war, bis er zu Hause war. Er war so überrascht, er guckte hin, und da war Blut. Ich hab' dafür gesorgt, daß er sich hinlegte. Auf meinem Bett. Ich sah mir die Wunde an, und ich hatte Angst, und das machte ihm angst, und er fing an, nach dem Priester zu betteln, weil er nicht sterben wollte, ohne gebeichtet zu haben. Er hatte solche Angst.« Ihre Stimme und ihr Gesicht spiegelten diese Angst wider, sie durchlebte sie noch einmal. Frevisse tätschelte ihr die Schulter, ohne mit der Seele dabeizusein. Meg sprach weiter, unfähig, von dem loszukommen, was ihr ständig durch den Kopf ging. »Ich habe ihn erst allein gelassen, als ich alles getan hatte, was ich konnte. Mir fiel wieder ein, was Vater Clement gesagt hatte, und genauso hab' ich es gemacht. Aber es war sonst niemand da, also mußte ich ihn alleinlassen. Um Hilfe zu holen. Aber jetzt ist er in Sicherheit. Keine Schmerzen mehr. Keine Wutanfälle. Er ist doch in Sicherheit?«

»Er ist in Sicherheit«, wiederholte Frevisse und wünschte, Schwester Claire würde sich beeilen.

Meg machte Anstalten, sich zu erheben. »Ich muß gehen und bei ihm wachen. Er darf heute nicht alleinbleiben.«

Frevisse legte die Hand auf Megs kalten Arm und drückte sie wieder aufs Bett. »Vater Henry ist bei ihm. Er wird die ganze Nacht bei ihm beten. Morgen ist noch Zeit genug. Heute nacht wirst du hierbleiben.«

Meg sah sich um. »Hier?«

Schwester Claire kam mit dem Becher und der Arznei, die darin war. »Du wirst hierbleiben und wirst das hier trinken.«

Meg nahm den Becher und starrte hinein, ohne zu trinken. »Hier ist es ganz anders als überall sonst.«

»Trink jetzt«, sagte Schwester Claire.

Gehorsam trank Meg ein wenig, und dann sagte sie, während sie wieder in die dunkle Flüssigkeit starrte: »Sie haben mich dazu gebracht, ihn zu heiraten. Und dann war Sym genau wie er. Genau wie er.« Sie hob den Blick zu Schwester Claire auf. »Ich kann hierbleiben?«

»Heute nacht zumindest. Trink alles aus.«

Meg tat es, mit einem langen, tiefen Zug.

»Jetzt leg dich hin«, sagte Schwester Claire, »und schlaf. Das ist es, was du jetzt zu tun hast.«

»Hewe?«

»Hewe ist im Gästehaus bei Freunden«, wiederholte Frevisse geduldig. »Sie kümmern sich um ihn.«

Megs Augen schlossen sich. »Er tut niemandem weh. Er ist nicht wie sein Vater. Er wird keine Schwierigkeiten haben.« Ihre Augen schlossen sich, und ihre gleichmäßigen Atemzüge verrieten, daß sie eingeschlafen war, noch während sie zusahen, wahrscheinlich ebenso vor Erschöpfung wie durch Schwester Claires Arznei.

Am nächsten Tag hielt sich die klare Witterung, und die Kälte ebenfalls. Die Gottesdienste waren getrübt durch Schniefen und die Kapitelversammlung durch Gehuste. Und Frevisse, die ihre Erkältung fast überwunden geglaubt hatte, mußte feststellen, daß sie zurückgekehrt war. Wahrscheinlich lag es am mangelnden Schlaf und der Tatsache, daß sie in der eisigen Nacht draußen gewesen war. Mit dem Taschentuch in der Hand ging sie ihren Pflichten nach, bis Vater Henry sie abfing, als sie, vom alten Gästehaus kommend, den Hof überquerte und auf das Kloster zuging.

»Schwester Frevisse«, sagte er, »Schwester Claire bittet Euch, zu ihr ins neue Gästehaus zu kommen.«

Zu sehr von ihrer laufenden Nase und ihren Gliederschmerzen in Anspruch genommen, um nach dem Grund zu fragen, nickte sie nur mit einem resignierten Seufzer, drehte sich um und ging mit ihm zurück über den Hof und die Steinstufen hinauf in das neue Gästehaus. Es war für höhergestellte Besucher gebaut worden, hatte abgetrennte Schlafkammern und eine eigene Küche.

Lebendig hätte Sym es wahrscheinlich nie betreten. Jetzt lag er aufgebahrt auf einem der auf Böcke gestellten Tische, eine Decke unter sich. Schwester Claire war dort, neben sich eine Schüssel mit heißem Wasser, das in der kalten Luft dampfte. Ein Haufen sauberer Lappen und ein gefaltetes, mit Wachs behandeltes Tuch zum Einhüllen der Leiche zeigte, daß sie gekommen war, um den Toten zu waschen und für die Bestattung vorzubereiten, so gut es ging, bevor der Crowner kam.

»Wo sind seine Mutter und sein Bruder?« fragte Frevisse.

»Der Junge ist bei den Schauspielern. Meg schlief noch, als ich sie verließ«, antwortete Claire. »Was ganz gut ist.« Sie wies mit einer kleinen Geste auf den Leichnam. »Es gibt da ein Problem.«

Sie hatte angefangen, den Toten auszuziehen, um ihn zu waschen, wahrscheinlich mit Vater Henrys Hilfe, war aber nicht weitergekommen als bis zur Entfernung von Wams und Hemd. Syms Brustkorb und seine Rippen waren entblößt, und die ausgefranste Schnittwunde an der rechten Seite seiner Hüfte, die mit getrocknetem schwärzlichem Blut verschmiert war, war deutlich zu sehen. In Frevisses Augen war es nicht mehr als ein flacher Kratzer, den Sym in der Hitze des Gefechts und seiner Wut sehr wohl zunächst gar nicht bemerkt haben konnte.

Es war die andere Wunde, die kleinere, links, zwischen den unteren Rippen, eine Wunde, die fast nicht geblutet hatte, die Frevisses Aufmerksamkeit fesselte, sobald sie sie sah. Sie sah hin und konnte den Blick nicht abwenden. Ihr Kopf wußte Bescheid, aber sie war noch nicht bereit, sich die Bedeutung dieser Wunde einzugestehen. Erst nach einer langen Pause sagte sie, in dem Wissen, daß Schwester Claire es ebensogut wußte wie sie: »Das ging ins Herz.«

»Direkt ins Herz«, stimmte Schwester Claire zu.

»Und wenn es so war ...«

Sie sprach den Satz nicht zu Ende. Dazu bestand kein Anlaß. Der Dolchstoß einer Klinge, die ins Herz gestoßen und wieder herausgezogen wurde, wobei kaum Blut geflossen war, mußte Sym fast auf der Stelle getötet haben. Er wäre zu Boden gestürzt und wahrscheinlich tot gewesen, bevor er unten angekommen war.

KAPITEL 15

Vater Henry sah erst Frevisse an und dann Schwester Claire. »Das begreife ich nicht.«

Frevisse wartete darauf, daß Schwester Claire etwas sagen würde, aber die starrte nur weiterhin auf den toten Sym, brütete über einen Tod, den es nicht hätte geben dürfen. Endlich erkundigte sich Frevisse, anstatt die Frage des Priesters zu beantworten: »Ihr wart gestern abend im Dorf, als Meg Hilfe holen ging?«

»Eine der Frauen war krank und hatte nach mir geschickt, und –« Vater Henry verriet leichte Verlegenheit, »– und ich kehrte in der Schenke ein, bevor ich ins Kloster zurückkehrte. Um mich aufzuwärmen. Es war kalt draußen.«

»Und Meg kam ins Wirtshaus und sagte, Sym sei verletzt?«

Vater Henry nickte. »Ganz verängstigt war sie, und froh, mich zu sehen. Sie sagte den Männern, ihr Junge sei verletzt, der Schauspieler hätte ihn niedergestochen. Sie brauchte Hilfe. Und dann sah sie mich und bat mich, zu kommen.«

»Sie hatte Syms Bruder bei ihm gelassen und war gegangen, um Hilfe zu holen?«

»Der andere Junge war nicht da. Sie hatte Sym allein lassen müssen. Auch deswegen hatte sie solche Angst. Weil sie ihn ganz allein gelassen hatte. Sie sagte immer wieder, wir müßten uns beeilen, sonst wäre er ganz allein.«

Schwester Claire hob die Augen von dem Leichnam. »Er muß fast sofort tot gewesen sein. Er dürfte fast nichts gespürt haben.«

Frevisse hob die Hand des Jungen hoch. Oder war er alt genug gewesen, um ein Mann genannt zu werden, fragte sie sich. Die Stille des Todes machte sein Gesicht jünger und verletzlicher, als sie es in Erinnerung hatte. Nicht, daß es jetzt noch eine große Rolle spielte. Jung oder alt oder etwas dazwischen, er war ermordet worden. Das zumindest war gewiß. Sie ging zum Ende des Tisches, wo sein Wams und sein Hemd lagen, wendete die Sachen und hielt sie hoch. Ein ausgefranster Riß auf der rechten Seite zeigte, wo der Dolch eingedrungen und wieder herausgerissen worden war. Es gab keinen anderen Riß.

»Seine Mutter muß die Sachen aufgeknöpft und hochgezogen haben, um die Wunde besser sehen zu können. Und dann hat sie das Hemd offengelassen, als sie Hilfe holen ging.«

»Also ist jemand hereingekommen, als sie weg war«, sagte Schwester Claire.

»Jemand, vor dem er keine Angst hatte. Oder nicht genug Angst, um auf der Hut zu sein. Er lag ganz ruhig da, flach auf dem Rücken, als der Dolch zum zweitenmal zustieß. Oder hatte er so viel Blut verloren, daß er bewußtlos war? Was meint Ihr?«

Schwester Claire schüttelte den Kopf. »Nein. Die erste Wunde sieht übel aus, ist aber nicht gefährlich. Er hat erst zu Hause gemerkt, daß er blutet, so lange hat es gedauert, bis sein Wams durchtränkt war, hat Meg das nicht gesagt? Er kann nicht genug Blut verloren haben, um ohnmächtig zu werden. Es sei denn, er gehört zu der Sorte, die in Ohnmacht fallen, wenn sie Blut sehen.«

»Er war soweit bei Bewußtsein, daß er Angst hatte und um Hilfe bat. Das hat seine Mutter gesagt. Und er hat um die Absolution gebeten.«

»Woher wißt Ihr, daß er auf dem Rücken lag, als er angegriffen wurde?« fragte Schwester Claire.

»Wegen des Winkels des Einstichs. Wenn in einem Kampf ein Dolch so in die Seite eines Menschen eindringt, wie dieser es anscheinend getan hat, muß er unter Schulterhöhe gehalten werden, und die Klinge dringt leicht schräg nach oben gerichtet in den Körper ein. Dieses Messer hier ist gerade eingedrungen. Ich nehme an, die Person muß direkt neben ihm gestanden haben, als sie es getan hat, und für Sym muß es völlig überraschend gekommen sein.« Frevisse wandte sich an Vater Henry. »Wie hat er gelegen, als Ihr hereinkamt?«

Der Priester hatte von einer zur anderen gesehen, während sie sich unterhielten, und in seinen stattlichen Zügen spiegelte sich seine Verwirrung wider, Jetzt, froh über eine klare Frage, die er verstand, sagte er: »Er lag hinten auf dem Bett, auf dem Rücken, die Hände auf der Brust gefaltet. Als würde er friedlich schlafen. Ich dachte, er schliefe, bis ich ihn berührte.«

»War er zugedeckt?« fragte Frevisse. Vater Henry nickte, und sie bohrte nach: »Wie genau? Womit und wie weit?«

»Mit einer Decke. Sie war bis zum Kinn hochgezogen.«

»Und seine Hände lagen auf der Decke, auf der Brust gefaltet?«

»Ja.«

Frevisse kehrte zu dem Toten zurück und verschränkte vorsichtig seine Arme, so daß eine Hand auf der anderen ruhte. »So ungefähr?«

Vater Henry nickte.

Schwester Claire sah Frevisse an. In dieser Lage wurde die tödliche Wunde in seiner Seite vollständig von den Armen verdeckt.

»O nein«, sagte Schwester Claire.

»O ja«, antwortete Frevisse. »Es war ein Mörder, der nicht nur genau wußte, wo er zustechen mußte, sondern nach der Tat auch sehr rücksichtsvoll und respektvoll vorging.«

»Mörder?« fragte Vater Henry. »Es war ein Unfall. Das wurde doch letzte Nacht gesagt.«

»Was in der Schenke passierte, war ein Unfall. An dieser Wunde ist er nicht gestorben. Es war die zweite Wunde – die hier, der Stich direkt in sein Herz – die ihn umgebracht hat. Zu Hause, während er auf seinem Bett lag.«

Das drang mit einiger Langsamkeit in Vater Henrys Bewußtsein vor, aber als es soweit war, weiteten sich seine Augen. »Jemand hat ihn umgebracht, als er verletzt dort lag und Hilfe brauchte?«

»Es scheint so, ja.«

Vater Henry bekreuzigte sich. »Das ist ja grauenhaft.«

»Vielleicht noch schrecklicher ist die Tatsache, daß wir

keine Ahnung haben, wer es getan haben könnte. Oder warum.«

Schwester Claire wrang ein Tuch in dem Wasser aus, das langsam abkühlte. »Er war streitsüchtig, nach dem, was seine Mutter sagt.«

»Ja, das haben die Männer gestern nacht auch gesagt«, stimmte Frevisse zu. Sie sah zu, wie Schwester Claire den Toten zu waschen begann.

Sie wußte, daß Roger Naylor bereits nach dem Crowner geschickt hatte. Der Bote war am Morgen losgeritten; aber niemand wußte mit Sicherheit, wo Meister Montfort sich während der Feiertage aufhalten mochte oder wie lange der Bote brauchen würde, um ihn aufzuspüren. Folglich konnten sie unmöglich wissen, wann er eintreffen würde.

Und es war noch lange nicht gesagt, daß sein Eintreffen dazu beitragen würde, die Wahrheit herauszufinden. Meister Montfort war schon einmal in St. Frideswide gewesen, und Frevisses Ansicht nach war er ein arroganter Trottel, der jegliche Hilfe verweigerte, die ihm angeboten wurde, besonders von Frauen, und ganz besonders von Nonnen.

Frevisse sagte: »Niemand außer uns weiß, daß es Mord war. Können wir es dabei belassen?«

Schwester Claire zögerte. Sie befürchtete ebenfalls, daß Montfort eine Bedrohung für die Wahrheit sein könnte. Sie nickte.

Vater Henry, eine besorgte Denkfalte zwischen den Augenbrauen, arbeitete etwas länger daran, bevor er fragte: »Ihr meint, ihr wollt geheimhalten, daß er ermordet wurde?«

»Bis der Crowner kommt. Damit wir Zeit haben, Fragen zu stellen und Dinge herauszufinden, bevor der Mörder erfährt, daß wir es wissen und nach ihm suchen.« Frevisse griff nach einem der Tücher, tauchte es ins Wasser und wrang es aus. »Der Mörder wußte, daß Sym verletzt war, und er wußte, wo er ihn finden konnte.«

»Vielleicht war es ganz gut, daß seine Mutter nicht bei ihm war«, sagte Schwester Claire.

Frevisse half ihr dabei, den Toten zu waschen. Es war ein naheliegender Gedanke, daß derjenige, der Sym getötet und sich danach so kaltblütig die Zeit genommen hatte, seine Leiche zu arrangieren, auch Meg umgebracht haben könnte, wenn sie dort gewesen wäre.

»Vater Henry, habt Ihr Zeit, heute morgen ins Dorf zu gehen, Euch in die Schenke zu setzen und Fragen zu stellen? Und dem Klatsch zuzuhören? Denn bestimmt werden alle über die Ereignisse der letzten Nacht reden.«

Darüber brauchte Vater Henry nicht nachzudenken. Er nickte bereitwillig. »Ich kann den ganzen Tag dort zubringen, wenn es sein muß, bis ich sicher bin, daß ich alles gehört habe, was es zu hören gibt.«

»Und behaltet alles im Gedächtnis und erzählt es mir«, sagte Frevisse. »Könnt Ihr jetzt sofort gehen?«

Vater Henry blickte zweifelnd auf den Toten.

»Wir werden dafür sorgen, daß jemand bei ihm bleibt«, versicherte Frevisse. »Jemand wird für ihn beten. Und wenn Ihr seinen Mörder findet, ist das auch ein Dienst an ihm.«

Vater Henry nickte zustimmend. »Ich kann sofort losgehen.«

»Versucht zu erfahren, mit wem Sym sich in letzter Zeit geprügelt oder gestritten hat. Und wenn möglich, wo diese Leute sich aufhielten, nachdem er letzte Nacht die Schenke verlassen hatte. Aber laßt die Leute nicht merken, daß Ihr mehr wollt als nur ein bißchen plauschen«, warnte Frevisse.

Vater Henry nickte. »Sie sind daran gewöhnt, daß ich mit ihnen plaudere. Das wird kein Problem sein.«

Als er gegangen war, legte Frevisse ihren Lappen hin. »Ich werde Joliffes Dolch holen, um zu sehen, ob er die Wunde verursacht haben kann. Joliffe wird derjenige sein, der am ehesten in Verdacht geraten wird, wenn das hier herauskommt.«

»Ebenso wie die anderen Schauspieler. Zum Beispiel jener, der sich mit Sym geprügelt hat.«

»Ihre Dolche sind alle gleich.« Aber Frevisse würde nachprüfen, ob sie neben den Dolchen, die sie ihr gezeigt hatten, noch weitere Messer besaßen. Bevor Montfort eintraf, mußte sie dafür sorgen, daß die Schuldlosigkeit der Schauspieler zweifelsfrei feststand. Montfort war stets nur zu gern bereit, sich für die leichteste Lösung zu entscheiden, und die Komödianten zu verdächtigen, war naheliegend.

Zum Beispiel hatte es nichts zu bedeuten, daß Ellis gesagt hatte, er habe das Kloster gestern abend nicht verlassen. Sie würde sicherstellen müssen, daß niemand ihn hatte weggehen sehen. Oder, noch besser, herausfinden, ob jemand – und zwar nicht Bassett oder Rose – ihn zur richtigen Zeit schlafend im Gästehaus gesehen hatte. Und die Unschuld von Bassett und Rose würde sie auch beweisen müssen. Und Joliffes. Sie hoffte, Vater Henry würde Verstand genug haben, mit dem Mädchen Tibby zu sprechen.

»Was ist, wenn ...« begann sie laut zu denken

Schwester Claire blickte über ihre Schulter und schüttelte den Kopf.

Meg hatte das Gästehaus betreten. Die Stunden des Schlafs, die Schwester Claires Trank ihr geschenkt hatten, schienen ein wenig Leben in ihren Körper und ihren Geist zurückgebracht zu haben. Sie sah weniger eingeschrumpft und weniger verwirrt aus, als sie kam und neben Syms Leichnam stehenblieb. Sie blickte in sein Gesicht und berührte dann zärtlich die Hand, die auf seiner Brust ruhte. Sie sah zu Schwester Claire auf.

»Er ist im Himmel«, sagte sie. »Er tut niemandem mehr weh und ist nicht mehr wütend. Er wird nie mehr wütend sein.«

»Nie mehr«, bestätigte Schwester Claire sanft.

Eine einzelne Träne rollte über Megs faltiges Gesicht. »Es geht ihm besser dort, wo er jetzt ist.«

»Darum beten wir alle, ein jeder von uns«, sagte Schwester Claire.

Meg sah Frevisse an. »Ihr sagtet, Ihr hättet für meinen anderen Jungen gesorgt? Er muß zum Hof gehen und die Arbeit tun, die getan werden muß, wenn er es nicht schon gemacht hat. Hat er das, wißt Ihr das? Er denkt nicht immer daran, daß das Vieh versorgt werden muß, egal, was passiert.«

»Ich werde nachsehen, ob er losgegangen ist«, sagte Frevisse, »und ihn zu dir schicken, wenn er noch hier sein sollte.«

»Nein, das nicht. Das ist Frauenarbeit, er hat hier nichts verloren«, sagte Meg und langte nach dem Lappen, den Frevisse aus der Hand gelegt hatte. »Wir werden Sym versorgen. Sagt Hewe nur, er soll nach Hause gehen, ich bitte Euch, aber ich möchte ihn später sehen.«

»Das werde ich«, erwiderte Frevisse und dachte beim Hinausgehen, daß Meg sich rechts von dem Toten befand und Frevisse sich auf Schwester Claire verlassen konnte. Wenn es irgend möglich war, würde sie dafür sorgen, daß Meg seine linke Seite und die zweite Wunde nicht zu Gesicht bekam.

Die Kälte war beißender geworden, als Frevisse über den Hof ging, aber der Himmel war immer noch klar, kaum ein paar ferne Wolkenfetzen waren zu sehen. Frevisse zog ihr Ordensgewand enger um sich, als sie den Weg entlangeilte. Sie gestattete sich einen kurzen Augenblick der Habgier und wünschte, sie besäße Priorin Ediths pelzgefütterten Umhang.

Die Schauspieler waren um ihr Feuer versammelt. Hewe war bei ihnen. Er saß vorgebeugt auf einer Bank und lauschte Bassetts Worten, während Ellis und Joliffe, die den beiden gegenüber saßen und ein ledernes Zaumzeug flickten, amüsiert dreinblickten. Rose saß auf einem Kissen vor dem Feuer und nähte an einem bunten, golddurchwirkten Stück Stoff, das auf ihrem Schoß lag. Piers, der blaß, aber nicht mehr fiebrig aussah, lehnte an ihrem Knie, bis über beide Ohren in Decken gewickelt. Er war der erste, der aufsah, als Frevisse hereinkam, und lächelte sie so strahlend wie ein Engel an. Rose, die seinem Blick gefolgt war, grüßte zurückhaltend. Es schien, dachte Frevisse, daß Rose ihre Wärme und Zuneigung für ihre Männer reservierte.

»Ihr seid beim Stopfen?« fragte Frevisse und wies auf das Stück Stoff.

Rose hielt ein Lanzenfähnchen hoch, dessen Saum gerissen war. »Wir nehmen sie für den Heiligen Georg. Die Fahne stammt aus dem traditionellen Mysterienspiel einer Stadt, und wir haben sie gekauft, als die Bürger beschlossen, daß sie etwas Besseres brauchten. Für uns ist sie gut genug, obwohl das Herumreisen sie ziemlich mitnimmt.«

»Und was ist mit Euch?« fragte Frevisse.

Rose lächelte. »Das Herumreisen ist hart für alle, auf die eine oder andere Art.«

Ihre Züge waren herb. Mund, Augenbrauen und Nase waren in kühnen Strichen gezeichnet, aber das Leben auf der Straße und in ständiger Unsicherheit hatte sie nicht vergröbert. Zwar war ihre Haut von Wind und Wetter gezeichnet, und ihren Händen war anzusehen, daß sie harte Arbeit verrichteten, aber dennoch hätte sie fast eine Dame in ihrem Gemach sein können, wie sie so dasaß und an ihrer feinen Näharbeit werkelte. Sie sprach nicht wie eine Edelfrau, aber aus einer Bauernhütte kam sie auch nicht.

Frevisse fragte sich, wer sie wohl sein mochte, und erkundigte sich: »Wie geht es Piers?«

Rose ließ ihre Näharbeit sinken und strich dem Jungen das goldene Haar aus der Stirn. »Besser.«

Pier duckte sich unter ihrer Hand hervor. »Ich langweil' mich.«

»Aber es geht dir besser«, sagte Rose und zog die Decken wieder fest um ihn.

»Gut genug, um zu singen, sagen wir, morgen?« fragte Frevisse.

»Aber sicher!« verkündete Piers.

»Sehr wahrscheinlich«, korrigierte seine Mutter. Piers lächelte zu ihr auf und kuschelte sich enger an sie.

Die Männer und Hewe hatten Frevisses Anwesenheit mit einem kurzen Blick und einem Nicken zur Kenntnis genommen. Jetzt ging Frevisse zu ihnen hinüber. »Hewe hat doch keinen Ärger gemacht?« fragte sie.

»Er war eine schreckliche Plage und hat uns nichts als Schwierigkeiten gemacht«, verkündete Bassett. Als er Hewes erschrockenen, verletzten Blick sah, ließ er sich erweichen und zerzauste ihm lässig das Haar. »Nein. Überhaupt keine. Er hat geschlafen, und wir haben ihm was zu essen gegeben und ihm gesagt, wenn er wolle, könnte er bleiben, bis jemand ihn abholen käme.«

»Deswegen bin ich gekommen, unter anderem«, sagte Frevisse.

Hewe wußte das bereits. Und es war ihm wieder eingefallen, warum er hier war und daß er eigentlich trauern sollte. Aber es kostete ihn einige Mühe.

War das Leben mit Sym so unerfreulich gewesen, fragte sich Frevisse, daß es seinem eigenen Bruder schwerfiel, um ihn zu trauern? Aber sie sagte nur: »Deine Mutter sagt, du sollst nach Hause gehen und für sie das Vieh versorgen. Später möchte sie hier im Kloster mit dir sprechen.«

»Aber nicht jetzt?« fragte Hewe.

»Aber nicht jetzt. Sie kümmert sich um den Leichnam deines Bruders, und danach wird sie dich brauchen. Gibt es jemanden im Dorf, der kommen und ihr helfen würde?« fügte sie als nachträglichen Einfall hinzu.

Hewe griff nach seinem Mantel, der am Ende der Bank lag, und schüttelte den Kopf. »Sie hat keine Freunde, die der Rede wert wären. Bestimmt würde jemand kommen, wenn sie darum bitten würde, aber das wird sie nicht.«

Er schien das als eine der Grundtatsachen des Lebens zu akzeptieren, verbeugte sich mit geducktem Kopf vor Frevisse und den Schauspielern, aber plötzlich lächelte er sie alle scheu an. Er sagte, wobei er sich besonders an Bassett wandte: »Danke.«

Bassett nahm den Dank mit einer Neigung des Kopfes entgegen. »Dir ebenfalls, Junge. Du warst ein willkommener Gast und ein guter Gefährte.«

Hewe errötete vor Freude, verbeugte sich noch einmal und verließ hastig das Gästehaus.

Bassett grinste hinter ihm her. »Ein tüchtiger, vielversprechender Bursche. Unterscheidet sich von seinem Bruder wie Käse von Kalk.«

Joliffe beugte sich zu Ellis hinüber und flüsterte mit spöttischem Verschwörerton: »Er sagt das, weil der Junge gebannt all seinen Geschichten gelauscht hat und sie für wundervoll hielt.«

»Das sind sie ja auch«, erwiderte Ellis entrüstet. »Bis man sie dreidutzendmal gehört hat. Oder vier dutzendmal. Oder mehr.«

Bassett schnitt ihnen eine Grimasse. Er war nicht gekränkt.

Frevisse unterdrückte eine wachsende Belustigung über das Geplänkel und kam zum Kern ihres Besuchs. Aber sie ließ ihre Stimme leichthin klingen. »Joliffe, dürfte ich mal Euren Dolch sehen?«

Leicht verwirrt zog er ihn und hielt ihn ihr hin, den Griff nach vorn. Sie nahm ihn und bemerkte anerkennend die gute Ausbalancierung und das Gewicht der Waffe in ihrer Hand. »Dürfte ich Eure auch sehen?« fragte sie Bassett und Ellis.

Beide zogen ihre Dolche und hielten sie ihr hin, ohne zu fragen, was sie damit wollte. Aber plötzlich war eine gewisse Vorsicht da, und Rose war wachsam geworden. Frevisse griff nicht danach, sondern gab sich damit zufrieden, ihre Dolche mit Joliffes Dolch zu vergleichen. Die drei Klingen waren vollkommen identisch, wie sie gesagt hatten und wie Frevisse es in Erinnerung hatte. Sie nickte, sagte aber zu Joliffe: »Euren werde ich für eine Weile brauchen.« Sie bat nicht um Erlaubnis, sie teilte es ihm einfach mit.

Er wurde ganz still und sah sie mit einem wissenden Blick an, den sie nicht deuten konnte. So reglos wirkte sein Gesicht älter, die Jungenhaftigkeit war verschwunden. Frevisse wandte sich um und ging. Den Dolch nahm sie mit. Sie spürte das Schweigen in ihrem Rücken.

Schwester Claire und Meg waren noch bei dem toten Sym.

Schwester Claire hob seine Füße an, und seine Mutter den Kopf und die Schultern. Sie hievten ihn auf das weiße, gewachste Tuch, in das er zur Bestattung eingehüllt werden würde. Sie bewegten ihn so zärtlich und behutsam, als hätten sie Angst, ihn aufzuwecken. Da Neujahrstag war und das Fest der Beschneidung Christi, würde vor morgen früh kein Sarg gezimmert werden, aber es gab auch keinen Grund zur Eile. Sym konnte hier liegen bleiben, bis es soweit war. Und er konnte sowieso nicht begraben werden, bevor der Crowner die Leiche inspiziert hatte. Im ungeheizten Gästehaus würde sie sich halten.

Beim Näherkommen hatte Frevisse den Dolch im Ärmel verborgen. Sie wartete, während Schwester Claire und Meg das Tuch über dem Toten zusammenschlugen. Als das geschehen war, bat Schwester Claire Meg, das Wasser fortzubringen, es fortzuschütten, bevor jemand die Schüssel umkippen konnte. Mit gesenkten Augen und ohne eine Frage zu stellen, nahm Meg die Schüssel und verschwand in Richtung Abort.

Frevisse trat schnell zum Tisch und zog den Dolch aus dem Ärmel, um die Klinge mit der Wunde zu vergleichen.

»Die Klinge ist zu breit«, erklärte Schwester Claire. Das säuberliche Loch zwischen Syms Rippen war um die Breite ihres dicksten Fingers zu klein für die Dolchklinge.

»Und zu kurz«, fügte Frevisse hinzu. Sie legte den Dolch auf Syms Brust, um festzustellen, wie tief die Klinge hätte eindringen müssen. »Wenn man von der Seite zusticht, muß die Klinge ziemlich tief eindringen, um das Herz zu erreichen, und die hier ist wohl kaum lang genug. Es würde nicht reichen.« Mit versteckter Erleichterung verbarg sie den Dolch wieder im Ärmel. Womit auch immer Sym erstochen worden war, mit einem der Dolche der Schauspieler war es nicht geschehen.

Es sei denn, sie besaßen noch andere Messer. Sie mußte sich zwingen, das in Betracht zu ziehen. Es war eine Möglichkeit, wenn auch keine, der sie gerne nachging.

Aber, beharrte ihr Kopf, wenn einer der Schauspieler für den tödlichen Stich bewußt eine andere Waffe verwendet hatte als den Dolch, den er gewöhnlich trug, dann hatte er fast mit Sicherheit nicht nur eine zufällige Gelegenheit ausgenutzt. Dann war die Tat bewußt geplant und beabsichtigt gewesen. Und das war unmöglich, denn niemand hatte wissen können, daß Sym nach Hause gehen und seine Mutter so ängstigen würde, daß sie Hilfe holen ging.

Also wer könnte es dann getan haben? Jemand, der auf eine Gelegenheit wartete und skrupellos genug war, sie auszunutzen.

Beim Nachdenken schob sie die Hände in die Ärmel. Es war eine gewohnheitsmäßige Geste; jetzt wärmte sie ihre Hände und verbarg den Dolch vor den Augen der zurückkehrenden Meg. Verspätet erinnerte Frevisse sich. »Ich habe deinen Hewe gesehen. Er ist ins Dorf zurückgegangen, um zu tun, was getan werden muß. Er sagte, er würde später zu dir kommen.«

»Danke, Mylady«, sagte Meg und blickte auf ihre Füße.

Die Klosterglocke begann zur Non zu rufen. Meg starrte verwirrt auf das Sonnenlicht, das durch die Fenster drang. »Mittag?« fragte sie, völlig durcheinander. »Wieso ist es schon Mittag?«

Schwester Claire legte ihr sanft die Hand auf den Arm. »Es liegt an dem Trank, den ich dir gegeben habe. Er hat dich lange schlafen lassen.«

Und so tief, daß sie nicht einmal gemerkt hatte, zu welcher Tageszeit sie aufgewacht war. Meg blickte ein wenig nervös um sich, als suche sie die verlorengegangenen Stunden. »Meine Arbeit«, sagte sie. »Ich sollte in der Küche sein. Schwester Alys ...«

Schwester Claire erklärte: »Sie weiß, was geschehen ist. Sie hat Verständnis und erwartet dich heute nicht. Morgen auch nicht. Es ist alles in Ordnung.«

Meg wollte etwas sagen, hielt inne, sah Frevisse an, dann wieder Schwester Claire, und dann schien sie sich zu sammeln und drehte sich zu ihrem toten Sohn um. So leise, daß sie kaum zu verstehen war, sagte sie: »Dann bleibe ich hier und bete für ihn, mit Eurer Erlaubnis.«

Das war wahrscheinlich das Beste, was sie tun konnte, sowohl für sich selbst als auch für Sym. Frevisse und Schwester Claire überließen sie ihren Gebeten und eilten zur Kirche.

Die Non war relativ kurz. Sie bestand aus einer Hymne, einer Lesung und drei kurzen, ohne Wiederholung gesungenen Psalmen. Frevisses Erkältung machte ihr Kopfschmerzen, die verschlimmert wurden durch die Tatsache, daß ein Hustenanfall einen lärmenden Chor von Gehuste auslöste, durch das Scharren ungeduldiger Füße und den häufigen Austausch gelangweilter oder gequälter Blicke. Es war schmerzlich, diese Gruppe Leidender krächzen zu hören: »Dann wird unser Mund voll Lachens und unsere Zunge voll Rühmens sein ...« Frevisse erschrak, als sie gegen Ende des Gottesdienstes merkte, daß sie Joliffes Dolch in ihre Hand hatte gleiten lassen und ihn so fest umklammerte, daß ihre Finger sich verkrampft hatten.

In seiner Klosterregel hatte der Heilige Benedikt zwei Mahlzeiten am Tag vorgeschrieben: die Hauptmahlzeit am Mittag und ein leichtes Nachtmahl am Abend, mit Variationen, zu denen Fastenzeiten und späte Abendessen gehörten. Und nie sollte das Fleisch vierfüßiger Tiere auf den

Tisch kommen. Das einzige, was in St. Frideswide strikt eingehalten wurde, war die Hauptmahlzeit am Mittag. Heute wurden Hackfleischpasteten und mit Kümmel gekochter Weißkohl aufgetragen.

Schwester Thomasine, deren Stimme allein klar geblieben war, hatte freiwillig angeboten, die Lesung bei Tisch zu übernehmen, bis eine andere Nonne sich soweit erholt hatte, daß sie ihren Platz einnehmen konnte. Sie lasen aus einem geborgten Buch, der *Kirchengeschichte der Angelsachsen* von Beda dem Ehrwürdigen. Sie waren im späten siebten Jahrhundert angekommen und hörten gerade von dem Tod des Heiligen Ceadda, des Bischofs von Mercia, und den Wundern, die an seinem Grab in der Kirche des heiligen Apostelfürsten Petrus geschehen waren. »›Die verdeckte Grabstätte ist eine hölzerne Tumba, wie ein kleines Häuschen gebaut‹«, las Thomasine langsam. »›In der Wand hat sie eine Öffnung, durch welche die dorthin kommenden Andächtigen ihre Hand hineinstrecken und ein wenig Staub zu nehmen pflegen. Wenn sie diesen ins Wasser werfen und dieses kranken Menschen oder Tieren zu trinken geben, dann werden alsbald die Beschwerden der Krankheiten schwinden und die Freuden der erwünschten Genesung wiederkehren.‹«

Oh – oh, dachte Frevisse, *ich müßte schon wirklich krank sein, ehe ich etwas trinken würde, das mit Spinnweben und dem Staub eines Toten gewürzt ist.*

Am Schluß der Mahlzeit verkündete Priorin Edith, alle Nonnen, die nicht so krank seien, daß sie das Bett hüten müßten, sollten in die Kirche gehen und Schwester Fiacre beim Fegen und Staubwischen helfen.

Der Gesundheitszustand der Sakristanin des Klosters hatte sich in den letzten Monaten stetig verschlechtert. Jetzt litt sie wie alle anderen unter einer Erkältung, und obwohl sie auf den Beinen geblieben war, konnte sie nicht all ihre Pflichten erfüllen. An diesem Nachmittag saß sie auf einem Schemel am Fuß des Altars und zeigte auf das, was getan werden mußte. Frevisse fand die scharfe Klinge des Dolchs sehr nützlich, als sie das geschmolzene Wachs von den beiden Messingleuchtern entfernte, die auf dem Altar standen. Diese Aufgabe erledigte sie mit ingrimmiger Gründlichkeit.

Als alles zu Schwester Fiacres Zufriedenheit getan war, wurden sie entlassen. Frevisse ging hinaus und entdeckte, daß Vater Henry aus dem Dorf zurückgekehrt war.

Sie fand ihn in seinem kleinen Haus, wo er ein spätes Mittagessen verzehrte, setzte sich zu ihm an den Tisch und fragte ohne lange Vorreden: »Was habt Ihr in Erfahrung gebracht?«

»Sym war nicht allzu beliebt. Er neigte zur Streitsucht. Er war ständig in kleine Zwistigkeiten verwickelt. Fast täglich kam es zu Reibereien, meistens ohne einen wirklichen Grund.«

»Gab es irgendwelche größeren Streitigkeiten? Oder war es vielleicht gerade vor kurzem zu neuen Auseinandersetzungen gekommen?«

»Es gibt ein Mädchen im Dorf, Tibby, deren Familie nicht allzu glücklich darüber war, daß Sym ihr den Hof machte. Sie machte sich auch nicht allzuviel aus ihm, scheint's, aber das störte ihn wenig. Zwischen Sym und ihrem Bruder gab es ein bißchen Geschubse und Geschimpfe, aber mehr war nicht.«

»Kein Messerkampf?«

»Nein. Sym war nicht bekannt dafür, das Messer zu ziehen. Er war mehr für schlagende Argumente, nach allem, was ich gesehen habe – nach dem, was gesagt wird.«

»Aber gestern hat er sein Messer gezogen. Beim Streit mit Joliffe.«

»Joliffe? Ihr meint den Schauspieler, in der Schenke? Ja, das hat er. Aber er ist aufgestachelt worden, denke ich. Zu viele Worte und die Art, wie der Schauspieler sie sagte, und daß das Mädchen sich nicht darum scherte. Es war mehr, als Sym ertragen konnte.«

Frevisse konnte sich vorstellen, wie Joliffe ihm bewußt das Wort im Mund verdrehte, mit diesem spöttischen Lächeln und in einem Ton, der Sym zur Weißglut brachte, bis er nur noch den Wunsch hatte, Joliffe zum Schweigen zu bringen.

»Aber es gab keinen ernsteren Streit mit irgend jemand anderem?«

»Die Leute sagen, es hätte eine ernste Auseinandersetzung mit Gilbey Dunn in der Luft gelegen. Er ist ihr Nachbar und versucht schon lange, Anspruch auf Barnabys Felder zu erheben. Es wird gesagt, Lord Lovels Verwalter würde in Erwägung ziehen, sie ihm zu geben.«

»Könnte er das?« Einem Leibeigenen die Felder wegzunehmen und sie einem anderen zu übertragen, war keine kleine Sache und nicht so ohne weiteres möglich.

»Oh, vielleicht ja, da Barnaby in den letzten Jahren sein Bestes getan hat, sie vor die Hunde gehen zu lassen, und Lord Lovels Verwalter war nicht allzu glücklich darüber. Ja, die Möglichkeit bestand.«

»Aber Barnaby ist jetzt tot, und Sym hätte die Chance bekommen, sein Können zu zeigen, bevor sie etwas in der Richtung unternommen hätten.«

Vater Henry schüttelte traurig den Kopf. »Nein, nicht unbedingt. So wie es aussah, war Sym bereits in die Fußstapfen seines Vaters getreten, und sie hatten nicht mehr viel Geduld mit ihm. Aber das ist nicht alles. Es scheint, daß Gilbey Dunn bei Barnabys Witwe gewesen ist und ihr einen Heiratsantrag gemacht hat, und allgemein wird angenommen, daß sie ihn heiraten wird. Denn sie ist ein armseliges kleines Ding und wird jemanden brauchen, der sich um sie und ihre Angelegenheiten kümmert. Vielleicht hätte Gilbey Dunn sie nicht überreden können, als Sym noch lebte. Er war sehr wütend darüber, aber jetzt, wo Sym tot ist, wird er keine Probleme mit ihr haben. Das sagen jedenfalls die Leute. Sie hatten gestern einen üblen Streit, Sym und Gilbey Dunn, vor den Augen des ganzen Dorfes.«

»Wegen der Heirat?«

»Ja.«

»Was hat Gilbey Dunn getan?«

»Nicht viel.« Vater Henry zuckte die Achseln.

»Was ist mit dem Mädchen? Ich habe gehört, sie ist nach der Prügelei mit dem Schauspieler weggegangen.«

»Und ihre Familie ist nicht sehr erfreut darüber«, sagte Vater Henry. »Sie ist im Haus eingesperrt, solange die Schauspieler hier sind, und anscheinend kann sie dankbar sein, daß ihr Vater sie nicht grün und blau geprügelt hat, als sie gestern nacht nach Hause kam.«

»Könntet Ihr morgen mit ihr reden?« fragte Frevisse.

Vater Henry sah überrascht aus und nickte dann. »Ich könnte ihr sagen, sie solle eine gehorsamere Tochter sein?« schlug er vor.

»Gewiß. Und fragt sie, ob sie irgendwie beurteilen kann, wie lange sie mit Joliffe zusammen war, und wo sie waren, und – aber erst, wenn ihr die anderen Antworten habt – ob er sie gefragt hat, wo Sym wohnt.«

Vater Henrys Geist bewegte sich in seinem eigenen, etwas langsameren Tempo, hatte aber die Gabe, das festzuhalten, was ihm mitgeteilt wurde. Vater Henry dachte einen Augenblick nach, nickte wieder und wiederholte: »Sie fragen, wie lange sie mit Joliffe zusammen war, wo sie waren, und dann, ob er sie gefragt hat, wo Sym wohnt.«

»Ja. Genau so.«

»Ihr glaubt, er hat es getan?«

»Vielleicht. Ich weiß es nicht.« Sie war ganz sicher, daß Joliffe es nicht gewesen war, aber es schien besser zu sein, das nicht zu sagen. »Aber wenn ich beweise, daß er es nicht getan haben kann, kann ich woanders nach dem Täter suchen, versteht Ihr?«

Kapitel 16

Mit steifem Nacken hob Meg den Kopf vom Tisch. Ihr tat alles weh. Nur langsam kam sie wieder zu sich, und ihr wurde klar, daß sie geschlafen hatte. Das schwache graue Gespinst des schwindenden Dunkels vor den Fenstern des Gästehauses ließ sie ahnen, daß es kurz vor der Morgendämmerung war. Und dann fiel ihr wieder ein, wo sie war. Und warum sie hier war.

Langsam, mit steifen Knochen, richtete sie sich auf der lehnenlosen Bank auf, zwang sich dazu, sich zu bewegen. Sie streckte die Hand nach Syms eingehülltem Leichnam aus und streichelte die Stelle, wo sein Arm sein mußte. Vater Henry war letzte Nacht eine Weile bei ihr geblieben. Auch er hatte versprochen, daß Syms Seele gerettet war, also spielte es keine Rolle, wenn sie über ihren Gebeten einschlief. Sie hatte nicht einschlafen wollen, hatte nicht gewußt, daß sie so müde war, sonst hätte sie nicht zu Vater Henry gesagt, daß er nicht bleiben müßte, daß sie und Hewe die Totenwache halten würden. Sie hatte sogar gesagt, daß vielleicht jemand aus dem Dorf kommen würde, obwohl sie ziemlich sicher gewußt hatte, daß das nicht wahr war. Vielleicht wären einige gekommen, wenn Sym zu Hause aufgebahrt gewesen wäre. Aber das Kloster gehörte nicht zum Dorf, und so gut war keiner mehr mit ihr oder Sym befreundet, daß er hierherkommen würde. Denn Sym mußte hierbleiben, bis der Crowner kam.

Also hätten sie und Hewe die Totenwache halten sollen, und sie hatten beide geschlafen.

Meg lächelte auf die zusammengerollte dunkle Gestalt herunter, die auf den Binsen vor der Bank lag, den schlafenden Hewe. Sie hatte nicht erwartet, daß er mit ihr wachblieb. Er war ein guter Junge gewesen, war gestern zweimal ins Dorf gegangen und hatte dort alles erledigt, damit Meg bei Sym bleiben konnte. Und heute würde er das wieder tun, damit sie für Schwester Alys arbeiten und sich ihren Halfpenny verdienen konnte. Sie konnten es sich nicht leisten, auf noch mehr davon zu verzichten. Und sie konnten es sich nicht leisten, daß Schwester Alys dachte, Meg würde hier nicht gebraucht.

Das gewachste Tuch fühlte sich glatt und kühl unter ihren rauhen Fingern an. Meg hatte ihr Lebtag kein so großes Stück Stoff besessen. Und wenn, hätte sie es nie weggegeben wie die Nonnen, die dieses Tuch hier einfach für Sym weggeschenkt hatten. Das zumindest war ein Segen, weil die einzige Decke, die Meg übrig hatte, mit Barnaby ins Grab gelegt worden war. Das Mitleid der Nonnen war eine gesegnete Sache.

Andererseits hatten sie noch mehr Tücher, da, wo dieses hergekommen war. Sie hatten mehr von allem. Meg hatte gesehen, was zusammengefaltet und in Truhen verstaut in einer der Wäschekammern des Klosters aufbewahrt wurde. Und das war nur eine einzige Wäschekammer gewesen. Sie hatten noch mehr. Wie mochte es sein, soviel zu haben?

Noch in Gedanken hörte sie, wie die Nonnen in der Kirche zu singen begannen. Meg hatte sie singen hören, wenn sie im Kreuzgang arbeitete, und die unirdische Schönheit ihrer Stimmen hatte sie angerührt. Singen und beten, siebenmal am Tag, selbst mitten in der Nacht, jeden Tag, das ganze Jahr über – das war es auch, was die Engel im Himmel taten, dachte Meg. Wie wundervoll, dem Himmel schon hier auf Erden so nahe zu sein! Sie rieb sich die müden Augen. Manchmal verführte die Schönheit des Lebens, das die Nonnen führten, Meg zur Sünde des Neides.

Das schwache Licht wurde stärker. Sie schlug eine Ecke des Bahrtuchs zur Seite, das Syms Gesicht bedeckte. Noch konnte sie seine Züge nicht erkennen, aber sie erinnerte sich, wie sie letzte Nacht im Lampenlicht ausgesehen hatten. Ein junges Gesicht, jünger, als es in den letzten Jahren gewesen war, als er immer mürrischer und reizbarer wurde. Jetzt war es nicht mehr das angespannte Gesicht eines Mannes, der Wutanfälle, Begierden und Bedürfnisse hatte, sondern wieder das Gesicht ihres süßen Sohnes. Ganz still und friedlich.

Sie streichelte mit dem Finger über seine Wange. Seine Bartstoppeln kratzten, aber die Haut darunter war kalt und unvertraut. Er fühlte sich überhaupt nicht wie Sym an. Meg nahm die Hand weg. Sie wollte ihn nicht mehr berühren, sondern ihn nur ansehen, während der Tag es langsam licht in der Halle werden ließ, und daran denken, wie alles auch ganz anders hätte kommen können.

Sie merkte erst, daß sie weinte, als eine Träne eine warme Spur auf ihrer eisigen Wange hinterließ.

Kurz darauf rührte Hewe sich und wachte auf. Er schmiegte sich eine Weile an sie, wieder ganz der kleine Junge, bis er wach genug war und Meg ihm sagen konnte, er solle das Feuer schüren. Einer der Klosterbediensteten hatte es gestern für sie angezündet, zum Schutz vor der Kälte der langen Nacht. Es war bis auf ein paar Kohlen heruntergebrannt, während sie schliefen, aber es war noch so viel Glut da, daß Hewe das Feuer in kurzer Zeit wieder in Gang gebracht hatte. Er kauerte davor, die Hände ausgestreckt, um die Wärme aufzufangen, und sagte: »Ich hab' Hunger, Ma. Ist nichts zu essen da?«

»Wir sind hier keine Gäste«, erwiderte Meg müde. »Nur Bittsteller. Du kannst zu Hause etwas essen, wenn du ins Dorf gehst.«

Hewe blickte sie schuldbewußt an.

»Hast du aufgegessen, was vom Totenschmaus übrig war?« fragte Meg.

Hewe nickte. »Gestern. Ich hatte Hunger.«

Meg seufzte. »Ich werd' versuchen, in der Klosterküche etwas für dich aufzutreiben.«

»Und kommst du bald nach Hause?« fragte Hewe hoffnungsvoll.

»Heut abend«, entgegnete Meg. »Ich werd' mein Tagewerk tun, und heut abend komm' ich und backe Brot. Wenn ich jemanden finde, der bei Sym wacht.«

»Vater Henry wird das machen, wenn du ihn fragst. Oder er wird jemanden finden. Dann kannst du kommen.«

»Dann kann ich kommen«, bestätigte Meg und fügte hinzu: »Vater Henry ist ein guter Mann. Ein heiliger Mann.«

Hewe drehte sich mit einem bewußt gleichgültigen Achselzucken wieder zum Feuer. Meg tätschelte geistesabwesend Syms verhüllten Arm und fragte sich, warum Hewe bloß nicht einsehen mochte, wieso sie wollte, daß er Priester wurde. Warum konnte er bloß nicht begreifen, wie richtig dadurch alles werden würde?

Kurz darauf kam Schwester Frevisse. Meg und Hewe erhoben sich, und Meg knickste und sagte respektvoll: »Mylady.«

»Guten Morgen, Meg.« Schwester Frevisse warf einen scharfen Blick durch die Halle. »Holz genug habt ihr. Hat euch jemand etwas zu essen gebracht?«

Meg war überrascht. »Nein, Mylady.«

Hewe machte eine eifrige Bewegung, und Schwester Frevisse lächelte ihn an. »Ich werde dafür sorgen, daß jemand das tut«, sagte sie.

»Ich danke Euch, Mylady«, sagte Hewe mit unverhüllt dankbarem Eifer. Ermutigt kam er etwas näher und fragte: »Die Schauspieler. Fahren sie heute weg?«

»Heute nicht. Sie sollen heute abend für uns spielen. Ich denke auch nicht, daß sie gehen können, bis der Crowner gekommen ist und mit ihnen gesprochen hat.«

Meg fragte sich, warum Hewe so offensichtlich erfreut darüber war, wurde aber abgelenkt, als noch jemand das Gästehaus betrat. Noch abgelenkter war sie, als sie sah, daß es Gilbey Dunn war, mit Peter und Hamon auf den Fersen.

Soweit sie wußte, hatte Gilbey das Kloster noch nie von innen gesehen. Peter und Hamon jedenfalls hatten das bestimmt nicht; sie gafften nach rechts und links und hoch zu den Deckenstreben und den verglasten Fenstern, und als sie merkten, daß Schwester Frevisse anwesend war, zerrten sie mit tolpatschiger Hast die Kapuzen vom Kopf und machten eine nervöse Verbeugung.

Gilbey hingegen zog sich mit einer geschmeidigen Bewegung die Kapuze vom Kopf und verbeugte sich, seiner selbst gewiß, erst vor Schwester Frevisse und dann vor Meg. Auch gaffte er nicht; der Blick, den er durch die Halle gleiten ließ, war schnell und abschätzend. Und als er sich an Schwester Frevisse wandte, sprach er zwar respektvoll, aber mit unüberhörbarer Selbstsicherheit. »Ich bitte Euch, gnädige Frau, um Vergebung, aber ist es gestattet, daß ich mit Mistress Meg hier spreche, mit Eurer Erlaubnis?«

»Gewiß«, erwiderte Schwester Frevisse. »Sie kann reden, mit wem sie will. Und ich wollte gerade gehen, also kannst du frei sprechen.«

»Ich habe zwei Freunde von Sym mitgebracht, die bei ihm wachen können, so daß der junge Hewe nicht bleiben muß«, fügte Gilbey hinzu. »Und du kannst zur Seite treten, Meg, damit wir uns ungestörter unterhalten können.«

Meg wollte sich weigern, wollte Hewe sagen, er solle hier bleiben, und Schwester Frevisse bitten, Gilbey wegzuschicken. Aber ihr fehlte der Mut zu dieser Kühnheit, und so sah sie nur hilflos zu, als Schwester Frevisse erwiderte: »Das ist sehr freundlich von dir. Komm, Hewe. Ich sorge dafür, daß du etwas zu essen bekommst. Meg, wenn du etwas brauchst, laß es mich durch eine der Mägde wissen.«

»Danke, Mylady. Und Hewe –« Er ging bereitwillig, und es gelang ihr gerade noch, seine Aufmerksamkeit zu erhaschen. »Trödel hier nicht herum. Geh nach Hause und versorg das Vieh.«

Ruckartig bewegte er den Kopf, nickte widerwillig und folgte Schwester Frevisse aus dem Gästehaus.

Draußen, am Kopf der Treppe, die in den Hof hinunter führte, blieb Frevisse stehen und wandte sich an Hewe. »Dieser Mann. Wer ist er?«

»Gilbey Dunn. Er ist unser Nachbar und hat uns ziemlich Ärger gemacht, und jetzt will er Ma heiraten, glaube ich.«

Er sagte das so bereitwillig, ohne besonderes Interesse, daß Frevisse etwas aus der Fassung geriet. »Tatsächlich«, sagte sie. »Und was hältst du davon?«

Hewe zuckte die Achseln, als spiele es keine große Rolle. »Er wird sie besser behandeln als Pa, und so lange ich ihm aus dem Weg geh, wird er mir nichts tun.«

»Deine Mutter will, daß du Priester wirst.«

Hewe machte ein Gesicht, als solle er Essig trinken. »Das werd ich nicht tun. Aber sie will mir nicht zuhören.« Sein Gesicht hellte sich auf, und er preßte eine Hand auf den Magen. »Glaubt Ihr, ich könnte mit den Schauspielern essen und Euch die Mühe ersparen, mir was zu besorgen? Mein Magen knurrt vor Hunger, und es ist ein weiter Weg ins Dorf.«

Frevisse unterdrückte ein Lächeln. »Ja. Ich denke, das würde gehen.«

»Danke, Mylady.«

Er vergaß nicht, sich zu verbeugen, und dann war er fort, sprang die Stufen hinunter und rannte über den Hof zum alten Gästehaus hinüber, mit weit mehr Eifer, als er bei jedem Wort seiner Mutter gezeigt hatte.

Frevisse beobachtete, wie er durch die Tür verschwand, und dann lag der Hof verlassen da. Niemand hielt sich draußen in der Kälte auf, und mit Absicht trat sie einen Schritt zurück, näher an die geschlossene Tür hinter ihr heran. Das dicke Holz dämpfte alles, was gesagt wurde, aber Gilbey Dunn führte in der Nähe der Tür eine ernsthafte Unterhaltung mit Meg – weit entfernt von Peter und Hamon, vermutete Frevisse. Zumindest nahm sie an, daß es sich um Meg handelte. Mit Gewißheit erkannte sie nur Gilbeys

Stimme, der ausführlich und heftig sprach. Wenn Meg ihm in den gelegentlichen Pausen eine Antwort gab, war ihre Stimme zu leise, um gehört zu werden.

Da sie nichts erfuhr außer der Tatsache, daß Gilbey Dunn ziemliche Mühen auf sich nahm, um mit Meg zu sprechen, und weil sie nicht beim Lauschen ertappt werden wollte, stieg Frevisse ohne Eile die Treppe hinunter und überquerte den Hof, scheinbar um nachzusehen, wie es im alten Gästehaus stand. Aber sie ging so langsam, wie sie konnte, ohne wirklich stehenzubleiben. Schließlich machte sie vor der Tür des alten Gästehauses halt und beugte sich in ihrer Verzweiflung hinunter, um ihr Schuhband zu überprüfen, als Gilbey endlich herauskam.

Zu ihrer Überraschung ging er nicht zum Tor, sondern quer über den Hof. Er verschwand durch die kleine Pforte in dem ummauerten Weg, an dem die Lagerräume und Arbeitsschuppen lagen. Sie waren an die Innenseite der Klostermauer gebaut, zwischen den Gästehäusern und der Klosterküche. Der Weg war vom Hof aus nicht zu sehen, aber er war eine Lebensader des Klosters. Gewöhnlich wimmelte es hier von Bediensteten, aber an den Weihnachtsfeiertagen wurde nur ein Bruchteil der üblichen Arbeit getan. Frevisse, die Gilbey in diskretem Abstand durch das Tor gefolgt war, fand alles verlassen vor. Sie blieb stehen. Gilbey war nicht in Sicht, und es war niemand da, den sie hätte fragen können, wo er hingegangen war. Eine weiße Dampfwolke, die aus dem Dachabzug der Waschküche drang, war das einzige, was sich bewegte. Das bewies, daß sich zumindest dort jemand aufhielt, und daß Sauberkeit – wie auch das Stundengebet – keine Pause kannte, egal, was kommen mochte.

Das galt auch für die menschliche Wut, nach den erhobenen Stimmen zu urteilen, die Frevisse hörte, als sie sich der Tür des Waschhauses näherte. Und eine der Stimmen gehörte Gilbey Dunn.

Die andere, wie zu erwarten , war die von Annie Lauder.

Frevisse lächelte. Gilbey war ein mutiger Mann, wenn er sich mit der Wäscherin des Klosters auf einen Streit einließ. Ihr Wille war ebenso stark wie ihre Arme, und sie duldete nicht, daß sich irgend jemand in ihre Arbeit oder in ihr Leben einmischte.

Es war nicht nötig, allzu dicht an die Tür heranzugehen, um die Stimmen zu verstehen, und Frevisse blieb an der Ecke des Hauses stehen. Es half, daß die Tür leicht offenstand. Die aus der Waschküche entweichende heiße, feuchte Luft wurde zu Dampf, wenn sie draußen auf die Kälte traf.

Annie sagte gerade lautstark: »Schmier mir keinen Honig ums Maul, Gilbey Dunn! Das ganze Dorf weiß, daß du sie gefragt hast, ob sie dich heiraten will. Du bist ein ebenso großer Trottel wie dieser Sohn von ihr war, Gott sei ihm gnädig, wenn du denkst, daß ich noch Wert darauf lege, daß du mir den Hof machst.«

»Was hat die Heirat mit uns zu tun, Mädchen? Du weißt so gut wie ich, daß ich keine Liebe von ihr will. Es wäre nützlich, wenn wir heiraten, und das ist alles.«

»Weiß sie das?«

»Ebensogut wie ich. Sie will sich verbessern und ich auch, und auf diese Art könnten wir das schaffen.«

»Du bist ständig darauf aus, dich zu verbessern.« Aber sie sagte es weniger zornig. »Du hast von mir bekommen, was du haben wolltest, und jetzt wirst du kriegen, was du von ihr willst, und zwischen uns ist es aus.«

Und Gilbey antwortete: »Warum sollte es zwischen uns

aus sein? Gefällt dir nicht, was ich bringe, wenn wir zusammen sind?«

»Es ist wenig genug, was du mir bringst«, entgegnete Annie, aber jetzt sagte sie es spielerisch.

Gilbey antwortete ihr ebenso, und seine Stimme klang leiser, als wäre er näher an sie herangerückt. »Wenig genug vielleicht, aber süß.«

Das Schweigen, das darauf folgte, war bedeutungsvoll, was Frevisse überlegen ließ, ob sie gehen sollte, aber sie entschied sich, es nicht zu tun. Vielleicht war ja noch mehr von den beiden zu erfahren.

Aber das war nicht der Fall. Und als Annie nach einer kleinen Weile fragte: »Weiß du, was ich jetzt will?«, und Gilbey antwortete: »Ich weiß, was ich dir geben kann. Dasselbe wie immer«, wußte Frevisse, daß sie mehr nicht hören durfte, und entfernte sich.

Aber was sie gehört hatte, hieß, daß das Kloster sowohl Gilbey als auch Annie in der Hand hatte. Jedem hörigen Paar, das sich außerhalb der Ehe fleischlich vergnügte, wurde eine Geldstrafe auferlegt. Auf Gilbey und Annie traf das ganz eindeutig zu. Er würde seine Geldstrafe an Lord Lovel entrichten müssen, der zwei Drittel von Prior Byfield besaß, Land und Hörige. Annie gehörte dem Kloster, und ihre Münzen würden in die Schatztruhe des Klosters wandern. Aber Frevisse war nicht an Geld interessiert. Sie wollte Informationen, und jetzt war ihr das Mittel, diese zu erlangen, zufällig in die Hände gefallen.

Sie spürte die Kälte durch ihre mit Schaffell gefütterten Schuhe hindurch, als Gilbey endlich das Waschhaus verließ. Sie hatte damit gerechnet, daß er das Kloster durch die Hinterpforte verlassen würde, die die meisten Bauern aus dem Dorf benutzten, wenn sie etwas im Kloster zu erledigen hatten. Gegenüber der Pforte, auf der anderen Seite des schmalen Weges, war ein Lagerschuppen. Dort wartete sie. Sie trat Gilbey erst in den Weg, als er sie fast erreicht hatte.

Erschrocken blieb er ruckartig stehen und blickte über die Schulter zurück, wobei er sich offenkundig fragte, ob sie wußte, woher er gekommen war. Aber fast ebenso schnell war sein Gesichtsausdruck wieder glatt und harmlos, und er sagte mit einem respektvollen Neigen des Kopfes: »Grüßt Euch Gott, noch mal, Mylady.«

»Auch dir einen schönen Tag, Gilbey Dunn.«

Das brachte ihn etwas aus der Fassung, denn er hatte keinen Grund anzunehmen, daß sie seinen Namen kannte. Im Bestreben, ihn weiter zu verunsichern, sagte sie: »Zeig mir deinen Dolch.«

Das gefiel ihm nicht. Aber er hatte nichts zu gewinnen, wenn er sie unhöflich behandelte. Er war Lord Lovels Leibeigener und nicht der des Klosters, aber das berechtigte ihn nicht dazu, sich irgend etwas herauszunehmen.

Aber er zögerte, den kurzen Schatten eines Stirnrunzelns zwischen den Brauen, bevor er seinen Dolch aus der Scheide zog und ihr reichte, das Heft nach vorn.

Sie nahm ihn und legte Zeige- und Mittelfinger quer über die Klinge, um die Breite des Dolchs zu messen und mit der von Syms tödlicher Wunde zu vergleichen. An der breitesten Stelle kam Gilbeys Klinge so nah heran, daß der Unterschied nicht der Rede wert war, stellte sie fest. Sie maß die Klinge an ihrem Unterarm und sah, daß sie länger war als Joliffes Dolch. Möglicherweise lang genug.

Sie gab den Dolch zurück und sah Gilbey dabei direkt in die Augen. Mit ausdrucksloser Miene nahm er ihn entgegen, ohne sie anzusehen. Aber das sagte ihr absolut gar nichts. Von Leibeigenen wurde nicht erwartet, daß sie sich gegenüber Höhergestellten soviel herausnahmen und es wagten, sie direkt anzusehen. Aber sie hatte bereits selbst gegen die Regeln des Anstands verstoßen, indem sie so lange allein mit ihm gesprochen hatte.

Gilbey schob den Dolch in die Scheide zurück und sagte: »Ich gehe jetzt am besten ins Dorf zurück.«

Frevisse wies mit der Hand auf die Pforte, um anzudeuten, daß er gehen könne. Aber sie blieb noch eine Weile stehen und dachte über das nach, was sie herausgefunden hatte. Dann rief die Klosterglocke zur Terz, und Frevisse putzte sich die Nase und machte sich auf den Weg.

Die Terz unterschied sich an diesem Tag nur insoweit von dem Erwarteten, als Priorin Edith nicht anwesend war. Sie hatte einen leichten Rückfall erlitten – nichts Ernstes, sagte Schwester Claire –, aber sie sollte in ihrer Kammer bleiben.

Nach dem Gottesdienst eilten die Nonnen geschäftig an ihre jeweilige Arbeit, auch, um aus der Kälte herauszukommen. Frevisse, die das erstickende Gefühl hatte, eingeschlossen zu sein, blieb im Kreuzgang und ging eine Weile auf und ab. Schließlich setzte sie sich auf die niedrige, mit Säulen versehene Mauer, die den überdachten Kreuzgang von dem kleinen Garten in seiner Mitte trennte. Es gab andere Dinge, die sie hätte erledigen müssen, und sie würde in der Kapitelversammlung zur Rechenschaft gezogen werden, wenn sie so scheinbar untätig gesehen wurde. Aber sie mußte ihre Gedanken sammeln, und, soweit es sie anging, war das zur Zeit wirkliche Arbeit.

Zum einen entdeckte sie, daß nicht allzu viele Gedanken da waren, die sie hätte sammeln können. Ihr Kopf fühlte sich an, als wäre er voller Haferbrei – dicker, klumpiger Haferbrei, der bleischwer auf ihren Gedanken lastete und sie zudeckte.

Frevisse lehnte sich gegen eine Säule und spürte, wie sich die gemeißelten Ranken aus Weinreben und Blättern durch die Woll- und Leinenschichten ihres Ordensgewandes hindurch in ihr Fleisch drückten. Die Kälte des Steins würde bald genug hindurchkriechen, aber im Augenblick fühlte es sich sehr gut an, einfach so dazusitzen, während sie versuchte, Klarheit in die wenigen Fakten zu bringen, die ihr bekannt waren.

Sym war im Dorf als Streithammel bekannt, der sich gern prügelte, so daß an seinem Streit mit Joliffe und Ellis nichts Ungewöhnliches war. Die Schauspieler waren lediglich die Letzten in der Schlange der Leute, die Grund hatten, wütend auf ihn zu sein.

Vater Henry zufolge war Tibbys Familie nicht allzu glücklich über Syms Aufmerksamkeiten gewesen. Vielleicht hatte einer von ihnen, der Syms Wutausbrüche fürchtete, ihn aus dem Weg geräumt. Er hätte dafür einen weitaus besseren Grund gehabt als Joliffe oder Ellis.

Und natürlich war da noch Gilbey Dunn, der ehrgeizige Nachbar, der nicht einmal den Anstand gehabt hatte, die Witwe und trauernde Mutter eine gebührende Zeitlang in Ruhe zu lassen. Obwohl Frevisse nicht den Eindruck gewonnen hatte, daß Gilbey Dunn ein Mann war, der gerne vermeidbare Risiken einging.

Bei der Prügelei mit Joliffe war Sym nicht ernsthaft verletzt worden. Offenbar hatte er die Wunde nicht einmal bemerkt oder sie jedenfalls für nicht mehr als einen Kratzer gehalten, bis er zu Hause ankam. Es war der Schrecken seiner Mutter gewesen, der ihm solche Angst eingejagt hatte, daß er einen Priester rufen ließ und die Absolution wollte. Da er den Tod seinen Vaters noch so frisch vor Augen hatte, fürchtete er sich wahrscheinlich besonders davor, sterben zu müssen, und seine Mutter in ihrer Angst hatte alles getan, was sie konnte, bevor sie ging, um Hilfe zu holen. Das war wahrscheinlich der einzige Trost, der der armen Frau blieb: Sie hatte geholfen, seine Seele zu retten, bevor sie ihn verließ. Aber dann, vor ihrer Rückkehr, war jemand hereingekommen. Und entweder hatte Sym mit geschlossenen Augen dagelegen und ihn nicht kommen hören, oder es war jemand gewesen, mit dem er so vertraut war, daß er sich nicht rührte, als er näherkam. Sym hatte wahrscheinlich nicht einmal gemerkt, was geschah, als der Mörder ihm den Dolch zwischen die Rippen und ins Herz stieß. Die Wunde war so sauber und einfach, daß Sym sich nicht gewehrt haben konnte. Wahrscheinlich war er gestorben, ohne richtig zu bemerken, daß er verletzt war.

Und dann hatte er, wer immer es getan hatte, Syms Hände auf der Brust gefaltet, ihn zugedeckt und war gegangen. Hatte er gehofft, Syms Mutter würde denken, er schliefe, wenn sie zurückkam, so daß die Entdeckung des Mordes noch etwas aufgeschoben wurde?

Aber warum hatte er überhaupt Syms Tod gewollt? Nach dem Wenigen, was sie von ihm gesehen und jetzt von ihm gehört hatte, schien Sym sein eigener schlimmster Feind gewesen zu sein. Nur sein Tod verriet, daß jemand da ganz anders gedacht hatte. Aber warum? Das war die Frage, die ihr keine Ruhe ließ. Gilbey Dunn hatte einen Grund; die Heirat und das Land war ihm sicherer, wenn Sym aus dem Weg geräumt war. Aber Mord war ein Akt der Verzweiflung. Und wenn er gefaßt wurde, war es das letzte gewesen, was der Mörder auf dieser Welt tun konnte. Frevisse hatte den deutlichen Eindruck gewonnen, daß Gilbey ein Mann war, der sich gern alle Möglichkeiten offenhielt. Und sehr wahrscheinlich gab es jemanden, der bezeugen konnte, wo er in jener Nacht gewesen war. Schließlich war Silvesterabend gewesen, und die Leute hatten sich zu allen möglichen Festlichkeiten zusammengefunden.

Sie stellte fest, daß eine ihrer Hände, die sie in die Ärmel gesteckt hatte, um sie zu wärmen, gegen Joliffes Dolch gepreßt war, den sie im Gürtel trug. Dort lag die nächste große Gefahr. Meister Montfort, der Crowner, würde früher oder später kommen, und von vergangenen Gelegenheiten her kannte Frevisse ihn gut genug, um zu wissen, daß er die einfachere Lösung der komplexeren vorzog. In dieser Sache war Joliffe die einfachste Lösung. Er war ein Fremder der wenig erwünschten Art, ohne Beschützer, und er würde seine Zunge nicht einmal zügeln, wenn sein Leben davon abhing. Frevisse konnte Montforts schnelle Zusammenfassung der Fakten, die ihm die Arbeit erleichtern würde, direkt hören. Und sie konnte sich vorstellen, wie Joliffe nach Oxford geschafft und ohne viel Federlesens aufgehängt wurde.

Sie zitterte, und das nicht nur, weil der Tag so kalt war und der Stein so kühl. Sie stand auf. Sie hatte immer noch ihre täglichen Pflichten zu erledigen. Unter anderem mußte sie Joliffe seinen Dolch zurückgeben, und sie machte sich besser an die Arbeit. Sie hatte den Fall soweit durchdacht, wie sie es mit dem Wenigen konnte, das sie wußte, und sie konnte nur hoffen, daß Vater Henry mit den Antworten zurückkehren würde, die sie so dringend brauchte.

Kapitel 17

Meg kniete hinten in der Kirche, in den Schatten jenseits des Chors. Sie war sich nicht sicher, ob sie überhaupt hier sein durfte. Hier beteten die Nonnen; Megs Kirche war unten im Dorf. Sie hatte vorgehabt, direkt vom Gästehaus in die Küche zu gehen, aber als sie durch den Kreuzgang kam, hatte der Gesang der Nonnen sie angezogen. Nachdem sie die Kirche verlassen hatten, war Meg hineingeschlüpft und den Mittelgang entlanggegangen, um hier niederzuknien. Ihre Gedanken waren nicht ganz Gebete, sie war nur bestrebt, zu erfahren, was Gott von ihr wollte, und ob er mit dem zufrieden war, was sie für Sym und Barnaby hatte tun können.

Hinter dem tauben Gefühl in Kopf und Herz wußte sie, daß sie um Sym trauerte. Aber sie konnte keine Tränen mehr weinen. Ihr einziges starkes Gefühl schien die schwache Freude darüber zu sein, daß sie wußte, er war vor der Hölle gerettet, er würde eines Tages aus dem Fegefeuer in das goldene Licht des Himmels kommen. Das hatte sie für ihn getan. So lastete zwar das Bewußtsein, ihn auf Erden verloren zu haben, auf ihr wie ein Mühlstein, aber sie hatte Gewißheit, daß er sicher war, und das war ein großer Trost.

»Mein Kind.« Die Stimme neben ihr war so leise, und Meg war so sehr in Gedanken verloren, daß die Worte einen Augenblick lang aus ihrem Kopf zu kommen schienen, eine Antwort von dort zu sein schienen, wo immer Gebete hingingen. Dann wurde ihr klar, daß eine Nonne neben ihr stand, und sie kämpfte sich mit steifen Knien hoch und knickste wackelig. Sie kannte das Gesicht der Schwester, aber nicht ihren Namen. Es war schwer, sich die Namen der Nonnen zu merken, da die meisten von ihnen nie sprachen, oder so schien es jedenfalls. Das beruhigende Fehlen von plapperndem Geschnatter innerhalb des Konvents war eines der Dinge, die Meg am Kloster so liebte. Es war so anders als im Dorf.

Jetzt streckte diese Schwester sanft die Hand nach ihrer Schulter aus, ohne sie richtig zu berühren, und sagte leise: »Ich habe mich nur gefragt, ob du nicht vielleicht lieber vor dem Altar knien würdest als hier hinten.«

Meg richtete ihre vor Staunen geweiteten Augen auf den Altar, das Herz der Kirche. Er war bedeckt von einer makellos weißen Damastdecke, und darauf lag das Gebetbuch mit den goldenen Verschlüssen, dort standen die glänzenden Kerzenleuchter und das kleine goldene Haus, das Brot und Wein umschloß, die der lebendige Leib und das Blut Christi waren. Der Altar war von einem besonderen Licht umgeben, das freundlicher war als das Sonnenlicht, so geheimnisvoll wie das Ewige Licht in der Lampe aus rotem Glas, die über ihm hing.

»Ich könnte da nicht hingehen«, flüsterte Meg. »Nicht dahin.«

»Doch, das kannst du. Ich bin Schwester Fiacre. Ich bin die Sakristanin hier, und ich bin zuständig für die Kirche und alles, was darinnen ist. Ich verspreche dir, du kannst bis direkt zu den Stufen des Altars gehen, wenn du möchtest. Komm mit mir.«

Sie legte die Hand unter Megs Ellenbogen, um sie zu führen, und zog sie zu den drei Stufen, die zum Altar hinaufführten. An der untersten Stufe sagte sie leise: »Hier bete ich, wenn ich kann. Wenn ich hier bin und alles ist still, kann ich den Trost Jesu Christi um mich herum spüren, ich kann fast seine Worte hören. Und ich weiß, daß Gott sich über mich ergießt wie eine heilende Salbung und der Heilige Geist darauf wartet, meine Seele mit Frieden zu erfüllen.«

Meg begann sich zurückzuziehen. Sie verstand die Worte nicht, aber es klang so heilig wie nur irgend etwas, das ein Priester sagen mochte. Zur gleichen Zeit spürte sie die Zerbrechlichkeit der Schwester und hatte Angst, weil es so leicht sein würde, ihr wehzutun. Aber sie protestierte: »Ich sollte nicht hier sein.«

»Du bist ein Kind Gottes. Die heilige Jungfrau Maria, die Mutter Jesu, stand am Fuße des Kreuzes und sah zu, wie ihr eigener Sohn starb. Sie steht jeder Mutter besonders nahe, die ihren Sohn verloren hat. Knie hier nieder und bitte sie, ihren auferstandenen Sohn zu bitten, dich zu trösten.«

Einen panischen Augenblick dachte Meg, Schwester Fiacre meinte, sie solle beten, daß Sym wiederauferstehen möge. Dann verstand sie und fand sogar das Wort dafür.

»Fürsprache«, sagte sie.

Schwester Fiacres blasse Lippen teilten sich erstaunt, sogar respektvoll. Dann nickte sie und sagte: »Das ist richtig. Bitte um die Fürsprache der gesegneten Mutter. Und wie könnte ein so vollkommener Sohn wie Jesus seiner eigenen Mutter eine Bitte abschlagen?«

Megs Unsicherheit verschwand. Schwester Fiacre mußte ihre Zustimmung erkannt haben, denn sie sagte mit einem freundlichen Lächeln: »Du kannst hier so lange beten, wie du möchtest. Du wirst mich nicht bei der Arbeit stören.«

Voller Ehrfurcht bei dem Gedanken, an einem Ort zu arbeiten, den sie selbst kaum zu betreten wagte, fragte Meg: »Ihr arbeitet hier? Was tut Ihr?«

Schwester Fiacres Lächeln ließ ihr ganzes Gesicht wehmütig vor erinnerter Freude aufleuchten. »Ich sorge dafür, daß die Kirche gefegt ist, die Altardecke sauber ist, Vater Henrys Meßgewänder bereitliegen, alles Gold und Messing und Glas poliert ist, die Kerzen so gestutzt sind, daß sie am besten brennen, die Gebetbücher an der richtigen Stelle markiert sind und frische Kräuter gestreut sind, damit die Luft rein bleibt. Wenn es nötig ist, sorge ich dafür, daß Sachen ausgebessert oder ersetzt werden. Alles in der Kirche muß Gottes Herrlichkeit widerspiegeln und unsere Anbetung unterstützen. Und dann …« Sie blickte sich um. »Und wenn dann alles getan ist und ich noch etwas Zeit habe, knie ich hier nieder und bete, und wenn ich es sehr gut gemacht habe, spüre ich manchmal, wie die Heilige Frideswide mir für das dankt, was ich getan habe, damit die Kirche schön bleibt.«

»Die Heilige kommt zu Euch?« hauchte Meg.

Schwester Fiacre erwärmte sich, als sie Megs Bewunderung spürte, und sie sagte: »Nicht sichtbar, natürlich. Das ist mir nicht gegeben worden. Aber ich kann ihre Gegenwart spüren. Ihr Schleier ist im Altar eingemauert, weißt du. Und einer ihrer Fingernägel. Du kennst ihre Geschichte? Sie hat sich geweigert, einen Prinzen zu heiraten, weil sie Nonne werden wollte. Die Abtei, die sie gegründet hat, liegt in Oxford, und ihr Grab ebenfalls, aber ein Teil von ihr ist hier. Und ich kann spüren, wie die Wärme ihrer Liebe mich umfängt, und ich kann ihre Freude spüren, daß ich es gut gemacht habe. Es ist ein Gefühl, das mit nichts anderem in der Welt zu vergleichen ist. Vielleicht wird sie auch zu dir kommen, während du hier bist, und dich in deinem Kummer trösten.«

Meg, eingehüllt in eine Art fromme Begeisterung, sagte: »Vielleicht, wenn ... Könnte ich Euch bei der Arbeit helfen?«

Schwester Fiacre zögerte und blickte zweifelnd drein. »Statt zu beten?«

Meg faltete die Hände. »Ist Arbeit nicht auch eine Art Gebet? Vater Clement aus dem Dorf hat das immer gesagt. Daß wir unsere Arbeit als eine Art Gebet zu Gott tun sollten, anstatt uns darüber zu beklagen. Und die Sorge für Gottes heilige Kirche muß doch bestimmt ein Gebet der besten Art sein. Und es würde meinen Kummer lindern.«

Sobald sie das gesagt hatte, wußte sie, daß sie ihre Bitte nicht besser hätte vorbringen können. Schwester Fiacre nickte. »Natürlich, Kind«, murmelte sie, obwohl sie wahrscheinlich kaum älter war als Meg. »Natürlich. Komm und hilf mir.«

Die kurze Zeitspanne, die dann folgte, war ein Schatz für Meg. Sie war sich demütig des Segens bewußt, der ihr geschenkt wurde; Sie fegte den gefliesten Fußboden des Chors und polierte mit einem Tuch das bereits schimmernde Holz des Chorgestühls der Nonnen. Hier war es, wo sie so viele Male jeden Tag und in der Nacht standen und zu Gott beteten und sangen. Mit Ausnahme des Altars selbst konnte es keinen heiligeren Ort im Kloster geben. Meg arbeitete in bewußtem Schweigen und tiefer Ehrfurcht. Sie verließ den Chor nur widerwillig und kehrte freudig dorthin zurück, als Schwester Fiacre ihr eine Schale voller Rosmarin, Mädesüß und anderer Kräuter gab, die sie auf den Boden streute, so daß ihr süßer Duft unter den Füßen der Nonnen aufsteigen würde.

Natürlich rührte sie den Altar oder die heiligen Dinge nicht an, aber sie sah ehrfürchtig zu, als Schwester Fiacre das mit demütiger Vertrautheit erledigte. Meg reichte ihr die Staubtücher und nahm sie wieder entgegen, sich zutiefst bewußt, daß die Tücher die heiligen Dinge selbst berührt hatten. Meg hielt sie ehrfürchtig fest, während Schwester Fiacre überprüfte, ob alle Gegenstände auf dem Altar genauso angeordnet waren, wie sie sollten. Sie gab die Staubtücher nur zögernd aus der Hand, als Schwester Fiacre kam, sie an sich nahm und wegräumte.

Schwester Fiacre war kaum wieder aus der Sakristei zurückgekehrt, als ein breiter Streifen vollen Tageslichts in die Kirche fiel und ein kalter Luftzug von draußen das Mittelschiff durchströmte. Das breite Westportal der Kirche war geöffnet worden. Meg, gewöhnt an das dämmrige Licht und das Schweigen in der Kirche, zog sich instinktiv in die Schatten des Chorgestühls zurück, da sie wieder dachte, daß sie vielleicht nicht hier sein dürfte. Aber Schwester Fiacre wirbelte scharf herum und stellte sich direkt zwischen den Altar und die Eindringlinge, als wolle sie ihn verteidigen.

Zwei Nonnen betraten mit flatternden Schleiern und

Röcken die Kirche. Drei Männer folgten. Ihr Fußfall vor dem Altar war rein mechanisch, obwohl die Männer die Kapuzen vom Kopf zogen, bevor sie alle, immer noch in angeregter Unterhaltung, den Mittelgang entlangkamen.

»Und Ihr seht, es gibt keine Seitenschiffe, so daß keine Säulen im Weg sein werden«, sagte die jüngere Nonne eifrig. »Der beste Platz wäre hier, zwischen dem Chorgestühl, nur ist es so eng, daß Ihr nicht genug Platz für die Vorstellung haben werdet. Also, wo möchtet Ihr das Stück aufführen? Wo würde es Euch am besten passen? Was werdet Ihr brauchen, einen Wandschirm, Tische, Musikanten? Ich kann Laute spielen.«

»Auch noch begabt? Wundervoll«, murmelte einer der Männer. Er war schlank und blond und lächelte, als er den Kopf neigte, um sie besser verstehen zu können.

Die anderen Männer sahen sich eher prüfend als ehrfurchtsvoll um, als sie näherkamen. Aber der Schwarzhaarige war sich auch der Gegenwart der jüngeren Nonne bewußt, und sie ließ erkennen, daß sie sich seiner Gegenwart bewußt war. Dazwischen lächelte sie den blonden Mann an.

Schwester Fiacre, die wie erstarrt am Fuße des Altars stand, sagte, schrill vor Empörung: »Schwester Amicia!«

Die jüngere Nonne schreckte auf, ihr Geplauder riß ab.

»Und Schwester Lucy!« fügte Schwester Fiacre sicherheitshalber hinzu, obwohl die andere Nonne ebenfalls verstummt war und lediglich eine schickliche Unterhaltung mit dem älteren Mann geführt hatte. »Was soll das bedeuten?«

Schwester Lucy sagte leise etwas zu den Männern und kam herangeeilt. »Wir sind auf Geheiß der Ehrwürdigen Mutter hier. Sie hat gesagt, die Schauspieler sollten sich die Kirche ansehen, bevor sie ihr Stück aufführen, erinnert Ihr

Euch? Schwester Amicia und ich haben sie hergebracht, genau wie sie gesagt hat. Es ist alles in Ordnung.«

»Das bezweifle ich.« Schwester Fiacre begann nervös die Hände zu ringen. »Ich habe ihr gesagt, wie diese Leute sind. Jetzt seht euch beide an! Ihr schnattert auf sie ein, als wärt ihr irgendwelche Bauernweiber, und dabei sollten sie nicht einmal hier in der Kirche sein. Ich will sie hier nicht haben.«

»Aber Priorin Edith will sie hier haben«, sagte Schwester Lucy. Sie blickte sich bestätigungsheischend nach Schwester Amicia um, die den Blick des hellhaarigen Mannes auf eine Art vermied, die immer noch kokett war. Sie nickte zustimmend. Von ihrem Standort im Schatten des Chorgestühls erkannte Meg die Männer. Der Schwarzhaarige hatte sich auf dem Dorfanger mit Sym gestritten. Und der Blonde, der mit Schwester Amicia herumtändelte, hatte gestern nacht Sym mit dem Messer verletzt. Schwester Claire hatte gesagt, es wäre ein Unfall gewesen und niemand hätte schuld gehabt. Sie hatte es freundlich gesagt, voller Mitgefühl, aber mit Entschiedenheit, damit Meg begriff, daß niemand dafür bestraft werden würde, was geschehen war.

Meg hatte das akzeptiert, wie sie so viele andere Dinge hatte akzeptieren müssen. Aber ihn zu sehen, sie beide an diesem heiligen Ort zu sehen, und diese fromme Frau war so bekümmert darüber …

»Die Kirche ist mein Verantwortungsgebiet!« rief Schwester Fiacre. »Priorin Edith hätte mich bitten sollen, sie ihnen zu zeigen, wenn sie denn hier sein müssen.«

»Sie hat gesagt, Euch solle die Bürde erspart werden, mit Weltleuten umgehen zu müssen –« begann Schwester Lucy.

Schwester Amicia schnitt ihr das Wort ab. »Besonders mit Männern. Wir sollten Euch sagen, daß sie kämen, um Euch vorzubereiten, aber dann schien es einfacher, sie halt gleich mitzubringen.«

Der ältere Mann trat vor und verbeugte sich schwungvoll vor Schwester Fiacre. »Gute Schwester«, begann er mit klangvoller, volltönender Stimme, »mit Verlaub, wir wollen lediglich ...«

Schwester Fiacre schnitt ihm mit einem kleinen schrillen Schrei das Wort ab. Sie trat zurück und preßte die Hände gegen die Brust, als hätte er sie bedroht. »Du! Du wagst es!« Sie wies mit flatternder Hand auf ihn. »Du warst Lord Warennes Mann! Ihr ward alle Lord Warennes Männer! Ich erinnere mich an dich, Thomas Bassett! Ich weiß alles über euch, und ich weiß, warum er euch fortjagte! Wie könnt ihr es wagen, diesen heiligen Ort zu entweihen?«

Frevisse, von Schwester Fiacres erhobener Stimme aus dem Kreuzgang angelockt, hörte das, als sie zur Seitentür hereinkam. Sie sah, wie die flüchtige Verwirrung auf Bassetts Gesicht zur Besorgnis wurde, noch während er mit ruhiger Stimme sagte: »Ich fürchte, da seid Ihr mir gegenüber im Vorteil, gute Schwester.«

So entrüstet war Schwester Fiacre, daß sie aufhörte, die Hände zu ringen, und mit zitterndem Finger auf Bassett zeigte. »Mein Bruder hat es mir erzählt! Nachdem er Lord Warenne geworden war, hat er mir erzählt, was ihr ihm angeboten habt. Du und diese ... diese ... Leute.« Aufgeregt zeigte sie auf Ellis und Joliffe, die etwas weiter entfernt standen, die gespannt lauschende Schwester Amicia zwischen sich. »Schwester Amicia, geht weg von den beiden Männern!« fügte Schwester Fiacre mit schriller Heftigkeit hinzu. »Sofort und augenblicklich! Ihr wißt nicht, wie übel und verrucht sie sind, aber ich weiß es.«

Zornige Röte stieg sowohl Ellis als auch Joliffe bei diesen Worten ins Gesicht, aber es war Joliffe, der sagte: »Es ist Euer Bruder, über den Ihr nichts wißt. Dieser scheinheilige, selbstgefällige –«

»Joliffe!«

Frevisse hatte Bassett noch nie mit voller Lautstärke sprechen hören. Seine Stimme stieg auf zum hohen Dachgewölbe des Kirchenschiffs, hallte von den Steinmauern wider und ließ alle regungslos und stumm stehenbleiben, Joliffe ebenso wie Schwester Fiacre. Selbst die erschreckte Frevisse blieb stumm und rührte sich nicht von der Stelle. Es war Joliffe, der sich zuerst erholte und, immer noch zornig, zu Bassett sagte: »Warum sollten wir uns das –«

Wieder unterbrach Bassett ihn. »Es gibt Gründe. Denk nach, dann fallen sie dir wieder ein.« Er fuhr Ellis an, schnitt ihm ebenfalls das Wort ab. »Du erinnerst dich?« fragte er scharf.

»Ich erinnere mich«, entgegnete Ellis zornig. Seine Wut war von dunklerer Art als Joliffes. »Wir alle erinnern uns.«

»Das solltet ihr auch!« rief Schwester Fiacre. »Und wie ihr das solltet! Mein Bruder hat mir alles erzählt! Was ihr ihm angeboten habt! Was ihr gesagt habt!«

Was immer sie sonst noch hatte sagen wollen, ging verloren, denn Frevisse trat einen Schritt vor und schnitt ihr das Wort ab. Sie wußte nur zu gut, wie sinnlos es war, mit Schwester Fiacre argumentieren zu wollen, wenn sie in diesem Zustand war, und sagte mit bewußt ruhiger Stimme: »Was immer Ihr auch wissen mögt, ich bin sicher, die Sache ist es nicht wert, daß Ihr in der Kirche herumschreit, Schwester Fiacre.«

»Aber diese Leute haben angeboten, ihm –«

»*Wir?* Es war genau andersherum –« begann Joliffe.

»Schweig!« schnappte Bassett. »Dies ist nicht die Zeit oder der Ort –«

»Dem kann ich nur zustimmen«, sagte Frevisse in ihrem autoritärsten Ton. Sie war sich vollkommen bewußt, welche beißende Schärfe sie ihren Worten verleihen konnte, wenn sie wollte. Jetzt wollte sie. Schwester Fiacres Unterlippe begann zu zittern, Tränen traten ihr in die Augen, und sie verstummte.

Frevisse fuhr fort: »Ich werde mich um alles kümmern, Schwester Fiacre. Schwester Amicia bringt Euch zu Schwester Claire, und die wird Euch etwas zur Beruhigung geben. Schwester Lucy bleibt hier, und ich werde ihr bei dieser Sache helfen.«

Protest zitterte auf Schwester Fiacres Gesicht, aber einer selbstbewußten Autorität hatte sie wenig entgegenzusetzen. Endlich stieß sie einen kleinen erstickten Schrei aus, preßte die Hände wieder fest gegen die Brust, senkte den Kopf und ließ sich von Schwester Amicia wegführen. Meg schoß aus dem Schatten hervor und eilte hinter ihnen her. Ihr plötzliches Auftauchen ließ alle Anwesenden außer Schwester Fiacre zusammenfahren.

Als sie gegangen waren und die Tür hinter sich geschlossen hatten, sah Frevisse Schwester Lucy an, die den Blick mit neutraler Gelassenheit erwiderte. Schwester Lucy war weit über vierzig und bewahrte stets, wie Priorin Edith, eine gleichmütige Distanz gegenüber emotionalen Szenen. Jetzt schien sie der Ansicht zu sein, daß Frevisse nun für das Problem zuständig war, da sie sich ja darauf eingelassen hatte. Sie unterbreitete keine Lösungsvorschläge, und Frevisse wandte sich den Schauspielern zu und erklärte sachlich: »Nun, Bassett, wollt Ihr Euch umsehen und uns sagen, was Ihr für die Aufführung brauchen werdet?«

»Ja, danke, Mylady, das werden wir.«

Joliffe und Ellis kochten noch vor Wut, aber Bassett wirkte gelassen. Oder vielleicht hatte er nur seinen Zorn besser im Griff als die jüngeren Männer. Als wäre das Zwischenspiel mit Schwester Fiacre nie geschehen, begann Bassett, das Mittelschiff zu inspizieren, um festzustellen, wo sie das Stück am besten aufführen könnten. Er beschäftigte Ellis und Joliffe mit Fragen und Vorschlägen und besänftigte so ihren Groll.

Sie entschieden, daß alles in allem wenig gebraucht werden würde, was über ihren Bestand an Requisiten hinausging. Schwester Lucy würde dafür sorgen, daß Laternen in der Kirche aufgestellt wurden. Die Nonnen würden sich vor dem Altar versammeln, und die Schauspieler würden im Mittelgang spielen, direkt vor dem Westportal.

»Das ist alles leicht getan«, meinte Schwester Lucy. »Ich werde dafür sorgen, daß jemand das erledigt. Gibt es sonst noch etwas?«

»Ihr seid sehr liebenswürdig«, entgegnete Bassett. »Ich denke, Ihr braucht nichts weiter zu tun, als Euch von uns einen schönen Abend bereiten zu lassen.«

»Ich freue mich sehr auf die Vorstellung«, erwiderte Schwester Lucy so förmlich, daß sich unmöglich erkennen ließ, ob sie die Wahrheit sagte oder lediglich höflich war.

Die drei Männer verbeugten sich vor ihr und Frevisse und wandten sich zum Gehen. Frevisse wollte ihnen nach, hielt aber inne und fragte Schwester Lucy: »Wie geht es Priorin Edith? Ist sie wieder krank?«

Schwester Lucy lächelte leicht. »Nicht wirklich. Es gefällt ihr nicht, daß ihr Körper so schwach ist, aber Schwester Claire hat gesagt, sie solle heute ruhig liegenbleiben und sich ausruhen, damit sie keinen Rückfall bekommt. Priorin Edith leidet momentan vor allem unter Ungeduld.«

»Kann sie Besuche empfangen?«

Schwester Lucy zögerte und sagte dann: »Das kommt darauf an. Es wäre nicht gut für sie, wenn sie wirklich beunruhigt würde ...« Sie hielt inne und blickte auf den Fußboden.

Frevisse beendete den Satz für sie. »Wie Schwester Fiacre es tun könnte. Aber wäre es möglich, daß ich sie heute irgendwann aufsuche?«

»Bei Gott sind alle Dinge möglich. Bei Priorin Edith weiß man es nie so genau. Ich werde mich erkundigen.«

Sie lächelten einander an und gingen ihrer Wege. Schwester Lucy kehrte zu Priorin Edith zurück und Frevisse zum alten Gästehaus.

Die Priorei hatte zwar über die Feiertage nur wenig Gäste und zudem keine wichtigen, aber dennoch, sagte sie sich, gebot ihr die Pflicht, dafür zu sorgen, daß sie alles hatten, was sie brauchten. Deshalb war sie jetzt auf dem Weg zu den Schauspielern, nur deshalb, und außerdem mußte sie natürlich Joliffe seinen Dolch zurückgeben.

Er lehnte gegen den breiten, gemauerten Türbogen des Gästehauses, als sie den Hof überquerte. Er schien ihr Kommen nicht wahrzunehmen, sondern starrte unbestimmt vor sich hin. Es sah aus, als wäre er in Gedanken weit weg. Dann bemerkte er sie. Frevisse wußte es, nicht weil er sich bewegt hätte, sondern einfach, weil seine Aufmerksamkeit wieder nach außen gerichtet war. Erst einige Herzschläge später hob er die Augen und sah sie an.

Sie zog den Dolch aus dem Ärmel und hielt ihn Joliffe hin. »Vielen Dank. Er war sehr nützlich.«

»Bei wem?« fragte er und nahm ihn entgegen.

Bewußt sagte sie: »Bei Sym«, und beobachtete Joliffes Gesicht.

Nur leicht aus der Fassung gebracht, erwiderte er: »Er muß ein leichtes Ziel gewesen sein. Er war bereits tot.«

»Ja«, stimmte Frevisse zu. Sie hatte ihn fragen wollen, was zwischen Schwester Fiacres Familie und der Schauspielertruppe vorgefallen war, aber dann hörte sie eine zornige Stimme hinter der Tür in ihrem Rücken. Sie lauschte und fragte überrascht: »Rose?«

Joliffe nickte mit einem Grinsen. »Bassett hat ihr erzählt, was in der Kirche geschehen ist. Wenn Ihr eine Spur von Mitgefühl im Leib habt, geht hinein und rettet ihn.«

»Aber was –«

Frevisse hielt inne, abgelenkt von Roses erhobener Stimme. Die Worte waren nicht zu verstehen, aber der Zorn war nicht zu verkennen.

»Sie hat Angst davor, daß wir wieder auf die Straße gesetzt werden, bevor der Tag zu Ende ist«, erklärte Joliffe. »Und daß Piers dann wieder krank wird. Es gibt nur wenige Dinge, die Rose in Rage bringen, aber Gefahr für Piers ist ganz eindeutig eins davon.« Er trat zur Seite und öffnete die Tür für sie. »Also geht und rettet Bassett, wenn es Euch recht ist.«

Frevisse betrat das Gästehaus. Joliffe folgte ihr nicht.

Bassett und Ellis saßen vor dem Feuer. Sie hatten die Schultern hochgezogen und machten den Eindruck von Männern, die gern gehen würden, wenn sie könnten. Rose, die gerade innegehalten hatte, stand ihnen gegenüber, die Hände in die Hüften gestemmt, und sah sie böse an. Als Frevisse eintrat, blickten alle in ihre Richtung, und Bassett erhob sich hastig und mit offenkundiger Erleichterung.

»Ich komme ungelegen«, begann sie.

»Aber nein«, erklärte Bassett schnell. »Wir haben uns nur gerade darüber unterhalten, wie gut die Kirche für die Aufführung unseres Stücks geeignet ist. Piers Stimme sollte dort hervorragend zur Geltung kommen.«

»Wird er bis dahin wieder gesund sein?«

»Wir denken schon, wenn er warmgehalten wird und direkt nach der Aufführung wieder ins Bett geht.«

»Ich bin es leid, im Bett zu liegen«, verkündete Piers laut aus seinen Decken vor dem Feuer. »Hewe, gib mir das mal rüber.«

Ein Korb voller Requisiten und anderen Dingen war dicht an sein Lager gezerrt worden. Wie die anderen Körbe war er groß, fast so lang wie der Junge und so hoch, daß er ihm bis zur Hüfte gereicht hätte, wenn er gestanden hätte. Der Korb hatte Hewe, der dahinter saß, vollständig verdeckt, aber jetzt, auf Piers Befehl, stand er auf und reichte ihm eine buntbemalte Schachtel. Er warf Frevisse einen wachsamen Blick zu, um zu sehen, was sie zu seiner Anwesenheit hier sagen würde.

Sie sagte gar nichts; wo er sich aufhielt, war seine Angelegenheit, oder die seiner Mutter, und er schien niemanden zu stören. Statt dessen sagte sie zu Bassett: »Werdet Ihr heute nachmittag proben?«

Hewe, sich ihres Desinteresses sicher, schob sich näher an Piers heran, und die beiden beschäftigten sich mit dem Inhalt der Schachtel, was immer sie auch enthalten mochte.

»Das hatten wir vor«, erwiderte Bassett. »Aber ich nehme an, wir sollten besser nicht in der Kirche proben?«

»Es wäre vielleicht besser, wenn Ihr das nicht tätet. Schwester Fiacre –«

Rose gab einen zornigen Laut von sich und machte eine scharfe Bewegung.

»Rose«, sagte Ellis und ging zu ihr. Es war eine Geste der Unterstützung, aber er berührte sie nicht, war ihr nur nahe.

Sie verschränkte fest die Arme vor der Brust, machte eine bewehrte Zinne aus ihnen.

»Sie ist dort, weil es ihre Pflicht gebietet, und weil sie es so möchte«, fuhr Frevisse fort. »Sie ist die Sakristanin. Wenn sie unausgeglichen wirkt, dann nicht, weil sie es so will. Ihr ... geht es nicht gut. Sie hat Krebs in der Brust und leidet oft große Schmerzen. Schwester Claire kann ihr nicht helfen, die Arznei, die sie ihr geben kann, nützt nicht mehr viel. Also sucht Schwester Fiacre die Stille der Kirche. Sie sieht ihren Schmerz als Sühne für ihre wenigen Sünden und findet Trost darin, für den Seelenfrieden der Wohltäter unserer Priorei zu beten.«

Bassett schnitt eine mitleidige Grimasse, und die anderen blickten beschämt oder verlegen drein. Aber Bassetts Blick richtete sich auf einen Punkt hinter Frevisses Schulter, und als sie sich umwandte, sah sie Meg dort stehen, gebeugt unter dem Gewicht eines Kohleneimers.

»Meg!« sagte Frevisse. »Sicher wäre ein Knecht besser in der Lage, das zu tragen. Warum gehst du nicht nach Hause?«

Die Falten in Megs abgearbeitetem, eingesunkenem Gesicht waren tiefer denn je. Sorgsam vermied sie es, den Blick von Frevisses Füßen zu wenden und einen der Schauspieler anzusehen. Mit monotoner Stimme sagte sie: »Ich will nicht riskieren, meine Stelle hier zu verlieren.« Sie blickte auf den Kohleneimer. »Priorin Edith hat angewiesen, dies hier zu den Gästen zu bringen. Ich stelle ihn einfach neben das Feuer, wenn ich darf.«

Mit immer noch gesenkten Augen schwankte sie vorwärts, stellte die Kohlen neben der Feuerstelle ab und wandte sich zum Gehen. Aber als sie die Augen hob, fiel ihr Blick auf Hewe und Piers, die so still dagesessen hatten wie Rehkitze, die hoffen, dem Jäger zu entkommen.

Frevisse sah Megs Verblüffung und Hewes Kummer. Dann verkrampfte sich Megs Gesicht vor Zorn, und sie zischte: »Hewe, wie kannst du es wagen, hier faul herumzusitzen, wo zu Hause so viel zu tun ist? Und wenn du keine Kraft oder keinen Willen für die Arbeit hast, solltest du bei deinem Bruder sein und für seine Seele beten, solange ich es nicht kann.« Zum ersten Mal sah sie die Schauspieler an. Ihre Augen durchbohrten sie. »Und am allerwenigsten solltest du hier bei diesen Leuten sein. Du gehörst nicht hierher. Bei diesen Leuten hast du nichts zu suchen. Komm mit.«

»Ach, aber Ma –« begann Hewe.

Aber Meg war bereits bei ihm und packte ihn am Ohr. »Wag es ja nicht, mir zu widersprechen!« Sie verdrehte es, und er kam auf die Beine und stieß einen gequälten Laut aus. »Komm mit! Ich kann mich also nicht darauf verlassen, daß du tust, was man dir gesagt hat, was? Gut, es gibt genug Hühner einzufangen, zu schlachten und auszunehmen, und du kannst mir helfen. Sei still, hör mit diesem Geschrei auf! Ich verstehe nicht, wie man so böse sein kann. Dir kann man nicht über den Weg trauen! Du kommst mit mir!«

Sie blieb lange genug in der Tür stehen, um einen hastigen, ungeschickten Knicks vor Frevisse zu machen, und Hewe schnitt Piers eine entschuldigende Grimasse, und dann waren sie weg.

Kapitel 18

Mittag und die Non waren vorbei. Frevisse ging ihren Pflichten nach und hielt Ausschau nach Vater Henry, der längst aus dem Dorf zurückgekehrt sein sollte, es aber nicht war. Sie hinterließ beim Torwächter und den Dienstleuten die Nachricht, er solle sich bei ihr melden, wenn er zurückkam, falls sie ihn vor ihr zu Gesicht bekommen sollten. Aber er kam nicht, noch erhielten sie Nachricht über die Ankunftszeit des Crowners, und der klare Wintertag ging einem frühen Sonnenuntergang entgegen. Als die Dämmerung kam, wurde die Kälte schneidender.

In den langen, schrägen Schatten und dem sich verdichtenden Licht begann die Glocke zur Vesper zu rufen. Aus allen Ecken des Klosters, in einem Durcheinander aus eiligen Fußtritten, Gehuste und einem lauten Nieser, machten sich alle Nonnen zur Kirche auf.

Frevisse, froh über die Gelegenheit, sich in den Frieden des Gottesdienstes fallen zu lassen und den in ihrem Kopf kreisenden Gedanken zu entkommen, gehörte zu den ersten. Heute würde keine Zeit mehr sein, mit Vater Henry zu sprechen. Aber nach der langen, frustrierenden Warterei war sie bereit, ihn und ihre Fragen eine Weile zu vergessen.

Ihre Erkältung war wie ein Gewicht, das ihren Leib und ihre Gedanken belastete und sie langsam und schwerfällig machte. Sie hoffte, die Gebete, das Nachtmahl in einem geheizten Raum und dann die Aufführung vor der Komplet würden sie genug ablenken, um sie nachts schlafen zu lassen.

Es war kalt im Kreuzgang, und der Wind war gerade stark genug, ihren Schleier zu lüften. Frevisse zog die schwere Kirchentür auf und betrat die düstere Kirche, zwei Nonnen direkt hinter sich. Sie würden einfach drinnen auf die anderen warten. Zuerst war das schwarze Bündel, das auf den Altarstufen ausgestreckt lag, nur ein vager Eindruck, ein Schatten in der allmählich aufziehenden Dunkelheit. Es dauerte einen Augenblick, bis ihnen klar wurde, daß etwas nicht stimmte, daß eine nähere Untersuchung nötig war.

Schwester Thomasine, die, wenn es um den Altar oder ihre Gebete ging, stets mutiger war als bei jeder anderen Gelegenheit, ging zuerst nachsehen. Aber es war Frevisse, die plötzlich begriff, was sie da sah. Sie eilte rasch vor, als Thomasine niederkniete und eine Hand nach der Gestalt ausstreckte.

»Thomasine!« sagte sie scharf, und die junge Frau zog die zögernd ausgestreckte Hand zurück und sah sich um. Ruhiger, fast überredend, fügte Frevisse hinzu: »Komm her, Thomasine. Du darfst sie nicht berühren.«

Schwester Thomasine drehte den verschleierten Kopf herum, die Augen in ihrem blassen Gesicht und unter dem weißen Schleier groß vor Bestürzung.

»Aber ich glaube, sie ist tot«, sagte sie.

»Faß sie nicht an«, wiederholte Frevisse, half Thomasine hoch und führte sie von dem Leichnam weg. »Bleib einfach hier stehen.«

»Wer ist es?« fragte eine der anderen Nonnen, eine Frage, die bruchstückhaft wiederholt wurde, während sie sich gegenseitig ansahen, um festzustellen, wer fehlte. Andere Nonnen waren inzwischen hereingekommen, und jetzt betraten zwei weitere die Kirche und bekamen in verängstigtem Flüsterton mitgeteilt, was geschehen war.

»Ist Schwester Claire hier?« fragte Frevisse.

Noch während sie das sagte, wanderten ihre Augen suchend über die Gesichter.

»Hier bin ich«, sagte Schwester Claire und löste sich aus der flüsternden Menschentraube. Sie kniete neben der zusammengesunkenen Gestalt nieder. Einen Augenblick zögerte sie, bevor sie sehr sanft den Hinterkopf der gestürzten Nonne berührte. Dann schob sie die Hand unter ihre Schulter und drehte sie so weit herum, daß sie in ihr Gesicht sehen konnte. In dem schwachen Licht wirkte es fast so weiß wie das Kinntuch, das es umgab. Jetzt war er stellenweise dunkel. Schwester Claire drehte den Leichnam wieder in die ursprüngliche Position zurück und bekreuzigte sich, bevor sie sich erhob und sich an die anderen wandte.

»Es ist Schwester Fiacre.« Es kostete sie einige Anstrengung, ihre tiefe Stimme ruhig klingen zu lassen.

Schwester Thomasine sank auf die Knie und rief mit lauter Stimme: *»Si iniquitates observaveris, Domine; quis sustinebit?«* Wenn du das Böse ansiehst, o Herr, wer soll es ertragen?

Das ließ die anderen auf die Knie sinken. Eine der Nonnen begann zu schluchzen.

Über die gesenkten Köpfe hinweg sah Frevisse, wie Priorin Edith, auf Schwester Juliana gestützt, durch die Tür kam. Frevisse schlängelte sich zwischen den knienden Gestalten hindurch, ging zu ihr und sagte ruhig: »Schwester Fiacre ist tot. Sie liegt auf den Stufen des Altars.«

Priorin Ediths tiefliegende, halb unter Falten verborgene Augen richteten sich schnell auf die stille Gestalt von Schwester Fiacre und auf Schwester Claire, die neben ihr kniete. Dann sah sie wieder Frevisse an und sagte: »Bringt mich zu ihr.« Und zu Schwester Juliana gewandt: »Bleibt hier.« Auf Frevisses Arm gestützt umging sie die knienden Nonnen, vorsichtig und mit unsicheren Schritten.

Schwester Claire erhob sich, als sie näherkamen, und stellte sich zwischen Priorin Edith und die Tote. Aber Priorin Edith sagte: »Sie ist eine der Meinen. Kann ich es verweigern, sie anzusehen?«

Schwester Claire zögerte. Dann sagte sie, so leise, daß es außer ihnen keiner hören konnte: »Es war nicht ihre Krankheit, die sie getötet hat.«

Ebenso leise, ohne Zögern, wiederholte Priorin Edith: »Ich werde sie mir ansehen.«

Frevisse ging zum Altar, machte einen Kniefall und zog eine der Kerzen aus dem Kerzenhalter. Sie entzündete sie an der Lampe, die über dem Altar brannte, und ging die drei Stufen herunter, die Kerze in der Hand.

Wieder drehte Schwester Claire die Tote um, so daß ihr Gesicht entblößt war, und schweigend stand Priorin Edith da und sah auf ihre tote Nonne herunter. Der Schleier um Schwester Fiacres Kopf hatte verborgen, wie flach ihr Hinterkopf war und daß die gebrochenen Schädelknochen ihr

Gesicht verzerrten. Beides wurde jetzt in dem goldenen Kerzenschein enthüllt. Ihre Augen traten hervor, als wäre sie erstaunt, vom Tod eingeholt worden zu sein. Ein wenig Blut war durch das weiße Kinntuch gesickert, das ihr Gesicht eng umschloß, aber es war nicht vor Schrecken verzerrt. Sie war ohne Vorwarnung und augenblicklich gestorben. Der Nonnenschleier hatte den größten Teil des Blutes aufgesogen. Nur eine dünne Linie glänzte auf dem Steinboden, als das Kerzenlicht darauf fiel.

Sie hörten, wie sich hinter ihnen jemand erhob, und Schwester Alys' heisere Stimme sagte: »Es ist eine Schande, kommt aber nicht unerwartet, so krank, wie sie war. Wer hilft mir, sie wegzubringen? Ich zünde einige der Kerzen und Laternen an. Wir brauchen mehr Licht. All diese Laternen warten auf die Aufführung heute abend. Obwohl es jetzt keine Aufführung geben wird.«

Priorin Edith, die sich schwer auf Frevisses Arm stützte, erwiderte, ohne sich umzuwenden und ohne daß ihre Stimme etwas verriet: »Laßt die Lampen in Ruhe, wir brauchen sie noch nicht. Schwester Alys, führt alle in den Gemeinschaftsraum und haltet dort die Vesper ab. Schwester Frevisse, Schwester Claire und Schwester Thomasine bleiben hier. Ihr anderen, geht. Denkt daran, den Psalter mitzunehmen. Betet um so inniger in unserer Abwesenheit. Ich werde zu euch kommen, sobald ich kann, um euch mitzuteilen, wer die Totenwache bei Schwester Fiacre halten wird und wann.«

Dankbar und beruhigt durch ihre Autorität erhoben sich die Nonnen stillschweigend und unter dem Rascheln von Röcken und weichen Sohlen. Zwei oder drei hatten sich genug entspannt, um zu husten. Sie verließen die Kirche in Schwester Alys' Kielwasser; die Tür fiel schwer hinter der letzten ins Schloß.

»Wer?« fragte Priorin Edith. »Warum?«

Darauf gab es noch keine Antwort. Oder vielmehr, es gab verschiedene Antworten, aber noch keine Möglichkeit festzustellen, welche die richtige war. Frevisse, die über die unmittelbare Realität hinaus begonnen hatte, darüber nachzudenken, was der Tod von Schwester Fiacre bedeutete und was jetzt geschehen würde, sah mehrere Möglichkeiten voraus, und keine davon gefiel ihr.

»Roger Naylor muß informiert werden«, sagte sie.

»Und Schwester Fiacre muß vorbereitet werden«, sagte Priorin Edith, »bevor die anderen sie zu Gesicht bekommen. Wir müssen es ihnen sagen, aber sie brauchen Schwester Fiacre nur in ihrem Sarg zu sehen. Sie brauchen nicht zu sehen, was wir gesehen haben. Thomasine, du darfst kein Wort über das verlieren, was du hier gesehen hast.«

»Nein, Ehrwürdige Mutter.«

»Ich muß die Wunde sehen«, sagte Frevisse.

»Wozu?« fragte Schwester Claire.

»Vielleicht verrät uns die Wunde, mit welcher Art Waffe sie erschlagen wurde. Zumindest wissen wir dann, ob es sich um eine scharfe oder stumpfe Waffe handelte.«

»Ich fürchte, ihr Kopf könnte auseinanderfallen, wenn wir den Schleier entfernen«, sagte Schwester Claire. Ihr Ton verriet tiefen Kummer. Thomasine begann, lauter zu beten.

»Könnt Ihr sie, äh, wieder herrichten, Schwester Claire?« bat Priorin Edith.

Die Krankenpflegerin umfaßte mit ihren kleinen Händen auf beiden Seiten den Schädel der toten Nonne und drückte sanft. Die Knochen verschoben sich mit einem leisen, schabenden Geräusch in eine etwas natürlichere Position. Schwester Claire schluckte schwer und sagte: »Es scheint, daß die Haut größtenteils unverletzt ist, aber ich würde es vorziehen, den Schleier nicht abzunehmen. Dennoch verstehe ich Schwester Frevisses Wunsch. Wir werden ein sauberes Kinntuch brauchen. Und am besten ersetzen wir den Schleier.«

»Schwester Frevisse, nehmt Schwester Thomasine mit und bringt her, was benötigt wird. Wir werden die Tote hier vorbereiten. Das wäre am besten, findet Ihr nicht auch, Schwester Claire?«

Sie nickte. »Je weniger sie bewegt wird, desto besser. Wir werden sie hier waschen und aufbahren. Vielleicht schaffen wir das vor dem Ende der Vesper.«

»Ich danke Euch. Dann werde ich den anderen mitteilen, was geschehen ist.«

Schwester Thomasine hatte sich erhoben und war zu ihnen hinübergekommen, während sie sich unterhielten. Jetzt stand sie an Frevisses Seite. Sie sah ebenso krank aus, wie Frevisse sich fühlte. Die Augen auf Schwester Fiacre gerichtet, flüsterte sie: »Irgendein böser Mensch hat ihr die letzte Ölung verweigert.«

»Sie hat seit langer Zeit gewußt, daß sie sterben würde«, sagte Priorin Edith. »Und war so vorbereitet auf den Tod, wie man nur sein kann. Und als man sie erschlug, betete sie am Fuße des Altars. Sie ist durch einen Akt der Gewalt gestorben, aber an einem heiligen Ort. Wir können uns ihren Gebeten nur anschließen.« Ihr Gewicht hatte zunehmend schwerer auf Frevisses Arm gelastet. Im selben ruhigen, gelassenen Ton sagte sie: »Jetzt möchte ich mich setzen.«

Frevisse legte einen Arm um Priorin Ediths Taille, führte sie zu ihrem Platz im Chorgestühl und ließ sie behutsam darauf niedersinken. Ihr Platz im Chorgestühl war das einzige im gesamten Kloster, was einer Nonne allein gehörte, ihr ganzes Leben lang – es sei denn, sie stieg wie Priorin

Edith zur Äbtissin oder Priorin auf und übernahm den erhöhten und kunstvoll geschnitzten Sitz, der zu diesem Amt gehörte. Aber der Sitz der Priorin gehörte jetzt seit über dreißig Jahren Priorin Edith und war ihr wahrscheinlich ebenso vertraut wie ihr Bett. Sie sank zurück und neigte den Kopf zum Gebet. Denn in dieser sündhaften Welt stirbt niemand, ohne Gebete für sein Seelenheil zu brauchen, ganz gleich, wie vorgewarnt er sein mag.

Frevisse ging zu Schwester Claire zurück, und die beiden erledigten die grausige Aufgabe, Schwester Fiacre den Schleier abzunehmen. Frevisse bemerkte überrascht, wie grau Schwester Fiacres kurzes Haar schon war; sie war noch nicht einmal vierzig gewesen. Aber am Hinterkopf war das Haar dunkel und klebrig durch das fast schon geronnene Blut.

»Das ist merkwürdig«, bemerkte Schwester Claire nach ein paar Minuten.

»Finde ich auch«, sagte Frevisse. »Hier, und hier, sind Schnittwunden, aber hier sieht der Schädel zertrümmert aus, wie von einem Knüppel.«

»*Zwei* Mörder?« Schwester Claires tiefe Stimme war krank vor Bestürzung.

»Zwei Waffen jedenfalls. Es ist schwer, sich vorzustellen, daß zwei Leute gemeinsam kamen, um Schwester Fiacre zu ermorden. Ich bete darum, daß wir die Wahrheit herausfinden können, denn ich bezweifle, daß Meister Montfort dazu fähig sein wird.« Frevisse stand auf. »Ich werde holen, was wir benötigen. Ehrwürdige Mutter, wünscht Ihr, Euch den anderen zur Vesper anzuschließen?«

»Nein. Noch nicht jedenfalls. Geht, und Ihr ebenfalls, Schwester Thomasine.«

»Ja, Ehrwürdige Mutter.« Thomasine bekreuzigte sich und stand auf.

Das, was sie brauchten, um die Tote auf das Begräbnis vorzubereiten, war in der Krankenstation. Aber sobald sie im Kreuzgang waren, erklärte Frevisse: »Geht Ihr voraus und holt den Schleier. Ich werde Meister Naylor sagen, daß wir einen Sarg brauchen.«

Irgendwo in den Vorratsräumen des Klosters befand sich stets mindestens ein Sarg, denn im Winter bestand immer die Möglichkeit, daß in der Priorei jemand starb. Noch vor zwei Wochen war befürchtet worden, daß es Priorin Ediths Sarg werden würde, aber dann hatte sie begonnen, sich von ihrem Husten zu erholen. Jetzt würde ihn schließlich doch diejenige bekommen, mit deren Ableben als nächstes gerechnet worden war, wenn auch nicht auf diese Weise.

Zu dieser Tageszeit sollte Roger Naylor sich eigentlich noch irgendwo im Kloster aufhalten, um zu überprüfen, ob alles zur Nacht gerüstet und in Ordnung war. Frevisse ging in den Klosterhof und sah sich nach einem Knecht um, den sie mit einer Nachricht zu Naylor schicken konnte. Statt dessen sah sie Naylor selbst, der mit seinem entschlossenen, unbeirrbaren Gang über den Hof hinweg auf sie zukam. In dem schwindenden Tageslicht warf er auf einer Seite einen langen Schatten.

Er rief ihr zu: »Was stimmt da drin nicht? Ich höre nichts, wo ich doch Singen aus der Kirche hören müßte.« Als er ihr Gesicht sah, beschleunigte er seine Schritte. »Was ist los?«

»Schwester Fiacre ist tot. Könnt Ihr einen Sarg in die Kirche bringen? Dort haben wir sie gefunden, und Priorin Edith möchte, daß sie dort vorbereitet wird.«

Naylor bekreuzigte sich. »Gott möge ihrer Seele gnädig sein. Ich wußte nicht, daß sie dem Tode so nahe war.«

»War sie auch nicht«, sagte Frevisse. »Könnt Ihr den Sarg holen? Und könnt Ihr Vater Henry benachrichtigen, wo immer er sein mag?«

Naylor warf ihr einen scharfen Blick zu, nickte aber lediglich und ging.

Frevisse kehrte zum Kreuzgang zurück. Schwester Thomasine war direkt vor ihr, mit einer schweren Bürde: Sie trug eine Schüssel Wasser, in der zwei Lappen schwammen, und über dem Arm einen Schleier und Handtücher. Frevisse beeilte sich, sie einzuholen, nahm ihr alles bis auf die Schüssel ab und ging voraus, um die Tür aufzuhalten.

Die Tote wurde gewaschen und wieder angekleidet und war bereit für den Sarg, als Naylor in die Kirche kam. Ihm folgten zwei der Knechte des Klosters, die den Sarg trugen. Ein dritter Mann trug die Sägeböcke, auf denen der Sarg ruhen würde. Schwester Claire und Frevisse stellten sich unauffällig so hin, daß die tote Schwester Fiacre vor den Blikken der Männer abgeschirmt war, während sie den Sarg abstellten und die Böcke aufbauten. Naylor entließ sie, und als sie gegangen waren, fragte er: »Soll ich helfen, sie in den Sarg zu legen, oder soll ich auch weggehen?«

Nach diesem deutlichen Wink mit dem Zaunpfahl erklärte Schwester Claire: »Sie ist ermordet worden. Jemand hat sie von hinten erschlagen, als sie auf den Altarstufen kniete.«

»Ihr seid sicher, daß sie erschlagen wurde? Vielleicht ist sie ja gestürzt.«

»Ganz sicher«, sagte Frevisse. »Habt Ihr heute irgendwelche Fremden innerhalb unserer Mauern gesehen?«

»Nein, Mylady. Außer den Schauspielern natürlich. Wie ich hörte, gab es vorhin hier in der Kirche einen Wortwechsel zwischen ihnen und Schwester Fiacre.«

Er brachte dieses Häppchen Klatsch ohne Bosheit oder Arroganz vor, aber Frevisse wäre fast zornig hochgefahren. Bevor sie etwas erwidern konnte, sagte Priorin Edith:

»Wenn Ihr uns freundlicherweise bei der traurigen Pflicht behilflich sein wolltet, Schwester Fiacre in den Sarg zu legen, Meister Naylor. Wir möchten gerne, daß es vor dem Ende der Vesper geschehen ist.«

»Wie Ihr wünscht, Ehrwürdige Mutter.«

Sie traten zur Seite und ließen ihn durch. Die Tote lag jetzt auf dem Rücken, das blutbefleckte Kinntuch mit einem frischen bedeckt, der blutgetränkte Schleier durch einen neuen ersetzt. Mit geschlossenen Augen, ohne eine Spur von Blut oder Qual, lag sie ganz still da. Nur der unnatürliche nach hinten geneigte Kopf, der keinen geschwungenen Hinterkopf mehr hatte, der ihn hätte stützen können, verriet das schreiende Unrecht, das geschehen war.

»Der Crowner ist sowieso auf dem Weg, wegen des Todesfalls im Dorf«, sagte Naylor zu Priorin Edith. »Nach seiner Ankunft werdet Ihr nicht mehr geheimhalten können, daß dieser Tod ein Mord war.«

Priorin Edith schüttelte langsam den Kopf. »Wir wollen nicht geheimhalten, daß sie ermordet wurde. Es wäre nicht ehrlich, und es wäre gefährlich. Dennoch hoffen wir, die volle häßliche Wahrheit über die Art, wie sie sterben mußte, vor den anderen zu verbergen. Daß sie ermordet wurde, wird alle hart genug treffen.«

Frevisse hob leicht die Hand, bat um Aufmerksamkeit. »Da ist noch etwas.« Schwester Thomasine, Priorin Edith und Naylor drehten sich zu ihr um; Schwester Claire sah in die entgegengesetzte Richtung. Frevisse schob die Hände in ihre Ärmel und drückte das Kreuz durch. Sie nahm die formelle Haltung ein, um ihre Stimme ruhiger klingen zu lassen. »Auch Sym ist ermordet worden.«

Naylor sprach als erster. »Wie könnt Ihr da so sicher sein?«

Schwester Claire antwortete. »Weil der Leichnam des Jungen zwei Wunden aufweist. Eine ist kaum der Rede wert. Er ist in der Schenke verletzt worden und anschließend nach Hause gegangen. Die andere Wunde ist ihm zugefügt worden, als er auf dem Bett lag.«

Priorin Edith wandte milde ein: »Aber angenommen, auch der zweite Stich ist ihm in der Schenke zugefügt worden, bei der Prügelei?«

Frevisse erwiderte: »Der Stich ging direkt ins Herz. Sym mußte fast sofort tot gewesen sein. Mit dieser Wunde ist er nirgendwo mehr hingegangen.«

Naylor brütete einen Augenblick schweigend, dann sagte er zu ihr: »Ich möchte ihn mir ansehen. Ich verstehe etwas von Stichwunden. In der Zwischenzeit« – er wandte sich wieder an Priorin Edith – »sorgt am besten dafür, daß keine Eurer Nonnen sich irgendwo allein aufhält, wenn sie es vermeiden kann, bis ich Sorge getragen habe, daß diese Schauspieler eingesperrt bleiben, bis Montfort kommt.«

Wieder mußte Frevisse eine zornige Erwiderung unterdrücken. Natürlich lag es nahe, die Schauspieler zu verdächtigen, und Frevisse mußte erst einen Weg finden, ihre Unschuld zu beweisen. Aber es tat weh, zu sehen, wie Priorin Edith diese Äußerung fraglos hinnahm und zustimmend leicht den Kopf neigte.

»Aber nun der Sarg«, sagte sie.

Schwester Claire trat zur Seite, so daß Frevisse und Naylor ihn auf die Auflageböcke heben konnten.

Als sie fertig waren und zurücktraten, kehrte einer der Knechte zurück, die den Sarg hereingetragen hatten, und kam eilig den Mittelgang hinuntergeflitzt. Seine Nase war rot, und er war außer Atem, als er sich kurz vor niemand Besonderem verbeugte und sagte: »Es ist der Crowner! Er reitet gerade in den Hof, er und seine Männer.«

»Er kommt früher als erwartet«, bemerkte Schwester Claire.

Frevisse versteifte sich, sagte aber nur: »Mit Eurer Erlaubnis, Ehrwürdige Mutter, werde ich gehen und dafür sorgen, daß er in unserem Gästehaus angemessen untergebracht wird. Zweifellos wird er sein Nachtmahl haben wollen, und ich werde ihm erklären müssen, daß seine allzu frühe Ankunft uns keine Zeit für Vorbereitungen gelassen hat.«

Die Seitentür der Kirche öffnete sich, und Schwester Juliana trat ein. Ihre Augen weiteten sich, als sie den Sarg sah, und noch einmal, als sie Meister Naylor erblickte, aber sie knickste vor Priorin Edith, die in ihrem Chorstuhl saß, und sagte: »Schwester Alys hat mich geschickt, um zu sagen, daß wir mit der Vesper fertig sind und wissen wollen, ob wir hierher zurückkommen oder zum Nachtmahl gehen sollen.«

Priorin Ediths Antwort kam leise, aber prompt: »Tut keins von beidem. Schwester Claire, geht zum Gemeinschaftsraum und erklärt in meinem Auftrag, daß Schwester Lucy und Schwester Emma mit der Totenwache beginnen sollen. Sie sollen sofort hierher kommen und ein spätes Nachtmahl in der Küche einnehmen, wenn sie abgelöst werden. Die anderen sollen sich untereinander über die Reihenfolge einigen. Mit Ausnahme von Schwester Frevisse, die die erste Wache nach Matutin und Laudes übernehmen wird, da sie sich jetzt um die neu eingetroffenen Gäste kümmern muß. Sobald ihr entschieden habt, wer wann heute nacht und bis zur morgigen Kapitelversammlung die Totenwache halten wird, könnt ihr zum Essen gehen.«

Schwester Claire nickte anerkennend, als sie diese

prompte Lösung eines Teils des Problems hörte, und knickste tief. »Wie Ihr wünscht, Ehrwürdige Mutter«, murmelte sie und ging.

Schwester Juliana nahm sie mit.

»Nun«, fuhr Priorin Edith fort, »Ihr, Meister Naylor, geht besser und stellt sicher, daß die Gaukler im alten Gästehaus sind und dort bleiben werden. Dann sorgt dafür, daß Meister Montforts Pferde in den Stall gebracht werden.« Zu dem Knecht sagte sie: »Geh, richte Meister Montfort meine Grüße aus und sage ihm, daß ich ihn in meinem Wohnzimmer empfangen werde, sobald ich es einrichten kann. Schwester Thomasine wird mich dorthin begleiten. Schwester Frevisse, Ihr bleibt hier, bis die Schwestern Lucy und Emma kommen, dann eilt zu Euren Pflichten im Gästehaus. Erkundigt Euch, ob noch irgend etwas Warmes aus unserer Küche zu bekommen ist.«

Sie hielt inne, erwog, ob sie alles bedacht hatte, was im Augenblick erledigt werden mußte, dann nickte sie und streckte die Hand aus, um Schwester Thomasines Arm zu nehmen.

Sie hatte kaum die Kirche verlassen, als die beiden Nonnen hereinkamen, die die erste Totenwache bei Schwester Fiacre halten würden. Frevisse holte zwei Kerzen und zwei vergoldete Leuchter, die sie ans Kopfende und ans Fußende des Sarges stellen würde, aus der Sakristei und entzündete sie an der Altarkerze, die sie dann ausblies und durch eine neue ersetzte.

Draußen war es fast dunkel, und der Hof war von flackernden Fackeln erleuchtet. Frevisse blieb vor dem Westportal der Kirche stehen und zählte schnell die Männer durch, die Montfort mitgebracht hatte. Der Crowner selbst war in ihrer Mitte, die massige Gestalt eingehüllt in einen schweren Umhang mit Kapuze. Er stand neben seinem großen falben Wallach und gab einem Knecht des Klosters kurze Anweisungen, bevor er ihm die Zügel überließ. Das Fackellicht ließ sein Gesicht noch röter wirken, als es ohnehin schon war, und nach seiner Miene zu urteilen, entsprach seine Laune seiner Gesichtsfarbe

Frevisse tat so, als würde sie ihn nicht sehen, und ging schnell an ihm vorbei zum großen Gästehaus. Als Montfort das letzte Mal nach St. Frideswide gekommen war, hatte sie sich in seine Untersuchung eingemischt, was er bei einer Frau und einer Nonne für völlig unpassend hielt. Sie hatte bewiesen, daß sie recht hatte und er unrecht, aber das hatte seine Meinung über sie nicht geändert. Frevisse wollte ihn nicht schon wieder reizen, aber sie würde ihm auch nicht erlauben, die üblichen einfachen, falschen Schlüsse zu ziehen. Sie würde eben diplomatisch vorgehen müssen und dafür sorgen, daß Vater Henry oder Meister Naylor ihm ihre Ideen unterbreiteten, in Form von Vorschlägen oder Fragen, die ihn nicht kränken konnten. Meister Naylor schätzte kluge Frauen nicht, aber zumindest wußte er, wie man mit dummen Männern umging.

Im Gästehaus waren die Dienstleute bereits versammelt und warteten auf Befehle. Zuerst ordnete sie an, Syms Leichnam in einen leeren Schuppen im Außenhof zu bringen – Montfort würde es nicht gefallen, sein Quartier mit einem toten Leibeigenen teilen zu müssen –, und dann befahl sie, in der besten Kammer und in der Küche des Gästehauses ein Feuer anzuzünden. Sie schickte die Dienstleute an ihre jeweiligen Pflichten, und als alles in Gang gesetzt war, überließ Frevisse sie ihrer Arbeit, sicher, daß ihre Leute wußten, was zu tun war.

Im Hof blickte sie zum alten Gästehaus herüber. Ein

Knecht, den sie als Naylors Gehilfen erkannte, stand Wache vor der Tür. Eigentlich sollte sie zum Kloster zurückkehren und sich in der Küche mit Schwester Alys über das Erhitzen von Apfelwein beraten. Aber sie wandte sich vom Kloster ab und ging zum anderen Gästehaus. Es würde heute keine Aufführung geben, und sie wollte sicher sein, daß die Schauspieler das erfuhren.

Kapitel 19

Als Frevisse am nächsten Morgen erwachte, steckte ihr eine bleischwere Müdigkeit in den Knochen. Die Totenwache in der kalten Kirche neben dem steifen Leichnam von Schwester Fiacre hatte ihr nicht nur den nötigen Schlaf geraubt, sondern sie auch deprimiert. Sie war den Tod leid, sie war es leid, unterkühlt und krank zu sein, sie war es leid, mit anderen unterkühlten, kranken Frauen zusammen zu sein, sie war selbst die Gebete und die Gottesdienste leid. Frevisse zwang sich, den Morgen bis zum Ende der Kapitelversammlung durchzustehen. Dann gingen die Nonnen, um sich an ihre verschiedenen morgendlichen Pflichten zu machen. Schwester Claire trat an Priorin Ediths Seite, um ihr in ihre Räumlichkeiten zurückzuhelfen. Die Priorin nahm ihren Arm und bedeutete Frevisse mit einer Geste, ihnen zu folgen.

Beim Gehen brauchte Priorin Edith nur wenig Hilfe, aber auf den Stufen zu ihren Privaträumen akzeptierte sie dankbar die Unterstützung. Unter dem pelzgefütterten Umhang und mehreren Schichten Kleidung schien sie nur aus Haut und Knochen zu bestehen.

In ihren Räumen gab es mehr Luxus als im übrigen Kloster. Von ihrem Wohnzimmer aus, in dem sie wichtige oder ihr persönlich willkommene Gäste empfing, konnte man durch drei hohe, mit durchsichtigem Glas versehene Fenster den Klosterhof überblicken. Die Ehrwürdige Mutter war seit mehr als dreißig Jahren Priorin, und ihre persönlichen Sachen hatten so allmählich Einzug in den Raum gehalten, daß St. Frideswide ohne sie unvollständig gewirkt hätte. Ein gewebter Teppich aus Spanien lag auf einem Tisch, und vor dem Kamin stand ein Stickrahmen mit einem unvollendeten Wandbehang, der die Jungfrau mit dem Kind in einem Blumenfeld zeigte. Auf dem Kaminsims befand sich ein alter Korb, in dem ihr Windhund geschlafen hatte. Er war letzten Sommer gestorben, aber Priorin Edith hatte noch nicht angeordnet, den Korb zu entfernen, und niemandem wäre es auch nur im Traum eingefallen, das ohne ihren Befehl zu tun.

Das Zimmer war bereit für seine Herrin, im Kamin brannte ein Feuer, und in zwei Ecken des Raumes waren Kohlenpfannen entzündet worden. Das einzige, was nicht freundlich oder passend wirkte, war Meister Montfort, der mit gespreizten Beinen, die Hände auf dem Rücken, vor dem Feuer stand. Das Mißvergnügen war ihm deutlich von seinem fuchsnasigen Gesicht abzulesen. Er klatschte den Handrücken der einen Hand gegen den Handteller der anderen und füllte die Lücke seines Wartens mit diesem harten Geräusch.

Bei seinem Anblick fühlte Frevisse heftige Bestürzung und Unruhe in sich aufsteigen. Es war eine Tatsache und schlicht und einfach nicht zu leugnen, daß Meister Morys Montfort, Crowner des Königs im nördlichen Oxfordshire, ein arroganter Trottel war.

Priorin Edith neigte den Kopf. »*Benedicite*, Meister Montfort. Ich bitte Euch, gebt mir einen Augenblick Zeit, ich habe noch etwas mit Schwester Claire zu besprechen.«

Sie legte ihren Umhang nicht ab, als sie sich umwandte und sich in ihrem Sessel niederließ, sondern hüllte sich weiter fest in ihn ein. Schon vor dem Ausbruch dieser Winterkrankheit hatten ihre Kräfte leicht abgenommen. Ihre weiche, faltige Haut war so blaß, daß schwer zu sagen war, wo die Haut aufhörte und der weiße Nonnenschleier begann. Aber ihre Augen hatten nichts von ihrer Wachsamkeit verloren, und jetzt richtete sie sie auf Schwester Claire.

»Also –« begann Priorin Edith, aber es kam nur ein Krächzen heraus, und sie hielt inne, um sich zu räuspern, bevor sie weitersprach. »Also, was macht unser Kampf gegen die Erkältung? Werden wir die Sache bald hinter uns haben, oder sollen wir bis zum Frühjahr so weitermachen?«

»Bis zum Frühjahr gewiß nicht«, erwiderte Schwester Claire etwas steif. Sie fand ebenso wenig Gefallen an Meister Montfort wie Frevisse. »Die meisten von den Erkrankten zeigen schon Anzeichen von Besserung, und es hat sich zumindest nichts Schlimmeres eingestellt.«

»Und dafür müssen wir Euch ebenso danken wie Gott, ich weiß«, sagte Priorin Edith. »Und dennoch, es wird ein Segen sein, wenn es vorbei ist. Ich bin es ausgesprochen leid, daß die Stundengebete sich anhören wie ein Chor von Fröschen. Ich danke Euch, Schwester.« Sie wandte sich mit einem Lächeln, in dem keinerlei Entschuldigung lag, an Montfort. »Ich hatte nicht vor, diese Frage in der Kapitelversammlung zu erörtern, aus Furcht, Rückfälle zu provozieren. Nun, wie stehen die Dinge? Kümmert man sich gut um Euch und unterstützt Euch in Euren Nachforschungen?«

Montfort hörte mit seinem ungeduldigen Klatschen auf. »Nach dem, was Euer Verwalter mir erzählt hat, weiß ich, daß der Abschluß der Angelegenheit einige Probleme bereiten wird.«

Schwester Claire wußte mehr über den Tod von Sym und Schwester Fiacre als Roger Naylor, aber ihr Gesichtsausdruck zeigte deutlich, daß Montfort sie nicht befragt hatte. Aber Montfort sah, daß sie den Mund aufmachen wollte, und warf ihr einen so übellaunigen Blick zu, daß sie die Lippen fest zusammenpreßte. Er schniefte, befriedigt darüber, ein impertinentes weibliches Wesen auf seinen Platz verwiesen zu haben.

»Ich war davon ausgegangen, daß es sich lediglich um einen Tod durch Unfall handelte«, sagte er. »Ein höriger Bauer, der in der Weihnachtszeit nichts mit sich anzufangen weiß, Streit mit einem Gauner anfängt und in sein eigenes Messer fällt. Ich wünschte, es wäre so, da ich eigentlich meine eigenen Feiertage genießen wollte. Lord Lovel war so freundlich, meine Frau und mich mit einer Einladung über die Feiertage zu beehren.«

Es versuchte häufiger es so klingen zu lassen, als würde er auf diese Weise geehrt. Aber allein die Mühe, die er sich gab, diese Tatsache ins Gespräch einzuflechten, zeigte deutlich, daß diese Form des Geehrtwerdens in höchstem Maße erstaunlich war. Frevisse fragte sich, ob er sich nicht mit seiner Ankunft Zeit gelassen oder sogar sein Urteil durch einen Boten übermittelt hätte – die Sache schien so unbedeutend zu sein –, wenn er nicht den Wunsch verspürt hätte, seinem Gastgeber seine Wichtigkeit zu demonstrieren. Und jetzt war er hier, herbeigeeilt trotz der Feiertage und des Wetters und ebenso ungeduldig bestrebt, wieder zu gehen, zweifellos, um seinen Gastgeber mit Geschichten über seine Fähigkeiten zu erbauen.

»Aber nun höre ich, daß dieser erste Todesfall vorsätzlicher Mord war. Und jetzt hat es noch einen Mord gegeben. Zwei Tote, und einer davon in Eurer Kirche!« Sein Ton stellte klar, daß er so etwas für einen persönlichen Angriff gegen Gott, den Frieden des Königs – und ihn selbst – hielt. Montfort hielt inne. Frevisse fragte sich, ob er eine Entschuldigung erwartete, aber niemand sagte etwas, also sprach er weiter. »Und noch etwas ist völlig klar.« Er starrte böse auf Frevisse. »Es gibt Leute, die sich in etwas einmischen, was sie nichts angeht. Schon wieder.«

Priorin Edith sah Frevisse milde an. »Mischt Ihr Euch etwa in Angelegenheiten ein, die Euch nichts angehen, Schwester?«

Frevisse, die gefalteten Hände in die Ärmel geschoben und die Augen niedergeschlagen, antwortete mit gesenkter Stimme: »Ich habe Fragen gestellt, Ehrwürdige Mutter. Es schien mir notwendig, frühzeitig festzuhalten, was geschehen war. Wir wußten schließlich nicht, wie rasch Meister Montfort eintreffen würde.«

Jemand begann an der Tür zu kratzen. Priorin Edith schien es nicht zu hören – ihre Dienerinnen klopften laut und deutlich –, aber dann ging die Tür auf, und ein Mann mit einer beginnenden Glatze streckte seinen Kopf herein.

Montfort winkte ihn heran, und diese Geste erinnerte

Frevisse daran, daß der Crowner einen Schreiber hatte, der so in Montforts Schatten stand, daß er gewöhnlich unbemerkt blieb. Er trug ein loses Gewand, das mit einem breiten Ledergürtel um die magere Taille festgezurrt war. An dem Gürtel hingen ein Tintenfaß, ein dicker schäbiger Beutel, vollgestopft mit Pergamentblättern, ein kleines Messer und ein Lederband, das um ein Bündel Rabenfedern gewunden war.

»Ich erbitte demütigst Eure Vergebung«, sagte er mit dünner Stimme, nicht zu der Herrin des Klosters, sondern zu seinem Meister. »Ich habe Stimmen gehört, und ich dachte, falls Ihr eine Befragung durchführt, würdet Ihr wünschen, daß ich alles aufzeichne.« Tatsächlich hielt er bereits ein dünnes Päckchen Pergament schreibbereit in einer Hand und in der anderen einen bereits fertig zugeschnittenen Federkiel. Frevisse holte zornig tief Luft. Priorin Edith derart zu ignorieren war unverzeihlich und unhöflich.

Aber die Priorin kam ihr zuvor. »Kommt nur herein«, sagte sie. »Meister Montfort kann für Eure Aufzeichnungen alles wiederholen, was von Wichtigkeit ist.«

»Sich den Klatsch von Nonnen anzuhören, wird kaum etwas von Wichtigkeit ergeben«, bemerkte Montfort und wies dem Schreiber mit einer Geste einen Platz in der Ecke zu, noch während er zum Thema zurückkehrte.

Frevisse, die sich nicht streiten und auch nicht lügen wollte, indem sie den Eindruck erweckte, ihm zuzustimmen, senkte wieder den Kopf und schob die Hände noch weiter in die Ärmel.

»Also«, fuhr Montfort fort, »darf ich davon ausgehen, daß Ihr aufhören werdet, meine Arbeit zu behindern, da ich ja jetzt hier bin?«

»Nie würde ich mich wissentlich in Angelegenheiten der

Krone einmischen.« Frevisse legte einen Anflug von Empörung in ihre Stimme.

»Wir haben den höchsten Respekt vor der Krone von England«, bestätigte Priorin Edith.

Montfort stellte seine schlechte Laune zurück und sagte fast huldvoll: »Gut gesagt, Ehrwürdige Mutter. Dann sollte es ja keine Probleme mehr geben.« Er räusperte sich und wandte sich wieder an Frevisse. »Ich möchte Euch auffordern, mir zu berichten, was Euch erzählt worden ist, Schwester.«

Frevisse biß sich auf die Innenseite der Lippe. Er schalt sie, weil sie sich in seine Angelegenheiten einmischte, hatte aber zumindest soviel Verstand, sich zu erinnern, daß sie das letzte Mal, als sich ihre Wege gekreuzt hatten, recht behalten hatte. Und ihm war klar, daß er bei dieser Gelegenheit wieder etwas Wertvolles erfahren könnte. Entschlossen zügelte sie ihr Temperament und wagte nicht, ihn ihr Gesicht sehen zu lassen. »Ich habe herausgefunden, daß der Mann, mit dem Sym in der Schenke Streit hatte, zum Zeitpunkt des Mordes mit einem Mädchen zusammen war. Und es scheint, daß sehr viele Leute Sym nicht mochten. Es gibt da einen Nachbarn, der Syms Mutter heiraten möchte, um an ihr Land zu kommen, und Sym war rasend vor Wut deswegen.«

»Und?«

Frevisse sah ihn an. »Und was?«

»Die anderen Schauspieler. Sie hatten Streit mit dem Bauern, und sie hatten Streit mit Schwester ...« Montforts gewohnheitsmäßiges Stirnrunzeln vertiefte sich, als er nach dem Namen suchte.

»Schwester Fiacre«, murmelte Priorin Edith.

»Schwester Fiacre, Schwester Fiacre«, grummelte Montfort. »Der Leibeigene und die Nonne hatten Streit mit den Gauklern, und jetzt sind beide tot. Was schließt Ihr daraus?«

»Nichts weist darauf hin, daß einer der Schauspieler etwas mit beiden Morden zu tun gehabt haben könnte. Drei von ihnen hatten Streit mit Schwester Fiacre, aber zwei von ihnen hatten keinen Grund, Sym zu ermorden, und der dritte hat eine Zeugin, die sagt, daß er bei ihr war, als Sym ermordet wurde.«

Montfort blickte finster drein. »Dann haben sie sich eben zur Tat verschworen. Jener, der Streit mit Sym hatte, hat die Nonne umgebracht, einer der anderen hat Sym ermordet.« Er wandte seine Aufmerksamkeit Priorin Edith zu. »Eine schamlose Bande, diese herrenlosen Gaukler, eine Bedrohung für ehrliche Leute. Die Frage ist nur, welche beiden sich die Aufgabe geteilt haben, aber dafür hängen werden sie allesamt.« Montfort schätzte sofortige, klare Entscheidungen. Das festigte seinen Ruf und hielt seine Ausgaben niedrig. »Es dürfte kein Problem sein, die Geschichte zu knacken, die sie sich ausgedacht haben. Solche Leute sind gerissen, aber nicht loyal. Besonders, wenn einer seinen Hals retten kann, indem er die anderen verrät. Ich werde die Wahrheit bald genug aus ihnen herausgeholt haben, wenn ich sie getrennt befrage.«

Frevisses Hände, die in ihren Ärmeln steckten, umklammerten fest ihre Unterarme. Sie sagte nichts und hielt den Kopf weiter gesenkt. Es kostete sie große Anstrengung, auch nur ihre Atmung zu kontrollieren. Das darf er *keinesfalls* tun, dachte sie.

Mit ihrer altersdünnen Stimme sagte Priorin Edith: »Wir werden darum beten, daß die Wahrheit schnell ans Licht kommen möge, Meister Montfort.«

Montfort grummelte seinen Dank und beugte sich über

Priorin Ediths Hand. Der Schreiber sammelte unterdessen umständlich und raschelnd Feder und Pergament zusammen und folgte dann seinem Meister aus der Tür. Als der Klang ihrer Fußtritte auf der Treppe verhallt war, holte Priorin Edith tief Luft, hustete kurz und fragte: »Wie lauten die Fakten Eurer Ansicht nach, Schwester Frevisse?«

Es dauerte einen Augenblick, bis Frevisse sich so weit entspannt hatte, daß sie antworten konnte. »Die Fakten sind simpel, und ich weiß nur wenig, kaum mehr, als ich bereits gesagt habe. Sym war wirklich nicht sonderlich beliebt im Dorf, nach dem, was Vater Henry mir erzählt hat. Äußerst unbeliebt war er bei der Familie des Mädchens, dem er den Hof gemacht hat, und bei seinem Nachbarn Gilbey Dunn. Sym, und vor ihm sein Vater, hatten Streit mit ihm. Jetzt, wo Sym aus dem Weg ist und sich der Heirat nicht mehr widersetzen kann, bedrängt Gilbey Syms Mutter mit seiner Werbung.«

»Habt Ihr mit ihm gesprochen?«

»Kurz. Er hat ein Messer, dessen Klinge ungefähr die richtige Größe hat. Es könnte die Mordwaffe sein. Er hat den Ruf, raffgierig zu sein. Und jähzornig, wenn seine Pläne durchkreuzt werden.«

»Was wißt Ihr von der Frau?«

»Sie heißt Meg. Ein mageres, kleines Ding, das gelegentlich hier im Kloster in der Küche arbeitet. Noch hat sie seinen Antrag nicht angenommen. Aber Gilbey ist kein liebeskranker Narr. Er spricht davon, wie sehr beide davon profitieren könnten, wenn sie ihre Felder gemeinsam bewirtschaften. Gilbeys lüsternes Auge ist auf unsere Annie Lauder gerichtet.«

»Er macht zwei Frauen gleichzeitig den Hof?« Priorin Edith war ebenso amüsiert wie schockiert.

»Nein, Annie hat ihm ihren Körper längst überlassen und scheint mit seinem Versprechen zufrieden zu sein, ihre Spiele auch nach seiner Heirat mit Meg fortzusetzen. Annie kann hart arbeiten, aber sie hat kein Land. Sein Interesse an ihr ist rein fleischlicher Natur.«

»Und mein lieber Bruder pflegte zu sagen, es hat keinen Sinn, die Kuh zu kaufen, wenn man die Milch umsonst haben kann.« Priorin Edith war fast ihr ganzes Leben lang Nonne gewesen, aber sie wußte sehr gut, wie es in der Welt zuging. »Aber könnte Annie etwas sagen, um Gilbeys Pläne mit Meg zu durchkreuzen?«

»Ich weiß es nicht. Ich habe vor, mit ihr zu reden, wenn sich die Gelegenheit ergibt. Sym war derjenige, der wirklich wütend über Gilbeys Pläne war.«

»Und hat irgend etwas davon mit Schwester Fiacres Tod zu tun?« fragte Schwester Claire.

»Soweit ich sehen kann, nicht. Was mit Schwester Fiacres Tod in Zusammenhang stehen könnte, ist ein Streit zwischen ihrem Bruder und den Schauspielern, aber ich weiß nicht, worum es dabei ging. Die Schauspieler wollen nicht darüber reden, sie sagen nur, daß ihnen unrecht getan wurde. Schwester Fiacre sagte, ihrer Familie wäre Unrecht geschehen, aber sie starb, bevor sie mehr sagen konnte.«

»War der Streit so ernst, daß die Schauspieler in Schwierigkeiten geraten würden, wenn die ganze Geschichte herauskäme?« fragte Priorin Edith. »In so ernste Schwierigkeiten, daß sie Schwester Fiacre vielleicht umgebracht haben, um das zu vermeiden?«

»Die Schwierigkeiten hatten sie längst hinter sich«, sagte Frevisse. »Sie haben ihren Patron verloren, und als Folge davon auch andere Mitglieder ihrer Truppe. Mehr Ärger war nicht möglich, als sie bereits gehabt hatten.«

»Es ist wahrscheinlicher, daß es ein Mord aus Rache war«, sagte Schwester Claire. »Sie waren überzeugt, daß Schwester Fiacres Bruder ihnen ein Unrecht zugefügt hatte, und als sich plötzlich diese Möglichkeit ergab, ihn zu treffen …«

Frevisse zog ein Taschentuch hervor und putzte sich so laut die Nase, daß Schwester Claire sie anstarrte.

Priorin Edith sagte: »Ein Jammer, daß wir Schwester Fiacre nicht reden ließen, als sie es wollte. Ich hätte sie bitten sollen, zu mir zu kommen, sobald Schwester Lucy es mir gesagt hatte. Aber in aufgewühltem Zustand legte Schwester Fiacre stets mehr Gefühl als Verstand an den Tag, Gott sei ihrer Seele gnädig, und ich wollte, daß sie sich etwas beruhigt hatte, bevor ich mit ihr sprach.« Priorin Edith seufzte und sah Frevisse an. »Was haltet Ihr von Meister Montforts Schlußfolgerung? Denkt Ihr auch, daß die Schauspieler schuldig sind?«

»Ich kann nur wiederholen, was ich schon zu Meister Montfort sagte, Ehrwürdige Mutter. Nichts weist darauf hin, daß einer von ihnen etwas mit einem der Morde zu tun hatte.«

»Ihr seid nicht der Ansicht, daß sie sich verschworen haben könnten, um sich gegenseitig zu schützen?«

Gezwungenermaßen gab Frevisse zu: »In vielen Fällen tun sie es zweifellos. Aber nicht in diesem Fall. Sie hatten keinen Grund, einen Mord zu begehen.«

»Nein?« fragte Priorin Edith, und Schwester Claire gab einen Laut von sich, der andeutete, daß sie Frevisses Meinung nicht teilte. Die Priorin sagte: »Laßt uns bitte allein, Schwester Claire. Ich würde gern unter vier Augen mit Schwester Frevisse sprechen.«

»Ja, Ehrwürdige Mutter. Natürlich, Ehrwürdige Mutter.«

Schwester Claire knickste und ging hinaus, ohne zurückzublicken.

Frevisse, derartig ermutigt, offen zu sprechen, sagte: »Bei ihrer Art zu leben haben sie keine andere Wahl, als sich auf unterschiedlichste Weise selbst zu schützen!« Die Worte kamen heftiger heraus, als sie beabsichtigt hatte. Sie sah weg und zwang sich zur Ruhe. »Unter anderem haben sie zweifellos längst gelernt, nicht jedesmal zurückzuschlagen, wenn irgendein Trottel sie reizt. Besser, man geht einem Trottel aus dem Weg, als daß man Ärger mit einer ganzen Stadt bekommt.«

Priorin Edith nickte. Ihre alten Augen blickten scharf. »Ihr sprecht aus persönlicher Erfahrung, nehme ich an. Eure Eltern waren selbst oft unterwegs und müssen sich ähnlichen Problemen gegenübergesehen haben.«

Die Bemerkung enthielt keine Kritik, aber Frevisse versteifte sich, nahm dann wieder Zuflucht zu ihrem Taschentuch und putzte sich lange und gründlich die Nase, während sie versuchte, sich eine Antwort einfallen zu lassen, die sowohl höflich als auch ehrlich war.

Aber Priorin Edith fragte: »Ist Rose Eurer Mutter sehr ähnlich?«

»Nein, natürlich nicht. Meine Mutter ...« Frevisse hielt inne. Und sagte, der heiligen Klosterregel und Priorin Edith und ihrem eigenen, stets beherrschten, stets beherrschenden Wesen zum Trotz: »... lief weniger oft auf den Händen!« Und sie lachte, bis ihr die Tränen kamen. Der Schock darüber ernüchterte sie so, daß sie die Fassung wiedergewann. »Ich bitte um Vergebung«, murmelte sie, wischte an ihren Augen herum und hielt beschämt den Kopf gesenkt.

»Seid Ihr glücklich hier?« fragte Priorin Edith sanft.

Überrascht über die Frage sah Frevisse auf. »Natürlich.«

»Aber Ihr wart auch glücklich, als Ihr mit Euren Eltern umherzogt.«

»Ja«, entgegnete Frevisse ohne Zögern. Dann, weniger schnell: »Ja. Ja, das war ich.«

»Und wie glücklich Ihr hier auch sein mögt, bestimmt vermißt Ihr gelegentlich die Freiheit der Straße. Uns allen fehlt etwas von dem Leben, das wir außerhalb der Klostermauern geführt haben. Sonst wäre es kein Opfer, das des Gebens würdig wäre. Und Ihr habt vielleicht ein größeres Opfer gebracht als manche andere, weil Ihr es genossen habt, daß jeder Tag neue Veränderungen brachte, andere Orte und andere Menschen. Ich denke, das Leben im Kloster muß Euch schwerer fallen als irgendeiner sanften Dame, die nie über die Grenzen der Ländereien herausgekommen ist, die ihre Eltern besaßen. Nicht, weil es Euch an Disziplin fehlte oder am Willen dazu, sondern weil Ihr später lernen mußtet, etwas hinzunehmen, das diejenigen von uns, die mehr ans Haus gefesselt aufwuchsen, schon als kleines Kind gewußt haben – daß wir nämlich Tag für Tag dieselben Gesichter sehen werden, die unser Gestern teilten und für immer in unser Morgen eingebunden sein werden.«

Frevisse versteckte sich nicht länger hinter ihrem Taschentuch, sondern sah die Ehrwürdige Mutter an und nickte. Sie erwiderte die Offenheit der Priorin mit derselben Ehrlichkeit. »Ihr seid sehr weise.«

Priorin Edith lächelte. »Und ich denke, Ihr hattet einen Großteil der Regeln vergessen, nach denen Euer altes Leben ablief, bis die Schauspieler kamen und Euch daran erinnerten, wie es sein kann, auf einer endlosen Straße unterwegs zu sein.«

Fast gegen ihren Willen lächelte Frevisse zurück. »Aber es war trotzdem mein aufrichtiger Wunsch, hierherzukommen.«

»Ich glaube Euch«, sagte Priorin Edith. »Und weil Ihr früher sooft unterwegs wart, könnt Ihr uns besonders wertvolle Dienste als unsere Schwester Hospitalaria leisten. Aber das bedeutet nicht, daß Ihr die Freude verleugnen müßt, die Ihr in Eurer Jugend erlebt habt. Ist es möglich, daß Ihr nicht wollt, daß die Schauspieler schuldig sind, weil Ihr damit einen Teil Eures Lebens verraten würdet, der Euch immer noch viel bedeutet?«

Frevisse wollte das leugnen. Sie öffnete den Mund, aber die Worte wollten nicht kommen. Statt dessen sagte sie mit gezwungener Ehrlichkeit: »Das ist möglich. Aber ich glaube dennoch nicht, daß sie die beiden Morde begangen haben.«

»Solange Euer Herz und Euer Verstand gemeinsam an der Lösung arbeiten – und nicht gegeneinander – will ich das akzeptieren. Aber bei Eurem Gelübde des Gehorsams befehle ich Euch: Bringt alles in Erfahrung, was Ihr könnt, und beweist die Unschuld der Schauspieler oder ihre Schuld. Nicht nur zu Meister Montforts Genugtuung, sondern zu meiner. Und Eurer eigenen.«

Das war ebenso eine Herausforderung wie ein Befehl. Priorin Ediths direkter Blick machte das klar. Sie würde den Teil von Frevisse akzeptieren, der immer noch das Leben liebte, das sie hinter sich gelassen hatte. Aber im Gegenzug mußte Frevisse sich darauf einlassen, die Wahrheit in Erfahrung zu bringen, wie immer sie aussehen mochte, ohne Rücksicht auf Liebe oder alte Loyalität.

Und Frevisse, die das alles verstand, bekundete mit einem Nicken ihr Einverständnis.

Priorin Ediths Lächeln war klein, glomm aber warm in

ihren Augen. »Dann laßt uns weiter über diese Sache sprechen. Ihr seht doch sicher ein, daß die Schauspieler die einzigen sind, die mit beiden Todesfällen in Verbindung gebracht werden können.«

Frevisse stieg die Röte ins Gesicht, und sie sah zu Boden. Es war leichter, sich bereit zu erklären, unparteiisch zu sein, als es tatsächlich zu tun. »Ja«, gab sie zu. »Daß sie es waren, ist am wahrscheinlichsten. Aber selbst so gesehen, spricht nur die Wahrscheinlichkeit dafür, daß sie es waren. Nichts Konkretes.« Beim letzten Wort zeigte sie ihre Frustration und sah Priorin Edith offen an. »Alles andere mal beiseite, ich kann nicht begreifen, wieso jemand Sym umgebracht hat. Die Dörfler waren an seine Streitsucht gewöhnt, und Gilbey scheint durchaus in der Lage zu sein, seine Werbung um Meg mit oder ohne Syms Zustimmung fortzusetzen. Und Schwester Fiacres Tod ist sogar noch unerklärlicher. Sie litt große Schmerzen und hatte nicht mehr lange zu leben. Wenn jemand sie gehaßt hat, warum sollte er ihr Leiden abkürzen? Die Schauspieler sind das einzige Bindeglied zwischen Sym und Schwester Fiacre. Aber warum einen Mord begehen, wenn du ganz bestimmt verdächtigt werden wirst, ihn begangen zu haben? Das wäre töricht, und dumm sind sie nicht!«

Nach kurzem Schweigen sagte Priorin Edith: »Vielleicht gibt es keinen Zusammenhang zwischen den Morden, und Ihr müßt nach zwei Mördern und zwei Motiven suchen. Oder vielleicht gibt es überhaupt kein Motiv. Vielleicht wurden sie von jemandem umgebracht, der nur töten wollte – ganz egal wen. Wenn das stimmt, suchen wir nach einem Wahnsinnigen, und all Euer Suchen nach einem logischen Motiv ist nutzlos.«

Frevisse fühlte ein schleichendes Entsetzen, als sie über

diese Möglichkeit nachdachte. Ein durch und durch böser Mensch, der in der Nähe lebte, der wieder und wieder zuschlagen würde, bis er auf frischer Tat ertappt wurde ...

Sie schüttelte den Kopf, mehr aus Abwehr denn aus Überzeugung. »Nein. Das glaube ich nicht. Es muß einen Grund für diese Morde geben. Ich muß ihn nur finden. Ich wünschte, diese Erkältung wäre aus meinem Kopf. Ich wünschte, ich könnte klar denken. Ich wünschte ...« Daß es die letzten Tage nie gegeben hätte und sie sich den Rest des Tages ins Bett legen und schlafen könnte.

Leichte Tritte auf der Treppe kündigten an, daß jemand kam. Auf das kurze Klopfen an der Tür antwortete Priorin Edith mit *»Benedicite«*, und Ela trat ein und knickste.

»Eine Frau aus dem Gästehaus, Ehrwürdige Mutter. Sie möchte Euch sprechen. Eine von den Gauklern.«

»Bring sie herauf«, wies Priorin Edith sie an. Als die Dienerin gegangen war, sah die Ehrwürdige Mutter Frevisse an, die den Kopf schüttelte. Sie konnte sich nicht vorstellen, was Rose hier wollte.

Sie mußten nicht lange auf die Rückkehr der Dienerin warten, die Rose hereinführte und sich zurückzog. Rose blieb an der Tür stehen. Ihr gelbbraunes Kleid bildete eine satte Ergänzung zu den bunten Farben der bestickten Kissen auf dem Erkersitz. Sie zeigte kein Anzeichen von Unbehagen darüber, sich an einem Ort zu befinden, der so anders war als die Orte, an denen sie sich sonst aufhielt. Auch gaffte sie nicht. Statt dessen trat sie mit der Anmut vor, die Frevisse bereits an ihr aufgefallen war, kniete vor Priorin Edith nieder und sagte demütig: »Ehrwürdige Mutter, da es für mich schicklicher ist als für die übrigen Mitglieder unserer Truppe, sich in Eure geheiligten Mauern zu begeben, bin ich gekommen, um in ihrem Namen eine Gunst von Euch zu erbitten, so es Euer Wille ist, uns eine zu gewähren.«

Ihre Stimme war ebenso volltönend und bezaubernd wie die von Thomas Bassett. Jahrelang hatte Rose Stücke angekündigt und Pennies für ihre eigenen akrobatischen Künste erbeten. Zweifellos eine gute Schulung. Priorin Edith ließ nicht erkennen, daß sie es nicht gewohnt war, in ihren Privaträumen mit landlosen Bettlern konfrontiert zu werden. Sie neigte den Kopf und erwiderte ebenso würdevoll: »Eine so liebenswürdige Bitte verdient, liebenswürdig gewährt zu werden, so es geziemend ist und in meiner Macht steht.«

»Der Crowner ist gekommen, Ehrwürdige Mutter, und wir haben uns gefragt, ob das das Ende unserer Hoffnung ist, unser Stück in Eurem Kloster aufführen zu können.« Ihre Augen glitten von Gesicht zu Gesicht, während sie das sagte, versuchten, eine Antwort auf diese Frage und andere Fragen zu finden. Frevisse zumindest bemühte sich sehr angestrengt, nichts zu verraten. Rose sah wieder Priorin Edith an. »Also wollten wir fragen, mit Eurer Erlaubnis, ob wir das Stück aufführen sollen, wie es vereinbart war, um Euch Eure Güte zu lohnen, bevor wir aufbrechen. Andernfalls würden wir uns auf den Weg machen.«

Priorin Edith neigte den Kopf und sagte: »Die Weihnachtszeit hat dieses Jahr in unseren Mauern viel von ihrer gewohnten Fröhlichkeit vermissen lassen. Ein freudiges Stück zur Weihnachtszeit wäre uns in der Tat willkommen. Aber nicht in der Kirche, wo Schwester Fiacre liegt. Da wir wissen, was sie von Schauspielern hielt« – Priorin Edith war zu sehr Diplomatin, um hinzuzufügen »besonders von euch« – »wäre es falsch, solchen Mummenschanz in ihrer Hörweite zu gestatten.«

»Ich bezweifle, daß sie noch viel von dem hört, was hier vorgeht«, bemerkte Frevisse, bevor sie sich zurückhalten konnte.

Priorin Edith warf ihr einen zügelnden Blick zu und fuhr fort: »Aber das Gästehaus wäre passend, denke ich. Das dürfte bei niemandem Anstoß erregen. Wäre das Gästehaus für die Aufführung geeignet?« fragte sie.

Rose sagte: »Ich bin sicher, das ist es.«

Priorin Edith sah Frevisse an. »Was denkt Ihr, Schwester Frevisse?«

»Ein Stück über die Heiligen Drei Könige wäre gewiß erbaulich für uns alle«, stimmte Frevisse zu. Und sie dachte, daß sie wußte, was in Priorin Ediths Kopf vorging. Es würde allen Nonnen guttun, von Schwester Fiacres Tod abgelenkt zu werden.

»Würde es diesen Nachmittag passen? Zwischen der Vesper und der Komplet, wie wir es schon einmal vorhatten? Könnte bis dahin alles bereit sein, Schwester Frevisse?«

»Wenn Ihr mir gestattet, die Kerzenleuchter von der Kirche ins Gästehaus zu bringen, gibt es wenig, was sonst noch getan werden müßte. Die Leuchter werden wir brauchen, denn das Gästehaus hat keine Fenster, die nach Westen gehen.«

Priorin Edith neigte zustimmend den Kopf und wandte ihre Aufmerksamkeit wieder Rose zu. »Ich gebe meine Erlaubnis. Und bedanke mich.«

Rose erhob sich und knickste tief.

»Dein Kind«, fragte Priorin Edith. »Geht es ihm besser?«

Roses Gesicht erblühte in ruhiger Freude. »Mit jedem Tag, den er hierbleiben durfte, ist seine Kraft gewachsen. Ich danke Euch, daß Ihr uns gestattet habt, zu bleiben, Ehrwürdige Mutter.«

»Wir gehorchen Gottes Weisung, wenn wir Gäste willkommen heißen«, antwortete Priorin Edith. »Und wir tun es mit Freuden, denn es steht geschrieben, daß wir oft Engel an unserer Tafel bewirten, ohne es zu wissen.« Sie segnete Rose mit dem Kreuzeszeichen. Rose bekreuzigte sich ebenfalls und verließ unter Verbeugungen den Raum.

Kapitel 20

Schwester Alys Erkältung begann abzuklingen. Die Cellerarin sprach noch mit krächzender Stimme, aber ihre Energie war zurückgekehrt. Während ihrer Krankheit hatte sich eine gewisse Nachlässigkeit in der Küche eingeschlichen, aber jetzt nahm sie die Zügel wieder fest in die Hand. Sie streifte zwischen den Tischen umher und brachte den Morgen damit zu, ihre Mägde zu schikanieren, den großen eingedellten Löffel in Bereitschaft, während sie inspizierte und sich über Unzulänglichkeiten ausließ.

»Das ist Brotteig, kein Kuchenteig, was du da vor dir hast, Mädchen! Streng dich beim Kneten etwas mehr an, oder ich knete deinen Kopf! Wir haben elf zusätzliche Mäuler zu stopfen, weil in der Küche des Gästehauses kaum etwas ist, mit dem man sie füttern könnte – soviel zu der ›um die Weihnachtszeit haben wir nie Gäste‹-Ansicht. Meg! Das ist ein Küchenmesser, keine Axt. Die Hühner sind bereits geschlachtet worden. Du mußt sie nur in kleine Würfel schneiden, nicht noch mal umbringen.«

Sie knallte ihren Löffel neben Meg auf den Tisch. Meg zuckte zusammen und machte sich noch eifriger daran, das Fleisch fünf gekochter Hühner für die Pasteten in kleine Stücke zu schneiden. Wer in Tränen ausbrach, war Schwester Amicia, die mit dem Wochendienst in der Küche dran war und gerade Gemüse schnitt, das mit dem Hühnerfleisch vermischt werden sollte. Schwester Alys blieb stehen, die Hände fest in die Hüften gestemmt, und funkelte sie an.

»Und was sollen die Tränen, Schwester? Das sind Karotten, was du da schneidest, keine Zwiebeln. Und ich habe dir noch nicht einmal gesagt, daß du sie zu dünn geschnitten hast. Sie werden in der Pastete zu nichts verkochen. Mach etwas besseren Gebrauch von deinem Verstand und deiner Zeit, und hör mit diesem Geplärre auf.«

Schwester Amicia wühlte in ihrem Ärmel nach einem Taschentuch. »Es ist wegen Eurem Gerede vom Schlachten«, schluchzte sie. »Das hat mich an Schwester Fiacre erinnert.«

In der Küche breitete sich Stille aus. Selbst Schwester Alys schwieg. Sie hatte nie viel für Schwester Fiacre übrig gehabt, die stets hitzige hysterische Anfälle bekommen oder verzweifelt in sich zusammengesunken war, wenn Schwester Alys sie auf ihre Ungeschicklichkeit aufmerksam machte. Lange bevor Schwester Fiacre ernsthaft krank wurde, waren sich alle Nonnen einig gewesen, daß sie eher in Frieden leben würden, wenn die Wege von

Schwester Fiacre sich nicht mit denen von Schwester Alys kreuzten. Aber nicht einmal ein so unglückliches Geschöpf wie Schwester Fiacre hatte einen so häßlichen Tod verdient.

Schwester Emma tätschelte Schwester Amicias Arm. »Es ist gut, ihr Dahinscheiden zu betrauern, aber denk daran, sie ist jetzt im Himmel, und alles hat sich zum Besseren für sie gewendet.«

»Im Himmel wohl noch nicht«, polterte Schwester Alys. »Erst muß sie ihre Zeit im Fegefeuer ableisten, und das kann eine Weile dauern.«

»Oh, aber doch bestimmt nicht«, protestierte Schwester Emma. »Sie war auf den Tod vorbereitet, sie lag im Sterben, und sie hat vor dem Altar gebetet. Gewiß ist ihre Seele so rein, wie es nur sein kann.«

Schwester Alys blickte finster. »Das bezweifle ich, mit Verlaub. Denkt daran, Gott hatte ihr eine Prüfung auferlegt ...« Mit einer bedeutungsvollen Grimasse legte sie eine Hand auf ihren Busen. »Er hat ihr eine Prüfung auferlegt, und sie hat sie nicht zu Ende geführt. Also muß sie sich zumindest dafür rechtfertigen. Ich schätze, sie ist im Fegefeuer, und dort wird sie noch eine Weile schmoren müssen, um wiedergutzumachen, daß sie ihre Prüfung hier auf Erden nicht zu Ende gebracht hat.«

»O nein –« begann Schwester Emma, schluckte ihren Protest aber schnell herunter. Schwester Alys pflegte Widerspruch nicht gelassen hinzunehmen.

Aber neben ihr gab Meg einen protestierenden Laut von sich. Schwester Alys wirbelte herum und fragte scharf: »Und was für ein Problem hast du, möchte ich mal wissen? Wenn du vorhast, in Ohnmacht zu fallen, geh von dieser Schüssel weg, damit du sie nicht herunterreißt. Und leg das Messer hin, sonst schneidest du noch jemanden.«

Meg legte das Messer hin. Sie war nicht einer Ohnmacht nahe, sondern bebte am ganzen Leib, mit einer Art grimmig unterdrückter Wut. Mit steifen Lippen, ohne es ganz zu wagen, Schwester Alys direkt anzusehen, sagte sie: »Sie ist sofort in den Himmel gekommen, so gewiß, wie irgendeine Seele es nur kann. Sie war rein in ihrem Dienst an Gott in seiner Kirche, und betete reinen Herzens zu ihm, als sie starb, und ganz bestimmt ist sie sofort in den Himmel gekommen und ist glücklich und für immer von ihren Schmerzen befreit. Ihr seid die Sünderin – es ist eine Sünde, etwas anderes zu behaupten!«

Wenn eins der Hähnchengerippe sich vom Tisch erhoben und sie angesprochen hätte, hätte Schwester Alys nicht erstaunter sein können. Bis zu diesem Augenblick hatte Meg nie unpassende Bemerkungen gemacht, ja selten überhaupt etwas gesagt. Alle gafften, und dann begann Schwester Alys' Kiefer zu arbeiten, und alles duckte sich aus Angst vor dem, was jetzt gewiß kommen würde.

Aber von der Tür her sagte Frevisse mit gelassener Stimme: »Du magst recht haben, Meg. Aber es ist kaum unsere Sache, darüber zu urteilen, nicht wahr? Das ist eine Sache zwischen Gott und jeder Seele, die zu ihm kommt. Und wir sind alle gewarnt worden, nicht zu urteilen, um nicht verurteilt zu werden.«

Das letztere war ein direkter Seitenhieb gegen Schwester Alys, die sichtlich ihren Zorn herunterschluckte, ihre Faust mit dem Löffel darin fester zusammenballte und grollte: »Was führt Euch hierher? Ich kann wegen Montfort nicht mehr tun, als ich bereits tue.«

»Und es wird alles hervorragend sein«, sagte Frevisse, was kaum mehr als die Wahrheit war. Was aus Schwester Alys' Küche kam, war köstlich, trotz der üblen Laune und der schlechten Behandlung, die die Zubereitung begleiteten. »Ich wollte Euch nur mitteilen, daß die Küche des Gästehauses heute abend bereit sein wird, ihn und seine Männer zu verköstigen.«

»Was für ein Segen«, murrte Schwester Alys. »Aber entschuldigt, wenn wir unsere Konversation nicht fortsetzen. Ich habe zu tun. Da Weihnachtszeit ist, müssen wir ja unbedingt einen kleinen Festschmaus haben, ganz egal, was sonst noch im Gange ist.«

Frevisse ließ das durchgehen. Wie bei einem Hund, der ständig bellt, konnte das meiste von dem, was Schwester Alys sagte, guten Gewissens ignoriert werden. Statt dessen sagte sie: »Darf ich Euren Mägden hier in der Küche Fragen stellen? Ich werde sie nicht bei der Arbeit stören. Es geht um Schwester Fiacre. Die Ehrwürdige Mutter hat mir den Auftrag erteilt.«

Da ihr damit weitere Beschwerden unmöglich gemacht waren, grunzte Schwester Alys und erteilte mit einer Geste ihre Erlaubnis.

Frevisse wußte, wenn sie strikten Gehorsam leistete, müßte sie im Gästehaus Fragen stellen. Aber sie sagte sich, die Wahrheit mußt dort gesucht werden, wo sie zu finden war – das heißt überall. Sie ging gelassen von Magd zu Magd und fragte, ob jemand gestern nachmittag etwas gesehen oder gehört hatte, was wichtig sein könnte. Sie achtete darauf, ihre Stimme leise zu halten, was die Mägde ermutigte, das auch zu tun, scheinbar, um Schwester Alys zu besänftigen, aber in Wirklichkeit, damit sie nicht hören konnten, was die anderen antworteten. Aber alle sagten lediglich, daß sie in der Küche zu tun gehabt hätten, und keine war gestern auch nur in der Nähe der Kirche gewesen und hatte folglich auch nichts gesehen oder gehört, was wichtig sein könnte.

Damit kam sie zu Meg und fragte: »Hast du Gilbey Dunn in letzter Zeit gesehen?«

Ohne von ihrer Arbeit aufzusehen, antwortete Meg mit einer Stimme, die kaum lauter war als ein Flüstern: »Als ich heute morgen nach Hause ging. Er kam rüber, als er sah, daß ich da war.«

»Was wollte er von dir?«

»Mir sagen, daß er mein Vieh versorgt hätte, da Hewe letzte Nacht nicht nach Hause gekommen war.«

»Will er dich immer noch heiraten?«

Eine stumpfe Röte stieg Meg in die Wangen, aber sie fragte nicht, woher Frevisse das wußte, sondern antwortete nur: »Ja.«

»Hast du Hewe heute schon gesehen?«

»Er ist kurz nach mir nach Hause gekommen. Er war bei Freunden. Er hatte das Vieh vergessen. Das hat er gesagt. Daß er bei Freunden war und das Vieh vergessen hätte.«

Während des Sprechens schnitt sie weiter die gekochten Hühner in Stücke. »Das Vieh interessiert ihn nicht, und so sollte es auch sein. Er ist nicht dazu bestimmt, Bauer zu sein. Er wird Priester werden.«

Das war eine Sache, die Hewe und seine Mutter untereinander auskämpfen mußten. Frevisse äußerte sich nicht dazu. Sie fragte: »Du hast Schwester Fiacre gekannt?«

Das überraschte Meg so, daß sie aufsah. »Ja«, hauchte sie. Ihre Stimme brach ein wenig bei dem Wort. »Sie war freundlich zu mir, als ich gestern vormittag in der Kirche war.« Sie sah wieder auf ihre Arbeit nieder. »Aber ich bin froh, daß sie tot ist. Sie hat jetzt keine Schmerzen mehr. Sie ist im Himmel und wird nicht mehr vor Schmerz weinen.« Sie warf einen kurzen bösen Blick auf Schwester Alys' Rücken.

»Das ist wahr. Es ist nur schade, daß sie nicht zu der Zeit starb, die Gott für sie bestimmt hatte.«

Da sah Meg Frevisse direkt an. »Aber sie ist zu der Zeit gestorben, die Gott für sie bestimmt hatte. Wir sind in allem in Gottes Hand, hat Vater Clement immer gesagt. Alles ist sein.«

»Außer dem Bösen«, sagte Frevisse.

Megs Augen weiteten sich, und sie blickte ängstlich um sich, bekreuzigte sich und machte sich verbissen wieder an die Arbeit.

»Warst du gestern nachmittag in der Kirche?« fragte Frevisse.

»Eine kleine Weile. Ich bin hingegangen, um zu beten. Es ist ein schönes Gefühl, in der Kirche zu beten.«

»War Schwester Fiacre dort?«

»Als ich reinkam, kniete sie auf den Stufen des Altars.« Meg schluckte schwer. »Sie hat mir gesagt, dort würde sie am liebsten beten.«

»Hast du mit ihr gesprochen?«

Meg schüttelte stumm den Kopf.

»War noch jemand dort? Hast du noch jemanden in der Kirche gesehen?«

Meg schüttelte wieder den Kopf, zögerte, blickte von einer Seite zur anderen und zu Boden, sah schließlich wieder Frevisse an und brachte sich dazu, zu sagen: »Aber später sah ich einen der Gaukler – einen der Schauspieler – auf die Kirche zugehen. Den Blonden.«

Frevisse spürte, wie sich irgendwo in der Nähe ihres Magens ein harter Knoten bildete. Sie achtete sorgsam darauf, daß ihre Stimme ruhig blieb, und es gelang ihr, zu fragen: »Wie viel später?«

Nachdem sie einmal angefangen hatte, schien Meg weniger schüchtern zu sein. »Kurz danach. Ich ging in die Küche zurück. Da sah ich, wie er auf die Kirche zuging.«

»Weißt du, wie spät es war?«

Meg zögerte, dachte nach, hielt dann drei Finger Seite an Seite hoch, parallel zum Boden. »Die Sonne stand so weit über dem Horizont.«

»Hat er die Kirche betreten?«

Meg zögerte, bevor sie erwiderte: »Ich habe nicht drauf geachtet. Aber er ging in die Richtung.«

»Und du weißt genau, daß es einer der Schauspieler war? Hast du sein Gesicht gesehen? Wo warst du, als du ihn gesehen hast?«

Meg zögerte, da sie nicht sicher war, welche Frage sie zuerst beantworten sollte. »Ich habe sein Gesicht nicht gesehen, er ging in die andere Richtung. Aber sein Haar habe ich gesehen. Es ist so blond. Und sie ziehen sich unterschiedlich an, das tun sie. Und er ist groß. Er war es.«

Joliffe. Oder jemand, der wie Joliffe angezogen war, brachte ihr Verstand entschlossen vor.

Frevisse ging weiter zu Schwester Alys, die über einem Topf dunkler Brühe brütete, der über einem der Feuer brodelte. Frevisse sog den köstlichen Duft ein und fragte: »Kaninchen?«

»Kaninchen«, bestätigte Schwester Alys widerwillig, als hätte es ein Geheimnis bleiben sollen. »Ein Neujahrsschmaus für Priorin Edith – wenn das Fleisch je so zart werden sollte, daß ich es zu einer Pastete verarbeiten kann. Das dauert seine Zeit, laßt Euch das gesagt sein. Jedes Kaninchen, das er mir dieses Jahr gebracht hat, war so zäh wie gegerbtes Leder.«

»Das wer Euch gebracht hat?« fragte Frevisse. Wenn es einem Leibeigenen gelang, ein Kaninchen zu fangen, behielt er es gewöhnlich und aß es mit seiner Familie, und wenige der Dienstboten hatten die Zeit, Kaninchen nachzujagen. Also wer brachte Schwester Alys Kaninchen?

»Vater Henry. Er und dieser kleine Hund scheinen nie in der Lage zu sein, etwas anderes zu fangen als die ältesten Kaninchen im Bau. Es ist ermüdend, wirklich. Gestern hat er eins gebracht, das ein paar Tage abgehangen werden muß, dann taugt es vielleicht zu was. Aber das hier hat eine Woche gehangen und ist so zäh, als wäre es frisch erlegt. Und es ist nicht so groß wie das, das er mir zur Erntezeit gebracht hat. Das war so groß wie ein junges Wildschwein und sehr wahrscheinlich zwanzig Jahre alt.«

Sie hätte weiter Kaninchen verglichen, bis das Fleisch in der Brühe zu unsichtbaren Fetzen zerkocht war, aber Frevisse machte sich aus dem Staub. Die kalte Luft im Kreuzgang ließ ihre Nase und ihren Kopf schmerzen. Sie blieb einen Moment stehen und lehnte sich haltsuchend gegen einen der Pfeiler, um ihre Gedanken zu sammeln. Meg hatte Joliffe gestern nachmittag in der Nähe der Kirche gesehen. Und sie hatte es wahrscheinlich nicht nur Frevisse erzählt, sondern auch anderen. Und das hieß, daß Montfort es früher oder später erfahren würde.

Aber was noch schlimmer war, Joliffe hatte sie angelogen. Sie kam sich verraten vor. Sie hatte diesen Leuten vertraut, und einer von ihnen – sie alle? – hatte sie belogen.

Sie war so zornig, daß sie nicht wagte, direkt zum Gästehaus zu gehen; es ging nicht an, daß die Schauspieler sie wütend sahen. Aber sie wollte auch noch einmal mit Gilbey Dunn reden. Und mit Vater Henry über das, was er möglicherweise erfahren hatte. Und mit Annie Lauder.

Annie war heute allein in der Waschküche. Ihre Arme steckten bis zu den Ellbogen in einem mit Seifenschaum gekrönten Waschbottich, neben sich einen Stapel eingeweichter weißer Tischtücher. Jahrelang hatte sie Wassereimer und Körbe mit nasser Wäsche getragen, und die Muskeln, die ihr das eingebracht hatte, ließen sie nicht so groß wirken, wie sie war. Annie sah sich um, als Frevisse hereinkam, und nickte ihr zu, fuhr aber fort, das Tischtuch im Wasser zu malträtieren. »Für Wäscherinnen gibt es keine Feiertage«, bemerkte sie im Rhythmus ihrer Bewegungen. »Die Tischtücher werden gerade rechtzeitig sauber sein, um am Dreikönigsabend wieder dreckig gemacht zu werden. Eine bekloppte Beschäftigung, Waschen, aber Gott will, daß ich mir meine Pennies verdiene, und ich gehorche. Kann ich etwas für Euch tun, Schwester?«

»Vielleicht«, sagte Frevisse. »Und es gibt etwas, das ich für dich tun kann.«

»Ein fairer Handel also«, grinste Annie.

»Der Crowner ist gekommen, um Syms Tod zu untersuchen und den Mord an Schwester Fiacre.«

»Ja. Die Neuigkeit ist längst im ganzen Kloster herum.« Offenkundig hielt ihre Arbeit Annie nicht davon ab, jede Neuigkeit zu erfahren, die im Kloster kursierte.

»Kannst du mir sagen, wo Gilbey Dunn in der Nacht war, in der Sym starb?«

Annie hielt zwei Herzschläge lang in ihrer Tätigkeit inne, dann machte sie weiter. »Woher soll ich das wissen?«

»War er bei dir?«

»Hier drin?« Annie blickte sich grimmig um. »Ich hätte nie gedacht, daß er einer wäre, der großes Interesse am Wäschewaschen hat.« Frevisse ließ das nicht als Antwort gelten, und ihre Miene zeigte das deutlich. Annie sagte, weniger schnoddrig: »Es liegt mir nicht, ihm oder irgendeinem anderen Mann hinterherzulaufen. Ich hab Probleme genug mit meinen Schürzen und Servietten. Zumindest hauen die nicht heimlich ab und machen sich dreckig, nachdem ich sie gewaschen habe.«

Aber auch das ließ Frevisse nicht als Antwort durchgehen. Sie wartete.

Schließlich erklärte Annie herausfordernd: »Was sollte ich mit ihm? Ich weiß, wann ich gut dran bin, und es ist nicht meine Vorstellung von einem guten Leben, nach der Pfeife irgendeines Mannes tanzen zu müssen, während er meine guten Silberpfennige ausgibt. Ich habe das, was ich will, und ich behalte das, was ich habe. Und wenn dieser Crowner behauptet, er hätte was herausgefunden, von dem jeder Trottel weiß, daß es nicht stimmt, na, wir wissen alle, das Wort eines Trottels hat noch keinen gehängt.«

»Ich habe einen Zeugen, der beschwören kann, daß du in eben diesem Schuppen fleischlichen Umgang mit Gilbey Dunn hattest und euer Gespräch keinen Zweifel daran ließ, daß das eine Beschäftigung ist, der ihr beiden regelmäßig nachgeht.«

Annie schrubbte weiter. »Ich weiß nicht, wovon Ihr redet.«

»Annie, ich halte es für möglich, daß Gilbey Sym ermordet hat, weil der seiner beabsichtigten Heirat mit Meg Shene im Wege stand. Du solltest dich hüten, deine Liebe allzuleicht zu verschenken. Du brichst das Gesetz Gottes und der Menschen und gehst die Gefahr ein, unter Anklage gestellt zu werden, weil du einem Mörder geholfen hast.«

»Er hat es nicht getan! Nie!«

»Das sagst du. Aber kannst du es beweisen?«

Annie schleuderte das Tischtuch ins Wasser und ließ sich auf die nasse Bank neben dem Waschbottich sinken. »Gott sei uns gnädig«, seufzte sie.

»Was hat Gilbey dir erzählt?«

»Nur, daß er über Syms Tod nicht gerade unglücklich ist. Hat er vorgestern gesagt.« Sie seufzte wieder. »Ich hab' fast genug erspart, um mir meine Freiheit zu erkaufen«, bemerkte sie unpassenderweise.

»Um so mehr hast du Grund, froh zu sein, daß du nicht mit ihm verheiratet bist.«

»Hmm. Er könnte frei sein, wenn er wollte. Aber dann würde er seinen Hof aufgeben müssen, und was hat es für einen Sinn, frei zu sein, wenn du außerdem landlos bist. Nein, nein, was mir das Herz bricht, ist, daß ich werde zahlen müssen, um seine miese Haut zu retten. Denn in der Nacht, in der Sym Shene getötet wurde, waren wir zusammen. Die ganze Zeit.«

Die Klosterglocke rief zur Sext, als Frevisse das Waschhaus verließ. Nach der schweren, feuchten Hitze im Schuppen war die frische Januarluft schneidend, und Frevisse blieb stehen, um sie tief einzuatmen. Dann schauderte sie zusammen, als ihr plötzlich kalt wurde. Die Hände tief in die Ärmel gesteckt und das Kinn wegen der Wärme im Kinntuch vergraben, eilte sie zum Gemeinschaftsraum, wo sie die Gottesdienst abhielten, jetzt, wo die Kirche entweiht war.

In den Lesungen kamen sie im Laufe des Jahres einmal durch das ganze Alte Testament und dreimal durch das Neue. Jetzt, zwischen Weihnachten und Epiphanias, lasen sie das Buch Daniel. Frevisse hatte Grundkenntnisse in Latein, war mit Wycliffes englischer Bibelübersetzung vertraut, und so war sie in der Lage, die Psalmen und die Lesung zu verstehen und sich daran zu erfreuen. Also bemühte sie sich mit einem Anflug von Verärgerung, durch das klagende Gehuste ihrer Mitnonnen hindurch der komplizierten Prophezeiung des Mannes zu folgen, dessen Antlitz aussah wie ein Blitz und dessen Arme wie helles, glattes Kupfer waren.

»Dann wird der König des Südens ergrimmen und ausziehen und mit dem König des Nordens kämpfen. Der wird ein großes Heer zusammenbringen, aber das Heer wird in die Hand des anderen gegeben und vernichtet werden.«

Frevisse, die ein wenig den Faden verloren hatte, putzte sich die Nase und fragte sich, wer denn nun in die Hand von wem gegeben werden würde. War es wichtig, das zu wissen? War es wichtig, zu versuchen, *alles* zu verstehen?

Schwester Fiacre, in ihrer Kiste vor dem Altar eingehüllt in das tiefste aller Schweigen, hatte jetzt vielleicht endlich verstanden, was wichtig war. Und das, was nicht wichtig war, hatte sie abgeworfen wie eine nasse und besudelte Robe. Sollte sie, Frevisse, das auch tun? Aber war es nicht wichtig, die Bibellesung zu verstehen? Und war es nicht wichtig, herauszufinden, wer von ihnen ein Mörder war?

Oder war es das nicht?

Brachte der Tod einen Frieden, der alles Begreifen überstieg – oder ein Begreifen, das endlich Frieden brachte?

Als die Sext zu Ende war, sprach Priorin Edith den Segen, wobei sie Frevisse ansah. Sie konnte den Blick nicht mit Festigkeit erwidern, und die Nonnen wurden entlassen, um ihren Pflichten nachzugehen. Frevisse zwang sich zum Gehorsam, verließ das Kloster und ging über den Hof zum alten Gästehaus.

Drinnen standen zwei von Montforts Männern vor der Tür, gegen die Wand gelehnt. Sie musterten Frevisse, aber ihr Ordensgewand machte deutlich, daß die Wachen keine Autorität über sie hatten. Frevisse sprach nicht mit ihnen, sondern blieb eine Zeitlang schweigend zwischen ihnen stehen und beobachtete die Schauspieler.

Die Vorbereitungen für die Aufführung im Gästehaus waren schon ziemlich weit gediehen. Auf dem Boden vor der Feuerstelle, wo die Bühne sein würde, hatten sie die Binsen weggefegt. Bassett und Joliffe waren fast fertig mit dem Aufbau des Gerüstes, das die Vorhänge halten würde. Ellis und Hewe schleppten die letzten Requisiten hinter die Konstruktion, wo sie außer Sicht sein würden. Piers zeigte eine schmerzliche und bemüht geduldige Miene. Er saß auf einem großen Korb, während Rose die ausgefransten Enden seines blonden Haars im Nacken mit einer kleinen Schere gerade schnitt.

Hewe war der einzige, der sich umdrehte, als er hörte, wie die Tür aufging, und der einzige, der Frevisse entdeckte. Aber er senkte den Kopf und beschäftigte sich weiter mit einem der Körbe. Anscheinend dachte er, wenn er sie nicht ansah, würde sie ihn nicht sehen. Vielleicht sollte sie ihm befehlen, sich von den Schauspielern fernzuhalten. Aber es war offensichtlich, daß er sich nützlich machte, im Augenblick zumindest, und so dachte sie, es sei vielleicht besser, ihn in Ruhe zu lassen.

Bassett, der zwei Stangen festhielt, während Joliffe, der auf einem Stuhl stand, die Querlatte festzurrte, sagte: »Dem Himmel sei Dank, daß diese alte Priorin will, daß wir das Stück aufführen. Beschäftigt zu bleiben, hält die üblen Gedanken fern. Nächstes Mal, wenn wir Schwester Frevisse sehen, müssen wir nach diesen Kerzen fragen, die sie uns versprochen hat. Brauchen wir sonst noch irgend etwas?«

»Die Chance, von hier zu verschwinden«, knurrte Ellis.

Joliffe sagte: »Gibt der sich eigentlich Mühe, den Trottel zu spielen, oder fällt es ihm so leicht, wie es scheint?«

Da hätte Frevisse fast etwas gesagt, beunruhigt über seine Leichtfertigkeit und besorgt, weil dieser unverbesserliche

Mangel an Demut nur dazu beitragen konnte, die Schauspieler in Montforts Augen zu verurteilen.

Ellis knallte den Deckel einer Kiste zu. »Er mag ein Trottel sein, aber er kann uns an den Galgen bringen, wenn es ihm gefällt! Ich wünschte, wir hätten den Kerl im Graben nie gesehen oder wir hätten den Pharisäer gespielt und wären vorübergegangen!«

»›O Gott, ich danke dir, daß ich nicht bin wie die andern Leute –‹« begann Joliffe den Pharisäer aus einem anderen Gleichnis zu spielen. Er wurde von Ellis unterbrochen, der einen kleinen Korb nach ihm warf. Joliffe fing ihn auf, lachte und sprang vom Hocker herunter, aber es war nichts Fröhliches in seinem Gesicht, als er sich abwandte.

»Du bist so anders als andere Leute, daß Büttel, Sheriffs und Crowner stets Sehnsucht verspüren, dich bei der Hand zu nehmen und um Erklärungen zu bitten«, polterte Bassett, aber ohne Groll in der Stimme. »Das ist eins unserer Probleme. Aber du bist kein Mörder, und wir anderen auch nicht. Was mir Sorgen macht, ist die Frage, ob wir es schaffen werden, bis zum Dreikönigstag in Oxford zu sein.«

»Still, Thomas«, sagte Rose. »Es hat keinen Zweck, sich deswegen aufzuregen. Entweder schaffen wir es rechtzeitig nach Oxford oder wir schaffen es nicht, und wahrscheinlich wird die Welt nicht untergehen, wenn wir es nicht schaffen. Und ihr, hört auf, den Clown zu spielen und fangt an, zu denken wie die Heiligen Könige. Versucht es wenigstens.«

Ellis grollte wortlos. Rose deutete auf einen Platz ihr gegenüber und sagte: »Setz dich hin. Iß was. Was du heute gegessen hast, würde nicht mal einen Spatzen am Leben erhalten. Und das gilt auch für euch beide«, fügte sie an Bassett und Joliffe gewandt hinzu. »Und du, Hewe, du kommst her und ißt mit ihnen.«

Der Junge sah sie überrascht an und warf dann einen wachsamen Blick auf Frevisse. Als sie immer noch keine Anstalten machte, etwas zu sagen, gehorchte er.

Rose ignorierte sein Zögern, fuhr mit den Fingern durch Piers' Haar, brachte seine goldenen Locken in Unordnung und glättete sie wieder. »Was mich angeht, ich bin es zufrieden, noch eine Weile zu bleiben; es kann nicht schaden, wenn Piers noch einen Tag im Warmen bleibt.«

»Und den Tag danach und den Tag danach«, murrte Ellis. Er aß nicht, sondern marschierte rastlos um das Gerüst herum. Sie beachteten ihn nicht. Bassett, Joliffe und Hewe waren mit Brot und Käse beschäftigt, Rose schnitt Käse für Piers ab.

Frevisse beobachtete Rose und spürte an der beherrschten Kraft ihrer Bewegungen, wieviel ihr das Kind bedeutete – ebensoviel und vielleicht mehr als das Überleben der Truppe. Oder vielleicht waren das Kind und die Truppe eins für sie.

Frevisse hatte diese Art von Zuwendung nie erlebt. Die leidenschaftliche Liebe ihrer Eltern hatte hauptsächlich einander gegolten. Frevisse hatte nur ein glückliches Anhängsel dargestellt, und in Thomas Chaucers Haus war sie ein angenehmer Zuwachs einer bereits fest etablierten Ordnung gewesen. Sie erforschte kurz ihre Gefühle, um zu sehen, ob ihr das etwas ausmachte, und fand kaum Bedauern. Sie hatte Liebe bekommen und Freundlichkeit und die Freiheit, sie selbst zu sein. Das waren gute Dinge. Sie war zufrieden.

Joliffe deklamierte in kühnem, dramatischem Ton: »›Wandernd ziehe ich umher. König aller Könige, leite mich auf meinem Weg damit ich –‹ Nein.« Er räusperte sich und fing noch mal von vorne an, diesmal mit träumerischer, sanfter Stimme: »›Wandernd ziehe ich umher –‹« Pier kicherte. Joliffe räusperte sich wieder und intonierte: »Eier und Bier, seid guten Mutes hier, ho, ho, ho. ›König aller Könige, leite mich auf meinem Weg, *meinem* Weg, meinem *Weg* … ‹« und verstummte nachdenklich.

»Wenn du ein bißchen überzeugender sein könntest«, bemerkte Ellis hinter dem Vorhang hervor, »wird der Trottel von Crowner uns vielleicht freilassen, damit wir unserem Stern folgen können.«

Frevisse holte tief Luft und ging zu ihnen. Eine weitere Verzögerung würde nur ihren Entschluß weiter schwächen; es war an der Zeit, die entscheidenden Fragen zu stellen.

»Joliffe, ich möchte mit Euch sprechen«, sagte sie. Er schreckte auf und blickte in ihre Richtung, während er sich erhob. Sie hatte vergessen, von welchem klaren und hellen Blau seine Augen waren und wie leicht sie die Torheit anderer durchschauten.

Frevisse wandte sich ab und sagte abrupt zu Bassett: »Bassett, Montfort weiß von Eurem Streit mit Schwester Fiacre. Hat er Euch danach gefragt?«

»Ja.«

»Was habt Ihr ihm erzählt?«

»Daß wir Streit bekamen und Lord Warenne uns aus seinen Diensten entlassen hat.«

»Was habt Ihr ihm gesagt, als er nach dem Grund fragte?«

Bassett antwortete nicht. Nur Ellis, der hinter dem Vorhang hervorgekommen war, sah sie an. Die anderen starrten vor sich auf den Fußboden. »Priorin Edith hat mir die Erlaubnis erteilt, die Fragen zu stellen, die Meister Montfort nicht einfallen würden. Ich soll versuchen herauszubekommen, was wirklich geschehen ist. Was ich brauche, ist die Wahrheit, kein Schweigen.«

»Sag es ihr«, erklärte Rose.

Sie sahen sie erstaunt an. »Lord Warenne –« begann Bassett.

»Lord Warenne wird dem Crowner seine Version der Geschichte erzählen, wenn die Sache nicht bald geklärt wird. Sag es ihr. Ich sehe nicht, wie es helfen könnte, aber sie wird es auch nicht benutzen, um uns zu schaden. Sag es ihr.«

Bassett fragte Ellis und Joliffe mit einem stummen Blick um Rat. Finster brütend bekundete Ellis mit angespanntem Nicken seine Zustimmung. Joliffe, mühsam unterdrückten Zorn in seinem starren Gesicht, zuckte die Achseln, als spiele es keine Rolle mehr für ihn. Bassett sah Frevisse an. »Wir waren drei Jahre lang die Schauspieltruppe des verstorbenen Lord Warenne. Ihr wißt, was das für unsereinen bedeutet, denke ich.« Frevisse nickte. Eine fähige weitgereiste Truppe konnte das Loblied ihres Patrons singen und seine Vorzüge im ganzen Land bekanntmachen. Und tat es, denn seine Schirmherrschaft gab ihnen Schutz und war der Garant ihres guten Betragens, so daß sie überall mit einem freundlichen Empfang rechnen konnten – solange er mit ihnen zufrieden war. Einen Patron zu finden und ihn dann wieder zu verlieren, führte normalerweise auf schnellstem Wege zum Ruin.

»Unsere Truppe war damals noch größer. Wir waren sechs Schauspieler, so daß wir bessere Stücke aufführen konnten. Als Lord Warenne starb, empfahl er uns seinem Sohn, dem Bruder Eurer Schwester Fiacre. Er war bereit, die Schirmherrschaft zu übernehmen. Aber als wir im Frühjahr zu ihm kamen, um unsere neuesten Stücke für ihn aufzuführen, wie wir es jedes Frühjahr für seinen Vater getan hatten, gab er uns zu verstehen, er wüßte ja, wie Schauspieler seien. Er wollte, daß wir unterwegs dann und wann eine junge Frau

›einsammelten‹, wie er sich ausdrückte. Wir könnten gerne unser Vergnügen an ihr haben, dagegen hätte er nichts, aber er würde sich finanziell erkenntlich zeigen, wenn wir sie dann zu ihm bringen würden. Er meinte, er kenne ja unsere Art, und es würde uns leicht genug fallen, die Mädchen zu verführen.« Bassetts Worte hätten leichthin klingen können, aber sein knapper Ton und sein steinernes Gesicht verhinderten das. »Er sagte, Dorfmädchen wären leicht zu beschaffen und süß genug, wenn sie früh gepflückt würden.«

»Er sagte auch«, fügte Joliffe mit spöttischer Bitterkeit hinzu, »daß er mehr für jede zahlen würde, die wir ihm mit intakter Jungfernschaft lieferten.«

»Joliffe«, unterbrach ihn Bassett scharf. »Mylady, entschuldigt unsere Worte, aber es gibt keine Möglichkeit, es weniger anstößig zu sagen.«

Frevisse brauchte die Entschuldigung nicht, nahm sie aber mit einem kleinen Nicken an. »Ihr habt abgelehnt.«

Bassett wies auf Ellis und Joliffe. »Wie Ihr seht. Es gibt nur noch uns drei, und den Jungen, und Rose, und wir reisen ohne den Schutz eines Patrons.«

»Rose hätte uns um einen Kopf kürzer gemacht, wenn wir das Angebot angenommen hätten«, sagte Joliffe.

Roses schiefes, niedergeschlagenes Lächeln bestätigte das. Bassett fuhr fort: »Ebenso wichtig ist, er hat uns angedroht, wenn wir je ein Wort über die Angelegenheit verlieren, würde er überall herumerzählen, *wir* hätten *ihm* dieses Angebot gemacht, und er hätte uns angewidert aus seinen Diensten gejagt.«

»Seinem Wort würde eher geglaubt werden als unserem«, sagte Ellis. »Und da er uns alle für den Rest unseres Lebens ins Gefängnis bringen kann, schweigen wir und halten uns von Lord Warenne fern. Jene Mitglieder der Truppe, die übriggeblieben sind.«

Frevisse sah einem nach dem anderen ins starre Gesicht und war sicher, daß sie die Wahrheit sagten.

Rose sagte: »Ihr seht, daß uns das nicht weiterhilft? Wenn wir uns verteidigen, indem wir Lord Warennes Namen in den Schmutz ziehen, begeben wir uns in noch größere Gefahr, ohne uns damit von dem gegenwärtigen Mordverdacht zu befreien.«

Frevisse nickte langsam. »Aber ich muß weiter Fragen stellen. Ich habe keine andere Wahl, als weitere Fragen zu stellen.«

»Wir werden antworten, so gut wir können.«

Frevisse sagte: »Dann würde ich gern unter vier Augen mit Joliffe sprechen.«

Joliffe verbeugte sich flüchtig und ging mit ihr zur anderen Feuerstelle hinüber. Frevisse sagte: »Mir ist berichtet worden, daß Ihr gesehen worden seid, als Ihr gestern gegen vier Uhr nachmittags auf unsere Kirche zugingt.«

»Mylady, das habe ich nicht getan.« Die Antwort kam schnell, aber möglicherweise war es nicht mehr als schauspielerisches Geschick.

»Beschuldigt Ihr meinen Zeugen der Lüge?« fragte Frevisse.

»Ich kann niemanden beschuldigen, da ich nichts von ihm weiß. Oder von ihr. Ich kann nur sagen, was ich weiß. Morgens war ich mit Ellis und Bassett in der Kirche, um festzustellen, wo wir das Stück am besten aufführen könnten. Seitdem bin ich nicht mehr dort gewesen.« Das klang schon mehr nach der nackten Wahrheit.

»Wo wart Ihr dann zu dieser Stunde?«

Erstaunlicherweise durchschaute sein klarer blauer Blick nicht, daß sie nur vermutet hatte, daß er nicht hier im Gästehaus gewesen war. »Nach unserer Probe bin ich spazierengegangen. Ich war mehrere Stunden weg.«

»Allein?« fragte Frevisse, die an das Mädchen im Dorf dachte.

»Allein«, bestätigte Joliffe.

»Ihr habt niemanden getroffen?«

»Niemanden.« Er schenkte ihr ein spöttisches Grinsen. »Es sei denn, Ihr zählt den kleinen gefleckten Hund, aber ich bezweifle, daß er zu meinen Gunsten aussagen wird. Er schien zu der Zeit ziemlich damit beschäftigt, einem Kaninchen nachzujagen. Achtlos von mir, so ganz ohne Gesellschaft zu sein, aber so ist es nun mal.«

Entmutigt und mit erneut schmerzendem Kopf drehte Frevisse sich auf dem Absatz um und ging, niedergedrückt von ihren Gedanken.

Kapitel 21

Den Rest des Morgens kümmerte Frevisse sich um ihre Pflichten im Gästehaus und überließ es ihren Gedanken, ohne direkte Hilfe ihres Bewußtseins eine Lösung zu finden. Die Bediensteten waren gut geschult, aber es konnte nie schaden, ihre Leute merken zu lassen, daß Frevisse ein Auge auf sie hatte. Wie immer mußte Frevisse Kleinigkeiten entscheiden und Ratschläge erteilen, und so wurde sie auf Trab gehalten, bis die Klosterglocke sie zur Non rief. Frevisse hatte sich gerade im alten Gästehaus mit Ela darüber geeinigt, wer dafür sorgen sollte, daß die Wassereimer geschrubbt wurden, und entschuldigte sich, um zum Gottesdienst zu gehen. Sie war ein wenig spät dran und konzentrierte sich so sehr darauf, durch die Halle zu eilen, ohne auf die Schauspieler zu achten, daß sie an der Tür fast mit zwei Männern zusammenstieß, die gerade hereinkamen. Frevisse kannte sie nicht und nahm vage an, daß es Montforts Männer waren, ohne groß drüber nachzudenken.

Die Männer entschuldigten sich. Frevisse entschuldigte sich ebenfalls und ging weiter, bis ihr in der Mitte des Klosterhofes plötzlich klar wurde, was das zu bedeuten hatte. Sie wirbelte herum und sah, wie die Männer wieder herauskamen, Joliffe zwischen sich. Sie hielten seine Arme mit festem Griff gepackt, und es war nichts Sanftes an der Art, wie sie mit ihm umgingen.

Fast wäre sie umgekehrt. Aber die Glocke forderte immer noch, daß Frevisse zum Stundengebet kam. Und sie konnte nichts tun, um zu ändern, was jetzt geschehen würde. Alles, was sie hatte, waren unbeantwortete oder unzureichend beantwortete Fragen, und nichts von dem würde Joliffe irgendwie helfen.

Hilflos sah sie zu, wie Montforts Männer Joliffe die Stufen zum neuen Gästehaus hochzerrten. Ihre Gefühle stritten gegen ihre Gedanken. Joliffe schaffte es, auf den Beinen zu bleiben, aber nur mit Mühe, und er mußte dazu gegen die Bewaffneten ankämpfen, die ihn gepackt hielten. Frevisse sah, wie sie ihm die Arme verrenkten, ihm wehtaten. Zorn und Angst wallten mit wütender Heftigkeit in ihr auf. Sie wollte nicht, daß Joliffe Schmerzen zugefügt wurden.

Und eben diese wütende Heftigkeit war eine Warnung, eine Warnung, die sie an Priorin Ediths Worte erinnerte. Ihr lag zuviel an Joliffe und zuwenig an der Wahrheit. Sie sollte die Wahrheit herausfinden, mochte schuldig sein, wer wollte. Ein anderes Interesse an den Schauspielern sollte sie nicht haben.

Endlich stellte sie sich der vollen Wahrheit. Priorin Edith

hatte recht. Diese Leute hatten die Liebe zu den endlosen Reisen ihrer Kindheit wiedererweckt, die so lange geschlummert hatte. Die Schauspieler hatten einen Teil von ihr wieder zum Leben erweckt, den sie geliebt hatte und den sie nie völlig abgelegt hatte. Frevisse wollte, daß sie frei waren und weiterziehen konnten, da sie selbst diese Freiheit nicht mehr besaß.

Aber Joliffe hatte sie angelogen.

Grimmig wandte sie sich ab und eilte ins Kloster, weg von Joliffe und den anderen, obwohl sie das nicht von ihren Gedanken befreite.

Zusammengedrängt saß sie mit den anderen Nonnen im Gemeinschaftsraum, den Kopf gesenkt, scheinbar im Gebet, und starrte auf den dicken, schwarzen Stoff ihres Gewandes herunter. Sie spürte, wie eng der Nonnenschleier ihre Schläfen und ihr Kinn umgab. Sie trug den Schleier seit Jahren, er war ihr so vertraut, daß sie ihn kaum noch bemerkte; er war ein Teil von ihr. Aber jetzt fühlte sie die beengende Einschnürung des Schleiers und dessen, wofür er stand. Sie wußte, was der Schleier ihr gab. Und was ihr versagt blieb.

Nein, sagte sie in Gedanken. *Nein, hier gehöre ich hin, und hier ist meine Bestimmung. Hier im Kloster. Ich lebe heute, nicht in der Erinnerung an meine Kindheit.*

Sie zwang das Bild von Joliffe, der von Montforts Männern vorwärtsgeschleppt wurde, aus ihren Gedanken. Sie versenkte sich in den Gottesdienst, der um sie herum begann, verlor sich in der gesungenen Wiederholung der Psalmen, nahm die Worte mit Geist und Seele in sich auf, lauschte mit der Inbrunst einer Novizin auf Antworten, die einfach da sein mußten.

Und fand einen Teil der Antwort in der Lesung aus dem

Neuen Testament: »Darum tut desto mehr Fleiß, eure Berufung und Erwählung festzumachen. Denn wenn ihr solches tut, werdet ihr nicht straucheln …«

Und sie war nahe daran gewesen abzufallen. Nicht von ihren Gelübden, das sicher nicht, aber von der Hingabe an das Leben, das sie führte. Vom Gehorsam und der uneingeschränkten Annahme ihres jetzigen Lebens.

Aber jetzt, wo sie den Gedanken in klare Worte gefaßt hatte, wußte sie, daß die Gefahr vorüber war. Gefühle kamen und gingen, aber das sichere Wissen, warum sie hier war, lag tiefer in ihrem Geist und ihrem Herzen verankert als ein Gefühl oder eine flüchtige Zuneigung.

Als der Gottesdienst zu Ende ging, fühlte sie sich so geläutert und sicher, als käme sie von der Messe am Ostermorgen und der heiligen Kommunion. Ihre Gedanken lagen nicht mehr im Widerstreit mit ihren Neigungen, sondern waren klar und ganz auf das gerichtet, was zu tun war.

Nach der Non kam das Mittagsmahl. Frevisse sprach mit den anderen das Tischgebet im Refektorium, setzte sich auf ihren Platz auf der Bank und beschloß, eine Zeitlang der Lesung des Tages mehr Beachtung zu schenken als ihren eigenen Gedanken. Sie hörten immer noch die Geschichte der Angelsachsen, niedergeschrieben von Beda dem Ehrwürdigen, und immer noch schlecht vorgelesen von Schwester Thomasine.

»›Der Erstandene war ein Familienvater in der Gegend Northumberlands, die Incuäningum heißt‹«, intonierte Thomasine. »›Er führte mit seinem Hause ein frommes Leben. Als er von einer Krankheit heimgesucht worden und dieselbe von Tag zu Tag zugenommen hatte, ging es mit ihm zu Ende, und er starb beim Anbruch der Nacht. Aber früh des Morgens lebte er wieder auf, erhob sich plötzlich, flößte allen, die weinend um seine Leiche versammelt gewesen waren, unermeßliche Furcht ein und verscheuchte dieselben.‹«

Wie zu erwarten war, dachte Frevisse und tunkte ihr Brot in den Hammeleintopf, um es einzuweichen und ihm mehr Geschmack zu geben. *Wir wären auch schockiert und verängstigt, wenn Schwester Fiacre sich aufsetzen und zu uns sprechen würde. Es würde Stunden dauern, bis wir unsere fünf Sinne wieder soweit zusammen hätten, daß wir über das Wunder frohlocken könnten.*

Thomasine leierte weiter. Der Mann aus Northumberland teilte seine ganze Habe in drei Teile, gab ein Drittel seiner Frau, ein Drittel seinen Söhnen und ein Drittel den Armen und wurde Mönch.

Was würde Fiacre wohl tun, wenn sie wiederauferweckt würde, fragte sich Frevisse. Sie war schließlich bereits Nonne.

Besucher kamen zu dem Mann, um Geschichten von seinen Erlebnissen in der Welt jenseits des Grabes zu hören. Er berichtete, er hätte gesehen, wie die verdammten Seelen von glühenden Feuerflammen in grausige Kälte sprangen und wieder zurück, auf der vergeblichen Suche nach einem erträglichen Aufenthaltsort. Und er hatte ein wunderschönes, wohlduftendes Gefilde für die Seligen erblickt. »›Es war mir höchst unlieb, wieder zum Körper zurückkehren zu müssen, da mich die Lieblichkeit und Wonne des Ortes, den ich sah, überaus erfreut hatte‹«, las Schwester Thomasine die Worte Bedas, der den Mann zitierte. »›Dennoch wagte ich es nicht, meinem Führer zu widersprechen, und sah mich plötzlich wiederum lebend unter die Menschen versetzt.‹«

Auch Schwester Fiacre wäre vielleicht unglücklich über

ihre Rückkehr und würde weinend die Hände ringen, wenn sie sich wieder unter gewöhnlichen Leuten befand.

Beda beschrieb, wie der Mann in großer Enthaltsamkeit in seiner Einsiedelei lebte, Eisschollen zerschlug und sich in den winterlichen Fluß stürzte, wo er bis zum Hals in fließendem Wasser stand, unter Gesang und Gebet, bis er es nicht länger ertragen konnte und hinausklettern mußte, sich aber weigerte, seine nassen Sachen auszuziehen. Zu denen, die ihn fragten, wie er das aushalten könne, sagte er, er habe schon Härteres und Kälteres gesehen.

Hier hielt Schwester Thomasine inne, nicht um den grimmigen Scherz auszukosten, sondern um zu sagen: »*Tu autem, Domine, miserere nobis,* was hieß, daß die Lesung beendet war.

Frevisse erwiderte wie die übrigen Nonnen: *Deo gracias*, aber das Mittagsmahl war noch nicht vorüber. Sie aßen schweigend weiter, und jetzt, wo keine Stimme mehr da war, der sie zuhören konnte, gingen Frevisses Gedanken ihre eigenen Wege. War es wirklich richtig und gut gewesen, was dieser Mann getan hatte? Sie hatte das auch schon gesehen – Menschen, die sich entschlossen bestraften und kasteiten, um sich die Fähigkeit auszutreiben, die guten Dinge des Lebens zu genießen. Aber machte ihnen das nicht auch unmöglich, die Freuden der wohlriechenden Wiesen zu genießen, die den Geretteten versprochen worden war? Da sie ihr Herz auf Erden an Elend und Trübsal gehängt hatten, würden solche Leute in den Unbilden der Hölle nicht glücklicher sein?

Frevisse ertappte sich bei diesem seltsamen Gedanken und unterdrückte ihn strikt. Es gab keinen Zweifel daran, daß strenge Kasteiungen zur Heiligkeit führen konnten. Darüber waren sich alle Autoritäten einig.

Unfähig, sinnvoll über die Lesung zu meditieren, stellte Frevisse fest, daß ihre Gedanken sich wieder den Morden zuwandten. Hatte Priorin Edith recht? Liefen hier zwei Mörder herum, einer mit einem Messer und einer mit einer Keule?

Und dann dachte sie daran, was Montfort jetzt mit Joliffe anstellen würde.

Schroff zuckte sie vor diesem Gedanken zurück. Sie mußte die Antwort – die Antworten – finden, und zwar bald.

Die Notwendigkeit einer sofortigen Antwort zog sich wie ein Knoten in ihr zusammen. Sie legte ihr Brot hin, unfähig zu schlucken.

Einer der Mörder mußte Gilbey Dunn sein. Er hatte Sym gehaßt, der zwischen ihm und seinem Gewinn stand. Würde Annie Lauder lügen, um ihn zu retten, wenn er ihr versprach, die Abgabe wegen Unzucht für sie zu bezahlen? Und wo war Vater Henry, der die Antworten auf Fragen hatte, die Frevisse stellen mußte? Er war den ganzen Morgen unterwegs gewesen. Er jagt Kaninchen, dachte sie bitter, während ich hier eingesperrt bin. Fast immer hatte Frevisse die Mauern von St. Frideswide als Schutz und Begrenzung empfunden, nicht als einschränkende Grenze, aber jetzt spürte sie ein wildes Verlangen, über die Mauern zu springen und dorthin zu gehen, wohin ihre Fragen sie führten, zum Dorf, zu Lord Warenne, irgendwohin, nur nicht hier sitzen und sich hilflos im Kreise drehen, gehindert und blockiert durch die Klosterregel des Heiligen Benedikt.

Ihre Finger, die gerade das Brot zu einem formlosen Klumpen zerquetschten, erstarrten. Kaninchen jagen. Mit seinem Hund.

Vor Aufregung wäre sie fast aufgesprungen. Mit Mühe und Not beherrschte sie sich, bis das Essen vorüber war. Mit ersticktem Eifer sprach sie mit den anderen das Dankgebet, erhob sich mit ihnen, und schritt ruhig aus dem Refektorium in den Kreuzgang hinaus. Aber als die Nonnen auseinanderstrebten, um ihren Nachmittagspflichten nachzugehen, wirbelte Frevisse scharf herum und packte Schwester Alys am Arm, bevor sie wieder in der Küche verschwinden konnte.

Mit hastigen Zeichen bat Frevisse Schwester Alys, sie zu dem engen Gang zu begleiten, der zum Obstgarten führte. Hier waren kurze Gespräche erlaubt, die nicht auf andere Zeiten oder bessere Gelegenheiten warten konnten, und sobald sie in seinem Schutz angelangt waren, sagte Frevisse: »Priorin Ediths Kaninchenpastete ...«

»Den Teig für die Kruste habe ich selbst gemacht, und wenn nicht irgendeine Närrin das Fleisch verdorben hat, indem sie zuviel Salz drangetan hat, während ich weg war ...«

Frevisse hatte nicht die Absicht, zuzulassen, daß Schwester Alys sich in dieses Thema hineinsteigerte. Sie schnitt ihr das Wort ab. »Es war gestern, daß Vater Henry Euch das Kaninchen gebracht hat?« Überrascht nickte Schwester Alys kurz. »Wann genau?«

»Kurz vor dem Nachtmahl. Er kam schuldbewußt reingeschlichen wie ein Schuljunge, der beim Schwänzen ertappt worden ist, und ich war diejenige, die ihm sagen mußte, daß Schwester Fiacre tot ist. Das hat ihn so mitgenommen, daß er fast vergessen hätte, mir das Kaninchen zu geben. Er wäre glatt mit dem Kaninchen in der Hand aus der Küche gegangen, wenn ich es mir nicht geschnappt hätte. Ein frommer Mann, vielleicht, aber zudem recht linkisch und unbeholfen, sage ich immer ...«

»Ihr sagtet, er würde mit einem Hund jagen?«

»Es ist ein kleiner gefleckter Hund, der nur Jagdhund genannt wird, weil er dem noch am ähnlichsten sieht. Vater Henry hält ihn im Dorf, im Haus des Müllers, weil Priorin Edith nicht zuläßt, daß er ein so struppiges Tier hier im Kloster hält –«

»Danke!« sagte Frevisse und ließ Schwester Alys stehen, die mit offenem Mund hinter ihr hersah, aufs neue erstaunt über ihr unhöfliches Betragen.

Im Hof, auf dem Weg zum neuen Gästehaus, hielt sie einen Knecht an und bat ihn, Vater Henry für sie zu suchen. »Ich muß ihn dringend sprechen. Ich werde eine Weile beim Crowner sein, aber danach muß er nach mir Ausschau halten. Sag ihm, daß ich ihn sprechen muß. So bald wie möglich.«

Der Mann nickte und rannte los, und sie ging weiter. Es wäre vielleicht besser gewesen, zu warten, bis sie mit Vater Henry gesprochen hatte. Aber sie wollte wissen, wie weit Montfort bei Joliffes Verhör bereits gegangen war, und wenn sie konnte, wollte sie in Erfahrung bringen, was er herausgefunden hatte, das sie nicht hatte ergründen können.

Montfort war in seiner Kammer, dem besten Zimmer des neuen Gästehauses. Er stand dicht vor dem Feuer und wirkte zufrieden mit sich. Sein Schreiber saß an einem Tisch am anderen Ende des Raumes, über ein Pergament gebeugt, das er las, anstatt darauf herumzukritzeln.

Montfort warf ihr einen Blick zu und lächelte fast. »Ich habe doch gesagt, diesen Fall würde ich schnell lösen.«

»Hat jemand gestanden? Der Schauspieler?«

»Ha! Der doch nicht. Nicht, daß es eine Rolle spielte. Ich will nur noch mit ein, zwei Leuten reden. Dann ist alles geklärt, und ich kann zu Lord Lovel zurückkehren.«

»Wer ist es, mit dem Ihr sprechen müßt?«

»Mit Euch jedenfalls nicht, Schwester. Obwohl Ihr Eure Dienstboten ruhig etwas auf Trab bringen könntet. Sie haben mich warten lassen.«

»Wollt Ihr mit einem unserer Dienstleute sprechen?«

»Wohl kaum. Ich will mit diesem Kerl aus dem Dorf reden. Der Streit mit dem toten Jungen hatte.«

»Gilbey Dunn?«

»Ja, mit dem. Ein Leibeigener. Er ist nicht aufzufinden, sagen sie. Sie sagen, seit gestern hätte ihn niemand gesehen, und das ist Unfug. Er ist ein höriger Bauer, nicht irgendein Edelmann, der sich auf seinen zweiten Herrensitz am anderen Ende der Grafschaft begeben hat.«

Leise Hoffnung erwachte in Frevisse. Gilbey Dunn war irgendwohin verschwunden, und niemand wußte, wo er war?

Montfort rückte ein wenig näher ans Feuer heran und sagte: »Es gibt Leute, die mir einreden wollen, daß er der Schuldige ist, daß er davongerannt ist, um sich der Gerechtigkeit zu entziehen. Aber ich habe meinen Mörder in sicherem Gewahrsam, und alles, was ich noch tun muß, ist, die Sache mit diesem Gilbey zu klären. Dann kann ich gehen. Lord Lovel erwartet mich am Dreikönigsabend.«

Frevisse gab beeindruckte Laute von sich, als Montfort zum zweitenmal diesen Namen fallen ließ, und fragte, wie in totaler Unkenntnis: »Welchen der Schauspieler habt Ihr in Gewahrsam?«

»Den Blonden. Joliffe heißt er. Er hatte Streit mit dem Bauernjungen und mit Eurer Nonne und wurde an beiden Orten gesehen, sowohl im Dorf als auch in der Kirche, und zwar zu der Zeit, als die Morde geschahen.«

Frevisse wandte ein, und zwar so, als wäre sie wirklich an

einer Klarstellung interessiert: »Aber mir wurde gesagt, daß er mit einer Frau zusammen war, als Sym ermordet wurde. Tibby, so heißt sie.«

Montfort tat das mit einer Handbewegung ab. »Ach, ja, Tibby. Zweifellos würde sie für das hübsche Gesicht des Schauspielers Gott ins Angesicht lügen. Ihre Aussage hat überhaupt keinen Wert.«

Frevisse wollte Informationen, also nahm sie Abstand davon, ihm zu widersprechen, und fragte statt dessen: »Er wurde gesehen, als er in die Kirche ging? Von wem?«

»Der Mutter des toten Jungen. Dieses dürre Etwas von einer Frau –« Montfort, unfähig, sich an ihren Namen zu erinnern, machte eine vage Handbewegung. »Sie hatte solche Angst davor, mit mir zu reden, daß ich schon dachte, sie würde vor meinen Augen eine Pfütze machen. Aber sie hat gesagt, was sie zu sagen hatte. Sie ist sofort aus freien Stükken zu mir gekommen. Damit war die Sache klar.«

»Ich habe ihn sagen hören, er sei an dem Nachmittag, an dem Schwester Fiacre starb, nicht im Kloster gewesen«, wagte Frevisse vorzubringen.

»Das hat er auch zu mir gesagt, aber er ist ein Lügner. Alle Schauspieler sind Lügner. Das ist ihr Beruf. Er wurde gesehen, wie er auf die Kirche zuging, und wahrscheinlich hat er sich dort versteckt und auf seine Chance gewartet. Als er sah, daß die Nonne allein war, handelte er.«

»Aber warum?«

»Um sich an ihrem Bruder zu rächen!« Meister Montfort zeigte deutlich seine Ungeduld.

»Und aus welchem Grund ist er Sym nach Hause gefolgt und hat ihn umgebracht?«

»Sie hatten sich geprügelt, und nach allem, was ich höre, war der Junge ein übellauniger Raufbold. Der Schauspieler hatte Angst, Sym würde ihm später auf den Pelz rücken, mit der Hälfte der Dorflümmel im Gefolge. Und das ist ja auch tatsächlich passiert. Sie sind gekommen, um ihn sich vorzuknöpfen. Sie wußten, wer und was er war. Die Sache könnte nicht klarer und einfacher sein. Sie sind ein übles Pack, diese Gaukler ohne Patron, schlimmer als die schlimmsten hörigen Bauern. Tatsachen sind Tatsachen, und ich bin der Meinung, daß wir unseren Mörder gefunden haben.«

»Also ist der Fall geklärt, mit Ausnahme der Tatsache, daß Ihr Gilbey Dunn nicht finden könnt?«

Montfort runzelte die Stirn. »Ganz recht«, stimmte er kurzangebunden zu. Er musterte sie böse, plötzlich mißtrauisch geworden. »Hattet Ihr irgendeinen Grund, hierherzukommen und mich sprechen zu wollen, Schwester?«

»Ich wollte Euch fragen, ob alles zu Eurer Zufriedenheit ist« – was stimmte, das war eine ihrer Pflichten als Schwester Hospitalaria –, »und ich wollte mich erkundigen, ob es möglich wäre, daß Joliffe heute abend mit seiner Truppe auftritt. Sie führen im alten Gästehaus ein Stück auf.«

»Ein Stück? Hier?« Montfort war überrascht.

»Wir tun, was in unseren armseligen Kräften steht, um die Feiertage zu ehren«, murmelte Frevisse, erstaunt über sein Interesse.

»Wirklich, so etwas hätte ich an einem solchen Ort nie erwartet!« Montforts Begeisterung ließ sein Gesicht leuchten. Zufrieden rieb er sich die Hände. »Ein Stück, sagt Ihr? Welches?«

»Ich kenne den Titel nicht, aber es geht um die Heiligen Drei Könige.«

»Und dafür braucht Ihr natürlich drei Männer. Nun, wir haben Wachen genug, nehme ich an. Wir könnten die Tore zum Hof verriegeln und ihn unter Bewachung ins Gästehaus bringen, und dann könnten wir alle Ausgänge bewachen. Es sollte möglich sein.«

Seine Miene zeigte wieder das übliche Mißfallen. »Wir wollen hoffen, daß diese Truppe besser ist, als sie aussieht. Ich erkenne eine gute Aufführung, wenn ich eine sehe.«

Frevisse war maßlos verblüfft über diese unerwartete Seite des Crowners. Bevor sie ihre Gedanken zu einer Entgegnung hätte sammeln können, war ein bescheidenes Klopfen an der Tür zu vernehmen.

»Ja?« bellte Montfort. Vater Henry kam herein.

Bevor er seine Verbeugung vor Meister Montfort zu Ende führen konnte, stand Frevisse vor ihm. »Wo seid Ihr gewesen? Ich mußte mit Euch sprechen!«

Weder der Priester noch Montfort waren auf diese Abruptheit vorbereitet. Vater Henry warf einen unsicheren Blick auf Montfort, dessen Gesicht sich zu röten begann, aber Frevisse sprach weiter, bevor er sie unterbrechen konnte: »Wart Ihr gestern auf Kaninchenjagd? Nachdem Ihr im Dorf wart, seid Ihr da auf Kaninchenjagd gegangen?«

Vater Henry lief verlegen tiefrosa an und stammelte: »Ja. Kurz. Ich war nicht lange weg.«

»Habt Ihr jemanden gesehen, als Ihr unterwegs wart? Hat jemand Euch gesehen? Oder Euren Hund? Wo ist Euer Hund? Wie sieht er aus?«

Vater Henry riß vor Staunen den Mund auf und stolperte im Geist über so viele Fragen, dann hielt er sich an die letzte und sagte: »Er ist nicht sehr groß.« Der Priester ließ die flache Hand bis unters Knie sinken. »Rauhes Fell, weiß mit braunen Flecken. Kein Bluthund«, beeilte er sich, Montfort zu versichern. »Nichts in der Richtung, nur ein Mischling. Er hat gerade so viel von einem Jagdhund in sich, daß er Kleinwild hetzt. Hal der Müller hält ihn für mich, und da ich gestern bereits in der Nähe war ...«

»Und Ihr habt ein schönes Kaninchen für Priorin Ediths Neujahrsschmaus nach Hause gebracht, und es ist nichts passiert«, sagte Frevisse ermutigend. »Aber habt Ihr jemanden gesehen, als Ihr unterwegs wart? War irgend jemand in den Feldern?«

»O ja. Einer der Schauspieler. Der Blonde. Ich habe ihn nicht begrüßt. Ich habe nicht viel Zeit für Schauspieler, und dieser hier, na ja, er ist ein bißchen ... mehr wie ein Mädchen als wie ein Mann.« Vater Henry zuckte die maskulinen Schultern und errötete noch etwas mehr. »Und könnte es sein, daß er ein bißchen weich in der Birne ist?« Er tippte sich an die Stirn. »Er war allein und redete mit sich selbst, fuchtelte herum wie ein Bettelmönch bei einer Predigt, obwohl ich nicht hören konnte, was er sagte.«

»Aber er hat Euch nicht gesehen?« Gegen seinen Willen war Montfort interessiert.

Der Priester errötete noch etwas tiefer. »Ich lag gerade in einem Dickicht auf dem Bauch, ich wollte nicht gesehen werden. Aber er hat Trey gesehen. Meinen Hund. Geht es darum? Daß ich manchmal jage? Ist Priorin Edith unzufrieden mit mir?«

»Ihr habt keinen Ärger mit ihr«, versicherte Frevisse ihm. »Wann habt Ihr ihn gesehen, und wo?«

»Drüben bei Long Hill, in der Nähe der Furt am Ende der Wiese.«

»Wie weit ist das von hier, wenn man zu Fuß geht?«

Er dachte angestrengt darüber nach, bevor er antwortete: »Eine volle halbe Stunde im Marschtempo, wenn man durchs Dorf geht. Länger, wenn man das Dorf umgeht.«

Joliffe, der die Einsamkeit gesucht hatte, war nicht durchs Dorf gegangen, sonst hätte ihn jemand gesehen.

»Und wie lange vor der Vesper war das?«

Vater Henry drehte nachdenklich die Augen zur Decke. »Eine Stunde vielleicht? Nach dem Stand der Sonne vielleicht eine Stunde.«

»Und Ihr seid sicher, daß es dieser Schauspieler war?« fragte Montfort scharf.

Vater Henry nickte entschieden, erfreut darüber, daß er sich mal einer Sache sicher war. »Er war nicht zu verkennen. Er war der, der sich wie eine Frau anzieht, wenn sie spielen.«

Frevisse wandte sich an Montfort. »Aber Meg sagte, sie hätte Joliffe auf die Kirche zugehen sehen, nach dem Stand der Sonne zu urteilen, eine Dreiviertelstunde vor der Vesper. Selbst wenn Joliffe den Weg durch das Dorf genommen hätte, könnte er unmöglich schon wieder hier gewesen sein.«

»Dann hat sie sich eben geirrt. Er hat den Mord begangen, bevor er eine Wanderung durch die Felder unternommen hat«, sagte Montfort. »Ja, und deshalb ist er allein rausgegangen. Um zu beten, um über Buße nachzudenken, um – «

»Sie hat sich nicht in der Zeit geirrt, sie hat mir mit ihren Fingern gezeigt, wie tief die Sonne stand. Und es ist nicht möglich, daß Schwester Fiacre früher ermordet wurde. Sie wäre entdeckt worden – von Meg selbst, wenn nicht von einer von uns.«

»Also hat die Frau sich geirrt? Wen hat sie dann gesehen?«

»Ich denke nicht, daß es hier im Kloster jemanden gibt, der diesem Burschen sonderlich ähnlich sieht«, bemerkte Vater Henry.

»Damit ist zweifelsfrei bewiesen, daß Joliffe Schwester Fiacre nicht umgebracht hat«, betonte Frevisse nachdrücklich.

Montfort sah mißmutig zu Boden und sagte verdrossen: »Scheint so. Aber das heißt noch lange nicht, daß er und seine Kumpane sich nicht irgendeines Gesetzesbruchs schuldig gemacht haben. Diese Leute haben nicht wegen nichts und wieder nichts einen so schlechten Ruf, wißt Ihr.«

Frevisse äußerte sich nicht dazu und bemerkte statt dessen: »Da ist immer noch Gilbey Dunn, der in Betracht gezogen werden muß.«

»Ah, der. Das Problem ist, welchen Grund sollte er haben, eine Nonne umzubringen?«

Fast hätte Frevisse Priorin Ediths Gedanken vorgebracht, daß es vielleicht zwei Mörder gab, oder einen Wahnsinnigen, aber plötzlich schlug Montfort mit großer Befriedigung die Hände zusammen. »Es sei denn, es war etwas zwischen diesem Gilbey Dunn und Schwester Fiacre, von dem wir noch nichts wissen!«

Das schiere Erstaunen in Vater Henrys Gesicht spiegelte sich zweifellos in Frevisses eigener Miene, so unwahrscheinlich war der Gedanke, Schwester Fiacre und Gilbey Dunn hätten irgendeine gemeinsame Basis gehabt.

Aber Montfort war zu angetan von seiner Idee, um sich die Mühe zu machen, auf ihre Reaktion zu achten. Er fuhr fort: »Ja! Das ist der Weg, den ich einschlagen muß! Das ist der Mann, mit dem ich sprechen muß!« Fast hätte er Frevisse angelächelt. »Zweifellos habt Ihr recht. Gilbey Dunn ist schuldig. Er hat den Mann beseitigt, der zwischen ihm und seinem finanziellen Gewinn stand, nämlich Sym. Und jetzt, scheint es, hat dieser Mordbube sein Unwesen sogar an diesem heiligen Ort getrieben.« Seine Freude wurde sauer. »Aber Euch geht das nichts an. Ihr haltet Euch da raus, sonst beschwere ich mich bei Eurer Ehrwürdigen Mutter über Euch.«

Das ermutigte Frevisse, nicht zu erwähnen, wo Gilbey laut Annie Lauder in dieser Nacht gewesen war. Sie neigte demütig den Kopf und schob sich zur Tür. »Wie Ihr wünscht. Aber zumindest wird es nicht mehr notwendig sein, den Schauspieler heute abend bewachen zu lassen. Er kann jetzt auf freien Fuß gesetzt werden, oder?«

Trotz ihrer scheinbaren Demut las Montfort etwas in ihrem Gesicht, das ihn dazu brachte, ihr einen mörderischen Blick zuzuwerfen. Aber dann schüttelte er es ab und bellte über die Schulter hinweg seinen Schreiber an: »Sorg dafür, daß er freigelassen wird. Würdet Ihr jetzt so gut sein, Vater, endlich diese Frau rauszuschaffen, die sich ständig in alles einmischt, damit ich mit meiner Arbeit weitermachen kann.«

Frevisse eilte aus der Kammer und aus dem Gästehaus. Vater Henry keuchte hinter ihr her. Im Klosterhof hielt sie inne, um dem Priester für sein Erscheinen zur rechten Zeit zu danken.

Aber er war noch ganz erfüllt von der Erfahrung, die sie eben gemacht hatten. Grinsend vor Verlegenheit und Übermut sagte er: »Schwester Fiacre und *Gilbey Dunn?* Wie kann er so was denken?«

Frevisse schüttelte den Kopf. »Ich kann mir nichts von alldem erklären, was er sich so denkt.«

»Aber wenn es nicht der Schauspieler war, den Meg auf die Kirche zugehen sah, wer war es dann?«

Frevisse dachte nach und preßte die Finger auf die Augenlider. In der Kälte hatte ihr Kopf zu schmerzen begonnen. »Vielleicht einer der anderen Schauspieler mit einer Perücke? Aber warum? Es sei denn, sie hätten sich abgesprochen – nein, dann hätte Joliffe sicher dafür gesorgt, daß jemand sah, wie er zu dieser Zeit so weit von der Kirche entfernt herumwanderte.«

»Der einzige Mensch, der ebenso blond ist wie Joliffe, ist Hewe.«

»Aber Hewe ist ein Kind und längst nicht so groß wie Joliffe. Es sei denn – «

»Es sei denn?«

»Vielleicht hat Meg Hewe gesehen. Und sie wußte, wenn sie ihn gesehen hatte, könnte noch jemand ihn gesehen haben. Besser, sie bezeugt, ein hochgewachsener, blonder Mann wie Joliffe wäre auf die Kirche zugegangen, als daß ihr Sohn in Verdacht gerät. Wenn also ein anderer Zeuge sagen würde, er hätte Hewe gesehen, oder zumindest einen blonden Jungen, könnte Meg ihm widersprechen. Weil eine Mutter ja ihren eigenen Sohn kennen sollte, und wenn sie behauptete, sie hätte einen Mann gesehen, würde sie vielleicht genug Verwirrung stiften, um ihren Sohn zu schützen.«

Vater Henry sah bereits verwirrt aus.

Sie würde mit Hewe sprechen. War er wirklich in die Kirche gegangen?

Vater Henry sagte: »Meg war wütend auf Joliffe, weil er Sym in der Schenke mit dem Messer verletzt hatte.«

»Ja, Ihr habt recht.« Auch das mochte bei dieser Lügengeschichte eine Rolle gespielt haben. Es gab viele Fakten, die vielleicht von Bedeutung gewesen waren. Oder auch nicht. Zu viele. Sie wollte die Wahrheit wissen. »Habt Ihr mit Gilbey Dunn gesprochen und ihn gefragt, was er getan hat, als Sym ermordet wurde?«

Vater Henry, der wie immer leicht erstaunt aussah, wenn das Gesprächsthema plötzlich gewechselt wurde, schüttelte den Kopf. »Heute morgen war er nicht auf seinem Hof, und auch sonst konnte ich ihn nirgendwo finden. Seit gestern früh ist er im Dorf nicht mehr gesehen worden.«

Also stimmte es, Gilbey Dunn war verschwunden. Ein leichtes Unbehagen stieg in Frevisse auf, aber Vater Henry fuhrt fort: »Aber wegen dieses Abends – einige der Männer sagen, er sei eine Zeitlang in der Schenke gewesen, wäre aber irgendwann rausgegangen. Sie konnten nicht sagen, wann genau. Ich weiß, daß er nicht mehr dort war, als ich kam, aber Genaueres weiß keiner. Und ich konnte ihn nicht finden, um ihn zu fragen. Soll ich Meister Montfort das alles erzählen?«

»Wenn er nach Euch schickt. Wenn Ihr von mir zu ihm geht, wird er vielleicht behaupten, daß ich mich wieder einmische.« Sie ging davon und sah das anerkennende Lächeln nicht, das Vater Henry ihr nachsandte.

Bald darauf war sie an der Reihe, zusammen mit Schwester Emma die Totenwache bei Schwester Fiacres Sarg zu halten. Frevisse bedauerte nicht, daß sie eine Ausrede hatte und sich den Rest des Nachmittags von den Gästehäusern und allen anderen fernhalten konnte. Es gelang ihr recht gut, sich im Gebet für Schwester Fiacres Seele und die ihres Mörders zu verlieren, der zweifellos Gebete dringender nötig hatte als sein Opfer. Sie fühlte sich etwas ruhiger, als es Zeit für die Vesper war und sie abgelöst wurde.

Sie bat um Erlaubnis, das Refektorium früher verlassen zu können, um zu kontrollieren, ob alles für die Aufführung bereit war, ehe Priorin Edith und die anderen kamen. Die frühe Dunkelheit des Tages senkte sich herab, als Frevisse den Hof überquerte, und mit ihr vertiefte sich die Kälte. Frevisse eilte an zwei Knechten vorbei, die sich abmühten, Priorin Ediths zweitbesten Sessel zum Gästehaus hinüberzuschleppen. Sie mußte dafür sorgen, daß Montfort auch einen Sessel bekam und bequem saß. Es würde im Augenblick besser sein, ihn so wenig zu kränken wie irgend möglich.

Im Gästehaus war alles bereit. Einige der Klosterbediensteten hatten sich früh von ihrer Arbeit weggeschlichen und standen an einer der Wände, beäugten die Vorhänge, die die Schauspieler aufgehängt hatten, und unterhielten sich fröhlich. Sie verstummten, als Frevisse hereinkam, aber sie nickte ihnen lediglich zu und musterte den Saal, ohne sie zu beachten, und die Leute nahmen ihr Gespräch wieder auf. Auf beiden Seiten der Bühne warteten die Laternen darauf, angezündet zu werden. Der Saal war dämmrig, und von den Besitztümern der Schauspieler war nichts mehr zu sehen, mit Ausnahme der Stangen mit den Vorhängen. Die Schauspieler selbst konnte Frevisse nirgends entdecken, aber hinter dem Vorhang waren ihre Stimmen zu hören.

Zufrieden darüber, daß alles bereit war, machte Frevisse sich daran, den Männern zu zeigen, wo Priorin Ediths Sessel stehen sollte. Dann schickte sie sie ins neue Gästehaus, um einen Sessel für den Crowner zu holen, befahl einem anderen Diener, die Kerzen anzuzünden, und beschloß, Montfort die Höflichkeit zu erweisen, persönlich zu ihm zu gehen und ihm mitzuteilen, daß Priorin Edith bald kommen würde.

Er nahm die Botschaft mit Befriedigung entgegen. »Gut. Gut. Eine würdige Zerstreuung während der Feiertage und eine, die ich hier gewiß nicht erwartet hätte. Ich komme sofort.«

Die Nonnen kamen gerade aus der Klosterpforte, als Frevisse zum Hof zurückkehrte. Priorin Edith, tief in pelzgefütterte Umhänge gehüllt und von Schwester Lucy und Schwester Claire gestützt, ging an der Spitze. Ihre langsamen Schritte bestimmten das Tempo. So unauffällig wie möglich schlüpfte Frevisse an ihren Platz in der Doppelreihe der Nonnen und betrat gemeinsam mit den anderen das Gästehaus.

Die mittlerweile vollzählig versammelten Klosterbediensteten hatten sich an die Seiten des Saals zurückgezogen, um die besten Plätze für die Nonnen freizulassen. Schwester Lucy und Schwester Claire halfen der Priorin, auf ihrem Sessel direkt vor der Spielfläche Platz zu nehmen. Frevisse bemerkte Roger Naylor, der links von der Spielfläche stand, eine kleine, dunkelhaarige Frau neben sich. Ihre Hände und seine ruhten auf den Schultern zweier kleiner Mädchen und eines etwas älteren, stämmigen kleinen Jungen, die vor ihnen standen. Seine Familie, dachte Frevisse, und ihr wurde klar, daß sie die Kinder nie mit Naylor in Zusammenhang gebracht hatte, obwohl sie sie schon oft hier gesehen hatte.

Dann trafen Montfort und seine Männer ein. Der Crowner strebte mit großen Schritten vorwärts, verneigte sich flüchtig vor Priorin Edith und nahm seinen Platz auf dem Sessel zu ihrer Rechten ein. Während seine Männer sich unauffällig auf einer Seite der Halle versammelten, möglichst weit weg von den Klosterleuten, beugte er sich zu Priorin Edith hinüber, um irgendeine Bemerkung zu machen. Sie nickte und murmelte eine Antwort, dann setzten beide sich gerade hin und waren still.

Die Pause, die dann folgte, wurde nur durch gelegentliches leises Flüstern von den Wänden her und dem Rascheln der Binsen unter hin und her tretenden Füßen unterbrochen. Dann begann eine kleine Flöte hinter dem Vorhang zu spielen, so leise, daß sie anfangs kaum zu hören war. Aber die Zuhörer wurden allmählich still, und die Flötenmusik wob eine süße und klare Melodie in die Stille. Bis auf die Musik war alles still und wartete im goldenen Licht der Kerzen, bis hinter dem Vorhang ein silbern schimmernder Stern langsam und majestätisch aufging, gehalten von Piers kleiner Hand und gefolgt von Piers selbst. Aber er war nicht länger Piers. Statt eines kleinen, grinsenden Jungen stand ein ruhiger, strahlender Engel mit Flügeln vor ihnen, der über das versammelte Volk hinwegblickte, den erhobenen Stern in der Hand. Mit der anderen Hand – nahm Frevisse an – hielt er sich am Querbalken des Gerüstes fest, um auf den aufgestapelten Packkörben, die ihn hatten gen Himmel aufsteigen lassen, nicht das Gleichgewicht zu verlieren. Aber sie verlor das Interesse an den praktischen Details, als Piers zu singen begann: »*Gloria in excelsis Deo, et in terra pax hominibus ....*«, mit einer so klaren und durchdringend süßen Stimme, daß sie tatsächlich von irgendwo über der Welt hätte kommen können.

Im Saal war es jetzt vollkommen still. Alle waren so hingerissen, daß sie sich nicht rührten, gefesselt von der engelsgleicher Erscheinung. Einen kurzen Atemzug lang, als das Lied zu Ende war, blickte der Engel sein ehrfürchtig schweigendes Publikum an, und dann sagte er mit klarer, tragender Stimme: »Weise Könige aus dem Morgenland, geboren ist der Herre Christ, der Heiland aller Welt. Herab steigt Gott in unserer Not vom hohen Himmelszelt. So macht euch auf nach Bethlehem.«

Thomas Bassett in seiner Verkleidung als der erste König kam hinter dem Vorhang hervor. Er sah so prachtvoll aus, als wäre sein Gewand wirklich aus blauer Seide, in allen Farben bestickt und mit Hermelin gesäumt, nicht bemaltes Leinen, mit Kaninchen besetzt, und als wären die Juwelen in seiner bemalten Krone nicht aus Glas. Er trug ein goldenes Kästchen in der Hand, und mit seiner volltönenden, tiefen Stimme verkündete er dem Publikum: »Gelobet sei der Herr, er schenkt uns seinen Sohn! Von Gott gesandt, erstrahlt ein heller Stern. Der kündet an, was Gott getan, den Menschen nah und fern. Laß mich folgen dem Stern und anbeten das göttliche Kind.«

Er nahm eine Pose ein, als würde er in der Ferne nach etwas Ausschau halten, und Ellis kam an der Seite des Vorhangs hervorgeschritten, ganz in düsteres Grau, Schwarz und Silber gewandet. Er hielt ein blutrot und purpurn angemaltes Kästchen in der Hand. »Verirrt bin ich, kein Zeichen meines Heimatlandes zeiget sich. Gott, der du allmächtig bist, zeige mir, wo das Kindlein ist.«

Er drehte sich um und sah den Stern, immer noch mit fester Hand von Piers hochgehalten, und rief glückselig aus: »Dort leuchtet er! Stern über Bethlehem, führ uns zum Stall und zu Esel und Rind, Stern über Bethlehem, führ uns zum Kind.«

Er wandte sich zum Gehen, erblickte den ersten König und fügte hinzu: »Was für ein Segen! Noch ein König auf gleichen Wegen. Hört, wohlgestalteter König! Wohin des Weges an diesem schönen Tag?«

»Ich will das Kindlein ehren, Weihrauch ihm bescheren.«

»Ich bitte Euch, mich zu begleiten, laßt uns gemeinsam reiten. Es weht ein kalter Wind, aber wir suchen das Kind.«

Während Ellis zu Bassett hinüberging, kam Joliffe als der dritte König hinter dem Vorhang hervor. Er trug ein kurzes Oberkleid von tiefem Purpur, das seine helle Haut und sein helles Haar perfekt unterstrich, und tiefgrüne Strumpfhosen an den langen Beinen. Er trug einen Beutel mit sich, in dem es vielsagend klimperte, und die Krone saß so natürlich auf seinem Kopf, als wäre er dafür geboren, sie zu tragen. Seine Stimme, höher und klarer als die von Bassett oder Ellis, floß so golden wie das Kerzenlicht. »Wandernd ziehe ich umher. König aller Könige, leite mich auf meinem Weg nach Bethlehem, damit ich kann niederknien vor deinem Thron, und anbeten deinen Sohn.«

Auch er erblickte den Stern, bekundete sein Erstaunen und seine Freude, wandte sich zum Gehen, sah die anderen Könige und schloß sich ihnen an. Einstimmig sagten sie dann, an das Publikum gewandt: »Zum allmächtigen Gott betet nun, daß wir finden mögen das Kindelein hold. Wir wollen ihm bringen Weihrauch, Myrrhe und Gold.«

Sie trennten sich. Bassett und Ellis traten auf eine Seite, Joliffe auf die andere, und blickten auf den Vorhang, der sich aufs Stichwort teilte, aufgezogen von einer unsichtbaren Schnur, die nicht von Piers bedient wurde; er und sein Stern leuchteten immer noch über allen.

Und auch nicht von Rose, denn dort, auf einer Kiste, die bedeckt war von einem Tuch aus reichem Silber- und Goldbrokat – oder wahrscheinlicher bemalter Leinwand – saß Rose, ein in Windeln gewickeltes Kind im Arm.

Die Magie des Augenblicks war so groß, daß sie nicht eine Akrobatin in einem billigen blauen Kleid sahen, ein eingewickeltes Kissen im Arm, sondern die Heilige Jungfrau selbst und ihren Sohn. Ihr langes Haar floß ihr über die Schultern, wie ein Heiligenschein schimmernd im Licht der Kerzen, die hinter ihr aufgestellt waren. Sie hielt den Säugling liebevoll an die Brust gedrückt. Rose gab eine sehr anbetungswürdige Ikone ab.

Ein entzücktes Seufzen ging durchs Publikum. Die drei Könige knieten nieder und boten nach wirkungsvollen Reden ihre Gaben von Weihrauch, Myrrhe und Gold dar. Maria nahm die Gaben entgegen, und jeder der drei Könige trat vor, um das Kind anzusehen. In diesem wirkungsvoll gruppierten Bild verharrten sie, und der Engel sang noch einmal das Gloria.

Dann fiel der Vorhang über die Szene, der Engel und der Stern glitten aus dem Blickfeld, und es war vorüber.

Einen atemlosen Moment lang war es ganz still im Saal, und niemand rührte sich. Dann sagte Montfort entschieden: »Gut gemacht. Gut gemacht.« Priorin Edith begann zu klatschen, und augenblicklich schlossen sich alle Zuschauer im Saal an. Stimmen fügten schmeichelhafte Bemerkungen an, als der Applaus verhallte, ein kleines Kind begann zu weinen, und die drei Könige und der Engel kamen hinter dem Vorhang hervor und verbeugten sich, woraufhin alle wieder zu klatschen begannen.

Mit feinem Gespür für das, was sich schickte, erschien Maria nicht. Teilweise, um die schöne Vision nicht zu zerstören, und teilweise, weil sie als Frau eigentlich sowieso nicht hätte auftreten dürfen.

Als eine gewisse Ordnung eingekehrt war und die Schauspieler wieder hinter dem Vorhang verschwunden waren, erhob sich Priorin Edith. Die Klosterbediensteten und Montforts Männer schoben sich wieder zur Wand zurück, während die Priorin sich langsam auf den Weg zur Tür machte und ihre Nonnen ihre Plätze hinter ihr einnahmen. Frevisse sah sich im Saal um und entdeckte Roger Naylor mit einer seiner Töchter auf dem Arm. Beide lächelten einander an. Annie Lauder stand mit einer Gruppe Frauen zusammen, die alle aufgeregt über die Wunderbarkeit dessen redeten, was sie gerade gesehen hatten. Megs Hewe steckte den Kopf hinter dem Vorhang hervor und duckte sich wieder, sobald er sich beobachtet sah. Er grinste wie ein Junge, der sich gerade mit einem ganzen Tablett voller Süßigkeiten davongemacht hat.

Neben ihr murrte Schwester Alys über den heißen gewürzten Apfelwein, der auf Priorin Ediths Befehl hin auf sie wartete, wenn die Komplet zu Ende war. »Zur Fastnacht wird nichts mehr übrig sein, hört auf meine Worte, und dann ist das Gejammer groß.«

Frevisse unterdrückte die Bemerkung, Klagen und Gejammer würde es sowieso geben, da konnte sie ebensogut gewürzten Apfelwein trinken. Und verschloß ihr Ohr vor Schwester Alys' Stimme, denn sie wollte sich etwas von der Freude bewahren, die das Stück in ihr ausgelöst hatte. Schauspieler waren gute Menschen, sie schenkten harmlose Freude und selbst fromme Erleuchtung mit bloßen Worten und ein paar Posen. Frevisse wollte nicht glauben, daß sie wegen ihres Mummenschanzes verdammt waren, selbst wenn jeder Bischof in England verkündete, daß dem so sei.

Kapitel 22

Eine späte, zögernde Morgendämmerung überzog die Wände mit Grau. Eine Dienerin bimmelte mit den Glocken, die neben der Tür des Dormitoriums aufgehängt waren. Der Weckruf zur Prim. Die Luft war feuchtkalt und drang durch das Fleisch in die Knochen, sobald die Bettdecken zurückgeworfen wurden. Die Nonnen zogen sich zitternd, schniefend und hustend an und stellten sich mit hochgezogenen Schultern in einer kurzen Doppelreihe auf. Sie eilten zum Gemeinschaftsraum, wo noch kein Feuer angezündet worden war und in dem es daher noch kälter war als im Dormitorium. Erst im Refektorium hörten sie auf zu zittern. Es lag neben der Küche, war daher warm, und der Duft von frischgebackenem Brot breitete sich in ihr aus. Es wurde gerade aus dem Ofen geholt, aber erst zum Mittagessen würden sie den Leckerbissen bekommen. Frevisse legte beide Hände um die einzige Stärkung, die die Nonnen an diesem Morgen bekamen, ein heißes, süßes, schmackhaftes Getränk aus Honig und Hagebutten, das sowohl die Gesichtshaut als auch den Magen beruhigte, wenn man es trank.

Danach drängte sie sich mit den anderen bis zum Beginn der Kapitelversammlung vor dem gerade angezündeten Feuer im Gemeinschaftsraum. Als alle saßen, rückte sie mit ihrem Stuhl behutsam etwas näher an die Flammen heran. Heute störte sie die Länge der Kapitelversammlung nicht im mindesten, denn sie nutzte die Gelegenheit, die Wärme in sich aufzuspeichern. Wahrscheinlich würde sie erst lange nach der Mittagsstunde wieder die Chance erhalten, in die Nähe eines Feuers zu kommen, nachdem sie drei Stunden in der Kirche gefroren und die Totenwache an Schwester Fiacres Sarg gehalten hatte.

Dann war die Kapitelversammlung zu Ende und ein Hinausgehen unvermeidlich. Frevisse entschied, die erfreulicheren Pflichten zuerst zu erledigen. Sie überquerte den Hof und betrat das alte Gästehaus. Die Dekorationen von gestern abend waren verschwunden, wieder in den Kisten und Körben verpackt, die an den Wänden standen. Die Schauspieler trugen wieder ihre Alltagskleidung und waren vor dem Feuer versammelt. Piers lag auf einem Stapel Decken neben seiner Mutter, den Kopf in ihrem Schoß. Ellis saß daneben, stieß seinen Dolch wahllos in irgendein Holzscheit, zerrte es heraus und stieß es wieder hinein, während Bassett und Joliffe sich angeregt mit Hewe unterhielten. Frevisse wollte so bald wie möglich mit ihm sprechen. Nach Bassetts Gestikulieren zu urteilen, erzählte er dem Jungen gerade eine Geschichte. Wenn die Schauspieler fort waren, würde es wahrscheinlich lange dauern, bis ihr Glanz in der Erinnerung des Jungen verblaßt war.

Joliffe entdeckte sie zuerst, hob grüßend eine Hand und wollte etwas sagen, aber Ellis sprang auf die Füße und verlangte zu wissen: »Gibt es Nachricht vom Crowner? Wir dachten, er würde uns heute hier rauslassen, aber alles, was wir von ihm gehört haben, ist die Nachricht, er wäre noch nicht fertig mit uns, und wir müßten bleiben.«

Frevisse schüttelte den Kopf. »Er stellt immer noch Fragen.«

»Das ist nicht recht.« Ellis ließ sich wieder auf den Fußboden fallen und setzte wütend seine Attacke auf das Holzscheit fort.

Hewe, der einen eigensinnigen Ausdruck im Gesicht hatte, versuchte nicht, mit dem Hintergrund zu verschmelzen, aber er blickte auch nicht in Frevisses Richtung, sondern unterhielt sich weiter leise mit Bassett.

Piers hob träge die Hand, um sich an der Nase zu kratzen, und Frevisse sagte zu ihm: »Du hast gestern abend sehr schön gesungen. Du bist doch nicht wieder krank, hoffe ich?«

Piers schüttelte den Kopf, während seine Mutter die Decke fester um seine Knie legte. »Nein. Es geht mir gut. Nur sie« – er verdrehte die Augen und wies auf seine Mutter – »sie sagt, es ist zu kalt, ich kann es nicht riskieren, draußen zu spielen.« Seine Empörung war offensichtlich.

»Wir haben dich nicht tagelang verwöhnt, damit du jetzt hingehst und wieder krank wirst«, sagte Rose. »Heute ist es bitterkalt. Wir können nur hoffen, daß es Schnee geben wird, der die Kälte etwas mildert.«

»O ja. Schnee, damit wir nirgendwohin gehen können, selbst wenn dieser Idiot auf Besuch es uns gestattet«, grummelte Ellis.

Plötzlich hörten sie Hewes Ausruf: »Aber ich könnte es! Ich könnte Herodes sein! Ich könnte einen Wutausbruch hinlegen, wie ihr ihn noch nicht gesehen habt. Ich zeige es euch.«

Er sprang auf die Füße und nahm eine Pose von erstaunlicher Grimmigkeit ein. Aber Bassett lachte, legte die Hand auf Hewes erhobenen Arm und sagte freundlich: »Nein, das könntest du nicht, junger Hahn. Herodes ist eine Rolle für einen ausgewachsenen Mann, so einen wie mich, und auch erst, wenn unsere Truppe so groß geworden ist, daß wir das Stück aufführen können. Du bist noch ein unerfahrener Grünschnabel.«

»Er könnte der Diener meines Weisen aus dem Morgenland sein«, sagte Joliffe. »Wir haben ein Gewand, das ihm passen könnte, wenn wir den Saum kürzen.« Hewe sah ihn an, lebhaft und voller Eifer. Mit einem Anflug von Unbehagen wurde Frevisse klar, daß Bassett und Joliffe nicht nur Spaß machten. Und Hewe war es bitterernst.

»Ich denke«, sagte sie vorsichtig, »Ihr habt vielleicht vergessen, daß Hewe Lord Lovels Leibeigener ist. Er ist nicht frei, er kann nicht einfach unter das fahrende Volk gehen, mit Euch oder ohne Euch. Ganz zu schweigen davon, was seine Mutter dazu sagen würde.«

Hewe wirbelte herum, das Gesicht wieder dunkel vor Trotz. »Lord Lovel hat zahllose Leibeigene«, verkündete er. »Sein Verwalter wird mich nicht vermissen, er wird nicht einmal nach mir suchen. Und Ma wird den alten Gilbey heiraten, also ist sie versorgt.«

»Sie will, daß du Priester wirst«, sagte Frevisse, die sich bewußt war, daß sie eigentlich an seiner allzu anmaßenden Rede hätte Anstoß nehmen sollen. »Bist du in letzter Zeit in der Klosterkirche gewesen?«

Hewe trat mürrisch nach den Binsen. »Ich halte mich von Kirchen fern, damit meine Mutter nicht denkt, daß ich schwach werde. Schön, sie will, daß ich Priester werde, aber ich will es nicht.« Er sah eifrig zu Bassett auf. »Ich will Schauspieler werden!«

»Hewe«, sagte Meg von der Tür her. »Das wirst du nicht.« Sie alle drehten sich zu ihr um, wie sie dort stand, die bloßen Hände in den Achselhöhlen vergraben, die Schultern hochgezogen, damit ihr magerer Leib nicht mehr Körperwärme verlor als unbedingt nötig war. Sie trug weder Mantel noch Kapuze, nur ihr grobes Kleid und die von der Küchenarbeit befleckte Schürze. Ihr Gesicht war rot vor Kälte und ihre Stimme heiser, aber ihr Blick war starr auf ihren Sohn gerichtet, als sie sagte: »Wieder und wieder habe ich dir gesagt, daß du bei deinem Bruder bleiben sollst. Bald kommen Leute aus dem Dorf, um ihn nach Hause zu bringen, und sie werden sehen, daß er ganz allein ist. Du solltest dich schämen.«

»Aber der Crowner – « begann Hewe.

»Der Crowner hat uns erlaubt, ihn nach Hause zu bringen. Heute findet die Totenwache statt, und du wirst bei ihm bleiben, bis sie kommen, damit du mir sagen kannst, daß sie da sind.«

Hewe scharrte mit dem Fuß durch die Binsen und vermied es, ihr in die Augen zu sehen. »Aber, Ma, es ist so furchtbar kalt da – «

»Und du konntest dich nirgendwo anders aufwärmen, nur bei dieser Sorte von Leuten?«

»Sie sind *nicht* schlecht – « brauste Hewe auf.

»Sie sind es.« Megs Stimme klang nicht wütend, nur müde. »Du kommst mit mir. Du mußt beten und Buße tun, weil du dich nicht um Sym gekümmert hast, wie du es solltest, und weil du nicht getan hast, was deine Mutter dir sagt.«

Hewe brauste wieder auf. »Ihm lag nie etwas an mir! Und ich habe die Nase voll vom Beten! Wie kannst du sagen, ich soll Priester werden? Ich habe nichts von einem quäkenden, gezierten Priester an mir!«

»Gib acht, was du sagst. Ich will kein Wort mehr von dir hören.« Megs Stimme klang entschieden, aber immer noch nicht zornig. »Du kommst mit mir«, wiederholte sie. »Sofort.«

Langsam ging er zu ihr. Als er nahe genug heran war, schoß ihre Hand vor und packte seinen Arm, so fest, daß Hewe zusammenzuckte und vor ihr zurückschreckte. Meg, die immer noch so tat, als wäre sonst niemand anwesend, verließ den Raum und nahm Hewe mit.

Ellis stieß die Luft aus. »Das ist eine Frau, die weiß, was sie will. Wer hätte das gedacht? Zu dumm, daß der Junge nicht zurückkommen wird.«

»Ja, es ist jammerschade«, sagte Bassett. »Aus dem hätte was werden können.«

»Wirklich?« fragte Frevisse erstaunt.

»Ja. Er hat eine bessere Stimme als die meisten, und dieser ganze Priesterunterricht, den sie ihm aufgezwungen hat, hat sein Gedächtnis geschult. Er hat gestern abend den Vorhang bedient, und keiner von uns hätte es besser machen können. Er ist Feuer und Flamme und möchte unbedingt mit uns kommen, und ich wünschte, er könnte es, denn er würde uns Ehre machen.«

»Na ja, es hat keinen Sinn, über verschüttete Milch zu jammern«, sagte Ellis. »Es wird andere längs der Straße geben, und ich bete darum, daß es keine lange Reise sein wird, denn mit mehr Schauspielern können wir mehr Stücke aufführen.«

Piers fragte: »Soll ich nachher mit ihm reden?«

»Nein«, entgegnete Joliffe. Er sah immer noch die geschlossene Tür an, hinter der Meg und Hewe verschwunden waren, und fügte hinzu: »Er hat Angst vor ihr.«

»Sollte er auch besser«, bemerkte Ellis. »Hast du gesehen, wie sie ihm gestern eins hinter die Löffel gegeben hat? Ich wette, er hat immer noch Ohrensausen.«

»Du verstehst nicht«, sagte Rose. Wie Joliffe blickte sie in die Richtung, in der die beiden verschwunden waren, einen seltsamen Ausdruck im Gesicht. Sie klang ebenso beunruhigt wie Joliffe. »Er hat nicht nur davor Angst.«

»Er verabscheut, was sie für ihn will«, sagte Bassett. »Als ob wir nicht schon genug schlechte Priester hätten.« Er verfiel in eine altmodische Redeweise. »›Welch schandbarer Anblick. Saubere Schafe und ein schietiger Hirte.‹ Ich bitte um Vergebung, Mylady.«

»Da diese Worte von meinem Großonkel geschrieben wurden, kann ich kaum etwas dagegen einwenden.«

»Der alte Geoffrey ist Euer – « Bassett war erstaunt und von Ehrfurcht ergriffen. »Habt Ihr ihn je gesehen? Nein, natürlich nicht, dazu seid Ihr nicht alt genug. Aber Ihr müßt seinen Sohn kennen.«

»Ich bin in seinem Haus aufgewachsen. Er hat mir viele Geschichten über seinen Vater erzählt.«

»Wirklich, so was! Bei meinem Leben! Meine Dame, Ihr verschlagt mir den Atem!«

Fast hätte Frevisse gelacht. Sie legte die Hand auf den Mund, um ihr Lächeln zu verbergen. Daß sie eine angeheiratete Verwandte des Sohnes eines berühmten Schriftstellers war, hieß wohl kaum, daß sie selbst berühmt war. Dennoch waren seine Freude und seine Ehrfurcht herzerwärmend für eine Frau, die sich allzulange in Demut und Selbstherabsetzung geübt hatte.

Rose sagte: »Aber wir wollen uns bei Schwester Frevisse bedanken für das, was sie persönlich für uns getan hat. Joliffe, du solltest etwas sagen.«

»Das versuche ich schon die ganze Zeit. Aber ich werde ja ständig unterbrochen.« Joliffe erhob sich mit einer einzigen anmutigen Bewegung und machte eine tiefe, schwungvolle Verbeugung vor Frevisse. »Mylady, Ihr habt mir gestern einen guten Dienst erwiesen. Seid Euch meines ewigen Danks und meiner tiefen Ehrerbietung gewiß. Ich stehe für immer in Eurer Schuld.«

Frevisse erwiderte seine Verbeugung mit einem Hofknicks, der tiefer ausfiel als nötig, und antwortete: »Meinen Dank für Euren reichlich gewährten Dank, aber seid versichert, ich erwarte keinen anderen Lohn als den Sieg der Gerechtigkeit.« Sie richtete sich wieder auf und fügte trokken hinzu: »Außerdem bezweifle ich, daß wir beide derartig viel Dankbarkeit allzulange ertragen könnten.«

Joliffe grinste. »Aber es ist wunderbar, solange es dauert.«

Frevisse lächelte und ging. Erst draußen in der Kälte bewegte sie sich hastiger. Sie machte sich auf den Weg zum neuen Gästehaus, da sie sehen wollte, was Montfort vorhatte. Als sie eintrat, verriet ihr ein schneller Blick, daß im Gästehaus alles in Ordnung war. Sie ging zu Montforts Kammer. Die Wache vor der Tür schüttelte den Kopf, als sie näherkam, und sagte: »Er ist beschäftigt, Mylady. Er befragt gerade wieder jemanden.«

Es war eine laute Befragung. So laut, daß Frevisse sich nicht anstrengen mußte, um etwas zu hören. Sie blieb stehen, und Montforts Stimme drang lautstark durch die geschlossene Tür, und sofort darauf die Stimme eines anderen Mannes, der verkündete, nein, das hätte er nicht.

»Gilbey Dunn!« rief Frevisse aus.

»Er ist heute morgen aus freien Stücken hergekommen«, sagte die Wache entgegenkommend. »Er sagte, er wäre gestern abend spät nach Hause gekommen, und heute morgen hätte er gehört, daß nach ihm gesucht wird, und war schon da reinspaziert, bevor wir überhaupt merkten, was er vorhatte.«

Er mochte aus freien Stücken gekommen sein, aber Montforts Stimme klang nicht so, als würde ihn das besänftigen. »Ich habe das Recht zu gehen, wohin ich will, solange ich rechtzeitig zurückkomme, und das bin ich! Hört Ihr, ich war einen Tag in Banbury. Meine Schwester lebt dort, eine freie Frau, und mir war danach, sie zu besuchen, und das ist eine Sache, die niemanden was anging, also habe ich es auch niemandem erzählt, ist das klar? Ich konnte ja nicht wissen, daß Ihr gerade an dem Tag hier angetanzt kommt und mich sprechen wollt. Und weggelaufen bin ich auch nicht, ich bin hier, oder nicht, also was soll das, mich deswegen anzubrüllen?«

»Hüte deine Zunge, sonst ist sie eines Tages ab«, drohte Montfort.

»Ihr kennt meinen Herrn nicht so gut, wie Ihr denkt«, erwiderte Gilbey. »Er ist ein gerechter Mann und sein Verwalter ebenfalls. Sie werden einen Mann nicht bestrafen, weil er sagt, was er denkt. Nicht einmal einen Leibeigenen. Und mich erst recht nicht, denn ich bin der beste Arbeiter im ganzen Dorf und ein ehrlicher Mann.«

Eine Stimme mischte sich ein, so leise, daß Frevisse die Worte nicht verstehen konnte, aber sie erkannte die Stimmen. »Vater Henry?« fragte sie.

»Euer Priester? Ja«, bestätigte der Mann, und fügte hastig hinzu: »Nein, wartet, Ihr könnt da nicht rein.«

Aber Frevisse hatte bereits den Riegel gehoben. Wenn er

sich selbst überlassen blieb, würde Montfort Vater Henry dazu bringen, alles Mögliche zu sagen – oder seinen Worten genau das entnehmen, was er hören wollte. Und Frevisse wollte die Wahrheit, nicht Montforts Version davon.

Montfort war rot im Gesicht und beugte sich über den Tisch, während sein Schreiber damit beschäftigt war, alles niederzukritzeln, was gesagt wurde. Als Frevisse hereinkam, wirbelte Montfort herum und warf ihr einen wütenden Blick zu. »Ihr habt wieder Eure Nase in Dinge gesteckt, die Euch nichts angehen, Frau!« schnappte er. »Diesen Priester loszuschicken, damit er Fragen stellt. Das wird Euch noch in Schwierigkeiten bringen, hört auf meine Worte.«

Frevisse murmelte mit vorgetäuschter Demut: »Ich muß Euch nochmals um Vergebung bitten.« Und konnte sich nicht enthalten zu fragen: »Ist er Euch von Nutzen gewesen?«

»Vielleicht. Ein wenig.« Es gefiel ihm nicht, auch nur soviel zuzugeben. Montfort wirbelte wieder zu Gilbey Dunn herum, der in der Mitte des Raums stand wie ein stiernackiger, störrischer Bulle. Sie warfen sich gegenseitig feindselige Blicke zu. »Also, du hast die Schenke früh verlassen, sagst du, direkt nach der Schlägerei zwischen diesem Schauspieler und Sym, und bist zu Bett gegangen, sagst du.« Bei Montfort klang das wie ein Verbrechen.

»Ja. Ich bin nach Hause gegangen. Es war schon spät, und es liegt mir nicht, in der Schenke zu übernachten.«

»Und du hast Geschrei und Lärm gehört, als Sym gefunden wurde, und du bist trotzdem im Bett geblieben?«

»Ich habe den Lärm gehört, aber ich lag warm und gemütlich im Bett. Ich fand, es klang wie das Grölen betrunkener Narren, und blieb, wo ich war.«

Montfort sagte: »Es ist gegen das Gesetz, die Verfolgung eines flüchtigen Verbrechers zu ignorieren.«

»Sie haben keinen flüchtigen Verbrecher verfolgt. Das war nur ein Haufen Narren, die irgendeine idiotische Sache vorhatten.«

»Also bist du den Rest der Nacht in deinem Haus geblieben?«

»Ja.«

»Allein?«

»... Ja.«

Frevisse bezweifelte das, sagte aber nichts.

»Dieser Sym war kein Freund von dir, oder?«

»Ihr müßt lange suchen, wenn Ihr einen finden wollt, der ihn mochte. Er war ein Streithammel.«

»Dann sag mir doch mal, was du gegen Schwester Fiacre hattest.«

Diese unerwartete Wendung überraschte Gilbey einen Augenblick. »Gegen wen?«

»Die Sakristanin des Klosters. Sie hält die Kirche in Ordnung. Sie ist auch ermordet worden.«

»Ach, die ist es? Ich hab' gehört, daß es eine Nonne in der Kirche erwischt hat, aber ich hab' den Namen nicht mitgekriegt. Soweit ich weiß, hab' ich sie mein Lebtag noch nicht zu Gesicht gekriegt, geschweige denn mit ihr gesprochen. Was sollte ich gegen sie haben?«

»Und sicher hast du irgendeine Geschichte parat und kannst mir sagen, wo du an dem Nachmittag warst, an dem sie ermordet wurde? Du bist gesehen worden, wie du ungefähr zur Tatzeit das Kloster durch die Hinterpforte betreten hast, laß mich dir soviel sagen.«

Also hatte Montfort tatsächlich etwas herausgefunden, das Frevisse nicht entdeckt hatte. Aber als Gilbey Dunn sein

Gesicht in störrische Falten legte, fiel ihr etwas anderes ein. Mürrisch sagte er: »Es gibt Leute, die ständig andere beobachten, wenn sie sich um ihre eigene Arbeit kümmern sollten.«

»Das mag sein, wie es will. Aber was hast du an diesem Nachmittag hier zu suchen gehabt?«

»Nichts, das irgend jemanden außer mir etwas anginge. Und ich war nicht einmal in der Nähe der Kirche, wo sie ermordet wurde! Ihr werdet niemanden finden, der wahrheitsgemäß bezeugen könnte, daß ich dort war.«

»Wo warst du dann, Kerl?« fragte Montfort scharf. »Raus damit.«

Gilbey preßte die Lippen zusammen. Er würde es früher oder später sagen müssen, aber so eigensinnig wie er war, würde er es so spät wie möglich tun.

Frevisse verlor die Geduld mit den beiden und sagte scharf: »Wenn Ihr das wirklich wissen wollt, fragt Annie, unsere Wäscherin. Sie kann Euch wahrscheinlich sagen, wo er an jenem Nachmittag war. Und sie weiß besser als irgend jemand sonst, warum sein Bett in der Nacht, in der Sym ermordet wurde, so warm war, daß er keine Lust hatte, es zu verlassen!«

Gilbey wurde abwechselnd weiß im Gesicht und lief rot an, während er Frevisse anstarrte. Narren, dachte sie, drehte sich auf dem Absatz um und stolzierte aus dem Raum.

Auf dem Hof sah sie Roger Naylor mit einem Mann sprechen, der auf einem Wagen saß. Der Wagen war mit einem großen Faß beladen.

Naylor blickte sich um und sah sie kommen. »Mylady«, sagte er mit einem breiten Lächeln. »Thomas Chaucer schickt Euch Apfelwein. Obwohl ich es nicht nett von ihm finde anzunehmen, daß Ihr unter derartig großem Durst leidet.«

Frevisse hob das Kinn, als sie diese Impertinenz hörte. »Ich denke, es ist der Durst des ganzen Klosters, den er bekämpfen will, Meister Naylor. Er hat mich gefragt, ob ich mir etwas zu Weihnachten wünsche, und ich habe um Apfelwein gebeten. Würdet Ihr dafür sorgen, daß das Faß in die Klosterküche gebracht wird? Ich gehe zu Schwester Alys und bereite sie vor.«

Aber als sie in Hörweite der Küche kam, wußte sie, daß Schwester Alys zur Zeit andere Sorgen hatte.

»Schon wieder weg! Kaum drehe ich mich um, ist die Frau schon wieder weg! Was hat es für einen Sinn, euch zu erlauben, irgend etwas zu tun, wenn ihr es doch nicht für nötig haltet, zu tun, was ich euch gesagte habe! Wo ist sie hin, frage ich euch?«

Eine der Frauen, die mit voller Kraft auf einem Tisch in der Nähe der Tür eine Bratpfanne scheuerte, sagte in dem gedämpften Tonfall, den das Küchenpersonal für den Umgang mit Schwester Alys für am geeignetsten hielt: »Vielleicht ist sie wieder gegangen, um nach ihrem Sohn zu sehen. Dem toten Sohn, wißt Ihr. Heute nachmittag ist seine Totenwache.«

»Wird auch Zeit. Vielleicht hört sie dann auf, sich bis auf die Knochen auszulaugen mit diesem Herumgehusche. Rein zur Tür, raus aus der Tür. Sie hätte mir sagen sollen, daß sie nicht bleibt, als sie reinkam. Sonst hätte ich ihr nicht aufgetragen, die Zwiebeln zu schneiden, und jetzt sind wir mit der Arbeit in Verzug, weil ich dachte, sie erledigt das.« Schwester Alys marschierte durch die ganze Küche und wieder zurück, wobei sie energisch mit ihrem schweren Löffel auf jeden der breiten Tische klopfte, an dem sie vorbeikam. Sie kehrte um und sah Frevisse. »Und Ihr, Schwester«, krächzte sie. »Bittet ja nicht um mehr Apfelwein, für welche Gelegenheit auch immer, das sage ich Euch.« Sie ging auf eine andere Küchenmagd los, bevor Frevisse etwas erwidern konnte. »Und warum hackst du kein Feuerholz? Ich hatte dir das aufgetragen, oder? Erwartest du, daß ich das auch noch erledige und zudem das Denken für dich übernehme? Wenn das Feuer ausgeht, wird es deine Haut sein, auf der sie nächstes Jahr die Rechnungsbücher schreiben, dafür werde ich persönlich sorgen.«

Die Frau, die vor dem Holzstapel in der Ecke stand, breitete die leeren Hände aus. »Die Axt ist weg. Ich hab' danach gesucht.«

»Die Axt ist weg. Dein Verstand ist weg. Meine Geduld war schon vor langer, langer Zeit weg. Vor zwei Tagen konntest du sie schon mal nicht finden. Meg war draußen und hat mit der Axt die Hühner für die Pasteten geschlachtet, und du hattest keine Ahnung, wo die Axt war. Also, wer sollte sie heute haben? Niemand. Niemand schlachtet heute irgendwas, also muß das blöde Ding hier irgendwo sein. Such danach, du dußlige Kuh. Heb irgendwas hoch und such. Was wollt *Ihr* denn noch hier, Schwester Frevisse?«

Bevor die Gelegenheit zu einer Entgegnung sich wieder in Luft auflösen konnte, antwortete Frevisse: »Ich wollte Euch nur mitteilen, Schwester Alys, daß mein Onkel Thomas Chaucer uns ein Oxfordfaß Apfelwein geschickt hat. Meister Naylor sorgt dafür, daß es vom Hof in Euren Vorratsraum geschafft wird. Ihr habt also eine Sorge weniger.«

Da Kummer und Sorgen – umgewandelt in Wutausbrüche und Nörgeleien – Schwester Alys größte Freude im Leben waren, war sie vielleicht nicht so glücklich über die Neuigkeit, wie man hätte meinen können. Ihre Brauen zogen sich zusammen, aber bevor ihr einfallen konnte, was gegen ein Übermaß an Apfelwein einzuwenden sein konnte, hielt eine der Frauen die Axt hoch und rief: »Hier! Ich hab' sie gefunden!« und Schwester Alys fuhr sie an: »Keine Minute zu früh, würde ich sagen. Und du«, fauchte sie eine andere Frau an, »warum bist du nicht beim Zwiebelschneiden?«

»Ich kann das Messer nicht finden.«

Schwester Alys warf mit einem unartikulierten Schrei die Hände in die Höhe. Frevisse entschied, daß dies nicht die Zeit war, weitere stichelnde Bemerkungen über Apfelwein zu machen, und ging. Die unglückseligen Küchenmägde würden es ohne sie ertragen müssen.

Am Nachmittag mußte Frevisse wieder die Totenwache bei Schwester Fiacre halten. Sie hatte noch genug Zeit, sich ihre warmen Nachtschuhe anzuziehen, die mit wolligem Schaffell gefüttert waren, bevor sie in die Kirche ging.

Schwester Emma kam kurz nach ihr herein, und die beiden Nonnen, deren Wache zu Ende war, nickten ihnen dankbar zu, machten einen Kniefall vor dem Altar und gingen.

Bevor sie niederkniete, warf Frevisse eine kurzen Blick auf Schwester Fiacre. Ihr Gesicht war wächsern und leicht fleckig, und die Haut wirkte zu unnatürlich, um ihre Ruhe für Schlaf zu halten, aber sie sah friedlich aus. So wie sie dalag, mit großer Sorgfalt von Schwester Claire hergerichtet, war nichts von der schrecklichen Zerstörung ihres Schädels zu sehen. Als wäre sie einfach gestorben, dachte Frevisse, während sie niederkniete und den Kopf über die gefalteten Hände neigte.

Aber das war sie nicht. Ihr Tod ergab keinen Sinn, und das beunruhigte Frevisse ebensosehr wie der Mord selbst. Sie wußten nicht einmal, womit Schwester Fiacre getötet worden war. Mit einem schweren und daher möglicherweise großen Gegenstand, der sicher nicht einfach zu verbergen gewesen war. Oder mit zwei verschiedenen Waffen, eine stumpf, die andere scharf. Aber niemand schien irgend etwas gesehen zu haben. Es war ein ebenso großes Rätsel wie die Frage, warum Schwester Fiacre überhaupt ermordet worden war, wenn Rache der Schauspieler nicht in Betracht kam.

Aber hatte sie unrecht, wenn sie das nicht in Betracht zog?

Denn die Schauspieler waren das einzige Bindeglied zwischen Syms Tod und dem Schwester Fiacres. Hatte sie zugelassen, daß ihre Gefühle ihre Ermittlungen beeinträchtigten?

Ja.

Sie war mehr daran interessiert gewesen, Joliffes Unschuld zu beweisen, als den Mörder zu finden. Ihr war fast mehr daran gelegen, daß die Schauspieler nicht in Haft genommen wurden, als daß der Mörder entlarvt wurde. Selbst das konnte sie sich eingestehen, wenn sie den Tatsachen ins Auge sah. Und das war gefährlich, denn was war, wenn sie doch schuldig waren? Nicht nur einer von ihnen, sondern alle zusammen, und so mußte es gewesen sein, falls einer von ihnen der Täter war.

Frevisse drückte die gefalteten Hände gegen die Lippen, so daß sie schmerzhaft gegen die Zähne gepreßt wurden. Sie hatte über die Morde in Erfahrung gebracht, was sie konnte, und nichts herausbekommen. Sie war hier, um für Schwester Fiacre zu beten. Sie würde für sie beten.

Vielleicht war der Tod von Schwester Fiacre eine Art Gnade gewesen, so zerstört, wie ihr Leben gewesen war mit dem Krebs in ihrer Brust. Vor ihr lagen nichts als Monate gräßlicher Schmerzen, die immer stärker werden würden.

Auf eine grausame Art war ihr Tod vielleicht ebenso gnädig gewesen wie der des Mannes Barnaby, der nur noch ein Leben als Krüppel vor sich hatte.

Noch während sie das dachte, erkannte Frevisse die Häßlichkeit ihrer Gedanken. Es war das niedrigste Unrecht, Gottes Platz einzunehmen und entscheiden zu wollen, was richtig war und was nicht. Frevisse senkte den Kopf noch tiefer, gedemütigt vom Verrat ihrer Gedanken, und preßte die Knöchel gegen die Stirn, schuf einen neuen Schmerz, um ihren Kopf von verkrüppelten Urteilen und verkrüppelten Leben abzulenken.

Einen Augenblick lang hielt ihr Verstand inne, und dann kehrte der Gedanke zurück.

Verkrüppeltes Leben. Schwester Fiacre und Barnaby waren beide verkrüppelt gewesen, hatten auf unterschiedliche Art Schmerzen gelitten.

So viele Leben waren verkrüppelt, wenn man es von einem bestimmten Blickwinkel aus betrachtete. Barnabys. Schwester Fiacres. Und Syms. Und wenn man es auf eine bestimmte Art betrachtete, auch ...

Sie hatte sich erhoben, ohne es zu merken. Was sie gedacht hatte, ergab einen gewissen Sinn, wie sehr ihr Geist auch davor zurückschrecken mochte. Einen gewissen Sinn, der das Unerklärliche am Tod von Sym und Schwester Fiacre erklärte. Es auf eine Art erklärte, die dem Wahnsinn nahekam.

»Schwester Frevisse?« fragte Schwester Emma unsicher.

Frevisse schüttelte einmal heftig den Kopf, schüttelte alles ab, was ihre Gedanken unterbrechen könnte, die jetzt mit voller, beängstigender Geschwindigkeit dahinjagten.

Schwester Emma beharrte: »Schwester Frevisse, was ist denn?«

Frevisse wirbelte herum, packte sie am Arm, rief: »Holt Schwester Claire!« und drängte an ihr vorbei.

»Schwester Frevisse!« rief Schwester Emma hinter ihr her, aber Frevisse hörte sie nicht. Sie rannte den Mittelgang der Kirche entlang, aus dem Westportal in den Klosterhof und schwachen Sonnenschein. Es war niemand in Sicht, aber als Frevisse weiterrannte, über den Hof und durch den gewölbten Torbogen in den äußeren Hof, sah sie Naylor, der sich vor einem der Ställe mit zwei Knechten unterhielt. Als er sie rennen sah, kam er schnell auf sie zu, den Mund zu einer Frage geöffnet, aber sie blieb nicht stehen. »Kommt mit!« rief sie.

Er rannte hinter ihr her, angesteckt von ihrer panischen Eile.

»O Gott«, betete sie im Laufen, »bitte mach, daß es nicht so ist«, und rannte weiter.

Sie roch es, als sie die geschlossene Tür des Stalls erreichte, in dem kalbende Kühe untergebracht wurden. Sie erkannte den warmen, metallischen Geruch in der klaren Kälte des Tages. Sie zögerte. Sie wußte, was der Geruch zu bedeuten hatte, und sie wollte es nicht sehen.

Naylor langte an ihr vorbei und öffnete die Tür.

Meg hatte ihn neben dem Sarg seines Bruders ermordet. Sein Blut bildete eine Lache auf dem Boden, dort, wo sie ihn gehalten haben mußte, bis es vorbei war. Aber als kein Blut mehr kam, hatte sie ihn auf sauberes Stroh gebettet. Dort waren sie jetzt, zusammen. Meg saß mit angezogenen Beinen auf dem Boden, und Hewes Kopf ruhte auf ihrem Schoß, die Hände auf der Brust gefaltet, über Vater Henrys besticktem Chorhemd. Sie mußte es ihm danach angezogen haben, denn nur um den Hals herum war ein wenig Blut zu sehen. Es war durch das Tuch gesickert, das sie ihm umgebunden hatte, um die klaffende Wunde zu verbergen, die ihn das Leben gekostet hatte.

Sie hatte einiges aus der Sakristei entwendet und damit Syms Sarg in einen Altar verwandelt, so gut sie konnte. Meg hatte den Sarg mit einem der weißen Altartücher bedeckt und den Hostienteller und den Kelch darauf gestellt. Sie hatte nicht gewagt, die Kerzen vom Altar zu nehmen, und so leuchtete eine Lampe über der stillen Szene. In dem kurzen Moment, bevor andere kamen und das Schreien begann, sah Meg Frevisse und Naylor an und sagte ruhig, als könnte sie ihr Entsetzen nicht sehen: »Er ist jetzt im Himmel. Er ist jetzt sicher.«

KAPITEL 23

Es war alles so einfach.

Meg dachte, daß sie verstanden. Sie hatte es Schwester Frevisse sehr sorgsam erklärt, ihnen allen, und sie waren freundlich zu ihr gewesen, also mußten sie verstanden haben, wie einfach alles war.

Wenn Barnaby am Leben geblieben wäre, hätte er seine üblen Gewohnheiten wieder aufgenommen. Und mehr noch, er hätte dafür gesorgt, daß Sym oder Hewe oder ihr nie etwas Gutes widerfahren wäre. Aber einen kurzen Augenblick war er gut gewesen. Er war freundlich gewesen, er hatte die Beichte abgelegt und schrecklich gelitten, als Buße für seine Sünden. Nur in diesem kurzen Augenblick hatte er sich benommen wie ein guter Christ, wie einer, der würdig war, in den Himmel zu kommen. Sie hatte nicht zulassen dürfen, daß das verschwendet wurde. Und es war nicht schwer gewesen. Sie hatte ihm nur eine kleine Weile das Kissen auf das Gesicht gedrückt, und dann war er gestorben und war frei gewesen. Er würde für ewig gut sein, nie wieder böse oder verletzend.

Und Sym. Der arme Sym, der nie etwas so richtig verstanden hatte. Das Blut, das aus dieser kleinen Wunde in seiner Seite drang, hatte ihm solche Angst gemacht, daß er sich hingelegt und alles getan hatte, was sie ihm sagte: Er hatte Reue gezeigt, er hatte versprochen, Buße zu tun und sein Leben zu ändern, und er hatte das kleine Kreuz aus zusammengebundenen Zweigen geküßt, den einzigen heiligen Gegenstand, den Meg in der Kate hatte, und sich gewünscht, in den Himmel zu kommen. Und Vater Clement hatte gesagt, das würde reichen, um eine Seele von der Sünde zu befreien, wenn kein Priester da war, der es mit heiligen Worten und Salböl und der Hostie tat. Das Messer war so leicht hineingegangen – es mußte immer scharf sein, damit sie Brot schneiden konnte, und ganz selten mal ein Kaninchen oder ein Huhn. Er schien es kaum zu merken, er hatte sie nur mit mehr Erstaunen als Schmerz angesehen und etwas gezuckt, als sie das Messer wieder herauszog. Dann war er eingeschlafen, so süß wie das Baby, das er mal gewesen war, und jetzt würde er sich selbst oder einem anderen nie mehr wehtun.

Schwester Fiacre war ein größeres Risiko gewesen. Aber Meg hatte eine Frau gekannt, die an Krebs gestorben war, und sie wußte, wie lange das dauerte. Schwester Fiacre war eine fromme Frau, die jeden Tag mit heiligen Gegenständen umging und gesagt hatte, daß sie manchmal beim Beten fühlte, daß sie von der Liebe Gottes und seinen Heiligen umgeben war. Sie hatte nie jemandem etwas zuleide getan und nie eine größere Sünde begangen. Sicher hatte Gott nicht gewollt, daß sie so lange so schwere Schmerzen litt. Und dadurch, daß sie Meg bewiesen hatte, wie fromm und freundlich sie war, hatte Gott ihr gezeigt, welchen Tod er für sie vorgesehen hatte. Sicher hätte Gott nicht so offensichtlich dafür gesorgt, daß ihre Wege sich kreuzten, wenn er nicht gewollt hätte, daß Meg Schwester Fiacre einen leichten Tod schenkte.

Es war nicht schwer gewesen, an die Axt zu kommen. In der Küche war eine Axt, und Meg hatte sie benutzt, um die Hühner zu schlachten, die in die Pasteten für die Nonnen kommen sollten – sie hatte nie den Bogen rausgekriegt, ihnen den Hals umzudrehen, sie hatte immer die Axt nehmen müssen. Ein einziger wuchtiger Schlag mit dem stumpfen Ende und dann zwei Schläge mit dem scharfen, um sicherzugehen. Niemand hatte sich etwas dabei gedacht, als sie nachher das Blut von der Axt abgewaschen hatte.

Und Hewe. Es tat ihr leid, daß er solche Angst gehabt hatte. Sie hatte nicht gewollt, daß er sich fürchtete, aber ihre Angst um ihn war größer gewesen. Wenn er mit den Schauspielern gegangen wäre, hätten sie ihn verdorben, und er wäre zu ewiger Verdammnis verurteilt worden. Sie wußte, daß Gott wollte, daß Hewe Priester wurde, aber ihr Sohn schien entschlossen zu sein, von seinem vorherbestimmten Weg abzuweichen und sich für die Sünde zu entscheiden. Es hatte nur eine einzige Möglichkeit gegeben, ihn zu retten. Dafür zu sorgen, daß er sicher war, auch gegen seinen Willen.

Sie hatte ihn zu seinem Bruder gebracht und ihn dort gelassen, um zu beten. Dann hatte sie das Messer aus der Küche geholt und die anderen Dinge aus der Kirche. Hewe hatte nicht verstanden, nicht einmal, als er den Kelch oder das Priestergewand sah. Er hatte nicht verstanden, bis sie es ihm erklärt und dafür gesorgt hatte, daß er niederkniete und schwor, vor allem anderen Gottes Diener zu sein, und in vollkommener Reue betete, dort vor dem Altar, den sie geschaffen hatte, die Voraussetzung für die Absolution. Sie hatte alles mitgebracht, was einen richtigen Altar daraus machte. Da hatte er verstanden, daß sie ihn retten wollte. Er hatte verstanden und war froh darüber gewesen. Sie wußte, daß er sich gefreut hatte, denn sie hatte seine reuigen Tränen gesehen, als sie sich vorbeugte, um ihm die Kehle durchzuschneiden.

Sie hatte sich solche quälenden Sorgen um ihre Familie gemacht, schon so lange. Und jetzt war alles so einfach. Alles war getan, und sie waren in Sicherheit.

Meg sah zum Himmel auf. Sie legte den Kopf in den Nacken und spürte, wie der weiche Schnee auf ihre Wangen fiel. Es war ein merkwürdiges Gefühl, es draußen in der Kälte so warm zu haben. Sie hatten ihr einen Umhang aus schwerer Wolle gegeben, weil es ein langer Ritt nach Banbury war, hatte Schwester Frevisse gesagt.

Meg war nie dort gewesen, natürlich, aber es schien jetzt keine Rolle mehr zu spielen, wo sie hinging. Sie wußte, warum sie gehen mußte, und sie wußte, daß sie nicht zurückkommen würde. Sie war sich völlig im klaren darüber, aber es schien kaum wichtig zu sein. Sie hatte getan, was sie tun mußte. Sie war müde. Sie konnten sie hinbringen, wo sie wollten, es spielte keine Rolle mehr. Sie hatte alles geregelt, und sie würde einen Priester bekommen. Der zornige, fuchsgesichtige Mann, der Crowner, hatte ihr das versprochen. Also würde es nicht mehr lange dauern, dachte sie, und dann war sie ebenfalls in Sicherheit.

Die dünne Schneedecke, die auf dem Hof lag, dämpfte den Hufschlag von Montforts Pferd. Frevisse hatte die Arme um sich geschlungen, wie um sich vor der Kälte zu schützen, obwohl es in Priorin Ediths Wohnzimmer so warm war, wie es nur sein konnte. Sie stand am Fenster und sah zu, wie sie durch das Tor ritten, dunkle, formlose Gestalten in Umhängen. Nur Megs weiße Bundhaube unterschied sie von den Männern um sie herum, und dann waren sie alle weg und der Hof leer.

Alle waren gegangen. Die Schauspieler waren bei Tagesanbruch aufgebrochen, in der Hoffnung, Oxford morgen abend zu erreichen, rechtzeitig zu den Festlichkeiten des Dreikönigsabends. Die Gästehäuser waren leer, und Frevisse hatte keine Pflichten, bis neue Gäste kamen. Sie fühlte sich hohl und kalt, als würden weder Gedanken noch irgendein Feuer sie in nächster Zeit erfüllen oder wärmen können.

»Aber wie hat sie diese Sachen aus der Kirche schaffen können, ohne daß sie jemand dabei gesehen hat?« fragte Schwester Claire.

»Wer achtet schon auf eine Küchenmagd?« gab Priorin Edith zurück.

Schwester Frevisse nickte. »Und nur Schwester Perpetua und Schwester Amicia waren in der Kirche, und die waren ins Gebet vertieft. Vielleicht ist ihnen sogar aufgefallen, daß Meg hereinkam, aber sie haben nicht darauf geachtet, was sie tat.«

Priorin Edith, die neben Frevisse stand, wandte sich kopfschüttelnd ab. »So viel ging in der Frau vor, und wir haben es nicht bemerkt.«

»Erst, als es zu spät war«, sagte Frevisse. Ihre Worte klangen ihr dumpf in den Ohren, so hohl wie der Rest von ihr. »Ich habe es zu spät bemerkt.«

Priorin Edith war langsam, von Schwester Claire gestützt, auf ihren Sessel zugegangen, aber jetzt blieb sie stehen und legte ihre dünne, geäderte Hand auf Frevisses Arm. »Ihr wart schneller als alle anderen«, sagte sie sanft.

»Ich hätte –« Etwas wissen sollen, etwas sehen sollen. Etwas erraten sollen. Nicht so beschäftigt sein sollen, die Unschuld eines bestimmten Mannes zu beweisen oder Punkte gegen Montfort zu sammeln, daß sie das Muster hinter all dem nicht erkannt hatte. »Ich hätte es wissen müssen«, beharrte sie.

»Das ist Hochmut, Schwester, und eine Sünde. Wie hättet Ihr das wissen können?«

Frevisse begegnete dem Blick von Priorin Ediths alten Augen, die sie schweigend festhielten, und versuchte, so tief in ihr Inneres zu sehen, wie die Priorin es zu tun schien. Endlich sagte sie: »Ich weiß es nicht.«

»Niemand außer Gott weiß es. Was habt Ihr da in der Hand?«

Frevisse hatte vergessen, daß sie etwas in der Hand hielt.

Auf Priorin Ediths sanfte Frage hin streckte sie die Hand aus und öffnete sie. Ein paar Stückchen getrockneter Apfelsinenschale kamen zum Vorschein. »Vater Henry hat sie auf den Steinen von Megs Feuerstelle gefunden, als er ihr aus ihrer Kate die wenigen Sachen holte, die sie in Banbury brauchen wird. Er wußte nicht genau, was es war, aber er hat sie ihr mitgebracht, und sie hat mir ein paar davon gegeben, als ich zuletzt mit ihr gesprochen habe. Sie sagte –«

Priorin Edith und Schwester Claire warteten, aber Frevisse schüttelte den Kopf. Später einmal mochte sie vielleicht in der Lage sein, Megs Worte: »Nehmt ein paar zur Erinnerung an mich«, zu wiederholen. Aber nicht jetzt.

Priorin Edith ging, auf Schwester Claires Arm gestützt, zu

ihrem Sessel. »Sie hat auch mit Vater Henry gesprochen?« fragte sie.

Schwester Claire beantwortete die Frage. »Sie hat gestern abend bei ihm gebeichtet. Sie hat sehr beharrlich darauf bestanden, beichten zu müssen.«

»Das möchte ich doch annehmen«, seufzte Priorin Edith und ließ sich in ihren Sessel sinken.

»Aber nicht wegen der Morde«, sagte Schwester Claire.

»Und wie wollt Ihr das wissen?« erkundigte sich Priorin Edith.

»Weil sie es mir erzählt hat, als ich ihr einen Schlaftrunk brachte. Ich wollte, daß sie noch eine Nacht ruhig schlafen konnte, bevor wir sie in Meister Montforts Gewahrsam gaben.«

»Anscheinend wollte sie jeden davon überzeugen, daß ihre einzige Sünde keine üblen Folgen haben würde«, sagte Frevisse. »Mir hat sie es auch erzählt.«

»Ihre einzige Sünde?« Unglaube und eine Frage lagen in Priorin Ediths Stimme.

Frevisse nickte. »Sie hat gelogen, als sie behauptete, sie hätte Joliffe in der Nähe der Kirche gesehen, an dem Tag, an dem Schwester Fiacre starb. Sie hat es getan, weil er büßen sollte, was er Sym angetan hatte. Aber Lügen ist eine Sünde, und diese Sünde wollte sie beichten. Vater Henry hat ihr natürlich die Absolution verweigert, weil sie nicht bereut, die Morde begangen zu haben.«

Priorin Edith seufzte und blickte auf ihren Schoß nieder. »Sie werden sie in Banbury hängen, ob mit oder ohne Absolution.«

»Das werden sie«, bestätigte Frevisse und blickte auf ihre gefalteten Hände hinunter.

Wahrscheinlich würde Gilbey Dunn Megs Land bekommen und jemand aus dem Dorf ihre Kate und ihre wenigen Besitztümer.

Und Frevisse hatte lediglich ein paar Worte mit den Schauspielern gewechselt, bevor sie nach Oxford aufbrachen. Sie hatten ihr fröhlich gedankt und Lebewohl gesagt und halb versprochen, irgendwann mal wieder vorbeizukommen.

Aber inzwischen ... Sie hob den Kopf und sagte: »Schwester Thomasine hat heute morgen im Kreuzgang gehustet. Ich glaube, sie hat sich erkältet.«